シスター・レイ

SISTER RAY

NAGAURA Kyo

長浦京

角川書店

SISTER RAY

シスター・レイ

装幀　坂野公一（welle design）
装画　かしこの猿

能《のう》條《じょう》玲《れい》……フランスから二年前に帰国した予備校講師。通称「シスター」。

莉《り》奈《な》……玲の姪。弁護士志望の大学生。

マイラ・サントス……フィリピン出身。玲の母の在宅介護を引き受ける。

サントス礼《れ》央《お》……マイラの長男。電気工事士。

サントス乃《の》亜《あ》……マイラの次男。専門学校に通う。

ホアン・トゥイ・リエン……玲の友人で在日ベトナム人二世。

ロン・フェンダース……キッチンカーを経営するインドネシア人

乾《いぬい》徳《とく》秋《あき》……警察庁警備局参事官・警視長。

宗《むね》貞《さだ》侑《たすく》……墨田区役所生活福祉課の職員。

Um Mundo……在留外国人に情報を発信する謎めいたSNSアカウント。

CHARACTERS

浦《うら》沢《さわ》組《ぐみ》

徳《とく》山《やま》……身《み》延《のぶ》連《れん》合《ごう》傘下の暴力団、浦沢組の構成員。玲曰く「デブ」。

木《きの》下《した》……浦沢組の構成員。玲曰く「ガリ」。

大《おお》城《しろ》……浦沢組の構成員。玲曰く「眼鏡」。

ベトナム人勢力

ダン・チャウ……リェンの母。東京東部のベトナム人犯罪者・不法就労者を統括する。

ホアン・ダット・クオン……リェンの兄。母のチャウに代わり組織の実権を握っている。

中国人勢力

王依林《ワンイーリン》……中国大使館領事部一等書記官。

イリーナ趙《ジャオ》……玲の亡き親友に似た容姿を持つ女性。

ブラジル人勢力

アルベルト・メンデス……日本在留ブラジル人コミュニティーの長老。

リヴィアとエンゾ……メンデスに仕える秘書。

I

1

『きょういけない　ごめん』

午後四時十五分、母の在宅介護を頼んでいたマイラ・サントスからDM《ダイレクトメッセージ》が届いた。

「メルったく」

能條玲《のうじようれい》は奇妙な愚痴を吐くと、玄関先で首を横に振った。今日は余裕を持って着けると思ったのに。いや、冷静になろう。時間がない。

午後五時半には、神田《かんだ》にある予備校で玲の担当する配信授業がはじまる。映像やマイクのチェックのため最低でも十五分前に到着している必要があった。しかも午後六時には、母が介護施設のデイサービスから送迎車に乗って帰ってくる。それまでにこの家に来て、出迎えてくれる人を呼ばないと。

スマホで心当たりを探している途中、またマイラからDMが来た。

『かわり　みつからない』

ため息を一回。マイラがそのときの気分や、勝手な都合でキャンセルする人でないことはわかっている。そんな真面目な彼女だから母の介護を頼んでいた。

本当に差し迫った事態なのだろう。今、こちらから連絡をするのはやめておくか。

彼女から三度目の着信。

『ほんとごめん　しすたー』

——わかったよ、マイラ。

画面の文字を見ながらつぶやく。

シスターは玲のあだ名だった。

これまでに何度か、フィリピンやベトナム出身の友人が、アパートの大家、区役所の職員などと揉《も》めたとき、通訳や解決の手伝いをしたことがある。問題が解消されてもお礼の金や品物をもらうのを一切断っていたら、いつの間にかクリスチャンの多い彼女たちからそう呼ばれるようになってしまった。

玲自身は全然嬉《うれ》しくない。清貧や慈悲深さとは無縁の生活を送っているし、シスターと呼ばれると、以前暮らしていたフランスでの出来事を思い出してしまう。

そんなことより今は介護役を——といっても、頼る相手は絞られている。

電話をかけるとコールのあと「お呼び出しいたしましたが」とアナウンスが流れた。すぐに切ってかけ直す。用件を察して出ないのはわかっているが、DMやメールでは既読スルーされる。

『ウザいんですけど』

七回かけたところで、姪《めい》の莉奈《りな》が出た。

「もう家出ないとまずいの。六時にはオババが戻ってくる」

『配信授業なんでしょ。家からやればいいじゃん』

「ここじゃホワイトボードもないし、オペレーターがいないと、何人もの生徒にいっぺんに質問されたとき、捌《さば》き切れない」

『私にも予定が――』

「八千円。十時半には戻るし、帰りのタクシー代も出す」

莉奈は池袋《いけぶくろ》にある大学に通っている。三年生だが法科大学院進学に絞り、就職活動はしていない。彼女のスケジュールも把握していて、木曜日はサブゼミもバイトもなし。

『今月二度目の急な呼び出しだよ。迷惑料プラスしてもらわないと』

「じゃあ一万円」

『たった二千円？　一万二千円』

「メルったく」

『またいった。何？』

「えっ」

『その呪文《じゆもん》みたいなの。玲ちゃん時々いうよね。フランスのおまじない？』

――また気づかないうちに口走ってたか。

「フランス語の『Merde《メルド》』と日本語の『まったく』が、ごっちゃになっちゃって」

メルドはスラングで日本語の「ちくしょう」的な意味だが、説明している自分が馬鹿みたいに思えてきた。

「それより一万二千円出すからよろしく。鍵《かぎ》は持ってるよね。オババの夕飯は冷蔵庫に入ってる。誰かが家に来ても一切応対しなくていいから」

反論や追加注文を出される前に電話を切った。

莉奈、祖母を思う孫の気持ちを悪用する叔母《おば》をどうか許して。すべては若年性認知症が進行しつつある母と、その世話をする中年の娘が生きてゆくためだから。

玲はこの地域で利用できる日本人の臨時在宅介護サービスを信用していない。

以前、何度か使ったことがあるが、サービスを頼んで帰ってくると、母の顔色が悪くとても疲れていた。ひどくオロオロしていることもあった。何があったのか母に訊《き》いても、気を遣っているのかはっきりいわない。それで隠しカメラをセットしてみると、二十代の男性が来たときは、ずっとスマホで格闘技の動画を見ていて、介護らしいことは一切していなかった。三十代の女性の場合は、スマホでSNSをやり続け、母がトイレに連れていってほしいと頼むと、「ひとりで行ったら」と画面を見ながら答えた。

すべてがこんな人たちばかりでないのはわかっている。でも、あれ以降、どうしても日本人に在宅介護を頼む気にはなれない。玲が不在中の介護状況をカメラで撮らせてくれというと、日本人は信用していないのかと不快な顔をする。だが、マイラたちフィリピン出身のスタッフは、すべてを記録してくれたほうが私たちも安心だと受け入れる。

もう家を出る時間だ。デイサービスから帰ってくる母にもメモ書きを残しておこう。可愛い孫の莉奈ちゃんが出迎えてくれるので、今夜は機嫌がいいはずだ。留守番を頼む莉奈の母（玲の兄の妻）にも、彼女を借りるといちおうメールを入れておく。兄からは「またあの子を遅い時間にひとりで帰すのか」とお叱りを受けるだろう。

兄の康平《こうへい》は弁護士で、虎《とら》ノ門《もん》にある法律事務所に在籍している。

よそよそしい関係というか、兄とは意思の疎通が上手くできていない。会っても事務的なこと以外は何を話していいかわからなくなる。

十歳も離れている上に、玲が十六でフランスに移住して以降は、あまり顔を合わせる機会もなくなった。八年前、大学教授だった父が学内で心筋梗塞《こうそく》を起こして、そのまま亡くなり、葬儀に列席するため、当時はまだ夫だったフレデリク、娘のイリスとともに三人で来日したときも、兄を会ったことのない親戚《しんせき》のように遠く感じた。

兄は母とも昔から折り合いが悪かった。思い返してみると、兄は十代のころも「勉強しなさい」と厳しくいう母に常に反発していた。ただ玲は、中学時代は陸上の部活を熱心に続け、高校に入ると不登校になり、自分のことでせいいっぱいで、家族の関係にまで意識を向けている余裕がなかった。

玄関のドアを閉め、鍵をかける。家は墨田《すみだ》区内にある一戸建てで、玲は生まれてから十六歳までここで育ち、二年前に三十六歳でまた戻ってきた。

梅雨の雲間から射す光が、路上の水たまりを照らしている。玲は自転車にまたがると、最寄りの東武《とうぶ》線　東向島《ひがしむこうじま》駅まで急いだ。

＊

玲は事務スタッフと警備員に挨拶《あいさつ》すると、早足で予備校の校舎を出た。

夕方五時半から一時間半の講義を行い、さらに小休止と生徒の個別質問に答えるための時間が三十分。これをもう一度くり返したのち、次回の講義の下準備をして今日の仕事は終了。スマホを見ると午後九時四十五分。莉奈に帰ると約束した十時半に、どうにか間に合いそうだ。

地下鉄の駅に急ぐ。先週髪を少し短くしたけれど、もっと切ればよかった。湿気ですぐに毛先がクネる。梅雨時から九月の終わりまで続く、東京の湿度の高さには本当に慣れないし、体は疲れるし、嫌になる。

玲の服装は紺のジャケットにスカート、白のブラウスで、講義中の画面に映らない足にはスニーカーを履いている。二年前、日本に戻ったばかりのときは、フランスやカナダからの観光客のためのフランス語通訳をしようと思っていた。だが、日本に来るのは中国を中心としたアジアからのツアー客が八割以上で、フランス語や英語の観光通訳は仕事の奪い合いだといわれて断念した。次にフランス語や英語の会話学校の講師になりかけたが、フランス生まれやアメリカ生まれで、ブロンドの髪に白い肌だったり、高身長で褐色の肌だったり、見た目からして外国人らしくないと講師としての能力が同じでも報酬はぐっと安くなるといわれ、腹が立ってやめた。

で、結局一年半前から予備校で大学受験生のための英語講師をしている。日本での大学受験経験がない玲は当初戸惑ったが、そのぶん教えるための勉強と努力をしたかいがあって、生徒からの評判もいい。少なくとも再来年の二月まではこの仕事を続けられそうだ。

スマホが震えた。案の定、兄からのメッセージだった。

「莉奈に安易に介護を押しつけるな」と書かれている。最後に「母さんの様子はどうだ」の一行も添えられていた。兄にも母の世話を任せきりにしていることへのうしろめたさがあるのだろう。ただ、介護費用を毎月振り込んでくれているし、現時点では玲ひとりでも母の生活のサポートはできている。しかし認知症が進行していくこの先は、どうなるかわからない。

兄に返信しようとした手を止めて考える。母の状態が落ち着いていれば、寝かしつけたあと、今夜はタクシーではなく、自分で運転して莉奈を家まで送っていこう。そのとき、ついでを装って兄に母の近況報告をするか。

地下鉄神田駅の改札を入り、電車に乗り込もうとしたところで、またスマホが震えた。

今日、母の介護をドタキャンしたマイラからだ。

『シスター、助けて』

電話に出ると彼女の声はすすり泣いていた。

2

白い外観の十三階建て集合住宅が一キロメートル以上にわたって屏風《びょうぶ》のように連なり、無数の窓明かりが浮かんでいる。住人には申し訳ないが、何度見てもこの巨大さに威圧され、怖さを感じてしまう。

隅田川東《すみだがわひがし》団地は名前通り、隅田川の東岸に建っている。全十八棟、総戸数は千八百五十、住人数は約七千二百。その八号棟七階にマイラ・サントスの一家は住んでいた。

彼女はフィリピン生まれの四十四歳。来日後に日本人と結婚し、ふたりの息子を産んだ。今は離婚し、子供たちと三人で暮らしている。特別養護老人ホームで介護福祉士として働き、その合間にも、フィリピン出身の仲間と介護事業グループを通じ在宅介護の仕事を受けつけていた。

マイラは下の息子が「トラブルに巻き込まれて、どうしていいかわからない」と連絡してきた。

普段、他人のことにはなるべく関わらないようにしている。ただし、助けを求められたら、可能な限り手を貸す。善人を気取っているわけじゃない。帰国して二年、今もまだ日本独特の人づきあいの方法に慣れていないだけだ。日本的な人間関係の中での損得のバランスの取り方もよくわからないし、どこからが「おせっかい」になるのかも理解できていない。

マイラは泣き腫《は》らした目で玲を自室に迎え入れた。

「特殊詐欺で捕まった男が、乃亜《のあ》も共犯だと自供したっていわれて」

乃亜は彼女の次男で、今十九歳。今日、マイラは任意の名目で警察署に呼び出され、午後三時から夜七時まで息子の素行や友人関係、さらには彼女自身の交友関係について延々と聴取を受けていた。玲の母の介護に来られなかったのは、そのためだった。

「柴山《しばやま》って男が供述したんだね」

玲の問いかけに、キッチンテーブルに座ったマイラは力無くうなずいた。

柴山は都内在住の二十八歳。高齢者宅に現金を受け取りに行く、いわゆる「受け子」役を担当していたとして警察の内偵を受けていた。しかし、一昨日《おととい》突然、自分から都内浅草《あさくさ》警察署に出頭してきたという。

柴山は乃亜と同じコンビニでバイトをしていて、ふたりには面識があった。

「警察は乃亜くんも詐欺グループのひとりだと断定したの？」

「ううん。でも、柴山に協力していた可能性が強いって」

「その程度？　まだ参考人の段階なのに母親を呼び出すなんて。しかも、四時間も聴取なんて長すぎる。任意っていいながら、ここの家宅捜索までしたんでしょう？」

玲が家の中を見渡すと、マイラが小さくうなずいた。

警察は次男の乃亜だけでなく、長男の礼央《れお》やマイラ自身のことも疑っている。玲の思い込みじゃない。そうでなければ今の段階で、無理な理由づけをして家宅捜索まで強行するはずがない。

以前もマイラとは別のフィリピン出身の友人が、警察に窃盗容疑をかけられたことがあった。英語やフィリピン語の通訳もつけてもらえず、まるで犯人のような聴取を受け、明らかな人権侵害だと玲は抗議したが、門前払いされた。そのくせ弁護士の兄を通じて再度連絡すると、警察はすぐに謝罪し、聴取への「協力費」として口止め料の一万円を渡そうとした。

今回も外国人差別的な取り調べの臭いがするが、ひとつだけ問題があった。

「それで乃亜くんの居場所は？」

「わからない」

柴山が出頭した一昨日から、友人のところに泊まりにいくといって、この家に戻っていなかった。ＩＴ系の専門学校に通っているが、そこも一昨日から休んでいる。コンビニのバイトも同じく無断欠勤していることがわかった。

乃亜が特殊詐欺に加わっていたという供述が出たのとほぼ同時に行方をくらましたのだから、少なくとも警察に怪しいと疑われる理由はある。警察は柴山の供述以外にも、乃亜が犯行に加わっていた証拠となる映像や品物を、すでに押さえているのかもしれない。

「泊まりに行くといってた友だちには訊《き》いてみた？」

「電話したけど、あの子、行ってなかった」

「他に泊めてくれそうな子は？」

「何人かに訊いたけど、皆知らないって。元々、友だち多くなかったし。でもね、シスター、乃亜は不器用だけど真面目、絶対にそんなことする子じゃない」

マイラが目を潤ませる。

「わかってる。だからこうやって話を聞きに来たんだよ」

玲も乃亜に何度か会ったことがある。地味で口数も少ないけれど、決して犯罪に走るタイプじゃない。悪事に手を染める種類の人間か、そうでないかを見分ける眼は玲にも備わっている。

「とりあえず捜してみる」

玲は立ち上がった。

「捜すって、どこを？」

「泊めてくれる友だちはいないし、学生でお金も大して持ってない。遠くまで逃げる理由も、今のところ見当たらない。だとしたら、よく知るこの街のどこかにいる可能性が高いから」

マイラの表情がさらに困惑した。当てずっぽうな行動だと思っているのだろう。

「ここで座って待っているよりはいいでしょう？」

「そうかもね。それじゃ私も――」

迷いながらも椅子から立ち上がろうとしたマイラの肩に、玲は手を置いた。

「あなたはここで待っていて。もう夜遅いし、乃亜くんが帰ってくるかもしれないから」

「シスターひとりじゃ危ないよ」

「私はだいじょうぶ」

「でも――」

「俺が行く」

キッチン横の閉じていた襖《ふすま》が開き、長男の礼央が出てきた。

玲たちの話を聞いていたのだろう。彼に会うのははじめてだ。身長百八十前後で筋肉質、日焼けした肌。柔和な弟の乃亜と違って意志の強そうな目をしている。

「明日も仕事でしょ」

マイラがいった。

「心配しなくていい」

礼央は見習い電気工事士として建築現場で働いている。

「ガキのころ、あいつと遊んだあたりに行ってみる？」

彼に訊かれ、玲はうなずいた。

＊

隅田川沿いに延びる首都高《しゆとこう》6号線の高架下には、公園や撤去自転車の集積場が点在し、遊歩道も延びている。太いコンクリートの柱が並び、絶えず車の走行音が響いているが、雨露を凌《しの》げるので、ブルーシートや段ボールで造られたホームレスの人々の住居も多い。

玲は礼央とともに街灯が照らす公園の遊具の下や、公衆トイレの裏を捜して歩いた。

「家、このあたりなんだって？」

礼央が植え込みの奥を覗《のぞ》きながら訊いた。

「あなたたち兄弟と同じ向島第一小の卒業生」

玲も清掃用具入れの陰を確かめながら答える。

「あのさ」

彼が大きな目をこちらに向けた。

「どうして乃亜のこと捜す気になった？」

「それを訊くためについて一緒に来たの？」

玲も立ち止まり彼を見た。

「あんたの答えを聞いたあとで、俺が答えるかどうかは考える」

「捜す理由は、乃亜くんがマイラの大切な息子だから。彼が見つかってこの騒ぎが収まれば、また彼女は元気になって、うちの母の在宅介護をしてくれるようになる。もうひとつは、昔の自分と今のマイラを勝手に重ね合わせて、何かせずにいられない気持ちになっているから」

「自分と重ねて？」

「二年前に日本に戻ってくるまで二十年フランスで暮らしていたんだけど、アジア人ってだけで馬鹿にされたり、見下されることがしょっちゅうあった。人種差別なんて当たり前だったし、嫌な思いも数え切れないほどしてきた。時代も国も違うけれど、この気持ち、周りからhafu《ハーフ》と呼ばれるあなたにはわかるでしょう」

「ああ。よくわかる」

「乃亜くんに疑いがかかったからって、何時間もマイラの聴取をしたり、任意といいながら半ば強引に家の中を捜索した警察にムカついてるのよ。乃亜くんを巻き込んだ特殊詐欺の連中にも腹が立つ。なのに、何もせず、彼が見つかるまでじっと待ってるのをがまんできなかっただけ」

「自分が事件を解決するみたいな言い方だな」

礼央が街灯の下で薄笑いを浮かべた。

「場合によっては、そうしなくちゃならないかもね。警察は弱い者を守ってくれる組織じゃないし、真実を見つけるために動いてるのでもないから」

「それもよくわかる」

彼の顔から笑みが消えてゆく。

「中二のとき、カツアゲに遭ってコンビニの前で揉《も》めたら警察が来て、いつの間にか、俺がカツアゲしたほうにされてた。蹴《け》られて財布を取られそうになったのは俺なのに。向こうは四人全員が有名私立に通う高校生で、俺は区立中に通う貧乏なフィリピンハーフだとわかると、警察は何も疑わずあいつらの話を信じた。そんな経験何度もあるよ」

フランスほど強くないにせよ、この国にも日本人と、日本以外のアジア出身者の子供や日本人と他の有色人種の間に生まれた子供を「区別」する意識が、確かに存在している。

「フランスに行ったのは何歳？」

礼央が訊いた。

「十六歳」

「留学？」

「本題と関係ない質問だと思うけど。今それ重要？」

「ああ、俺にはね」

「なら手短に話す。留学じゃない。日本から逃げた」

「日本が嫌で、憧《あこが》れていたフランスに逃げたのか」

「全然違う。高校一年のときに不登校になったの。原因は部活の先輩や同級生からの妬《ねた》みや嫌がらせ。陸上の幅跳びやってたんだけど、インターハイクラスの記録を出せるようになると、同じ種目をやってる先輩の露骨な嫌がらせがはじまった。同じころに、学年で人気のあった男子に告白されて、断ったらその取り巻きの女子たちから陰口を言われて、教科書とか持ち物を隠されるようになった」

「そっちのほうも、俺のと同じくらいよくある話だな」

「ええ。でもあのころの私には、世界が真っ暗になったように思えた。どうしていいかわからないけど、誰も助けてくれなかったし、自分からも助けてといえなくて、気づいたら毎日部屋に閉じこもるようになっていた」

「で、フランスに？」

「そう。見かねた母にフランス旅行に誘われたの。母方の祖父がフランス人で、あっちで暮らしていたから」

白い肌に茶色の髪、グレーの瞳《ひとみ》をしたおじいちゃんの血を、玲も四分の一受け継いでいる。祖父は日本人の妻（玲の祖母）と離婚後、祖国に戻っていた。

「旅行なんて嫌だった。でも、毎日かかってくる担任からの様子伺いの電話や、担任の指示で書かされた全然仲のよくない同級生の励ましの手紙から逃げたくて、母と飛行機に乗った」

シャルル・ド・ゴール空港の入国審査を抜けて最初に見たのは、花束を手にした中年男性と旅から戻った中年女性が駆け寄り、抱き合う姿だった。

パリ市内でも石畳の道から呼びかける男の声に気づいた女が、アパルトマンの階上の部屋から駆け降りてきて、熱いキスを交わす場面を見た。まるで芝居の一場面のような瞬間に、到着後の数日だけでいくつ出会っただろう。男性も女性も、美形とは程遠い人たち。けれど、彼や彼女は世界が自分たちだけのためにあるような顔で愛を謳歌《おうか》していた。

　こんな大げさなことばかりする人々の国なんて自分には合わない。

　そう思った。なのに——

「一週間後に母が先に日本に戻り、私だけが祖父のところに残って、さらに二週間、一ヵ月、半年と過ぎて、はじめはパリのインターナショナルスクールに編入し、次に現地の私立高校に転入して、祖父が病気で亡くなったあとも暮らし続け、気づけば二十年あっちにいた」

「日本に戻ったのは、どうして？」

「いろいろあってね。フランスで離婚もしたし、母の若年性認知症がわかって、日本で介護をする人間も必要になった。私の話はこれくらいでいいでしょ？」

「あ、うん。それで乃亜は詐欺をしたと思う？」

　礼央が訊く。

「思わない。ただ、いい意味じゃない。乃亜くんに会ったことがあるけれど、私の印象では、彼には初対面の老人を騙《だま》したり悲しませたりできる度胸も根性もない」

「確かにね」

「弟を侮辱するような言い方をしてごめん」

「いや、その通りだよ。でさ、これ——」

　スマホの画面のＱＲコードを見せた。

「情報交換しながら、それぞれ捜したほうが早いだろ」

　ＳＮＳでＤＭか通話のやりとりをしながら、別々に行動しようという提案だった。

――私を少しは信用してくれたようだ。

「ただ、離れすぎないようにして。何かあったらすぐに駆けつけられる距離にいてほしい」

「何かあったらって、俺に？　そっちに？」

彼の言葉に「ひ弱なオバさん」というニュアンスが含まれているのがわかる。

「お互いに」

玲は返した。

「そうか。だったら、俺はあっちに」

彼が塀に囲まれたバス会社の洗車施設を指さした。

「小学校のころ、乃亜とか友だちとよく塀を越えて忍び込んで、スケボーしたり、並んだバスの屋根の上をジャンプして渡ったりしてたから。忍び込んで捜してみる」

「私はここの中に」

玲は変電所を囲んでいる金網に手をかけた。

直後――

「ちょっと、そこ」「動かないで」

遠くからふたりの男の声が聞こえ、玲の体はライトで照らされた。

ふたりの制服警官が駆けてくる。言い訳になるが、高架を走る車の音で気づかなかった。団地の部屋を見張っていて、玲たちが外に出た時点からあとをつけ、職質をかけるタイミングを窺《うかが》っていたのかもしれない。

――駄目だな。

現役を離れて二年、そんな基本的なことに注意を払うのも忘れていた。

「そこは立ち入り禁止、何してるの」

警官のひとりが厳しい声でいった。

「いや、この人は」

礼央が近寄り、説明しようとしたが、警官は「あなたも動かないで」と強い口調で制する。

「だから――」

礼央はスマホのカメラを向けた。動画で証拠を残すためだ。

「勝手に撮らない」

警官がスマホのレンズを手で塞《ふさ》ぎながら、礼央の腕を強く摑《つか》んだ。

「あなたこそ、その子から手を離しなさい」

玲はいった。が、警告に従わず撮り続ける礼央の腕を警官はうしろに捻《ね》じ上げた。

「痛《い》って、やめろ」

礼央が顔をしかめる。

「やめなさい」

玲も警官の肩と腕を摑んだ。

警官がその手を振り払おうとした瞬時、玲は体を入れ替え、警官の腕を捻じ上げた。同時に、礼央の体から警官を引き剝《は》がす。驚いた警官たちが、玲を組み伏せようと反射的に摑みかかった。が、玲はひとりの体を投げ飛ばし、さらにもうひとりの足を払った。

制服を着たふたりの背中が、アスファルトの地面に叩《たた》きつけられる。

――あ、やっちゃった。

こんなところで昔の悪い癖が出た。

礼央は啞然《あぜん》としている。

「おい、動くな」

自転車に乗った警官ふたりがさらに駆けつけ、玲をライトで照らす。パトカーのサイレンの音も近づいてきた。

3

「あなたが投げ飛ばした警察官、どっちも柔道の有段者なんですよ。なのに、そんな細い体で制圧しちゃうなんて。能條さん、あなた何者ですか」

顎《あご》のしゃくれた中年刑事がいった。

「予備校の講師です。身分証を見せましたよね」

玲は取調室の机に肘《ひじ》をつきながら答えた。

「調べたんですが、フランスから二年前に戻ってらしたんですね。一年前、隣の本所《ほんじょ》署管内で起きた窃盗と詐欺の参考人になったベトナムの女性、ホアン・トゥイ・リェンさんの現場不在証人になり、身元引受人にもなっていますよね。で、ニックネームがシスター。講師のほかに教会関係者とか修道女もやってらっしゃるんですか」

「違います」

「そうですか。でも、ただの予備校講師が警察官を投げ飛ばせないだろうし。顔も整っていてきれいですよね。スタイルもよくて女優さんのようじゃないですか」

「その発言、セクハラですね」

刑事がやりにくいなあという顔で頭を掻《か》く。

「あの制服の警察官、職質をかけるつもりで私たちを尾行していたんですよね」

今度は玲が訊いた。

「しかも、わざと挑発するような声のかけ方をした。はじめから警察署に連れてくるつもりだったんですね」

刑事は答えない。

家族が自宅以外の場所に乃亜を匿《かくま》っていると踏んで、あわよくば乃亜の所在を特定し、それが無理なら何かしら理由をつけ、任意の聴取まで持ってくる計画ができていたのだろう。

今日の午後、マイラはこの東向島警察署に呼ばれ、乃亜の件で長々と事情を訊かれた。

──その同じ場所に、私自身が来ることになるなんて。

「礼央くんがさっきの状況を動画撮影しています。それを見れば──」

「ええ。今別の人間が見て検証しています。それからサントス礼央さんには、もうタクシーで帰ってもらったんで安心してください」

「彼だけ？」

動画を確認して、礼央を長く拘束しておける理由を見つけられなかったのだろう。

「どうして私はまだ帰れないんですか」

「あなたは警察官を投げちゃって傷害の疑いがあるでしょ」

取調室の壁に掛けられた時計は、午前〇時半を過ぎていた。

玲の家で母を看ている姪の莉奈には、午後十時ごろ「少し遅れる」とメッセージを送っておいた。だが、その後二時間過ぎても帰らないとなると、間違いなく介護の追加料金を請求される。

玲はスマホを見た。やはり圏外になっている。参考人が安易に外部と連絡を取らないよう、電波を遮断しているためだ。

「さっきお渡しした電話番号には、連絡していただけましたか」

玲は訊いた。

「ええ。でも、留守電に切り替わってしまってね。とりあえずメッセージは残しましたよ。相手はどなたですか。家族？　彼氏？」

「答える必要はないと思いますが。とにかく、もうすぐ折り返しの電話が来ます。そうすれば誤解も解けますし、映像を確認すれば、無抵抗の私たちに警察官が先に手を出したのも証明される。逆に皆さんが不利になるんじゃないですか」

「かもしれませんね。でも、まだその折り返しの電話は来ていない。だからまあ、もう少しお話ししましょうよ。警察がお嫌いなようですが、以前何かありましたか？」

「今日の午後、礼央くんの母親のマイラ・サントスに、この署の方が事情聴取しましたよね」

「マイラ？　どなたですか？」

「礼央くんと、サントス乃亜くんの母親のマイラさんです。彼女への聴取方法にも問題があったようですね。しかもその後、彼女を家まで送るという名目で、団地の部屋まで押しかけ、強引に上がり込んであれこれ調べていった」

「そんなことはないと思いますよ。何がおっしゃりたいんですかね」

「マイラは弁護士に相談するそうです」

「だから？　警察を脅すつもりですか？」

バタバタと靴音が近づいてくる。

若い刑事が慌てて取調室に入ってくると、玲の前のしゃくれ顎に耳打ちした。ふたりは二、三言葉を交わすと、今度はしゃくれ顎の中年が慌てて取調室を出ていった。

折り返しの電話が来たようだ。

手持ち無沙汰《ぶさた》で待っていると、十分ほどして、中年刑事が眉間《みけん》に皺《しわ》を寄せ戻ってきた。

「今、警察庁警備局の乾徳秋《いぬいとくあき》参事官とお話ししてきました。参事官によれば、能條さんは『警察庁がお世話になっている講師の方』だと。身元も保証してくださいました」

講師、まあ間違いではないか。確かに彼の依頼で何度か講義をしたことがある。ただし、受験英語ではなく、要人警護やテロ犯逮捕など警察のミッションに関する講義だ。

「しかもあなたのお兄さん、弁護士だそうですね。とりあえず応接室に移りましょうか」

中年刑事が提案した。

「いえ、ここで結構です」

「どうして警察庁の警視長さんの電話番号だと先に教えてくれなかったんですか」

「話したら、皆さんに保身のための言い訳やうそを考える時間を与えることになってしまうので」

しゃくれ顎は怨《うら》みがましい目で見ると、腕組みをして下を向き、また口を開いた。

「ただ、あなた本当に元GIGN《ジェイジエン》?」

――乾さん、それも話したのか。

「ええまあ。どんな組織かご存じなんですか」

玲が訊くと、しゃくれ顎はうなずいた。

「これでも警察官の端くれですから」

玲は元フランスの警察官で、国家憲兵隊管轄下の通称GIGNという特殊部隊に所属していた。国家憲兵隊治安介入部隊、正式名は「Groupe d'intervention de la gendarmerie nationale」。「憲兵隊」とついているものの、軍隊ではなく、フランス国防省と内務省が管轄する警察組織で、対テロや人質救出作戦に専従し、隊員になるには非常に高いスキルが求められる。選抜試験も過酷を極め、ほぼすべての隊員が山岳クライミングや戦闘潜水などの資格を持ち、殊に射撃の技術は各国の正規軍をも凌ぐといわれている。

若い刑事が緑茶の入った紙コップを運んできて、玲の前に置いた。彼が横目で見ている。他にも何人かが、開いたドアの遠くからこちらに好奇の視線を向けている。

「元ＧＩＧＮ、制服警官が簡単に投げ飛ばされるわけだ」

しゃくれ顎は渋い表情のまま、紙コップのお茶を飲んだ。

＊

しゃくれ顎以外にも、東向島署の次長や係長だという連中に見送られ、玲は深夜の車寄せに停まった覆面バンに乗り込んだ。

不愉快な聴取だったけれど、乾参事官から連絡が入って以降は状況も変わり、世間話の建前でサントス乃亜の特殊詐欺容疑に関する情報も若干手に入れることができた。

状況は思っていたよりずっと悪く、乃亜は日本のヤクザとベトナム人による半グレ集団の揉め事に巻き込まれた可能性が高い。

しゃくれ顎は警察車両で玲の自宅まで送るといったが、断り、途中の東向島駅まで運んでもらうことにした。有料の駐輪場に停めたままの自転車を回収してから帰る。

スマホを見ると、乾徳秋参事官からメールが届いていた。

『今後はこんなことがないよう注意します。ただ、あまりご無理はなさらないように』

いつも通りの、どこか見透かしたような物言いだ。

『お気遣いありがとうございます。夜分に申し訳ありませんでした』

玲は返事を送った。

乾徳秋は百八十五近い高身長で、バツイチの四十四歳。東大出身で現階級は警視長。上品な話し方をする反面、自分の意見は絶対に曲げない典型的なエリート官僚で、一緒にいると疲れるし、正直あまり好きではない。他に方法がなかったとはいえ、今夜の出来事は彼への負債として玲の中に残ってゆくだろう。

一方で彼は恩人でもある。

玲が日本に戻ったばかりで、通訳の仕事の当ても外れ、お金に困っていたころ、乾から警視庁や千葉県警などのＳＡＴ（特殊急襲部隊）にレクチャーしてくれないかと依頼を受けた。

世論に配慮し、日本では講義自体が難しいテーマ——ターミナル駅や地下鉄、デパートなどを、五名以上のテロリストが十名以上の人質を取って占拠した場合の対処法、さらに踏み込んだ射殺によるテロリストの効率的な排除法などについて、口頭で解説するだけでなく、実地訓練にも参加・指導し、結構な収入になった。帰国後の半年間は、乾が振ってくれた仕事で食べていたといっていい。ただ、背に腹は代えられなかっただけで、今はもうやりたくない。アドバイザーとして正式に雇用したいといわれたが、それも断った。

フランスで暮らし、ＧＩＧＮに所属していたころを思い出すと、苦く辛《つら》い気持ちになる。

しかし、乾は玲がＧＩＧＮで所属隊のサブリーダーをしていたことだけでなく、なぜそこを辞めたのかも詳しく知っていた。イタリア、ドイツの日本大使館に警備担当として赴任していた経験があり、国外にも独自の人脈を持つ事情通で、単なる高学歴以上の能力を備えた人——要するに切れ者なのだろう。

母を看てもらっている姪の莉奈からも留守電にメッセージが入っていた。

『延長料金は当然いただきます。どうせまた何か揉めたんでしょ？　朝までかかってもいいけど、詳細を教えて』

あの子の悪い癖だ。騒ぎが起きるといつも覗き見をしたがる。まあいい、事情を話す代わりに延長料を減額させよう。

スマホが震えた。

乃亜の兄、礼央からのＤＭだ。「はじめ」のタイトルがついている。

『うろうろしないで帰ったよ』『遅刻せず朝には仕事いく』

さらにもう一件来た。こちらには「つづき」のタイトル。

『二時に昼休憩入るんで』『きっと連絡する』『てつだってもらう』

変な文章の上、玲には無関係な内容。

でも、あの礼央って子、意外と頭がいい。玲が今どんな状況にいるかわからないので、簡単な暗号文を送ってきたのだった。

各行の「はじめ」の文字を「つづき」にして読むと——

「うちにきて」

団地に来いという意味だろう。

玲は走る警察車両の中から『了解』と返信した。

4

玲は都道沿いの歩道に乗ってきた自転車を停めた。マイラ、礼央、乃亜の三人が暮らす隅田川東団地を見上げるのは、今夜二度目になる。

深夜の一時半を過ぎ、窓明かりが少なくなったぶん、暗闇にそびえ建つ巨大団地はよけい不気味に見えた。さっき警察官にあとをつけられたのを反省し、今度は警戒しながら団地内に入ってゆく。エントランスにオートロックのドアなどはついていない。

隅田川東団地は全十八棟のうち、まず最初期の五棟が一九七五年に完成した。その後十年をかけ、今のような全長一キロ以上の巨大団地に成長したため、一部はかなり老朽化が進んでいる。

その古い二号棟の最上階に向かっている。

監視カメラに映らぬようエレベーターは使わない。住人にも会わないよう、各棟を貫く長い通路を行き来し、無数にある階段を上り下りして、あみだくじをたどるように巨大団地内を進んでゆく。途中、尾行についてもくり返し確認した。団地内に制服警官の姿はなく、東向島署は見張っていた連中を撤収させたようだ。玲が乾参事官の知り合いだと判明し、サントス家への強引な捜査方法を改めたのだろう。

二号棟の屋上に出る鉄製ドアは、何重にも施錠されていた。無理にこじ開ければ大きな音が出てしまう。団地に来る途中、礼央に電話でいわれた通り、少し離れた外付け階段の金網を登り、隙間から踊り場に突き出た小さな屋根に乗った。さらに雨水排水パイプに飛び移り、這《は》い上がって屋上に出てゆく。

両足の下には何もなく、手を滑らせたら十三階の高さから落ち、地面に叩きつけられる。だから礼央からは「慌てず慎重に」とくり返しいわれたが、この程度ならどうってことはない。それより予備校の講義用ジャケットとスカートが汚れてしまったことのほうが大きな問題だった。

屋上に柵《さく》はなく、遠くに今はもう使われなくなった錆《さび》だらけの大きな給水タンクと、その横の小さなポンプ制御室が見える。すぐには向かわず、エレベーターのモーター室の横に身を隠し、追跡されていないかしばらく様子を見た。

その間に、礼央に到着したと電話を入れる。

『登れた？』

礼央が訊く。

「ええ」

『すげえな、運動は本当に幅跳びだけ？　さっきも強かったし、格闘技とかやってた？』

「笑わないし軽蔑《けいべつ》しないって約束するなら、教えてもいいけど」

『約束する』

「フランスにいたころ、警察官をやっていて特殊部隊に所属してた」

『全然笑えないよ』

「笑わなくていい。本当だから」

『マジか』

「うん」

『警察官か……でも、元だよな。それも日本のじゃなくフランスの』

「ええ」

『わかった。軽蔑しない。俺と同じくらい警察嫌いなくせに、元警察の特殊部隊。で、愛称が修道女《シスター》。冗談みたいだな』

「そう呼ばれるのは好きじゃない」

『どうして』

「特殊部隊にいたころも似たようなあだ名をつけられていたから。シスターって呼ばれると、いい思い出よりも悪い思い出のほうがよみがえってくる」

　特殊部隊GIGNに所属中、玲は妊娠で一時隊を離れた。出産・育児を終えて復帰すると、後輩や新人隊員から陰で「シスター・レイ」と呼ばれるようになっていた。清廉潔白な修道女ではなく、六〇年代のアメリカのバンドが、ドラッグとセックスに溺《おぼ》れた人々を歌った曲のタイトルからつけたものらしい。要するに悪口だ。規則にも訓練にも厳しく、容赦のない玲に対する、若手らのせいいっぱいの皮肉であり虚勢だった。

『じゃあ俺は呼ばないようにするよ』

「ありがとう。そろそろ行く。向こうには話した？」

『ちゃんと話した。遠回りさせて悪かった』

はじめに乃亜の居場所を教えなかったことをいっている。

「気にしなくていい。探り合いの時間が必要だったのはお互い様だから。このまま電話を切らずにつなげておくから、あなたも話を聞いていて」

玲は身を低くしながらポンプ制御室まで走ると、はじめにドアを三回、次に一回、最後に四回小さく叩いた。

静かにドアが開き、怯《おび》えた顔の乃亜が顔を出した。

すぐに中に入り、ドアの内鍵をかける。

「前に一度会ったことがあるけど。覚えている？」

玲の言葉に、乃亜が首を横に振る。

「礼央は？」

彼の訊く声が震えている。

「ふたりだと目立つから、来るのは私ひとりにした。一対一で話を聞きたかったし。でも、電話はつながっている」

『俺も聞いてる』

自宅にいる礼央がスマホのスピーカーを通じて呼びかける。

「わかった」

乃亜が表情を強張《こわば》らせながらうなずいた。

三畳ほどの室内には小さな窓があり、周囲のビルの光がわずかに射し込んでいる。壁沿いに大きな制御盤が置かれ、隅には古いマンガやポルノ雑誌、変色したタバコの吸い殻もいくつか落ちていた。もう何十年も前に、中高生たちの秘密の溜《た》まり場として使われていたのだろう。

ここに隠れているよう指示したのは礼央だった。

乃亜は制御盤の陰に座り込み、半分身を隠しながらこちらを見ている。

「あんた警察？　それとも弁護士とか？」

「どっちでもない。礼央くんから聞いたでしょ、近所に住んでいるマイラの友だち」

「じゃ、助けるなんて無理じゃん。相当ヤバいってわかってる？」

「だからどれくらいヤバいのか見極めるため、まず話してほしいの」

乃亜は黙った。暗がりの中から変わらずこちらを睨《にら》んでいる。

「私が必要ないなら、はっきりいって。俺に構うなと一言いったら、今すぐここを出ていく。家に戻って化粧を落として、今日マイラと礼央くんから聞いたことも、さっき警察署で知ったことも全部忘れて、さっさと寝る」

『乃亜、ビビってないで話せ。何の解決策もなく隠れているだけじゃ、どんどん悪くなるだけだろ』

礼央がいった。

外から射す光が乃亜の額に滲《にじ》む汗を照らす。それを手で拭《ぬぐ》うと彼はつぶやいた。

「何から話せばいい？」

「柴山って男とは本当に知り合いだったの？」

「ああ。バイトで同じシフトになることもあったし、夜勤中はよく話した。仕事以外で何度かメシに行ったこともある」

「特殊詐欺に誘われたことは？」

「ない」

「あなたが特殊詐欺に関わったことはないのね」

「ないよ。一度もない」

「柴山に最後に会ったのは？」

「四日前」

柴山が警察署に出頭する二日前だ。

「俺がコンビニの夜勤終わって更衣室にいたら、シフトないのにあいつが来て、何の用か訊いたら、忘れ物取りに来たって。で、ちょっとだけ話して、俺はすぐに店を出た」

「データを渡されたのはそのとき？」

「えっ？　それ、誰から？」

「警察で聞いた」

「そんなことまでもうバレてんのか。ふざけんな」

「落ち着いて。何といって渡されたの」

「何もいってないし、俺、受け取ってなんかないよ。バイトから帰る途中、あいつから電話かかってきて、『おまえのスマホにデータ落とした』って。あいつ更衣室で勝手に送りつけたんだ」

「データ共有機能を使って、無線で送られたってこと？」

「ああ」

「前にも柴山のスマホから送られてくるデータに受信許可をしてたってことだよね」

「したけど、でも詐欺とは関係なくて。あの、エロ動画を何度かもらったことがあったから、そのまま受信許可にしっぱなしだったんだと思う」

「柴山が送りつけたデータ、今もあなたのスマホに入ってるのね。見せて」

乃亜が自分のスマホを差し出す。玲はデータを開いた。

大手家電会社の孫請けの電気工事業者、ガス機器設置業者、大手マンション管理会社の下請けや孫請けの内装業者の名前、電話番号、アドレスが並んでいる。

「柴山はこれを何だって？」

玲は訊いた。

「ネタ元リスト」

乃亜がふてくされたように早口で返す。

「あなたもこれが何か知ってるのね」

彼がうつむく。

「はっきりいって。どっち」

「ああ。知ってる」

事件に巻き込んだ柴山に、そして自分にも腹を立てているような強い声で乃亜は答えた。

高齢者を狙った特殊詐欺、特に数人がかりで劇場型詐欺を行う場合には、事前にどこにどんな家族構成で、どの程度のレベルの生活をしているか把握している必要がある。金を持っていて年寄りだけで暮らしている家庭を絞り込む必要があるという意味だ。以前なら、アンケートや調査と称して手当たり次第電話をかけていたが、膨大な手間がかかる上、昨今の警察による詐欺予防啓発で皆が用心するようになり、カモを見つけるのが難しくなってきた。

そこで一部の詐欺グループは、他人の家に違和感なく入り込める連中からデータを集めることを考えついた。エアコン取り付け業者、家電やガス機器の設置業者、ガス漏れ検知器の点検員、戸内排水管の清掃業者、内装修繕業者、さらに宅配便業者——それらの中にいる、ごく一部の不道徳な奴らを誘い、または恐喝し、無数の家庭のデータを収集している。もちろん違法行為だ。

乃亜からこのデータを見せられたとき、自身も電気工事士である兄の礼央は危険を感じ取り、この屋上のポンプ制御室に隠れろと弟に命令した。

「柴山にデータを預かるようにいわれたの？　それともどこかに運べって？」

「二日間誰にもいわず預かってろって。二日したら、またあいつから連絡が来るから、指示された場所に行って、データを無線で相手にドロップする。その場で俺は自分のスマホの中のデータを消去して、作業は終わり」

「いくらもらう約束？」

「三十万円。でもあいつ、二日して電話してきたら、『おまえもヤバいから逃げろ』って。どういうことだよ、ふざけんなっていったのに、『俺は警察行く』って切りやがった」

「柴山は特殊詐欺の受け子や出し子のまとめ役をやっていた」

「まとめ役って、一番下っ端じゃないの？」

「違う。コンビニのバイトも、ちゃんと働いていると周りに印象づけるためで、ただのカムフラージュ。で、柴山の持っていた特殊詐欺のネタ元リストのデータは、元々、身延連合《みのぶれんごう》傘下の浦沢《うらさわ》組《ぐみ》っていう暴力団の持ち物だった」

「マジか」

乃亜の表情がさらに暗く険しくなってゆく。

「柴山も浦沢組の配下として働いていたけど、警察の内偵が自分に迫っていると気づいて、組に助けを求めた。簡単にいえば、どこかに逃げるための金を工面してくれと頼んだ。でも、浦沢組の連中は自分で何とかしろと突っぱねた。これまで尽くしてきた組に無下にされた柴山は、怒り、失望し、そして逮捕される恐怖心に駆られ、データを盗み出し、前からそのデータを横流ししてくれと持ちかけられていた相手に売り渡そうとした」

「相手って誰？」

「錦糸町《きんしちょう》や亀戸《かめいど》に勢力を広げている半グレ外国人の集団。ジョイ《J》＆ステディ《S》・コーポレーションって社名で、表向きはバーとかキャバクラを何店舗か経営しているけど、実際は日本人の社長を飾り物にしたベトナム人の組織。柴山はそいつらにデータと引き換えに金と海外への逃走の手引きを頼んでいた。けれど、実際に渡す前に、浦沢組に気づかれ追い詰められ、他にどうしようもなくなって、自分の持っていたデータを消去し、警察署に逃げ込んだ」

　乃亜が両手で顔を覆う。

「ねえ、あなたもこのデータはヤバいって最初に気づいたよね」

「まあね」

「どうしてすぐに消去して、柴山の頼みを断らなかったの」

「だから三十万」

　彼が顔を覆いながらいった。

「その程度の額じゃ見合わないって、あなたも計算できたはず。教えて、なぜ断らなかったのか」

「あんた何者？　そんな警察みたいな追い詰め方――」

「もう一度いう、助かりたいなら本当のことを話して」

　玲は膝《ひざ》を折り、乃亜の視線の高さまで顔を落とした。

「柴山に脅されたのね」

　少しの間のあと、乃亜は「ああ」と答えた。

「柴山から盗品をもらった？　それとも一緒に何か盗んだ？　まさか性犯罪じゃないよね」

「前にあいつが勤めてた金券屋とかホームセンターの倉庫から、プリカをパクって金に換えた」

『この馬鹿』

礼央がスマホの向こうでいった。

「どれくらいの期間に何回やった？　あなたの取り分と使い道は？」

「一年半の間に六回。金は五十万くらい。専門学校の特別講習費とか教材費を払って、残りは飲んだり食ったり」

「聞いてたよね」

玲は礼央を呼んだ。

『ああ』

「執行猶予にはなるけれど、前科はつく。それに専門学校も辞めさせられることになると思う」

『弁護士代は？』

「六十万円くらい」

弁護は兄の康平に頼む。妹がいうのも何だけれど、腕は一流だ。ただ、もちろん無料では引き受けてくれない。

『金は何とかする』

あとは警察関係だ。警察庁の乾参事官はどこまで協力してくれるだろう。

「マイラは？」

『疲れてキッチンでうたた寝してるよ。だいじょうぶ、母さんには俺から話す』

「これから先のことを乃亜くんに説明する。まず、あなたのスマホに入っているネタ元リストのデータを私のスマホに送り、そっちに残ってるほうは消去して。それから私と一緒に東向島署に出頭し、柴山と同じように身柄の保護を願い出る。明日の朝以降、署で私の知り合いの弁護士と合流するけど、しばらく勾留《こうりゅう》されることは間違いない。留置場に入れられるってこと。取り調べでは、『データは消去した。中身は見ていないし、何なのかも知らなかった』で押し通して」

「プリカをパクったほうは話さなきゃ駄目か？」

「ええ。その件で脅されてデータを預かったってことをはっきりさせないと。プリカの窃盗まで隠そうとしたら、柴山と共謀してデータを盗み出し、売ろうとしてたんじゃないかって、警察に強く疑われることになる」

『覚悟決めろ』

礼央が強い声でいった。

「わかったよ。でも、留置場から出たあとは、俺どうなる？　刑務所に行かない代わりに、ヤクザと半グレのベトナム人に落とし前つけさせられるんじゃ――」

「浦沢組はこれから考えるとして、J＆Sに知り合いがいるから、話をつけてみる」

「話って、あんたマジで何者だよ？」

『とにかく今は、その人のいう通りにしろ。それからおまえが留置場に入っても、マムは面会に行かせない。必要なもんは代わりに俺が届ける――』

が、礼央の言葉が止まり、直後、ふいに通話が切れた。切ったのはもちろん玲じゃない。

乃亜が自分のスマホから兄にかけようとしたが、玲はその手を摑んだ。

「だめ」

玲の言葉に乃亜がうなずく。

彼の額にまた汗が滲み、息を吸った喉の奥から「ひっ」と悲鳴のような音が漏れた。

「ここにいて。私ひとりで見てくる」

「礼央は？　何があった？」

「わからない。でも、たぶんいいことは起きていない。もし、私がいない間に誰かからあなたのスマホに電話が来ても、絶対に出ないで。ＤＭに返信もしないで。それがマイラや礼央くんから来たものでも」

制御室を見回した。が、使えそうなものは何枚かの錆びたカッターの刃先くらいだった。

玲はそれを拾い、ジャケットの襟裏や下着の奥に隠すと、薄闇の中で立ち上がった。

＊

屋上から金網を伝って外付け階段に戻ると、また監視カメラに映らないよう通路を往復し、階段を上り下りしながら一階に戻った。

その間、ネタ元リストのデータを乾参事官に送り、送信記録とともにデータも消去した。さらに昨日の昼から今までにかけて、乾、礼央、姪の莉奈とやりとりしたＤＭや通話の発着信記録を消し、当たり障りのないものだけを残した。

今来たように装うため、マイラたちの部屋のある八号棟一階からあらためてエレベーターに乗り込む。ふいに塗料の臭いがした。見上げると、天井にある監視カメラに黒いスプレーが吹きつけられ、さらにガムテープで覆われている。

やはり邪魔が入ったようだ。今まさに乃亜と警察署に向かおうとしていたのに。

七階で降り、共用廊下を進んでゆく。午前二時半、他の部屋の窓明かりはほぼ消えている。

玲はマイラたちの部屋の前に立ち、ドア横の呼び鈴を押した。

「はい」

マイラの声が中から漏れてくる。

「入って」

明らかに声が震えていて普通じゃない。

玲は金属のノブを回した。鍵はかかっていない。少し開けると、チェーンが切断されているのがわかった。そして入ってすぐのキッチンのテーブルに、泣いているマイラと、顔を強張らせた礼央が並んで座っていた。

ふたりの横には、ダサい柄のフェスTシャツを着てタバコをくわえたデブ、同じくタバコをくわえた開襟シャツの痩《や》せたガリ、ダボダボのパーカーで薄毛の眼鏡——土足のまま上がり込んだ中年男三人が立っていた。デブとガリは手にした大型のナイフを、マイラと礼央の顔の近くで揺らしている。そして胸元や袖口《そでぐち》からは和彫が覗いていた。威嚇のためにわざと見せているのだろう。日本のヤクザ、浦沢組の連中だ。

こいつらにも、もう乃亜やサントス家の情報が伝わっていた。

警察に内通者がいる？　それともデータを盗んだ柴山に乃亜以外の別の仲間がいて、そいつが漏らしたのかも。柴山自身が買い手を競合させて値を吊《つ》り上げようと、どこかに情報を流したのが浦沢組にも知られたのかもしれない。

「中に入れ、騒いだら殺す」

デブがいった。

「ひっ、あっ」

玲は驚き、怯えた振りをしながらあとずさり、ドアの外の共用廊下を見た。右側から黒シャツ、左側から白Tシャツ、ふたりの若い男が近づいてくる。浦沢組の若衆と呼ばれる連中だろう。

逃げ場はないか。

「早く入れ。本当に殺すぞ」

デブが凄《すご》む。すすり泣いているマイラの口に、薄毛の眼鏡がハンカチを詰め込んでゆく。

玲は考える。

敵はまず目の前の中年三人、さらに左右から来る若いふたり。倒すことはできるが、この狭い団地の部屋でやり合うとなると、二、三分で全員を制圧するのは難しい。その間に、ヤクザたちのほうが怯えたり、パニックを起こし、マイラか礼央に斬りつける可能性がある。

今はとりあえずデブの言葉に従おう。

黒シャツの若衆に背中を押され部屋に入ると、玲は声を震わせた。

「助けて。あの、誰にもいいませんから」

「さっきまでこのガキと電話してたのはあんた?」

ガリの中年に訊かれ、うなずく。

「こんな遅くに何話してた? しかも家まで来て。もしかしてこのガキとデキてんの?」

「乃亜くんがいなくなってマイラの気持ちが不安定になってるから、家に来て話してやってほしいって――」

「この女の友だちか。あんたダンナいる? 帰って来なくて心配する家族は? この時間に出て来れるんだから、独り身で子供もいないか。まあ、運が悪かったと思ってくれ」

黙って聞いていた眼鏡が玲のバッグを探り、スマホを取り出した。

「GPS切るの忘れんなよ」

横からデブがいった。こいつがヤクザ五人のリーダーのようだ。

デブは短くなったタバコを部屋の床に吐くと、汚れたスニーカーで踏みつけた。そしてすぐにまた新しい一本を取り出し、今ではあまり見かけなくなったS.T.デュポンの高級ライターで火をつけた。

「暗証番号は?」

眼鏡に訊かれ、玲は「0921」と素直に答えた。九月二十一日、スイスの全寮制学校で暮らしている玲の実の娘の誕生日だ。

ガリが手を伸ばし、玲の体の検査をはじめた。腰と胸のあたりをしつこくまさぐっている。

玲はムカつく気持ちを抑え、怯えた表情を作り続けた。

「気い散らしてんじゃねえぞ」

デブの太い声が飛ぶ。ガリが卑屈な笑みを浮かべ、玲の体に這わせていた手を引っ込めた。

ひとつわかったことがある。この五人、本気の殺し合いには慣れていない。

身体検査をしたにもかかわらず、玲が服に忍ばせたカッターの刃先には気づかなかった。抗争が日常的で常に生死の境にいる連中なら、絶対にこんな致命的な見落としはしない。

「他には誰も呼んでねえな」

デブに訊かれ、礼央がふてくされながらうなずいた。

「うそだったら、てめえの母親ぶち殺すからな」

デブが礼央を睨む。

「弟からの返事は？」

デブの声を聞き、ヤクザの男たちがキッチンテーブルに並べられたマイラと礼央のスマホを覗き込んだ。乃亜のスマホに、「データを持って帰ってこなければ、母親とアニキを殺す」とでも伝言を残したのだろう。

「遅えな。もう一度送れ」

デブがナイフの柄《つか》でマイラの頭を叩く。

マイラが震える手で文字を打ち込み、送信した。

「あんた、ほんとにこいつの弟の居場所知らない？」

ガリに訊かれ、玲が首を横に振った直後、スマホが鳴った。

テーブルの上のマイラと礼央のスマホではなく、デブが尻のポケットに差した一台だ。

「どうした」

電話に出たデブの表情が険しくなってゆく。

「それで？　ふざけやがって。どのあたりだ？」

デブは腹立ち紛れに意味もなく礼央の頭を殴ったあと、床にタバコを落として踏み消し、ヤクザたちに命令した。

「すぐ出るぞ」

薄毛の眼鏡が礼央の腕を摑み、椅子から立たせる。玄関に立っていた玲も、両側から若衆たちに腕を摑まれた。

「行くぞ」

ガリがマイラを立たせようとした。が、泣きながら首を横に振り、詰め物をされた口で呻《うめ》いている。その横顔をデブが平手で張り飛ばした。恐怖で硬直しているマイラの髪を引っ張り、椅子から立たせる。

礼央がデブを睨んでいる。

「次にそんな目で見たら、両目くり貫《ぬ》くぞ」

デブがいった。

意味のないことだが、どうしてもパリ郊外をテリトリーとしている移民系ギャングと較《くら》べてしまう。彼らはこんな警告をしてはくれない。今ごろ礼央は前歯を折られ、片耳を削《そ》ぎ落とされている。言葉よりも即座に行動で示し、相手の体にわからせるのがギャングの流儀だ。

「ババア、騒いだら腹刺すからな」

また予告した。

――威嚇と脅しが専門の、優しい日本のヤクザたち。

玲は唇を震わせ怯えた演技を続けながら、そんなことを考えていた。

5

隅田川東団地の六号棟一階には区営幼稚園がある。

その駐車場にある送迎用園バスの陰に停められたスモークガラスのワゴンに、玲、マイラ、礼央の三人は乗せられた。

深夜の街にワゴンが走り出す。運転席のディスプレイにはＡＭ３：12の表示。玲も礼央も手足などは縛られていない。マイラだけは口に詰め込まれたハンカチを取ることを許されず、不自然な口元を隠すため、その上からマスクをつけさせられていた。

デブからスマホを渡された礼央が、弟の乃亜に電話をかける。

が、すぐに留守電に切り替わった。

「場所を変える。ウチには帰ってくるな。代わりに二丁目の流通センターの中の二十六番倉庫に来い。これを聞いたら電話しろ。メールやＤＭじゃ駄目だ。おまえの声を聞かせろ。三十分以内にかけてこないと、俺とマムの指を切り落とすそうだ」

礼央がデブに指示されたメッセージを残し電話を切った。

「あいつがこのメッセージを聞かなかったら？」

礼央が訊く。

「それでも指を落とすよ。運がなかったと思え」

デブは強い声でいった。

が、礼央だけでなく、デブを含む他のヤクザたちも緊張している。

助手席に座った薄毛の眼鏡は、「はい、そっちはいわれた通りに」「いえ、やってねえすよ」とスマホに向かって弁明をくり返している。ガリのほうもスマホを通じて「そうじゃねえんだよ」「だから確かめろっていってんだろ」と厳しい口調で命令している。

三人にとって予想外のことが起きたのは明らかだ。

黒シャツと白Tシャツの若衆も動揺した顔でしきりに窓の外を見ている。警戒しているのだろう、警察ではなくベトナム人半グレ集団を。

右手に墨堤《ぼくてい》流通センターが見えてきた。

首都高6号線向島出口近くに建つ、トイレットペーパーやシャンプーのような日用品、飲料、インスタント食品など、さまざまな企業が商品をストックし輸送中継地にしている巨大なトラックターミナルだ。

入場口には遮断機と詰所があり、夜間も頻繁に出入りする車両の中に部外者や不審車両が紛れ込んでいないか警備員がチェックしている。だが、ワゴンを運転していた黒シャツが窓を開け、合図を送ると、すぐに遮断機が上げられた。警備員の中にヤクザの仲間がいるようだ。

無数の倉庫が並ぶターミナル内をワゴンは静かに進み、26と書かれた大きなシャッターの前で停まった。白Tシャツの若衆が降り、閉じたシャッター横の通用ドアを開けに走ってゆく。

「おまえらも倉庫ん中入れ」「逃げたら刺す」

ナイフを握るガリと眼鏡に急《せ》き立てられ、マイラ、礼央、玲も通用ドアへと駆ける。

そこで、背後から走行音が聞こえてきた。

その場の全員が音へと顔を向ける。薄闇の中、ライトをつけず猛スピードで近づくSUVが見えた直後、激しい音を響かせながら寸前まで玲たちの乗っていたワゴンに追突した。

ヤクザの援軍じゃない。敵対している半グレの襲撃だ。

「急げ、おら」

背後から蹴られ、玲たちは真っ暗な通用ドアの内側に転がり込んだ。

ヤクザたちも駆け込み、鉄製のドアが激しい音を立てながら閉まる。すぐにロックがされ、薄毛の眼鏡が倉庫内のライトを点《つ》けた。高い天井からの光が玲やヤクザたちの体を照らす。

だが、ひとり足りない。

ワゴンを運転していた黒シャツの若衆が逃げ遅れ、捕まったようだ。

「てめえら、ふざけんな」

シャッターの外で黒シャツが叫んだが、すぐに呻き声に変わった。さらにシャッターを外から強く叩く音が響く。

開けなければ黒シャツをもっと痛めつける——という警告だ。

「ひっ」

マイラだけでなく、ナイフを握るヤクザのガリも小さく悲鳴を上げた。

「その三人を奥に連れてけ」

デブが白Tシャツの若衆に怒鳴った。

若衆が動揺しながらうなずき、玲たちに大きく手招きする。

シャッターを激しく叩く音と黒シャツの呻き声が響く中、薄暗い倉庫の奥へと進んでいった。

＊

白Tシャツの命令に従い、玲たち三人は積み上げられた段ボールの横で肩を寄せ、座っている。

倉庫内はバスケットボールコートほどの広さで、ディスカウントショップの商品が貯蔵されていた。大型段ボールには不織布マスク、キッチンやトイレ用洗浄剤の商品名が書かれている。その隣には成人用おむつや缶の粉ミルクの入った段ボール。水やアルコール飲料。園芸用の防虫剤、腐葉土、尿素肥料などが入ったものも積まれていた。浦沢組のヤクザたちは監禁や恐喝の場所として、以前からこの倉庫を使っていたのだろう。

見張りの白Tシャツがすぐ近くにいるが、気もそぞろで、こちらなど見ていない。

当然だろう。マイラと礼央を監禁し、乃亜に柴山が盗んだデータを持ってこさせようとしていたのに、今では自分たちのほうが倉庫に閉じ込められているのだから。

襲撃してきたのはデータを狙っていたJ&Sコーポレーションの半グレ集団で間違いない。デブ、ガリ、眼鏡の三人は、閉じたシャッターの近くで右往左往しながら電話を続けていた。援軍を要請し、同時に上層部に半グレ集団と交渉するよう頼み込んでいる。

漏れてくる声を聞く限り、状況は膠着《こうちゃく》しているようだ。上層部は増援派遣を渋っている。たぶん、このまま助けは来ない。デブたちが所属する浦沢組が大人数を送り込み、ここでJ&Sの半グレと衝突すれば、両者の本格的な対立に発展する。そうなれば警察も介入せざるをえず、ヤクザ、半グレ、双方の監視と取締りを一気に強化する。

浦沢組も上部団体の身延連合も、半グレとの全面抗争など望んでいない。無駄に金を消費し逮捕者を出すだけで、何の得にもならないからだ。むしろ錦糸町や亀戸などの繁華街を、互いに適度な距離を保ちながら分割統治しようとしている。

浦沢組は、乃亜がデータのコピーを持っていないか、それを売ろうとしていないか、あくまで確認のためにデブ、ガリ、眼鏡の三人を隅田川東団地のサントス家に向かわせた。浦沢組も乃亜が主犯格でないことなどわかっている。単なる威嚇であり、乃亜が警察に口をつぐみ、今後データを使った金儲《もう》けなどを企《たくら》まなければ、組としてそれ以上危害を加えるつもりはなかったはずだ。ところがデブ、ガリ、眼鏡は上層部にいいところを見せたかったのか、個人的なシノギに利用しようと企んでいたのか、乃亜を見つけ出して組に連行し、意地でもデータを取り戻そうとした。

J&Sの半グレ集団のほうも、上層部はヤクザとの本気の抗争など考えていない。だが、急ごしらえの組織のため指揮系統も雑で、乃亜にデータが渡った可能性を聞きつけた下っ端の実働部隊が先走り、乃亜をおびき出すためサントス家の人間を拉致《らち》しようとした。

あくまで想像だが、そんな小物同士の欲の張り合いが、この籠城《ろうじょう》とも監禁ともつかない今の事態につながったのだろう。

遅かれ早かれ通用ドアかシャッターのロックが壊され、半グレの奴らは突入してくる。

玲はさらに考える。どうしたら巻き込まれずに逃げ出せる？　どうすればサントス家の三人は、この先も無事でいられる？

「シスター、私はどうなってもいいから。お願い、礼央と乃亜を助けて」

口のハンカチとマスクを外したマイラが礼央の腕にすがりつき、祈りながら涙をこぼす。

「だいじょうぶ。みんな無事で家に帰れる」

玲は彼女に囁《ささや》き、そして礼央に訊いた。

「あなたはだいじょうぶ？」

「じゃないよ。めっちゃ怖いし、ビビってる」

見張り役の白Tシャツも、デブの命令でどこかに電話をかけはじめた。

その様子を見て、礼央が小さな声で言葉を続ける。

「でも、全然現実っぽくなくて、どっかの遊園地のアトラクションに乗ってるような感じもして、だからどうにか震えずにがまんできてる。あんたは全然怖くないんだろ？」

「まさか。ものすごく怖い」

玲は返した。

「うそつくなよ。フランスの特殊部隊にいたくせに」

「部隊経験があったって、怖いものは怖いよ。いつ予期せぬことが起きるかわからないし」

「どうして特殊部隊に入って、長く続けてたのに辞めて日本に戻ってきた？」

「質問するタイミングを間違えてる」

「逆だろ、今だから訊く意味があると思うけど」

「話したら、私の頼みを聞いてくれる？」

「頼み？　今ここで？　俺にできることなんてないよ」

「いえ、あなたじゃなきゃできないことがある」

玲は話しはじめた。

「私が大学二年のとき、友だちが爆破テロに巻き込まれて殺された。フランスに移ってからはじめてできた、そして唯一の友だちだった」

名前はアナイス・マソン。パリジェンヌとは思えないほど、人見知りで引っ込み思案で、けれど、容姿はルノワールの絵画の少女のように愛らしかった。

「彼女のことを思って半年くらい毎日泣いていたけど、泣く以外のことをしたくなって、警察官を目指すようになった」

「泣く以外って、復讐《ふくしゅう》？」

「そう。正義とか誰かを守りたいとかで、警察に入ったんじゃない。無差別に人を殺すテロ犯たちを殺してやりたくて、特殊部隊員になった」

「辞めたのは復讐が終わったから？」

「違う。でも、続きは長くなるから、また今度にしましょう」

「今度なんてあるのかよ」

礼央が強がりの混じった言葉を吐く。

「怖いこといわないで」

マイラが声を震わせる。

「だいじょうぶだから」

玲は彼女の肩に手を乗せ、それから倉庫の天井を見上げた。

「あの火災報知器止められる？　プロの意見を聞きたいんだけど」

礼央に訊いた。彼はまだ見習いとはいえ、電気工事士として働いている。

「止められると思う。感熱式と煙感知式の二種類が設置されてるけど、どっちも単独電源で照明や空調の配電盤とは別系統で接続してある。バックアップもついてるから、それぞれ二種類の電源ケーブルを切れば鳴らなくなる」

「時間は？」

「どこに配線が通っているのか探すのに十分くらい」

「じゃあ十分で切断して。空調のファンも切ってほしい」

「は？」

「特殊部隊に入った理由を話したら、頼みを聞いてくれるっていったよね」

「まだ半分だろ。どうして辞めたかは話してない」

「残り半分は、無事に帰れたらのお楽しみってことで」

「本当に生きて帰れんのかよ」

「死ぬ気でやれば、死なずに済む」

「なんか、むちゃくちゃなこといってね？」

「たぶんね。勢いに任せていったけど、自分でも意味わからないし」

礼央が苦笑いを浮かべる。

「それぐらい私も怖いの」

玲も口元を緩め、そして立ち上がった。

6

「勝手に立つんじゃねえ」

気づいた監視役の白Tシャツが駆けてくる。

「協力してもらえませんか」

玲はいった。

「はぁ？　何いってんだ？　口閉じて座ってろ」

白Tシャツが首元を摑んで座らせようと、苛立《いらだ》たしげに腕を伸ばす。

玲はその腕を避《よ》けながら右に軽く跳び、白Tシャツの左膝裏を蹴った。バランスを崩し倒れる体のうしろに回り込み、首に腕を絡め頸《けい》動脈を絞める。

「何やってんだ、こら！」

気づいたデブ、ガリ、薄毛の眼鏡が駆けてくる。

「静かにしてください。外に聞こえます」

玲は三人にいった。

「あ？」

「皆さんがここから逃げるための手伝いができるんじゃないかと思って」

「ふざけんな、そいつ放せ」

デブがいった。

「わかりました」

玲は首に絡めた腕をほどいた。白Tシャツがその場にへたり込む。

「見てもらった通り、皆さんと私がやりあえば悪くても相打ち。共倒れになっても、最悪、サントス家のふたりは逃げることができる。あの外の連中、J&Sコーポレーション配下のベトナム人半グレですよね。マイラ、礼央、私の三人がおとなしく出ていけば、無傷では済まなくとも大ケガを負わされることはない。でも、あなたたちヤクザはどうでしょう。少なくとも拉致される。その後、浦沢組が勝手をしたあなたたちを切り捨てたら、最悪殺されるかもしれない」

「誰だおめえ？　頭いかれてんのか？」

デブが握ったナイフを見せながら睨む。

「待てよ」

横から眼鏡が口を挟んだ。

「ほんとにおまえ何者だ？　お巡りか？」

「違います」

玲は首を横に振った。

「じゃあJ&Sの者か？　勿体《もったい》ぶらずにいえよ」

「マイラの友人で予備校講師をしています。他に説明しようがないです。それより、どれだけ待ってもあなた方への増援は来ませんよね？　私の頼みを聞いていただけるなら協力しますが」

普段ならヤクザたちは絶対にこんな提案を受け入れないだろう。だが、不測の事態はどんな人間の心をも揺るがす。

「調子乗ってんじゃねえぞ」

　デブが凄む。

「落ち着けよ、もうちょい聞こう。あいつやけに詳しいし」

「はあ？　あんな頭の逝った女に舐《な》められたままでいろってのか」

　デブが眼鏡の胸元を摑んだ。

　しかし、横のガリも眼鏡に同調した。

「待てってば。聞くだけはタダだろ。他に手はねえし、あの女の話聞いて、役に立たねえタワ言なら張り倒して黙らせりゃいいじゃねえか」

「ふざけ――」

「そっちの条件は？」

　デブの恫喝《どうかつ》を無視してガリが訊いた。

　玲は焦らず話を進める。

「サントス家の三人に今後一切関わらないでもらえますか。乃亜くんは本当にもうデータを持っていません。内容も見ていないし、スマホ自体も捨てて手元にはありません」

　玲は多少のうそ、いや便宜的な事実改変を交えつつ、話を進めてゆく。

「サントス家の三人も私も、この一連のことはすべて忘れます。もし約束を破って、この出来事を吹聴するようなことがあれば、あなた方の好きにしてください。拉致して指を詰めても、それ以上の制裁を加えても結構です。逆にあなたたちが約束を破り、静かに暮らしているサントス家に少しでも危害を加えるようなことがあれば――」

「どうする？」

眼鏡が訊いた。

「目を潰《つぶ》すか、手足を奪うか、とにかく心底後悔するようにします」

「あんたが？　できるのか？」

「はい」

「強気だな」

「必死なだけです。早く家に帰りたくて」

「マジで何者？　元自衛官？　その体つきで、アメリカの元海兵隊とかじゃないよな」

「まあ似たようなものです」

「冗談だろ。なあ、あんたのいう通りにすれば、間違いなく逃げられるか？」

「外の半グレは何人ですか」

「八人いる」

「たぶん逃げられます」

「たぶん？　頼りねえな」

「ここに籠城して、来る当てのない援軍を待っているよりはいいと思います。あのシャッター横のドアの鍵は、もうすぐ開けられる。その前にシャッター自体がこじ開けられるかもしれない。ただ、皆さんのほうにも利点があるはずです。外の半グレたちにはっきりと顔は見られていませんよね。この流通センターの監視カメラにも撮られていないはずです。半グレたちに顔や体格を見られず、今この場をどうにか逃げ切れば、しばらくは身元を特定されずに済む」

「一週間もすればバレるよ」

「その一週間があれば、丸く収まるよう話を進めることも、どうにもならず東京から遠くに逃げることもできますよね。あ、それからデータを盗んだ柴山は今後どうなっても構いません。皆さんの好きになさってください」

「舐めんじゃねえぞ」

デブが黙っていられず凄んだ。

「ちょっと待っててくれ」

ガリが玲に一言いうと、いきり立つデブの説得をはじめた。デブは「信用できるか」と怒っているが、眼鏡も説得に加わった。

白Tシャツの男は朦朧《もうろう》としていた意識がようやく戻ってきたようだ。

振り返ると、礼央もこちらを睨んでいた。ヤクザと協力なんてと憤っているのだろう。

「手伝ってくれる約束だよね」

玲は彼を見て念を押した。

ふてくされながら礼央が立ち上がる。玲が隠していた錆びたカッターの刃を差し出すと、腹立たしげに受け取り、火災報知器の配線の位置を探しはじめた。

外から何かを削るような音が聞こえてきた。半グレの連中、シャッターを破るのではなく、その脇の通用ドアにふたつついているディンプルキーの鍵穴をドリルで貫くつもりだ。

その金属音がヤクザたちにさらなる焦りを募らせる。

玲は泣き止まないマイラの肩を抱きながら、積み上がった商品の点検をはじめた。

尿素肥料と希塩酸性のトイレ用洗浄剤を混ぜ、塩化アンモニウムの霧を大量発生させるつもりだったが、もっといいものが見つかった。点火発煙式の害虫駆除剤。このほうが早いし湿度も上がらない。それに大量の粉ミルクもある。

「おい。約束は絶対守れ」

うしろからデブの声がした。ガリと眼鏡がどうにか説得したようだ。

「もちろんです」

玲はうなずいた。デブの顔には怒りが浮かんでいる。

「何をすりゃいい？」

「まず、スマホを返してください。それからライターを貸してもらえますか」

＊

ライトの電源を落とした倉庫内は闇に包まれ、さらに害虫駆除剤の煙が充満していた。

玲はマイラと礼央とともに、シャッター近くにある積み上がった段ボールの陰に隠れている。デブをはじめ四人のヤクザたちも、同じように身を隠している。煙でむせないよう、口を覆い、静かに息を続ける。

玲はデブから借りたS．T．デュポンのライターのキャップを開き、試しに火をつけた。だいじょうぶだ、間違いなく着火する。ライターには「K.Tokuyama」の刻印がされていた。あのデブの名だろう。

ドリルの音が止んだ。

すぐに通用ドアは開き、複数の足音が入ってきた。暗闇の中でスマホのライトの光がうごめく。

「どこにいる？」「サントス出てきて。何もしない。助けるよ」

呟《つぶや》き込みながら呼ぶ声が響く。この癖のある日本語、やはりベトナム人の半グレだ。

誰かが早くもブレーカを上げ、天井のライトを点灯させた。が、暗闇は消えたものの、倉庫内は変わらず先も見えないほどの白い煙に覆われている。そして甘ったるい匂いも漂っていた。

——ライト点灯時の小さなスパークではやはり引火しなかった。

「どこ？　出てこいよ」

半グレたちの声が早くも苛立ちはじめた。

玲は耳をそばだてる。動く足音が、七つから八つに増えた。煙を追い出すため、空調ファンの電源を探し歩き回っているようだ。

玲はライターで、中国産白酒《パイチュウ》の瓶の口に挿した布に火をつけた。そしてすぐに投げる。

パリンと瓶が割れ、高アルコール濃度の白酒に引火し、床に炎が広がった数秒後――

爆音が響いた。

害虫駆除剤の煙に乗り充満した粉ミルクに引火、粉塵《ふんじん》爆発を起こし、倉庫全体が揺れる。煙の中で爆風を浴びた半グレたちが倉庫のあちこちに吹き飛ばされてゆく。燃えていた火炎瓶の炎も一瞬で吹き消され、シャッターも歪《ゆが》んだ。ＧＩＧＮに所属していたころの実験結果と同じだ。小麦粉やコーンスターチより、脂質やオリゴ糖などを含む粉ミルクのほうが大きな爆発になる。

白煙の中、礼央とマイラが耳に詰めていたティッシュの栓を抜き、出口へと走り出す。ヤクザたちも出口に走る。

倒れていた半グレの何人かが立ち上がり、ドアを封鎖しようとふらつきながら走ってゆく。視界が不明瞭な状態で、玲は礼央たちの背中を追う半グレの足音を探り、ついさっき見つけたフローリングモップの柄で殴った。褐色の肌の男が倉庫の床に転がる。だが、奴らのほうも白煙の中で玲の姿を探り、ナイフで斬りつけてきた。

寸前で避ける。着ているジャケットがわずかに斬られた。足音を聞きつけ半グレたちが集まってくる。奴らを引きつける囮役《おとり》の玲はまた走り、段ボールの陰に逃げ込んだ。

が、飛びかかってきた半グレの腕が玲の右足首を摑んだ。左足でそいつの腕と顔を蹴り上げる。別のひとりにうしろから肩も摑まれた。モップの柄を振り回し、肩を摑んだ奴の頭を横から殴る。

歪んだシャッターのすき間や開いたドアから、白煙が外へ流れ出してゆく。玲は右足首を摑んでいた男の手を振りほどくと、肩を摑んだ奴の腕を抱えて投げ飛ばした。

しかし、腰に何か刺さった。この感触、テーザー銃の電極だ。

こんなものまで持っていたのか。すぐに腰に激痛が走り、体中が痙攣《けいれん》をはじめる。

思わず「はうっ」と声が漏れた。だが、耐えられる。二年前まで、こんな電流に持ちこたえるための無茶な訓練を、玲は定期的にやっていたのだから。

電極を抜き、離れてテーザー銃を握る男の近くまで一気に間を詰める。信じられないという表情をしている男の喉《のど》と腹をモップの柄で突いた。

――でも、テーザーでなく拳銃《けんじゅう》だったら。

玲の腎臓《じんぞう》まで銃弾が達し、すぐに動けなくなっていただろう。たまたま運がよかっただけ。こんなときにブランクを思い知らされるなんて。

頭を一度振って、再度今やるべきことに集中する。

もう礼央とマイラ、ヤクザたちは倉庫を抜け出したはずだ。

――私も逃げないと。

爆音を聞いた流通センターの警備員や職員もすぐにやってくるだろう。

床に這わせておいたロープを引く。積み上がった製品入りの段ボールが落石のように崩れ落ちる。玲の上にも降ってくる。それを避け、ドアへと走りながらさらにロープを引き、段ボールの山を再度崩す。

流れ出す白煙とともに倉庫から出ると、玲は流通センター内を駆け、隅田川の岸辺に沿って張られた金網を越えた。

7

通話中、鼻血が垂れてきた。

白煙の中で揉み合っているときに顔も殴られたようだ。服を汚さないよう上を向いて、バッグから出したハンカチで拭う。

『どうかしましたか』

スマホの向こうから乾徳秋参事官が訊いた。

「いえ、だいじょうぶです」

玲は、礼央、マイラとともに言問《こととい》通《どお》りと水戸《みと》街道《かいどう》の交差点近くに立っている。横断歩道を渡った先には言問交番。さらにその先には東京スカイツリーがあり、薄曇りのまだ暗い空の中に巨大な姿をぼんやりと浮かび上がらせている。

『すぐに東向島署に連絡し、私も署に向かいます』

「乃亜くんの身柄の引き取り、くれぐれもよろしくお願いします」

『はい、必ず兄の礼央くんにも同行してもらいます。他に私にできることはありますか』

「いえ、もう十分です」

『これ以上借りを作るのは嫌ですか』

「ええ、怖いですから。頼った分は、いずれ必ず返さなければならないので」

『厳しく取り立てるつもりはありませんよ』

「貸し借りなどない、とはいっていただけないんですね」

『すみません。私は篤志家ではないので。でも、J&Sコーポレーションのほうは、本当にだいじょうぶですか』

「私はあちらに貸しがあるので」

『ホアン・トゥイ・リェンの件ですね』

リェンは両親がベトナム生まれの在留二世で、英語会話学校で講師をしている。彼女とは、玲が日本に戻った直後、語学の講師として働こうと考えていた時期に知り合った。今でも友人で、一年前、彼女が知り合いに騙され、本所署に窃盗・詐欺容疑をかけられたときも、玲は弁護士の兄・康平の力を借りながら彼女の無実を証明した。

リェンの実の母の名はダン・チャウ。J＆Sコーポレーションの専務だが、実質的に会社の最高責任者であり、同時に東京の東部で罪を重ねているベトナム人犯罪者や不法就労者を統括する存在だった。

そんな母をリェンは嫌い、関わらないよう距離を取り、英語講師の仕事を続けながら日本人の夫と息子の瑛太《えいた》と三人で静かに生活している。

『あのときリェンさんを助けた借りを、母親に支払わせるわけですか』

「はい。私も慈善家ではないので。非常時ですし使えるものは何でも使います」

通話を切ると、両目に涙をためたマイラ・サントスに抱きしめられた。

玲も彼女を抱きしめる。

「あそこで待っていればいいいんだろ」

礼央が通りの向こうの交番を見た。

「そう。東向島署から車が来る。乾という人と合流して、乃亜くんを迎えに行ってあげて。そのあと聴取を受けるけど、あなたとマイラは今日中に家に帰れるから」

「乃亜は無理か」

「しばらくは帰れない」

「しょうがない。あいつが悪いんだ」

聞いていたマイラが、堪《こら》えきれずまた涙をこぼした。

「もしマイラとふたりで家に帰るのが不安なら、乾さんに話して。安全なホテルを手配してくれるから。あなたは今日仕事を休むことになるけど、だいじょうぶ？」

「一日ぐらいなら。落ち着いたら連絡する。改めて礼もしたいし、どうして警察辞めたのか、続きも聞かせてもらわないと」

「大した話じゃないのに」

玲は少し呆《あき》れつつ口元を緩めた。

「いろいろありがとう」

礼央は小さく頭を下げると母の肩を叩いた。「行こう」という合図。マイラが涙を拭いながらうなずく。

信号が青になり、ふたりが歩き出す。

交番に入ってゆく背中を見届けると、玲も水戸街道の歩道を歩き出した。

午前四時半、東の空がほんの少しだけ明るくなってきた。

トラックばかりが走っている車道を見る。この時間、タクシーは捕まりそうにない。

家の方向に歩きながら面倒な仕事をかたづけるか。

スマホを出し電話をかけると、相手はすぐに出た。

「お久しぶりです、ダンさん。こんな時間にすみません」

『レイ、こちらこそ久しぶり』

「まだ早いので留守電に用件を残しておこうと思ったんですが」

『いろいろバタバタしていてね、もう起きて仕事をしていたからだいじょうぶ』

日本が長いダン・チャウは流暢《りゅうちょう》に語る。

「お忙しくされているのは、ネタ元リストの件ですか」

『やっぱり。こんな時間に電話が来たから、もしかしたらとは思ったけれど。あなたも何か絡んでいるのね』

彼女の声色が変わった。

「サントス乃亜の兄と母親から助けてほしいと頼まれただけです。乃亜はもうリストのデータを消去しましたし、兄と母親も含めて、今後この件は絶対口外させません。だから――」

『サントス一家とは知り合いなの？』

「ええ、母親のマイラと」

『それは面倒ね。で、サントス一家には手を出すなと？』

「はい、大変恐縮ですが、リェンさんが巻き込まれた事件を解決したとき、この恩はいつか必ず返すと約束してくださいましたよね。それを今、返していただきたいんです」

『もし断ったら、あなたと私たちは衝突することになる？』

「なると思います。残念ながら」

『そう――』

言葉が途切れる。ダンは考えている。

『ねえ、その家族を助けるのは、あなたがシスターのごとく優しく、慈悲深いから？　自分の抱えている負い目や傷を、助けることで埋め合わせようとしているから？　危険な状況に身を置いて、自分が生きていることを感じたいから？　あ、もしかしたら自殺願望があるとか？』

「どれでしょう？　正直、自分でもよくわからないんです」

いや、本当は深く考えたくないのだと、自分でもわかっている。

スマホからダン・チャウの笑う声がかすかに聞こえてきた。

『どちらにせよ、今すぐ私に決められることじゃない。知っているだろうけど、恥ずかしながらうちの下のほうの数人が先走って、それで浦沢組と揉めてしまったの。私はこれで和解としたいけれど、常務が何というか』

「クオンさんのことですか」

『ええ。私がいいといっても、常務が承知しなければどうにもならない。正直、私はもう飾り物で、あの子が首を縦に振らなければ、下の連中も納得しないから』

ホアン・ダット・クオン。

ダン・チャウの実の息子であり、ホアン・トゥイ・リェンの歳の離れた兄のことだ。

「クオンさんにご説明していただけないでしょうか」

『できるだけのことはしてみるわ。あなたと本気でやり合ったら、擦《かす》り傷程度では到底済まないでしょうし。ただ、上手《うま》くいかない場合もあると覚悟しておいて。結果は数日中に電話する』

「ありがとうございます。お手数かけてすみません」

『ねえ、リェンや瑛太とは会ってる?』

ダン・チャウにとって瑛太は孫になる。

「はい。先週も一緒にランチを食べました」

『元気にしてる?』

「ええ。瑛太が来年から使うランドセルをもう買いに行ったそうです。でも、私が今日のこのお願いをしたことをリェンが知ったら、しばらくは会ってくれなくなると思います。電話にも出てくれないでしょう」

『あなたからリェンと瑛太の話が聞けなくなるのね。残念だわ』

通話が切れた。

太陽が昇り、夜が明けてきた。

道を走ってくるタクシーを何台か見かけたが、どれも仕事を終えて車庫に帰る「回送」の表示が出ている。喉が渇いた。そういえばずっと水分を摂《と》っていない。歩きながらコンビニを探していると、水戸街道を渡った反対側の歩道に浦沢組の三人が立っていた。

デブがこちらを睨んでいる。

「メルったく」

いつもの口ぐせが思わずこぼれ出た。

だが、デブにうしろからガリと眼鏡が声をかけ、腕を引いた。説得しているようだ。

デブは怒鳴り出さんばかりの形相で睨み続けていたが、ふたりに無理やり引きずられるように、マンション脇の細い路地へと消えていった。

何の用だ？　殴り合わなければ気が済まなかった？

「あ――」

玲はポケットを探り、点火用にデブから借りていたデュポンの高級ライターを取り出した。

返すのを忘れていた。

――災厄の種が手元に残ってしまった。

そんな思いとともに疲れが湧き上がってきた。

＊

家に帰ると、姪の莉奈がタブレットを抱えながらソファーに横たわっていた。

「寝なかったの？」

玲は上着を脱ぎながら訊いた。

「動画見ながらウトウトしてた。今何時？」

「五時十五分。ね、今日ちゃんと学校行ってよ。また私が『おまえのせいで休んだ』ってお兄ちゃんに怒られる。オババは？」

「まだ寝てる」

「珍しい。このごろまた朝が早くなって、いつもはもう起きている時間なのに」

「オババ昨夜《ゆうべ》遅かったから」

「寝つきが悪くて？　調子悪そうだった？」

「逆。機嫌が良くて、いつもより遅くまで起きてた。『玲が真夜中まで帰らないなんて珍しい』『新しくいい人見つかったのかしら』って。オババ期待してたよ」

「それどころじゃなかったのに」

ニヤつく莉奈を睨みつける。

「で、今度はどんなこと？　かなりヤバかった？」

彼女がソファーから起き、目を輝かせた。

「シャワーが先。コーヒー淹《い》れて待ってて。すぐ出るから」

玲はリビングを出て洗面台の前に立ち、大きく息を吐いた。

「ただいま」

自分に話しかける。

とりあえず無事に帰ってくることができた。少し眠って目を覚ましたら、また状況が変わっているかもしれないけれど。ただ、今はあれこれ考える前にまず髪を洗おう。害虫駆除剤の薬品臭と粉ミルクの甘ったるい匂いが絡みつき、自分でも気持ち悪い。

服もクリーニングに出さなくちゃ。

玲はヘアバンドで髪をまとめると、指先に出したクレンジングジェルを頰の上で広げた。

Ⅱ

1

能條玲は東武線浅草駅の改札を出ると、目の前の階段を下りた。

午前十一時二分。平日の昼でも相変わらず観光客が多い。スカイツリーを撮影している外国人、東京湾クルーズの水上バス時刻表を見ている日本人、そして客を乗せた人力車を避《よ》けながら、隅田川に架かる吾妻橋《あづまばし》を早足で進んでゆく。向こう岸には、ビールの注がれたジョッキに似せた有名飲料メーカーの本社ビルが見える。

その隣、地上十九階建ての墨田区役所に玲は向かっていた。

七月に入ったが梅雨はまだ明けず、降ってはいないものの曇り空で蒸し暑い。足を止めずに上着を脱いでいる途中、右手のスマホが震えた。サントス礼央からだ。

『ニコールはもう着いてて、先に話をはじめるって』

「ごめん、まだ向かってる途中」

『いいよ、急に頼んだマムが悪いんだ』

マムとは彼の母マイラのことだ。彼女の息子であり、礼央の弟、乃亜は少し前、仲間と数回の窃盗を重ねていたことが発覚し、今、東向島警察署に勾留《こうりゅう》されている。初犯でもあり、執行猶予にはなるだろう。しかし、彼に前科がつくのは間違いなかった。

おとなしく真面目だと思っていた下の息子が犯罪に手を染め、通っていた専門学校も退学になったことで、マイラはひどく落ち込み、自分を責めていた。今日も本来はマイラ自身が、同じフィリピン出身で、区役所の手続きに苦労している友人のニコール・リー・トーレスに付き添うはずだった。しかし、まだ外にも出られないくらい塞《ふさ》ぎ込んでいる。

で、二時間ほど前に玲が急遽《きゆうきよ》代理を頼まれた。

『庁舎三階、福祉保健部の生活福祉課だよ。ほんとにごめん』

「気にしないで、君のせいじゃない」

『あいつの自業自得だってマムもわかってるくせに』

礼央はいつまでも泣いて立ち直らない母親に苛立《いらだ》ち、任せておけないとニコールとの中継役を手伝ってくれている。友人の頼みを引き受けながら、当日になって玲に代役を頼んだ無責任さにも呆《あき》れていた。玲はニコールと一度会ったことはあるものの、ちゃんと話したこともSNSでのつながりもない。

「マイラをそっとしておいてあげて。それくらい君たちが大事なんだよ」

玲は宥《なだ》めるようにいったが、胸がざわつく。会うことのできない自分の娘を思い出していた。

『ごめん、一旦《いったん》仕事に戻るよ』

納得していない声が聞こえ、通話が切れた。

礼央は電気工事士で、まだ見習いながら優秀で重宝されている。本格的な夏を前に、工場やテナントビルなどの大規模空調設備の点検だけでなく、事務所・店舗のクーラー交換、取り付けにも駆り出されていた。

代役なんて断りたいところだけれど、若年性認知症が進行しつつある母の在宅介護を安心して頼めるマイラには、早く気持ちを切り替えて復帰してもらわなくては。それに区役所で待っているニコール・リー・トーレスの境遇を考えると、放っておくこともできなかった。

二十八歳のニコールは十四ヵ月前に留学ビザで来日し、日本語学校に入学。その後、同じフィリピン出身で十三歳年上のマーク・タン・トーレスと知り合った。ふたりは恋人同士となり、半年前には女の子も誕生した。しかし、二ヵ月前、マークが大動脈解離で急逝してしまった。

ニコールは日本語をまだあまり喋《しゃべ》れず、この国に親戚《しんせき》もいない。マークも仲間は多いが日本に親類はいなかった。しかもニコールは生後六ヵ月の娘の世話もしなければならない。フルタイムで働きに出ることが難しいため、生活保護の申請をしようと、知り合いを通じて区役所の生活福祉課相談係に電話をした。区役所まで来るようにと指示され、一度担当者から説明があったものの、事態は進まず、今日二度目が行われることになった。

難しい内容ではないのに、なぜ二回も説明が必要なのか。それに本来、生活保護は区内の福祉事務所が担当する案件なのに、どうして区役所なのだろう。

玲は軽く息を吐き、少しばかり気持ちを引き締めた。

墨田区役所の三階エレベーターホールの先、広いフロアの中に延びる通路沿いの長テーブルにニコールは座っていた。テーブルを挟んだ向こうには瘦《や》せた眼鏡の男性。五十前後で首から身分証を下げている。この人が担当者のようだ。

玲に気づいた褐色の肌に黒い髪のニコールは、母親を見つけた迷子のような眼差《まなざ》しを向けた。

「身分証を拝見できますか」

担当の男は玲にパイプ椅子を勧めつついった。

本人に代わって書類に署名でもしない限り、付き添い人が身分証を提示する必要はない。ただ、小さなことで揉《も》めたくないし、予定時間に数分遅れたこともあり、玲はいわれた通り日本の免許証を見せた。

「日本のご友人ですか」

男が一言いって説明を再開する。すると三分も経たないうちに、なぜ申請が進まずにいるのかわかった。この男が雑で適当な仕事をしているせいだ。

「トーレスさんは留学ビザで来日中の語学学校の生徒ですので、生活保護受給者の対象外です。まずは学校の学生課や留学生相談窓口などに――」

「資料をもう一度よく見ていただけますか。亡くなられた夫のマークは在留外国人ではありません。五ヵ月前に帰化申請を認められた日本人で、日本国籍を持つマーク・丹《タン》・都列洲《トーレス》です。ニコールとも四ヵ月前に正式に婚姻し、彼女との間に生まれた子供の凜《りん》も、マークは実子と認め、自分の籍に入れています」

「は？」

男は眼鏡をずらし、手にした資料に視線を落とした。

スマホの翻訳アプリを通して玲の言葉を聞いていたニコールが何度もうなずく。

「マークの娘である凜が日本とフィリピンの二重国籍保有者であることは、提出した資料にも記載されています。前回来たときも、ニコールはその点について何度も説明したそうですが」

「でも、英語だったもので」

男が資料に視線を落としたままいった。

「翻訳アプリを使って日本語の音声でもくり返しお伝えしたそうです」

「私はお聞きした記憶はありませんが。翻訳アプリの性能が悪くて、よくわからなかったのかもしれないですね」

「アプリには日時も、あなたとのやり取りも記録されています」

「それが？　何かの証拠になるんですか？　いずれにせよ、ご主人の帰化の件をはじめにいっていただけたら、二度もお手を煩わすことはなかったのに」

男はとぼけるだけでなく、逆ギレしてきた。

そのうしろ、並んだデスクの端に座っていた何人かの職員は逆に不安げな表情でこちらに目を向けている。

「メルったく――」

あの変な口癖が思わずこぼれ出る。姪《めい》の莉奈に指摘されて以降、気をつけていたのに。ムカつく馬鹿を目の前にしてまた漏れてしまった。

「ま、今回は私のほうで良きように処理します。ただ、お時間は通常より長くかかりますよ」

――このクズ野郎。

以前玲の暮らしていたパリは、制度やシステムは日本より進んでいるが、公共機関の職員の態度は悪く不親切だった。日本のように利用者をお客様扱いし、世話を焼いてくれることなどあり得ない。ただ、日本の公共機関でも、今目の前にいる男のような、無能のくせに自尊心だけ肥大した奴も間違いなくいて、運が悪いと稀《まれ》に出くわしてしまう。区内の福祉事務所に引き継がれなかったのも、どうせ不受理になる案件だとこのクズが決めつけ、差し止めていたせいだ。

「シスター。ごめんなさい。私、この人だめです。怖い」

ニコールが玲の耳元に顔を寄せ、英語で囁《ささや》く。

玲もうなずき、男を見た。

「あなたの対応には不信感しかないので、別の方に代わっていただけますか」

「そういうことは内規で認められていませんので」

「それはあなた方のルールであって、利用者の私たちを縛るものではないですよね」

「決まりなんです。ご不満なら区役所のホームページに『ご意見・ご要望』の項目があるので、そこからお送りください」

玲はバッグに手を入れ、弁護士をしている兄の名刺を出そうとした。こういう嫌味な奴は、権威や専門家には平伏する小心者が多い。だが、名刺に手が触れたところで、痩せた男のうしろから別のひとりが早足で近づいてきた。

「主査がお呼びです。ここは代わります」

二十代後半の小柄な男が屈《かが》み、痩せた眼鏡に告げる。

「そうね。代わっていただいて」

小太りの中年女性もうしろから呼びかけてきた。彼女が主査のようだ。

眼鏡が憤然としながら席を離れてゆく。

「では、あらためて資料を拝見させていただきます」

小柄な男はニコール、玲の順に笑顔で話しかけた。首から下げた身分証には「宗貞侑《むねさだたすく》」と名前が書かれている。

「お手間かけてすみません」

玲がいうと、宗貞は「いえ」と小さく返したあと、テーブルのメモ用紙に「こちらこそ、大変申し訳ありません」とボールペンで書いて差し出した。

——こういう職員も間違いなくいる。

眼鏡の男は女性上司に宥められながら奥のほうへ消えていった。

そこから先、何の問題もなく話は進んでいった。

「亡くなられた配偶者様の預貯金通帳は？　紙の通帳はありませんか。ええ、だいじょうぶです。スマホやパソコンを通じたオンラインでも、預貯金の状況さえ確認できれば結構です。まずは明後日、ケースワーカーが都列洲様のご自宅を訪問し、お話を聞かせていただきます。以降は福祉事務所が作業を引き継ぎますが、対応に何かご不明な点があれば、私のところにご連絡ください。万が一、生活保護の支給が早急に行われない場合でも、母子家庭に対する支援を受けられます」

宗貞が自分の名刺を出し、裏にスマホ番号を書き込んだ。

＊

「ありがとう。本当にありがとう、シスター」

隅田川を見下ろす展望エレベーターの中でニコールが涙を流した。言葉を詰まらせ、玲の腕に顔を埋《うず》める。

そんな彼女を玲は抱きしめた。

気持ちは痛いほどわかる。夫を亡くした悲しさ、そして幼い娘を育てていかなければならない不安で押しつぶされそうなのだろう。玲も離婚した元夫のフレデリクと、会うことのできない娘のイリスへの想いが溢《あふ》れ出しそうになった。ただ、ニコールのように涙は流さない。

──泣いてもどうにもならないと気づいたから。

「行こう。娘さんが待ってるんでしょ」

ニコールの黒髪を撫《な》でながらいった。

玲にも次の約束があり、待っている人がいる。

無理に笑顔を作りエレベーターを降りると、ニコールの手を取って歩き出した。

2

空は相変わらず曇っている。玲は買ってきたカップをひとつ差し出した。

「ありがと」

ホアン・トゥイ・リェンが受け取る。いつも通りふたりの間の会話は英語だが、やはり彼女の表情は硬い。

墨田区役所から歩いて十分ほどの距離にある隅田公園の一画。玲とリェンはベンチに腰を下ろした。以前は昼も少し薄暗い感じのする公園だったが、とうきょうスカイツリー駅と浅草駅の間の東武線高架下が「東京ミズマチ」として再開発され、ここも緑の芝生が広がる憩いの場として再整備された。

「瑛太も一緒に来ると思ってた」

「哲也《てつや》くん休みだから、お迎え行ってスイミングにも連れていってくれるって」

瑛太は彼女の息子で幼稚園の年長組に通っている。哲也は夫で都内の有名ホテルに勤務し、家族は墨田区内で暮らしていた。

「あ、そうだ」

リェンはカップをベンチに置くと、脇に置いた自分のバッグからネックストラップをいくつか出した。彼女が働いている英会話学校の講師証、息子の通う幼稚園の保護者身分証が下がっていた。写真の横には、辻井《つじい》・ホアン・トゥイ・リェンと書いてある。

「変えたの？」

玲は訊《き》いた。

リェンがうなずく。

「瑛太も来年は小学生だから。ベトナム式だと手間がかかることが多くて」

ベトナムでは基本的に夫婦別姓で、リェンも日常的な場面では自分のルーツである国の流儀を通してきた。だが、保護者や既婚者であることを確認するとき、夫や息子と姓が違うため、面倒なことが増えてきたのだろう。

「私もすっかり日本人になったんだなと思った」

ベトナム人のリェンに限らず、姓や名前表記の変化で自分が日本に染まりつつあることを感じる在留外国人は多い。ベトナム人の自分に強い誇りを感じている彼女には、特別なことなのだろう。その気持ち、玲にも少しわかる。

十二年前、フランスでフレデリク・ド・コリニーと結婚し、能條玲からレイ・ノウジョウ・ド・コリニーになったとき、嬉《うれ》しさと同時に、自分の体と心が日本から遠く離れ、半分フランス人になったようなかすかな寂しさを感じた。

ただ、その十年後——フレデリクと離婚し、能條玲に戻ったときは、あの寂しさとは較《くら》べものにならないほどの苦しさと悲しさを味わった。

親と遊ぶ子供の声や、カップルの笑い声が聞こえる。

「ごめん」

玲は頭を下げた。

リェンは少しの沈黙のあと、口を開いた。

「謝られても困るけど、でもやっぱり気分悪い……うん、すごく嫌だな」

玲は、ヤクザとベトナム人半グレ集団の揉め事に、今後、サントス家の三人を巻き込まぬようリェンの母に依頼した。リェンが彼女と家業を嫌悪し、一切関わることなく生活しているのを知りながら。

「あの人との取引材料に、去年レイが私を助けてくれたことを使ったのも本当に嫌だ。でも、やっぱり大切な友だちだから許したい」

「ありがとう」

「感謝しないで。私も卑怯《ひきょう》な手を使わせてもらうから。レイに頼みがあるの。聞いてくれたら、この前のことは忘れる。日本風にいうなら水に流す」

リエンはラテのカップをベンチに置き、玲の顔を見た。

＊

「しばらくは昼も夜も家を空けることが多くなりそうなんだよね」

午後十一時。風呂《ふろ》上がりの玲はパジャマ姿でキッチンテーブルに置かれたスマホに話しかけた。

「ふーん。サントス家救出の次はベトナム人技能実習生の無実証明」

画面に映る姪の莉奈がいった。

「有罪の証明になる可能性もあるから、真相究明のほうが近いけど。で、昼はデイサービスとマイラの友だちに頼めば何とかなりそうなんだけど、やっぱり夜がさ」

「だから手伝えって？」

また莉奈が気だるそうに返す。自分の部屋で勉強しているが、開いたテキストより爪にマニキュアを塗ることに意識を集中しているように見える。

「でも私、前期試験中なんだよね」

「勉強ならここでやればいいじゃん。夜と、どうしても人手が足らない日の昼だけオババをお願いしたいの。あの人、可愛いあんたがいれば機嫌もいいし。またお兄ちゃんと揉めてるんでしょ。自分の家にいたって険悪になるだけだし。ここに来てクールダウンしたらいいじゃん」

甘い言葉で誘う。玲の兄・康平と莉奈はまた進路のことで衝突しているらしい。

「どうしよっかな？　まず、ホアン・トゥイ・リェンさんから頼まれた真相究明の詳細と、それに対する玲ちゃんの今のところの所見を聞かせてよ」

「気安く人に話すようなことじゃないよ」

「知らなきゃ検討しようがないじゃん。他人に漏らしたりしないから。あと捜査、じゃないや、今後は定期的に調査の進捗《しんちょく》状況を教えて」

「日報しろってこと？」

「毎日じゃなくていいからさ。私と玲ちゃんで検討して、その後の調査プランを立てられるでしょ。ＯＫしてくれたら、ちゃんとオババのお世話するから」

玲は舌打ちした。

それでも「だめ」と突っぱねられないのは、口調は軽いものの、莉奈が決して覗《のぞ》き見気分で条件を出しているのでないからだ。

「現場の本当の声を聞きたい」

莉奈はいった。

刑事事件を主に扱う弁護士を志望している彼女は、多くの裁判を傍聴する中で、法廷は単に判決という結果を発表するだけのセレモニーの場でしかないことに気づいた。莉奈はその儀式の前段に、どんなことが現場や所轄警察署内で起きたのか、調書や資料の文字を追うだけでなく、事実を知りたがっていた。裁判官、検察官、弁護士の三者だけで密室に集い、公判前整理手続きという「取引」で争点を絞り、限定的な議論をしただけで誰かの人生を決めたくない、と照れながら話してくれたこともある。

だから応援したいが、今回の件に莉奈を関わらせたら、また兄の康平に怒られる。

兄の妻（玲の義姉）によれば、兄は莉奈が刑事弁護士志望なのが気に入らないそうだ。刑事案件は金にならず、信念だけでは生活していけない。逆恨みを受けたり不当な陰口を叩《たた》かれることも少なくない——というのが兄の言い分だった。

「どうする?」

莉奈が訊く。

玲は迷いながらも、リェンから頼まれた案件について話しはじめた。

「墨田区とか江戸川《えどがわ》区で町工場や個人病院での窃盗被害が増えてるんだけど、被害に遭ったところの七割以上に、最近までベトナム人技能実習生がいたんだよ」

町工場や個人病院を狙った連続窃盗事件が頻発しており、いずれも終業後の深夜に入り口の施錠を破壊し、手提げ金庫だけでなく大型金庫もドアを破壊して持ち出すという荒っぽい手口だ。

「町工場だけじゃなくて個人病院?」

マニキュアを塗り終えた莉奈が訊いた。

「清掃業者の技能実習生。病院に派遣されてたんだって」

「なるほど。でもさ、お金の保管場所とか、いつ大量のお金が置かれているとか、技能実習生にわかるの?」

「だから個人の医院や町工場なんでしょ。大規模なとこだと金庫に近づくこともないだろうけど。小規模なら金庫の在処《ありか》もお金の出入りも、一年も働いていれば内情が理解できるから」

玲は脚に保湿ローションを塗りながらいった。

「その被害に遭ったところの七割以上で、事件直前に技能実習生が辞めてるわけか。でも、自主退職なんでしょ? 揉めた末の強制解雇じゃなくて?」

「一応は自己都合ってことになってる。でも、小さな職場内で実際に何が起きてたのか探るのは難しいから。一方的な解雇や職場で受けたパワハラやいじめに対する恨みが、辞めたあとの窃盗行為につながった——というのが警察の見立てらしいんだけど」

「でも今、円安で日本は技能実習先としての魅力が薄くなってるでしょ。恨みを募らせるまで日本の職場に固執する理由ってあるのかな？　たとえば——」

画面の向こうの莉奈がパソコンのキーを叩きはじめた。

「ほら、オーストラリアは農業労働者を、技能実習生みたいなかたちで受け入れているけど、月収換算で日本の倍以上稼げる。他にもドバイとかシンガポールとか、職場として魅力的な国はいっぱいあるのに」

「そうなんだよね。同種の事件が続いてるところから見ても、恨みが原因って言い切るのは苦しい気がする。しかも、町工場に対する警察の聞き込み方法が配慮がなくて、それをリェンは一番心配してるんだよ」

玲は腕にも保湿ローションを塗りながら続ける。

「参考人のベトナム人の交友関係を調べるのに、被害に遭ってもいない町工場にいきなり行って、容疑者でもない別のベトナム人技能実習生に聴取したりしてさ。本人はビビるし、工場の方だって『あいつ関係あるのか？』『ウチも危ないのか？』って色眼鏡で見るし。それで、真面目に働いているベトナム人が不安がってるって。実際、風評被害も起きてるんだよ。強盗被害が怖くて、実習期間を延長しない雇い止めや、受け入れを敬遠する企業も出てきててさ」

「割と深刻だね」

「うん。ただ、警察だけじゃなくベトナム人側にも問題あるってリェンはいっている。聴取を受けた本人は何も法的に問題がなかったとしても、友人や知り合いに不法滞在者がいる場合があるから、極力警察と関わるのを避けて、何を訊かれても知らないで通してしまうって」

「それが捜査を遅らせる原因にもなってるのか」

「身辺捜査の過程で、警察が友人や知り合いに聞き込みをして、たまたまオーバーステイが発覚した場合、捕まった奴から『おまえのせいだ』って、聴取に協力したベトナム人が責められることも多いみたいだし」

「リェンさんはベトナム人全員が無実だって思ってるの？」

莉奈が紙パックの野菜ジュースに挿したストローをくわえながら確認する。

「大半は事件には無関係だけれど、数人は何らかのかたちで犯行に加担したかもしれないと思っている。だから、できる範囲でいいから、本当にベトナム人の犯行なのか、だとしたら理由は恨みや腹いせなのか、ほかにもっと根深いものがあるのか調べてほしいって」

「やることまんま警察じゃん。元警察官だから適役だけど」

「茶化さないの。そんな簡単じゃないし」

「ただ、リェンさん自身は調査に加わらないの？　同胞が一緒のほうが話も早いだろうし」

「ちょっと難しくてさ。自分じゃ動けない事情があるんだよ」

玲はリェンの母と兄が何者かについて話しはじめた。

3

「久しぶりだねえ」

灰色の作業着姿の老人がいった。

名前は小野《おの》克彰《かつあき》、歳は八十を過ぎ頭は禿《は》げ上がっている。が、言葉ははっきりし、足腰もしっかりしていた。今も現役の社長としてこの小野旋盤工場を仕切っているだけのことはある。

「突然のお願いで申し訳ありませんでした」

玲は手土産の大福を差し出した。

「お、ありがと。ウチにはこんなのしか置いてないけど、よかったら」

小野は大福を受け取り、反対の手に握った缶コーヒーを差し出した。

三畳ほどの事務室のドアは開けたままで、その先の作業場では二人の従業員が旋盤機器を扱い作業していた。機器の音、そして作業場に流れているラジオの音がここにも聞こえてくる。町工場が無数にある墨田区八広《やひろ》界隈《かいわい》では見慣れた風景、聞き慣れた音だった。

「お母さんのお加減はどう？」

小野は玲に丸椅子を勧めながら、母の認知症の具合を訊いた。

「落ち着いてはいますが、記憶がかなりあやふやになるときがあって。ただ、徘徊《はいかい》などはないので、今のところはデイサービスとデイケア、親族でどうにかやっています」

「大変だものな。ウチのは症状が出て半年くらいで逝っちゃったからあれだけど。早くいい薬ができるといいよな」

「ウチの」とは小野の妻のことだ。その亡くなった奥様と、玲の父方の祖母は、流派は違うがどちらも踊りの師匠で、生前は仲が良く、互いの家の行き来などもしていた。

その昔の縁を見つけ出し、話を聞かせてもらうよう提案したのは莉奈だ。

この工場は三ヵ月前、深夜に何者かに忍び込まれ、窃盗被害に遭っている。そして事件の十日前、四年勤務していたふたりのベトナム人技能実習生が揃って退職していた。ふたりは事件の翌日、日本からベトナムへと空路で出国している。

「タンとナムは——あ、ウチにいたふたりのことだけどさ。どっちも苗字《みようじ》がグェンなんで、ベトナム人の仲間も俺たちも下の名前で呼んでたんだよ」

ベトナム人の約四割が姓はグェンだといわれている。

「仕事面で言えば、あのふたりは当たりだった。知り合いの工場で、何回も外れ引かされたってとこも間違いなくあるからさ。タンもナムも利口で飲み込みが早かったし、やる気もあったから教えるこっちも気持ちが入ったよ。ウチとしちゃ人間関係も悪くなかったと思っているんだ。金に関して小狡《こずる》いことしているとこもあるみたいだけど、ウチはそういうの一切しなかったから」

作業着代、食事支給費などの項目を設定し、給料から天引きするようなことはしていないといっている。小野の言葉は事実だろう。こうして会って話してくれたのも、タンとナムを公平に扱い、うしろ暗いところはないという自信があったからに違いない。

「最後は解雇ってかたちで辞めてもらうことになったのは、恥ずかしながら事実だよ。ずっと続く円安でどうにもならなくなってさ。申し訳なくて少ないながら餞別《せんべつ》も包んだ。あいつらのほうも国に帰ったあと台湾《たいわん》に行く手続きをして、なるべく早くあっちで働くつもりだから心配するなっていってくれてさ」

聞きながら玲は缶コーヒーのタブを起こした。

「ただよ、ふたりが無関係ってわけじゃないとも思っててさ」

小野が声を一段落とし、同じく缶コーヒーを開ける。

「ふたりには申し訳ないけど、こんな小さい工場だから、いつ現金があるかも限られる。材料の仕入れ先とか、加工品の卸先とも今はもう銀行入金ばっかりで、そういう出入りの連中が金のある無しを知ってるはずもない」

「だからタンさんとナムさんが犯人だと?」

玲は訊いた。

「いや――」

小野はさらに声を落とし、丸椅子を引いて玲に近づいた。

「あいつらから情報を聞いた奴らじゃねえかなって。利口なふたりだから、辞めた直後に盗みに入りゃ、自分が疑われるのは当然わかる。かといって、タンとナムが金目当てで安易に話したとも思えないし。だから、強請《ゆす》られたんじゃねえかと」

「脅され、お金がある日や侵入の方法を伝えたってことですか。それ、警察にも話しました？」

玲も小声で質問する。

「まさか。俺の単なる考え、素人推理ってやつだからね。ただ、そうとしか思えねえんだよ」

タンとナムの人柄を知る小野がいうのだから信憑性《しんぴょう》は高い。

強要——やはりそこに行き着くか。

玲も、調査を依頼したリェンも、そして莉奈も同じことを考えていた。

「でも、事件当日の深夜はタンさんもナムさんも、まだ日本にいましたよね。自分たちでここに盗みに入ることは可能です。仮定ですけれど、犯行を行い、そのまま成田《なりた》に向かってすぐに出国したとは考えられませんか」

「ドラマの刑事みたいな話し方だね」

小野が笑う。

「すみません。私も勝手に想像しちゃって」

「いいんだよ。そこもあって、俺は脅されてたんじゃないかと考えてるんだ。タンとナムから情報を聞いたグループの何人かが、実際盗みに入り、あいつらの話したことに間違いはなかったとわかる。そこでどこかに捕まっていたタンとナムは解放された」

「なるほど。そして警察や他の誰かに話さないよう、すぐに出国させられた。おふたりのほうも、犯行グループに関わり合いたくないから、すぐにお国に帰りたかったでしょうけれど」

ただ、誰がどんな理由で、タンやナムの他にもそれぞれ違う工場で働いていたベトナム人たちを一様に脅したのか、そして実際に窃盗を行った実行犯が何者なのかわからない。

「タンさんとナムさんを恐喝する相手に心当たりは？」

小野が首を横に振る。

「わからない。ふたりが普段どんな連中とつるんでたのか知らないし、同じベトナム人の友だちもいたみたいだけど、会ったことないしね。だから今日あんたと会って、話すことにしたんだよ。俺の知らないあいつらの付き合いについて、いい友だちも、悪い友だちも、調べて教えてくれるんじゃないかと思ってね。警察みたいに聞くだけ聞いてダンマリってことはないよな？」

「もちろんです。わかったことは法に触れない限り、すべてお伝えします。警察ではないので、できることには限界がありますが」

「それでもいいんだ。頼むよ。あいつらが情報を流したとしても、その理由と事情がわかればさ」

小野は一度言葉を区切った。

「脅されて、仕方なくやったんだったら、俺はあいつらを許せるから」

そういって小さくうなずくと、喉《のど》を鳴らし缶コーヒーを飲んだ。

4

玲は自転車で明治通《めいじどお》りを走っている。

約束の時間は午後一時四十五分。もっと余裕を持って出られるはずだったのに、久しぶりにひとりで家にいられたせいで、朝から洗濯だの、掃除だの、庭の草刈りだのをやってしまい、結局こんなぎりぎりになってしまった。

そういえば、また兄の康平からメールが来ていた。「玲のせいで莉奈がいつも実家に逃げてしまうため、向き合って話すことができない」という八つ当たり的な内容で、相変わらず進路のことで衝突しているようだ。

——父娘《おやこ》の争いに勝手に巻き込むなよ。

ペダルを漕《こ》ぎながら愚痴る。

七月十一日。

梅雨はまだ明けておらず、空も曇りがちだ。けれど、ときおり覗く青空と射す太陽の光はもう十分夏になっていた。

隅田川に架かる白鬚橋《しらひげばし》の手前で自転車を駐輪場に置き、ファミレスに入った。ここは広くて席数が多いだけでなく、ドリンクバーの横に周囲から死角になっているボックス席がいくつかあって、人目につかず話すのにちょうどいい。

汗を拭《ふ》きながら早足で進むと、もうリェンは来ていた。

「遅れてごめん」

「いいよ、いつものことだし」

リエンが諦《あきら》め顔で返す。

前回隅田公園で会って以降も電話で何度か話し、互いに手に入れた情報を交換していた。まだぎこちなさは残るものの、以前のような友だち同士に少しずつ戻れていると玲は思っている。

タブレットで注文し、すぐに顔を寄せ話しはじめた。

三日前に小野の工場を訪れて以降、小野の口利きにより同様の窃盗被害に遭った三人の工場主に会うことができた。三人とも自身の経営する工場でベトナム人技能実習生を雇用しており、ふたりが窃盗事件の前、経営的に雇用を維持できず実習生を解雇していた。あとのひとりの工場では事件翌日から実習生が失踪《しっそう》し、今も行方はわかっていない。

三人はまず揃って、元実習生たちは悪い人間ではなく優秀で、自分たちとの関係も比較的良好だったと口にした。その後、小野ほど踏み込んだ言い方はしなかったが、元実習生たちが女性関係で揉めたり、借金が払えなかったりして、その代償に工場の金事情を話すよう迫られたのではないかと想像していた。三人のうちひとりは工場に監視カメラを設置していたが、犯人らしき姿は映っていなかったという。

リェンのほうもベトナム人のネットワークを駆使し、小野の工場にいたタンとナムをはじめとする、墨田区内で同種の窃盗被害に遭った工場に勤務していたベトナム人たちの素性や交友関係などを調べていた。が、直接事件につながるようなことは、まだわかっていない。

状況は進展しているとは言い難かった。

ただ、ちょっとしたことだが、ヒントになりそうなことも見つかっている。たとえば、X《エックス》やフェイスブックをはじめとするSNSで発信されている、特定の国・地域の人々に向けた犯罪への注意喚起や防犯情報。中国語、韓国語、スペイン語、ポルトガル語、フィリピン語など、墨田区やその周辺に住む同国人・同胞に向けた限定的なメッセージだが、その中に日本人には知られていない、そして日本のテレビなどのニュースでは報道されないものも複数含まれている。

何月何日にこの地域でフィリピン人がベトナム人に暴行した。二日後、その報復としてベトナム人集団からフィリピン人への暴行事案が発生した。韓国人のシェアハウスが中国人窃盗団の仕業と思われる被害に遭った——根拠に乏しく、真偽不明なうわさレベルのものもかなりあるが、所轄の警察署が摑《つか》んでいない情報も散在している。不法滞在者向けに警察の捜査や摘発の状況を伝えているものもあれば、安全情報とは真逆の、どこのマンション、スーパーの駐車場・バイク置き場は警備が手薄だとかの犯罪を誘発する情報まで含まれている。

SNSにこうした情報が上がっていることは玲もリェンも知ってはいたが、これほど多くのアカウントがあり、細かく国籍や居住地域別に情報が発信されているとは思わなかった。

干草の中から針を探すような話だけれど、ウェブの中に情報が埋もれているかもしれない。

他に対面での情報収集も進めている。

その相手が来たようだ。

ファミレスに入ってきた女性にリェンが手を振る。

彼女の名はビョン。四十代で、日本に十年以上在留し、夫とともに錦糸町にある有名ベトナム料理店で働いている。住まいはこの近くにある堤通《つつみどおり》第一団地で、小野の工場で働いていたナムも同じ団地で暮らしていた。ふたりは知り合いで、ナムは休日にビョン夫妻の働く店によく顔を出していた。ビョンも普段の食事を多めに作り、日本ではあまり食べることのできないカーコートと呼ばれる魚の煮付けや、蚕の幼虫の炒《いた》め物など、故郷の味をナムの部屋に届けていた。

「シンチャオ」

ビョンとリェンがベトナム式の挨拶《あいさつ》を交わす。

玲も日本語で丁寧に挨拶した。

「役に立てるかどうか」

ビョンが不安げな笑みを浮かべつつ日本語でいった。

「いえ、来ていただいただけでもありがたいです」

玲は返した。本心だ。たぶんリェンも同じように感じている。

異国で言葉や習慣の壁に苦労しながら働いていた同胞について話すことに、多くのベトナム人が消極的だった。仲間を守りたいという気持ちだけでなく、そこには面倒に巻き込まれたくないという思い、さらには日本と日本人に対する反感も少なからず含まれているのかもしれない。

ビョンはパンケーキを注文し、三人でドリンクを運んできて、あらためて席についた。

はじめはビョンと同じ堤通第一団地で暮らしているベトナム人の友人のことや、どこのスーパーに買い物に行くかなど他愛もないことを話した。

最近は団地のベトナム人も入れ替わりが激しいそうだ。海外の方が高賃金のため、日本を離れアジアやオセアニア、アメリカを目指す者も多い。彼女の働く錦糸町のベトナム料理店はかなりの人気店で給与もいいが、それでも人手不足で困っているという。

話が進むに連れ、日本語が減り、ベトナム語が増えてゆく。

玲は内容を理解できないが、構わなかった。ビョンの表情が少しずつ柔らかくなっていき、リエンと打ち解けているのがわかる。

話題はビョンが今暮らしている団地のことに戻っていた。

彼女の暮らす堤通第一団地は墨堤通り沿いにあり、マイラ・サントスや礼央たち一家が暮らす隅田川東団地までの規模はないが、それでも十分巨大だ。十二階建ての住居棟が東一〜四、中央一〜四、西一〜三と計十一棟連なり、総戸数は千百。屏風《びょうぶ》のように連なる全棟を切れ目なくつなぐ共用通路の長さは、八百メートルを超える。

団地内にはベトナム人や中国人に加え、ブラジル人、バングラデシュ人、ネパール人の世帯も増え、それぞれに文化、習慣が異なるため、日本人相手とはまた違った近所付き合いの苦労があるらしい。ただ、端々に出てくる日本語でわかる内容はその程度だった。

玲はぼんやりと警察庁警備局の乾徳秋参事官に連絡するべきかどうか考えていた。すれば何かヒントを投げてくれるだろう。が、あの男に新たな借りを作るのは避けたい。

リエンたちの話が二十分ほど続いたところで、ビョンの表情がまた曇りはじめた。

ベトナム語でリエンが丁寧に頼んでいるが、ビョンの顔はさらに険しくなり、持っていたトートバッグに手を入れると、千円札をテーブルに置いて立ち上がった。引き止めようとするリエンに謝り、玲にも「ごめんなさい」と日本語で詫《わ》びながら出口へと急ぐ。

ビョンは怒ってはいない。怯《おび》えていた。

リエンがテーブルの上の千円を持って追いかける。

足を止めないビョンに追いつき、断る彼女のトートバッグに千円を入れた。ビョンは何度か頭を下げたが、やはり足は止めず、そのままファミレスから出て行ってしまった。

理由はわかる。リエンが自分の母や兄について話したからだろう。

リエンの母ダン・チャウが専務、兄ホアン・ダット・クオンが常務を務めるJ&Sコーポレーションは錦糸町にある。表向きはクラブや飲食店の運営会社だが、その裏で何をしているか、同じ街のベトナム料理店で長く働いているビョンが知らないわけがない。

都内東部のベトナム人半グレを統括する会社など、まともに暮らしている人なら進んで関わり合いになりたいとは思わない。ましてや、その経営者の娘に、窃盗事件の参考人についての話などしたら、自分や家族がどうなるか不安になり、怯えて逃げたくなるのも当然だ。

「ごめん」

リエンが玲にいった。

黙っていればいいのかもしれない。でも、それでは卑怯だと考えるのが彼女らしい。自分の素性も相手にしっかり伝え、納得した上で事実を語ってもらいたい——そんなリエンの不器用なくらいの誠実さを、玲は嫌いになれないし、羨《うらや》ましいとも思う。

「私が一番調査のじゃまになっている」

確かにその通りだが、今、彼女がしたことは、やはり間違っていない。あとになってビョンがリエンの家族について知ったら、騙《だま》された、裏切られたと思うだろう。

「他のやり方を考えようか。その前にコーヒーをお代わりしよう」

玲は立ち上がった。リェンもうなずき、立ち上がる。

ドリンクバーのコーヒーマシンの前には三人が並んでいた。玲たちは冴《さ》えない顔で、その列に加わった。

しかし――ビョンが逃げるように帰ったのは、本当にリェンだけが理由だろうか？

ＧＩＧＮ隊員としての記憶が玲に問いかける。

空のカップを片手に、この案件についてもう一度考えを巡らせた。

5

玲は角皿に刺身を盛るとラップをかけ、冷蔵庫に入れた。

本当はスーパーで買ってきたパックのまま出したいが、母はそういうところに細かく、昔から家の皿に移し替えて父や兄の夕食に出していた。大げさにいうと、あの人なりの美学なのだろう。だから玲も買ってきた惣菜《そうざい》は、なるべく小鉢や皿に移し替えて出すことにしている。皿の種類や盛り方を変えると、母も気づき、「今日はましね」とか「美味しそうに見えない」とか小言をいってくる。こうした小さな刺激が、認知症の改善につながればと思っている。

鍋《なべ》にはすまし汁が入っているし、炊飯器もセットした。夜になったら母の夕飯として莉奈に出してもらう。今日やることは一通り終わった。予備校に向かうまで、まだ二時間近くある。

母はデイサービスに行っているし、家には玲ひとり。

七月十三日。梅雨は明けていないが、外は晴れて暑い。もう完全に夏だ。

コーヒーでも飲みながら、またＳＮＳをチェックするか。

墨田区周辺に暮らす外国人たちが、同じ国の仲間たちに発信している外国語のＸやフェイスブックなどの書き込みを、玲と莉奈は手分けして確認していた。

コーヒーのお湯を沸かしている途中、玄関のほうでガタガタと音がした。

小走りで様子を窺《うかが》いに行くと、案の定、莉奈だった。

「早いじゃん。どうしたの」

玲は訊いた。彼女は大学の試験期間で、何科目か試験を受けたあと、図書館で勉強し、母がデイサービスから戻る午後六時に合わせて家に来るのがルーティーンになっていた。

「怪しそうなのを見つけた。このXのアカウント」

莉奈がスマホの画面を見せる。

アカウント名は「Um Mundo」、アイコンはドクロマークの帽子を被《かぶ》った男のイラストだ。

「これスペイン語？　ポルトガル語？」

玲は訊いた。

「ポルトガル語。Um Mundoはひとつの世界で、下のアカウントの説明のところのnoticia e perceberはニュースと告知の意味みたい」

「素っ気ないね。画像や映像がなくて文字ばかり」

「で、このずっと下の五月と六月のメッセージだけど、日本語に訳すと『ベトナム人を巻き込んではいけない。すでに日本の警察が捜査範囲を広げている。いずれ罪を贖《あがな》うときが来る』、『悪行は一部に漏れている。他国の人々を攻撃すれば、それは必ず自分に返ってくる』。無料の翻訳ソフトだから、訳がちょっと変で宗教がかってるけど、これさ――」

「そうかも。ポルトガル語ってことは、ポルトガルとブラジルか」

「他のメッセージに、チラデンテスの日っていうブラジルの祝日や、ハバータとかのブラジル料理の名前が出ているから、ブラジル人向けだと思う」

「墨田区ってそんなにブラジル人住んでいるかな？　まあ、それはとりあえずいいや。このドクロっぽいアイコン何？」

「画像解析かけたら、少年ジャンプのこれが元みたい」

莉奈が保存していた画像を見せる。

ドクロ印の三角帽子を被り、片目に眼帯をつけたロゴマーク。Um Mundoのアイコンはかたちが変わり、しかも手書きだが、少年ジャンプのものと関連があるのかもしれない。

「凄い、よく見つけた！」

玲は声を上げた。単なるいたずらかもしれないし、一連の窃盗事件とは無関係かもしれない。ただ、たどってみる価値はある。

「とりあえず手を洗ってうがいしたら、このUm Mundoをフォローしてリプライ送る」

莉奈が靴を脱ぎ、小走りで洗面所に向かった。


それから二時間――

Um Mundoからの返信を待ちながら、他にも関連したメッセージはないか、Um Mundoのアカウントに並んでいるポルトガル語の文章を日本語に訳していったが、気になるものは見つからなかった。リプライも探ってみたが、やはり気になるものはなし。Um Mundoからの返信も来ない。

仕事用のパンツスーツに着替えた玲は玄関でヒールに足を入れた。

「もう少し探してみるよ」

莉奈がいった。

「そっちはいいから勉強して。明日も試験なんでしょ。単位落としたら私がお兄ちゃんから責められるから、本当しっかりやってよ」

莉奈は嫌な顔をしながら見送り、玄関のドアを閉めた。

ヒントを見つけたかもしれないという軽い興奮と、それが今のところ何にもつながっていない落胆で、まだ仕事前なのに軽く疲労している。しかも、暑いのにブラウスに脇汗パッドをつけてくるのを忘れてしまった。

「メルったく」

また変な口癖が漏れる。

だが、自転車で東武線の東向島駅へ向かっている途中、スマホが震えた。

リェンからのメッセージで、気になる文章を見つけたと書いてある。墨田区やその近辺のベトナム人に向けた、ネット内のローカル・コミュニティーサイトにあったベトナム語の書き込みで、投稿者のハンドルネームはUm Mundo――

『ベトナム人の皆さん、ブラジルの人々から危険な依頼があっても拒否してください。受諾すると大きな危険が待っています。恐喝され、脅され、逃げ道が塞がれているなら、引き受けてしまう前に私に連絡をください。あなたの犯した罪も受け止め、救われる道を一緒に探します』

『ブラジル人たち、一部の心無い、そして無慈悲なブラジル人の行いを、どうか私と一緒に止めてください。他の国の人々を苦しめている行いを見たら、知っていたら、私に連絡を』

宗教がかった語り口なのは、「元は別の言語だった文章を、サイトに張り込むためにベトナム語に翻訳ソフトで訳し、それをまた玲に送るのにソフトで日本語に訳したから」とリェンは書いている。掲示板にあったベトナム語のメッセージも後送されてきたが、これも「文法や言葉遣いが変」だそうだ。

ついさっき莉奈と見たUm MundoのXのポストは、ブラジル人に向けてポルトガル語で書かれていた。

Um Mundoが翻訳ソフトでベトナム語に変換したものを、掲示板に載せたのかもしれない。

ということは、ブラジル人の犯罪集団が、何かを理由にベトナム人技能実習生を脅して情報を入手し、窃盗犯罪を重ねている？　Um Mundoはブラジル人で一部の同胞たちの違法行為を止めようとしているのか？　では、Um Mundoのメッセージの中の、「あなたの犯した罪」とは何だろう？　ベトナム人も犯罪を行い、それを暴露すると脅されたのだろうか？

リェンによると、Um Mundoに直接メール送信できる仕様になっているが、アドレスはプロバイダ系のフリーメールのものだったそうだ。「ブラジルの人々から危険な依頼」をされたベトナム人としてメッセージを送ってみると書いてある。

——Um Mundoとは何者だ？

ただ、今はゆっくり考えている暇はない。仕事に遅れそうだ。

玲は駅に向かってまた自転車を走らせた。

*

予備校での講義を終え、校舎を出ると、蒸し暑い空気が玲の体にまとわりついてきた。

——暑っちいな、もう。

スマホを確認すると、莉奈からUm Mundoからの返事がまだないこと、玲の母をお風呂に入れたこと（といっても脱衣所から時々様子を確認するだけだけれど）などのメッセージが届いていた。リェンのほうも状況は同じ。Um Mundoからメールの返信はなし。

午後九時三十分。

こちらからUm Mundoにメッセージを送って五時間ほどになる。『救われる道を一緒に探します』『一緒に止めてください』と書いていたわりには返信が遅い。本当に追い込まれた人間なら、この間に思い余った末の行動を取ってしまうかもしれないのに。

Um MundoにＩＴの知識があり、こちらが何者かすでに気づいたか、何者か探っている段階かもしれない。Um Mundoが個人とは限らず、向こうの規模や能力、さらに本当に「救済」する意思があるのかどうかも、まだわからない。

スマホが震えた。

尾崎浩太《おざきこうた》という名からの着信。

「誰だ？　あ、あいつ」

東向島署の刑事で、しゃくれ顎《あご》の中年男だ。サントス家の件に絡んで玲も聴取を受け、行きがかり上、嫌々ながらも電話番号の交換をすることになった。

少しだけ躊躇《ちゅうちょ》した。刑事からの連絡なんていい知らせのはずがない。

でも、だからこそ無視はできない。

「能條です」

『突然すみません、東向島署の尾崎ですが、覚えてらっしゃいますか』

「はい、刑事さんですよね」

『そうです。今よろしいですか？　今日の夕方、小野さんの工場で異臭騒ぎがありましてね』

「はい？」

地下鉄銀座《ぎんざ》線の改札に向かう地下道で、思わず大きな声が出た。

『能條さんが五日前にお訪ねになった小野克彰さんの旋盤工場です。場所は墨田区八広──』

「それはわかります。異臭騒ぎって、事件なんですね」

『いや、今申し上げるわけには』

事故ならば血縁者でもない玲に刑事がわざわざ連絡してくるはずがない。

玲は早口で質問を続ける。

「小野さんやご家族、従業員の方のご容体は？」

『皆さんご無事です。小野さんと従業員の方一名が軽い体調不良を訴えて病院搬送されましたが、もうどちらもご自宅に戻られています。それでね、能條さんがお訪ねになったあとのことなんで、工場に行った目的などを、今から署に来てお聞かせ願えないかと』

「東向島署に行ったらどんな事件か、概要くらいは教えていただけますよね」

『ええまあ。でも、教えるといっても──』

尾崎の言葉の途中で通話を切り、手を挙げてタクシーを探す。

が、またすぐにスマホが震えた。

ホアン・トゥイ・リエンからのＤＭ。

『来たよ』

彼女がUm Mundoに送ったメッセージの返信が届いたという知らせだった。

Ⅲ

1

「申し訳ありませんでした」

玲は頭を下げた。

「やめてよ。あんたは何も悪くないんだから」

七月十四日、玲はまた小野の旋盤工場に来ている。

「でも、私が来たことは無関係ではないですから」

玲は持っていた紫と白二色の紙袋を小野に差し出した。向島にある有名な和菓子店の栗蒸し羊《よう》羹《かん》が入っている。

「こんな高価なものを？　まあ、好物だから遠慮なく受け取っちゃうんだけど。でも、そっちも警察に呼び出されて大変だったでしょ。あの尾崎って刑事と話したの？」

「はい。面倒臭かったですけど、ちょっと収穫もあったので」

「おっ、あとで聞かせて」

小野が笑顔を見せる。

作業場には前回と同じくラジオが流れ、玲がふたりの従業員に挨拶《あいさつ》すると、わざわざ手を止め挨拶を返してくれた。事件による動揺などは今のところ感じられない。

刑事の尾崎ははじめ異臭騒ぎと話したが、実際は手製の一酸化炭素発生装置が何者かによって工場内に運び込まれていた。

　キャンプで使った炭などを消火する「火消し袋」に練炭を詰め、小さな穴などを開け不完全燃焼状態になるよう細工されたものだという。一酸化炭素は無色、無臭の非常に毒性が強い気体で、炭素化合物が不完全燃焼した際に発生する。空気中に０・１５から０・２パーセント濃度の状態で人は三十分から一時間以内に激しい頭痛、吐き気などの症状を起こし、意識を失う。

　場合によっては殺人未遂事案となり得るが、工場ではオイルや潤滑油の臭いがこもらないよう常時換気扇を回しているため、小野以下従業員たちの命に別状はなかった。

　警察はそうした状況を知った上での、脅しが目的の犯行と見立てている。

「あのテープのところだよ」

　小野が袋の置かれていた場所を指さした。まだ立ち入り禁止の黄色いテープが張られている。工場前には制服警官が立ち、玲も入ってくるときに簡単な身元確認を受けた。

「もうお加減はよろしいんですか」

　玲は訊《き》いた。

「よろしいも何も、ちょっと頭が重い程度だったんだ。けど、今後のこともあるから病院行けって警察にいわれてね。とりあえず娘家族には、しばらく工場に近づくなといったけど」

　妻を亡くして以降、独りで生活している小野を気遣い、近所で暮らす長女一家が毎日のように様子を見に来るという。

　小野が玲を誘い奥の小さな事務室に入ってゆく。

「で、警察は何だって？」

　小野が小声でいった。

「内緒にしてくださいね」

一応念を押し、以前ここで働いていたふたりのベトナム人技能実習生、タンとナムが脅されていた可能性をすでに警察も摑んでいることを伝えた。さらに、脅していたのは一部の不道徳なブラジル人ではないかということも、一瞬迷ったものの話すことにした。ただし、それらの情報の発信源がXのUm Mundoというアカウントであることは伏せた。

「やっぱり。昨日の騒ぎで、俺も自分の推理は間違ってなかったと確信したんだよ。あれは、俺を含めた窃盗被害者たちに対する警告だってね。そいつら、タンとナムだけでなく俺たちまで脅してきやがった」

そういいつつも、小野は嬉《うれ》しそうにしている。

「私がお話を聞かせていただいた三人の方々に連絡は？」

「昨日、警察呼んだあとすぐに電話したよ。みんなピンピンしてた。それよりさ、あんた自分で調査して、警察と同じような情報を摑《つか》んだんだろ？　すげえな。さすがだね」

——は？　さすが？

「聞いたんですか？」

玲は上目遣いで小野を見た。

「まあね。パリで刑事やってたんだって？」

間違った情報だが、それはまあいい。ここで警察の特殊部隊だなんて訂正したら、よけいにややこしくなる。

「誰から？」

玲はさらに訊いた。

「あんたの亡くなったお祖母《ばあ》さんとウチの死んだ女房とは踊りの師匠同士だった縁もあるし、いろいろ共通の知り合いも多いだろ？　それに、何ていっても下町だから」

古くからつながりのある住人同士の間では、良いうわさも悪いうわさも、驚くような速さで広まる。ここは墨田区の北東部、人の口に戸は立てられない本当の下町だ。

「だいじょうぶだよ、人にはいわないから。個人情報とか厳しい昨今だしね。それでさ、昨日の一酸化炭素事件のあと、例の三人の工場主に安否確認の電話をしたときに相談したんだけど、ちょっとお願い事があってね」

「ん？　私にですか？」

「そう。フランス語の通訳の仕事を頼みたいんだよ。墨田区押上《おしあげ》一丁目、二丁目の町会の役員が話せる人を探してってね。東京スカイツリーの下にショッピングセンターみたいのがあるだろ」

「東京ソラマチですか」

「うん。そこにキッチンカーを出す件で、ちょっと揉《も》めてるらしいんだよ」

東京ソラマチの敷地や近隣の私有地、駐車場に、ここ最近、さまざまな国の料理を出す外国人によるキッチンカーが出ている。ネットの口コミやテレビで紹介されたこともあり、休日だけでなく平日も盛況だそうだ。そんな集客の見込める場所・地域なら出店希望者も増える。しかし、スペースには限りがあるため、出店できない店主たちの不満が募り、口論や揉め事が頻発するようになってしまった。それを調整・解消するため、出身地や国籍の異なる在留外国人店主たちが集まって会合を開くことになったのだという。

小野が続ける。

「店主の中には、日本語をほとんど話せない人もいるんだって。アフリカの北のほうの国だと、フランス語を話す人が多いんだろ？　報酬もちゃんと出す。商工会議所にはもう話が通ってるから。俺らが推す人ならOKだって。当日は、墨田区役所からも見届け役の職員が来るって」

「そんな大きな話なんですか」

「うん。区議の連中と顔をつなぐ機会にもなるし。あんたにも悪い話じゃないだろ？」

「いや、政治には興味ないので」

区役所の職員が「見届け役」という曖昧《あいまい》な立場で参加するのはなぜだろう。警察が関わっていないのも怪しい。民事でも何かと理由をつけて首を突っ込み、率先して調整したがるのが日本の警察なのに。

「いや、時間的に難しくて。仕事が忙しいんです」

予備校の講義が詰まっているという理由で、やんわりと断るつもりだった。

「だいじょうぶだいじょうぶ。なんとかなるよ」

小野は老獪《ろうかい》な笑顔で玲の言葉を押し切り、ひとり話し続けた。

2

隅田川の向こう、浅草ビューホテルや高層マンションなどが並ぶ西の空が朱色に染まっている。午後六時十五分。

玲はホアン・トゥイ・リェンとともに、また区役所近くにある隅田公園内にいた。

小野の工場を出て、スーパーで買い物をして一度自宅に戻り、洗濯物を取り込むなど簡単な家事をしてからまた出発し、ここに到着した。デイサービスから自宅に戻った母は、姪《めい》の莉奈が出迎えてくれる。今ごろは夕飯を食べているはずだ。

『ブラジルの悪い人たちのことで困っています』

ハンドルネームUm Mundoの投稿に記載されていたメールアドレスに、リェンはベトナム語のメッセージを送った。それに対し、Um Mundoが、『Let's meet up at Sumida park tomorrow』と返信してきた。あちらが提示した会うための条件は、絶対にうそをつかず真実のみを話すこと。さらに、録音録画は一切禁止だとも添えられていた。

指定された時間は午後六時三十分。

玲とリェンはアイスラテのカップを片手に園内のひょうたん池近くに立っている。

玲が紺のパンツに白のブラウス、リェンはグレーのパンツにオレンジの薄いニット。足元はふたりともスニーカー。何かあったときに逃げやすいよう、申し合わせてこのスタイルにした。手にしたラテのカップの中の氷が見る間に小さくなってゆく。まだ梅雨明け宣言は出ていないが、この暑さはもう完全に夏だ。

目の前の芝生広場には多くの観光客が座り、ベンチもいっぱいで、東の空にそびえる東京スカイツリーを見上げている。公園のすぐ横、東武線高架下「東京ミズマチ」の飲食店も賑《にぎ》わっている。浅草から、東武線隅田川橋梁《きょうりょう》沿いの歩道橋「すみだリバーウォーク」を渡り、東京スカイツリーへと向かう散策路にあるため、一年を通して海外からの観光客も多い。日本人だけでなく、世界各地の人々が今日もライトアップされたスカイツリーを背景に写真を撮っている。

さまざまな人種が通り過ぎてゆく場所。どんな肌、髪、瞳《ひとみ》の色の人間でもあまり目立たないため、Um Mundoはあえてここを指定したのかもしれない。これからやって来るその人が、日本人ではない可能性も高かった。

ブラジル人の違法集団がベトナム人を脅し、彼らの勤務する工場や飲食店、個人病院などの内部情報を探り出した上で窃盗を行っている——玲たちはそんな仮説を立てている。

しかし、Um Mundoの書き込みを元にしているため、論拠は薄い。そう、素人の勝手な想像だ。補強するためにタンとナムの友人を中心に複数のベトナム人からもっと話を聞きたいが、先日のビョンの態度を考えると簡単に頼むわけにもいかない。彼女が話を拒んで逃げ出したのは、J&

Sコーポレーションの重役であるリェンの母と兄を恐れただけでなく、他の大きな何かにも怯《おび》えていたとしか思えない。

他のベトナム人に話を聞けば、彼らも巻き込み、怯えさせることになってしまう。だから別のかたちのヒントを求め、ここでUm Mundoを待っている。

玲はストローをくわえた。溶けた氷と混ざり合ったラテが、喉と頭の中を冷ましてゆく。もうすぐ指定された時間。玲とリェンは空になったカップをゴミ箱に落とした。

そして待つ――

午後六時三十分になったが、誰も現れない。

玲たちを遠くから観察しているのかもしれない。会う相手の素性がわからないのはUm Mundo側も同じだ。メールを送ったリェンと玲が危険人物か否か、ふたり以外に怪しい者が潜んでいないかを見極める権利は向こうにもある。まあ、普通に遅れている可能性もあるけれど。いずれにせよ、最低でも三十分は待つつもりだ。

だが、午後六時三十五分にリェンのスマホが震えた。

Um Mundoからのメール着信。

『Liar. But see you later and watch out』

そう書かれている。

うそつき。でも、またあとで。そして気をつけて――どういう意味？

玲たちの正体がバレた？　たぶんそうだ。

だが、この近くまでUm Mundoが来ていたとしても、外見だけで玲たちが本当にブラジル人に脅されているベトナム人かどうかなど、区別がつくわけがない。玲は付き添いの日本の友人として、リェンは実際被害に遭っているベトナム人として、ここに立っていても少しもおかしくないのだから。それに「またあとで」とは、どういう意味だろう。改めて向こうから連絡してくるのだろうか。だが、何のために？

最後の「気をつけて」だけは想像がつく。

「これって――」

リェンがスマホのメールを見ながら話しかけてきたが、玲は指で合図し制した。

そして待ち合わせの友人を探すような振りで顔を上げ、周りを見渡す。

左奥に三人、右奥にもふたり。遠くからこちらを見ている外国人がいる。東洋系でも北欧系でもない。髪や肌の色はまちまちだが、五人ともラテン系や南米系に分類されるだろう。

素知らぬ顔で監視しているのではなく、気づかれるのも構わず玲たちを凝視していた。囲む気だ。五人の他にも仲間がいるかもしれない。

Um Mundoはこれに気づき、警告してきた？　そして奴らがいたため、ここで会うのを避けた？　だが、考える前に、最優先すべきことがある。

玲はリェンの腕を掴み、歩きはじめた。

「どうしたの？」

リェンの表情がこわばる。

「すぐにタクシーに乗って。浅草か上野《うえの》まで行くように指示して、なるべく混み合っているところで一度降りる。尾行に注意しながら少し歩いてから、またタクシーを拾って自宅から少し離れたところまで行く。いい？」

玲は小走りで進みながらいった。

状況を理解したリェンも質問を挟まずうなずく。

玲は続ける。

「タクシーの中では常に交番の場所をチェックして。危険になったら駆け込む。途中で気になることがあれば、すぐに私に電話して」

玲はイヤホンを出すと右耳に入れ、ポケットの中のスマホとブルートゥース接続した。

「これでいつでもつながる。マンションに無事に戻ったときも電話して。メッセージじゃなく、リェンと瑛太の声を直接聞かせてほしい。わかったら、声に出して返事をして」

「わかった、電話する」

公園のすぐ横の二車線道路に出る。観光客が多い場所でタクシーが常に流しているため、すぐに捕まった。

「気をつけて」

リェンが泣きそうな顔でタクシーに乗り込んだ。ドアが閉まり走り出す。それを横目で追いながら、玲もその場から急ぎ離れてゆく。

このまま逃げる選択肢もある。だが、この機を逃さず、あの五人が何者か確かめるべきだろう。人混みを縫うように進んでゆくと、やはり奴らも追ってきた。

距離を取りながら観察し、分析する。ブラジル人のようにも見えるが、南米系の知り合いの少ない玲にはやはり断定できない。

――奴らはいつ私の存在に気づいたのか？

やはり小野の旋盤工場に出入りしていたことが大きいのだろう。奴らは近くで見張っていて、それを確認した。同時に東向島署に行ったことも、玲が今回の事件に何らかのかたちで関わろうとしていると確信させる要因となった。

――奴らは私を何者だと思っている？

事件を調べている新聞や週刊誌の記者だろうか。いや、何者でも関係ないのかもしれない。首を突っ込もうとする者は全員、脅しや実力行使により排除する気なのだろう。

ベトナム人を脅すやり口といい、いずれにしてもあまり頭のいい連中ではなさそうだ。玲の以前の職業や経歴などは詳しく知られていないだろう。

一方、玲も奴らの素性を知らない。遠目に見る五人の歩き方や姿勢からは、今のところ元軍人らしさや格闘技の修練を積んだ特徴は感じられない。

それでも油断はできなかった。

玲は今でも日々のトレーニングを欠かさない。特にサントス乃亜の事件のあとは、以前の数倍の量に増やした。倉庫でベトナム人半グレと格闘した際、自分の衰えを痛感させられたからだ。

首都高6号線の高架下を抜け、コンクリートで覆われ整備された隅田川の土手に上がった。桜並木で有名な場所だ。このあたりにも観光客、犬の散歩やウォーキング中の地元民はいるものの、隅田公園内より遥《はる》かに人は少ない。

土手から見下ろす左側には隅田川。沈む寸前の七月の夕陽と、街明かりが暗い水面《みなも》を照らしている。一方の右側には、首都高高架下を走る対向二車線の墨堤通りがある。

午後六時四十分。帰宅・帰社の車で道は若干混んでいる。渡った向こうには三囲神社《みめぐりじんじゃ》、少し離れた所に長命寺《ちょうめいじ》と桜餅《さくらもち》で有名な山本《やまもと》やがある。緩やかに右に曲がってゆく墨堤通りの先には、首都高入口へ続く一車線道路が枝分かれし延びている。

五人も追ってくるが、先ほどより顔つきが厳しい。そして詰めていた玲との距離を、また次第に空けはじめた。人が少なく薄暗いほうへと歩き続ける玲に不審を感じ、警戒を強めているのだろう。ここなら多少暴れても他人を巻き込む心配が少なく、奴らの仲間の車が待機していたとしても、土手の上の歩道まで入ってくることはできない。

ポケットの中のスマホが震えた。

通話着信、リェンに何かあった？　玲は画面を見ることなく、右耳のイヤホンを二回タップし、接続した。

『玲ちゃん！』

リェンじゃない。姪の莉奈の声だ。玲の中に別の緊張が走る。

「どうした？」

『変な男が家に来てる。インターホン越しに玲ちゃんに会いたいって』

「家に入れてないでしょうね」

『入れるわけないじゃん。玄関にも出てないし、モニターの画面で見ただけ。でも、待たせてもらうっていってた。今二階の窓からこっそり見てるんだけど、門の前でタバコ吸ってる。うわっ、門に唾《つば》吐いた』

「どんな男？」

『痩《や》せてて、着てるのは黒っぽい開襟シャツ』

――浦沢組のヤクザのひとり。

玲が「ガリ」とあだ名をつけた男が、家まで押しかけてきた。

「その痩せ以外には？」

『家の前の道の向こうに黒いワゴンが停まってる。キモい開襟シャツの仲間だと思う』

「何人乗ってる？」

『運転席にひとり。うしろはスモークガラスで見えない』

「すぐ帰るから。何回インターホン鳴らされても出ないで。押し入ろうとしたら警察呼んで」

『わかった』

一旦《いったん》通話を終える。

予定変更――

五人を捕らえて何か聞き出すつもりだったが、逆に五人を素早く振り切らなければ。

――どうしよう。

だが、迷っている余裕はない。

隅田川には逃げられないし、久しぶりに無理をするしかない。

玲はバッグにスマホを戻し、口金をしっかり締め、肩にかけると、土手の上から右手の墨堤通りを見下ろした。首都高入口へ向かう支流の一本道が混んでいて、そのためどの車も時速二十キロから三十キロぐらいの速度で走っている。ちょうどいい。だが、適当な車両がない。まさか普通のセダンやハッチバックの屋根は使えないし、空荷のダンプは来ない。ただ、ショベルカーを載せた重機運搬車が遠くから近づいてくる。

玲は走り出した。

コンクリートで塗り固められた土手の急な斜面を全力で駆け降りてゆく。五人も気づき、慌てて追ってくる。

玲は斜面を下った勢いのまま、墨堤通り脇の歩道に据えられた大きな変電ボックスを囲む金網に飛びついた。速度を落とさず金網を駆け上がり、黒く四角い変電ボックスの上に飛び乗る。

そこから再度大きく跳んだ。

墨堤通りを走ってきた重機運搬車の荷台に飛び降り、すぐにショベルカーのキャタピラの間に身を隠した。

隠れる寸前、追っていた五人が斜面を駆け降りてくる姿がちらりと見えた。その顔は唖然《あぜん》としていた。後続車のミニバンの運転手も荷台の玲の姿を目で追っている。が、玲が視線を合わせると、嫌なものでも見たように目を逸《そ》らした。この重機運搬車の運転手には気づかれていない。

運搬車が首都高速に入るなら、すぐにまた飛び降りる必要があったが、幸運にも入口へと続く一本道には進まず、墨堤通りを走り続けた。今日はもう店じまいした向島言問団子の店舗前を過ぎ、さらに交差点を通過してゆく。

玲は隠れたまま運搬車の荷台で揺られていた。

3

重機運搬車が墨堤通りと明治通りの交差点にさしかかり、赤信号で止まると、玲は荷台から降りた。すでに夜になり暗く、横断歩道を渡る通行人たちも皆急いでいたおかげで、特に騒がれることもない。玲は何食わぬ顔で交差点を離れ、自宅までの残り三百メートルを走った。

能條家の門前には、莉奈のいっていた通り開襟シャツの痩せた男が立っている。

やはり浦沢組のヤクザのひとり、ガリだ。

「お互いもう用はないはずだけど」

玲は駆け寄り、まだ少し息を上げながら訊いた。

「俺は用はねえけど。まずさ、返すもんがあるんじゃね？」

「あ」

玲はバッグを探り、「K.Tokuyama」の刻印がされたS．T．デュポンのライターを取り出した。

ガリが受け取ろうと近づいてくる。玲は触れるのが嫌で投げて渡した。

「ひでえなおい。ま、代わりに預かっといてやるよ。ありがたく思え」

「用事は終わった？」

「違うよ、こっからが本題。上の方々があんたに伝えたいことがあるんだとさ。それを言付かってきた。渡したいもんもある」

浦沢組の上部団体、身延連合からの指示という意味だろう。

「じゃ、早く話して帰って」

「ここじゃちょっと。場所移そうぜ」

「家には入れられない。あんたのうしろの黒いワゴンにも乗る気はないから」

「人目につかなきゃ、場所はどこでもいいよ。悪い話じゃないぜ」

「ヤクザから聞く話に、いい話なんてない」

「確かにな。でも、こないだの三人じゃなく、俺ひとりで来たんだぜ。揉めずに話したいんだってわかるだろ？　徳山《とくやま》が一緒じゃ、まとまるもんもまとまらねえ」

「あいつ、まだ私を憎んでいるの？」

「ああ。だから置いてきた。気遣ってんだろ」

玲は少しだけ考え、口を開いた。

「この先の、白鬚橋の手前にあるファミレス知ってる？　先に行ってて、すぐ追いかける」

「素直じゃねえか」

ガリがニヤつく。

「あんたの名は？」

「木下《きのした》」

「どうして私の家がわかったの？」

玲は木下の背に訊いた。

「教えらんないよ、玲ちゃん。企業秘密ってやつ」

ガリこと木下が黒いワゴンに歩いてゆく。運転席にいるのは浦沢組の若衆だ。そいつはワゴンを発進させたあとも玲の顔を挑発的に睨《にら》みつけていた。

とりあえず危険は去ったが、自宅の中の莉奈に外には出ず警戒を続けるようＤＭで伝える。

そこで玲のスマホがまた震えた。

右耳に入れたままのイヤホンを二度タップし、通話をはじめる。

『玲、だいじょうぶ？』

英語の声、リェンだ。

「だいじょうぶ。そっちはマンションに着いた？」

『まだタクシーの中。あと五分くらい』

「何かあったの？」

『危険なことはない。だけど、またUm Mundoからメールが来た。リストみたいだけど、私には何ともいえないから見てもらいたくて。すぐに送る』

「わかった。ただ、ちょっと今立て込んでるから、落ち着いたら電話する」

『立て込んでるって、本当にだいじょうぶ？』

「うん。あとでね」

通話を切ると、すぐにファイルが送信されてきた。

一覧表で、Nguyen Phu ChienやHoang Xuan Trongなどベトナム人らしい英語表記の名前、スマホ番号、住所、月毎の金額のようなものが並び、並んだ多くの名前の中には、玲とリェンが話を聞き損なったビョンと夫の名もあった。さらにCasoの欄にはChicoやDigo、Nico、Neo、Papaと並んでいる。

——これって。

すぐにCasoを調べた。ポルトガル語で「担当」の意味だった。では、ChicoやDigoは人名？ポルトガル語のニックネームか仮名だろうか。

玲は一覧表を閉じ、スマホをバッグに押し込むと早足で歩き出した。

＊

玲はファミレスに入ってゆく。三日前にビョンから話を聞こうと、リエンとふたりで訪れたあの店舗だ。

広い店の窓際の席にガリこと木下は座っていた。黒いワゴンを運転していた若衆は通路を挟んだテーブルで仏頂面をしながらカットステーキを食べている。

玲がタブレットでドリンクバーを注文すると、木下はその若衆に取りに行かせた。

「玲ちゃんさ、ベトナム人が絡んでる連続窃盗事件のこと調べてるんだろ」

木下が切り出した。呼び方が馴《な》れ馴《な》れしくて気持ち悪いが、そこは今は不問にしよう。

「それが？」

玲は訊き返した。

玲とリエンの行動が、なぜか木下を含む浦沢組の連中に知られている。

「どこまでたどり着いた？」

木下がさらに訊いてくる。

一瞬だけ迷ったが、話すことにした。

「ベトナム人が一部のブラジル人半グレに脅されて、自分たちの勤めていた工場や店の内部事情を教えたんじゃないかってとこまで」

「何をネタにベトナム人は脅されてたのか、わかったかい？」

「いえ、まだ」

木下はズボンのポケットに手を入れ、皺《しわ》になった封筒を取り出した。

「この中のＵＳＢに理由が入ってる。開けばわかるだろうけど、その前に説明すると――」

「待って。聞く前に、なぜ教えるのか話して」

「は？　そんなのわかるだろ」

「あんたの口から聞きたい」

「慎重だねえ。ま、話してやるよ。まず玲ちゃんがブラジル人半グレと呼んだあいつらは窃盗団だ。で、奴らがやったことは浦沢組《ウチ》や上部団体《ウエ》のシマに無断で侵入した上での荒らし行為だよ」

「勝手な論理」

思わず玲の口をついた。

「生意気も相変わらずだな。ともかくシマ持ってる側は、勝手なことをした連中を追い出し、厳しい罰を与えねえと示しがつかねえ。けど、そうすれば当然ブラジル人も抵抗して、互いに怪我人や、下手すれば死人も出る。警察も当然介入してくるし、何人かはパクられる。そんな騒ぎになる代わりに、あんたに頼んでブラジル人たちを静かにさせてもらったほうがいい」

――思った通り、ただ働きさせる気だ。

「で、ベトナム人が脅されてたネタだけど、こっからは本当に他言無用だぜ」

木下が顔を寄せてくる。

「俺たちは前からこのあたりのベトナム人に、俺たちの金を連中の個人口座を使って海外送金させてた。向こうに届いた金は、現地にいる俺らの『集金役』『監査役』が集める。ベトナム人にも、少しばかりの礼をちゃんと握らせてたね」

「小口の個人送金を使ったマネーロンダリングか」

玲はいった。

木下がうなずく。少額で、しかもベトナム人たちが本国の家族に送る金と併せて送金されるため、判別しにくく摘発も難しいのだろう。

「浦沢組と身延連合がやらせていたのね」

玲は組を挙げての犯罪であることを確認した。

木下が躊躇《ちゅうちょ》なくうなずく。

「ブラジルの奴らは、その俺らの手法をパクりやがったんだよ。あいつらが盗品売り捌《さば》いたり、強盗やってせしめた金を、自分らの正規の口座で海外送金したんじゃ足がつく。裏のネットバンキングも最近じゃバレやすい。だからベトナム人の口座を使った」

「手の込んだことするのね」

「そこまで複雑じゃないぜ。ベトナムに現地の仕切り役を何人か送り込んで、集金さえ確実にできれば、そっから先はブラジルでもアルゼンチンでも中南米ならどこでも簡単に再送金できるからな。問題はこっからだ——」

木下が続ける。

「ブラジルの連中がゲスいのは、ベトナム人に小遣い渡してマネーロンダリングの手伝いをさせただけじゃなく、今度はそれを理由にベトナム人を脅して、窃盗に入る工場や店の内情を聞き出したってことだよ」

「警察に悪事をバラされたくなかったら教えろ、と恐喝したのか」

「ああ、てめえらが誘って、やらせておきながらな。いざとなりゃ、日本を捨ててブラジルや他のどっかに逃げる腹づもりがあるからできることだろうな」

「わかっているなら、あんたたちが警察に証拠を渡して、ブラジル人を逮捕してもらえばいい」

玲は木下を見た。

「そこまで俺に話させるのかよ。意外と臆病《おくびょう》だな」

奴がカップを手に持ったまま首を横に振り、それから口を開く。

「情報を受けた警察がブラジル人を逮捕すれば、当然そのブラジル人たちは取り調べで『浦沢組と身延連合のやり方を真似た』と話す。逮捕前の事情聴取で簡単にゲロるかもしれないし、とにかく浦沢組《ウチ》と身延連合《ウエ》も確実に火の粉を浴びる。しかも、送金疑惑で捜査がはじまった段階で、ブラジル人の幹部クラスは早々に海外逃亡して、残った末端の連中だけが逮捕される。幹部クラスまで全員日本にいるウチらは、下手をしたらブラジル人犯罪集団より痛手を受けることになる。それに送金の手伝いをしていたベトナム人も、ウチらが事件のタレコミをしたとわかれば、今後は何に関しても協力しなくなる。組としての威厳も信用も失う。面子《メンツ》を失うって意味」

ベトナム人の中にも、実刑まではいかなくとも国外退去処分を受ける者が複数出るだろう。

「そういうわけで、玲ちゃんにブラジル人を黙らしてもらいたいんだよ。あいつらを潰《つぶ》せとはいわねえから、ベトナム人を脅すのと、墨田区内《ここら》で盗みをすんのを止めさせてくれ」

「どうやって?」

「それは自分で考えてもらってさ。玲ちゃんはベトナム人半グレの上の連中ともつき合いがあるみたいだし、その友だちのためにも一肌脱いでよ。このあたりから奴らが出てったあと、千葉や埼玉で何やろうが文句ねえから。あいつら、本物のギャングでもねえし、サブ持ち出して撃ちまくるようなことはしねえよ」

サブマシンガンのことだ。

「本国じゃコソ泥だった連中が、平和な日本だと仕事がやりやすくて、何事も上手《うま》くいくもんで調子に乗りやがったんだよ。ザコが大物になった気で暴れてるだけだから」

木下の言葉を信用するわけではないが、ついさっき隅田公園で追ってきた五人は、日常的に暴力に慣れているようには見えなかった。尾行の手法も素人で、元警官や公安関係者とも思えない。

「それに、こっちの注文通りにかたづけてくれたら礼もするぜ」

「どんな？」

「玲ちゃんの家族と知り合い、あの団地の一家――サントスだっけ？　そのサントスの身内や知り合いにもこの先手を出さない。そっちから手を出してこない限りな。要するに、手打ちにするってこと」

「信用できない」

玲は首を横に振った。

「信義とか信頼なんてことをいうつもりはねえが、あんたにさっき渡したＵＳＢの中に入ってるもんのことを考えてくれ。俺らに不利な証拠も山ほど詰まってる。それをあんたに渡せって上の連中が指示したのは、もしこっちが裏切ったら、それ持って警察駆け込んでもいいって意味だぜ。こっちもあんたが確信できるだけの証拠を出して、譲れるところは譲ってる。しかも、あんたにとっても悪い話じゃない」

「脅しだか依頼だかわからない」

玲は半分強がりを込めて返した。

「お願いしてるんだよ、これでも」

返事を聞かず木下は立ち上がり、テーブルに一万円札を置いた。札の端には０８０からはじまる電話番号が書かれている。こいつの連絡先なのだろう。

「いらない」

玲はいった。

が、木下は引っ込めず、若衆を引き連れ帰ってゆく。間抜けで非力な奴と思っていたが、ヤクザだけあって無理難題を押しつけるのには慣れている。

ただ――

Um Mundoから恐喝の証拠を示すような一覧表が届いた直後に、木下からベトナム人とブラジル人の関係に関する秘密を聞かされた。

偶然にしては出来すぎている。しかし、今のところ両者に強い関連があるとも思えない。Um Mundo、浦沢組、まったく接点のないふたつの利害が偶然重なっただけ？

玲は木下がいなくなった向かいの席をじっと見つめた。

＊

「ごめんね」

玲は隅田川東団地の屋上に立ち、生温《なまぬる》い夜風に吹かれながらいった。

「いいよ。もう俺もどうあがいたって利害関係者だし、マムと乃亜をヤクザから護《まも》る方法なら聞いておきたいしさ」

礼央が返す。

ふたり揃ってポンプ制御室の陰に腰を下ろすと、玲は木下が提示したサントス家に手を出さない条件を交えつつ、ここまでの流れを大まかに説明した。

「じゃ、まずデータを見てみようよ」

礼央がショルダーバッグからタブレットを取り出した。

Um Mundoからリェンに、そこからさらに玲のスマホに送られてきたファイルをタブレットに移し、開く。

「これが脅されていたベトナム人の名前？」

礼央が画面の一覧表を見ながら訊いた。

「たぶん」

「で、こっちがそのベトナム人たちの住所？　あ、これ第一の住所だな。これと、こっちもだ」

礼央が一覧表の中の住所を指さしてゆく。「第一」とは堤通第一団地のことだ。この隅田川東団地や、先ほどまで玲のいた白鬚橋のファミレスからあまり離れていない場所に建ち、今も制御室の陰から出て振り向けば、その一部を見ることができる。

「そうだね。被害者——と呼んでいいのかどうかわからないけど、結構な数が第一に住んでいるみたい」

玲は返した。

リスト内の十五人が、堤通第一団地で暮らしているようだ。玲とリェンが話を聞き損なったビョンもその第一の住人だった。

「このCasoは？」

礼央がまた画面を指さす。

「ポルトガル語で担当の意味。だからたぶん、このベトナム人の名前とか住所の一番うしろの項に書いてあるChico、Digo、Nico、Neo、Papaっていうのが、直接脅して管理しているブラジル人担当者のニックネームだと思うんだけど」

「あ、ほんとだ」

礼央が自分のスマホでポルトガル語を訳しながら続ける。

「Chico、Digo、Nico、どれもブラジル人の愛称だ。ブラジルじゃ本名より愛称で呼ぶことのほうが多いんだって」

さらに木下に渡されたUSBも接続し、データを確認する。そこにはUm Mundoから送られたものよりさらに多くのベトナム人の名前、そしてChico、Digo、Nico、Neo、Papaら「担当」たちの電話番号も記載されていた。

「それでこのChicoたちの居場所は?」

礼央が尋ねる。

「わからない」

玲は首を横に振った。

「予想とか見当は?」

「ついていればもう探りに行ってる。だからまず居場所を知る手立てを考えようと思って。この電話番号からたどっていくしか――」

「あのさ、このChicoたちって、どうやってベトナム人を管理しているのかな」

彼がいった。

「管理?」

「怯えて夜逃げしたり、突然国に帰ろうとするベトナム人もいるだろ。もっと困るのが警察に相談に行かれることだよね。それを防ぐために、どうやって行動を監視しているのか?」

「スマホのGPSとか。でも、スマホを置いていったら意味ないか」

玲も考える。

「横のつながりかも」

礼央がいった。

「そりゃ、広い意味でいえばすべて横のつながりでしょう。暴力や恫喝《どうかつ》で脅され従ってはいるけれど、職場や仕事上での上下関係があるわけはないし」

玲は反論した。小野の工場を含む連続窃盗事件への関与が疑われているベトナム人たちも、同じ職場にブラジル人の先輩や同僚はいなかった。

「そうじゃないよ。物理的な意味での横ってこと」

「は？　どういう意味？」

「だから同じ団地の横、通路でつながっている関係だよ」

玲はまだわからない。

「まず隅田川東団地《こ　こ》を考えてみて」

十三階建て全十八棟が通路でつながり、総戸数は千八百五十。紛れもない巨大団地だ。

「俺のウチは八号棟の七階で、二軒右隣や三軒隣にもフィリピン系の家族が暮らしてる。八号棟の六、七、八階には他にもフィリピン系がいっぱいいて、多いとこだと並んでる部屋三軒がフィリピン系でしかも血縁者ってところもある。同じように五号棟の四、五、六には韓国系の家が集まっているし、十号棟には中国系が集まっている。他にもパキスタンとかネパールとか」

「つながった大きな団地の中に、人種や国籍ごとに集まったテリトリーがあるってことか」

「第一も同じじゃないかな。まして、あそこは長い廊下で物理的な意味でつながっているし。小学校のころ、よくドロケーとかやったよ」

堤通第一団地は十二階建て全十一棟が連なり、それらの棟はすべて長さ八百メートルを超える共用通路で横一線につながっている。

「すぐ近くに住んでいる連中が、見て、管理し、支配している」

玲はつぶやいた。

礼央がうなずく。

「でも、そんな単純な——」

玲はいいかけて止めた。実際に脅されているベトナム人にとっては決して単純なことではない。

「仕組みとしては単純だからこそ怖いんじゃないかな。走れば数分の通路でつながった同じ団地内に住んでいたら、気分的にはいつも見張られているように感じるだろうし。もし家族がいたら、ある意味人質に取られているようなもんだろ」

——確かに。

堤通第一団地は一例で、他にも同じ集合住宅に住むブラジル人がベトナム人を監視し、脅し、犯罪に協力させているのかもしれない。恐ろしい図式だが、もちろんこんな卑劣な犯罪に手を染めたブラジル人はごく一部で、大多数のブラジル人もベトナム人も法を遵守し、穏やかに暮らしている。

「調べてみる価値はあるか」

玲が独り言のようにいったところでスマホが震えた。

リエンからだ。

『もしもーし、れーちゃん』

リエンの息子の声が聞こえた。

「瑛太、元気？」

『まーねー。ママに代わるー』

「わかった」

『家に戻ったよ。こっちは問題ない。そっちは？』

リエンが英語で訊く。

「とりあえず落ち着いた」

『問題ない？』

「うん。ただ、お願いがあって。この前話を聞けなかったビョンさんにもう一度会って、確かめてほしいことがあるんだ。そう、とても大事なこと」

近くの高速道路を走る車のライトが眩《まぶ》しい。

玲は一度目を閉じ、会話に集中した。

4

七月十六日、午前九時十五分。墨田区東向島三丁目、白鬚神社脇の路上。

玲は境内の神木が作り出した日陰の中に立ち、スマホで話している。

相手はリェンの母ダン・チャウ。彼女には一昨日《おととい》も電話をかけた。

『今のところリェンには気づかれていないから。マンションとリェンの仕事先、あと瑛太の幼稚園もあの子が登園している間は見張らせている』

「ありがとうございます」

『感謝するのはこちらのほう。あなたが連絡をくれたおかげで、早めに手を打てたんだから。もし警護がリェンに気づかれても、あなたは一切関係ないと説明させるから安心して』

「お手間かけてすみません」

『あなたとリェンの縁が切れたら、私に瑛太の近況を教えてくれる人がいなくなってしまうもの。それに、謝罪しなければならないのも私のほう。リェンの身勝手な正義感につき合わされたおかげで、あなたまで面倒に巻き込まれてしまって』

——身勝手な正義感か。

『優しさだけでは人助けなんてできないのを、あの子はいつまで経っても学ばない』

「いいえ、よくわかっていると思います」

『そうね。わかってはいるけれど、認めたくないのかもね。あなたのお宅のほうはどう？　心配ならいつでも人を送るから』

「いいえ、結構です。今のところは何も起きていませんから」

『起きてからじゃ遅いからいっているのだけど。犯罪者の手を借りるのは嫌？』

「はい。でも、どうしようもなくなったときは、頼らせていただきます」

『そこで割り切れるかどうかが、リェンとあなたの一番の違いね。で、これから行くの？』

「はい」

『気をつけて。ただ、おせっかいだけれど、私の友だちには連絡しておく』

「一昨日お話しされていた、ブラジル生まれの古い友人の方ですね」

『そう。名前はアルベルト・メンデス。私と違って法と道徳を守って生きている善良な人。だけれど、私たちのような連中も必要悪と認めて対等につき合ってくれる。まあ、彼に連絡するのは、この先、リェンや瑛太に害が及ばないようにするためなんだけれど。悪いのは調子に乗り過ぎたブラジル人の馬鹿たちだと彼もわかっているから。どうにか丸く収めてくれるでしょう』

「ありがたいですけれど、そんなに上手くいくでしょうか」

『さあ？　でも、やってみて、上手くいかなければ次の手を考える。それしかないでしょ』

「確かに。では、行ってきます」

通話が切れた。

玲は日傘を差し、太陽の下に出る。

昨日、リェンは再びビョンに会いにいった。

拒否されても食い下がり、頭を下げ、ブラジル人に関する複数の証拠、そして「担当」たちの名前を伝えると、ビョンは涙ながらにすべてを話してくれたそうだ。玲にも電話をかけてきて「ごめんなさい」とくり返した。玲とリェンが探っていることをブラジル人に密告したのも、やはりビョンだった。

謝る必要はない。もし、彼女が謝らなければならないとしても、その相手は玲じゃない。

ビョン以外にも複数のベトナム人が証言してくれたことで、浦沢組の木下の話やＵＳＢに収められていたデータの内容は事実だと裏付けられた。そしてUm Mundoが送ってきた一覧表が捏造《ねつぞう》や偽物でないことも。

ただ、その先、どうするべきなのか玲は迷った。

警察に一切伝えず、逮捕者がひとりも出ることなく終わってしまってもいいのか？　誰も罰せられず、罪を償うこともなく、悪事の事実がうやむやになり消え去ってしまう。それは正しいことなのか？

判断し切れずにいる玲の背中を押したのは莉奈だ。

「玲ちゃんはどっちを望んでるの？　犯罪者を捕まえて罰を与えたい？　困って悩んでいた人たちを安心させたい？」

弁護士を目指している大学生とは思えない幼稚な言葉。でも、だからこそ玲も素直に聞くことができたのだろう。

容疑者を逮捕するのは警察の役目であり、被告人を裁くのは司法の役目だ。そのふたつの隙間に落ちてしまった物事をすくい上げ、挟まって動けなくなった人々を引っ張り上げるのが玲の役目。まあ、役目なんていうのもおこがましいけれど。正義感や大義など一切なく、ただ行きがかり上やっているだけだし。

ともかく――私はリエンに頼まれたことを解決するだけだ。

昨夜、そう決めると玲は「担当」のブラジル人たち、Chico、Digo、Nico、Neo、Papaに電話し、交渉を持ちかけた。

「ベトナム人への脅しと墨田区内での犯罪行為をすぐに止める。そして、一週間以内に墨田区から出ていく。代わりにこちらはこれまでの行為の一切を忘れ、警察にも知らせない」

日本語も英語も通じない者もいた。警察だと疑い続け、恫喝してくる奴もいた。しかし、切られても何度もかけ直し、しつこく説得を続けた結果、まずNicoがリーダーだと判明した。

Nicoは日本語が上手く、自分の苗字《みようじ》はラモスだといった。もちろん本当かどうかわからない。

ラモスは交渉するなら電話ではなく、直接会って話したいからひとりで来いと条件を出してきた。それを受け、玲からも、会うならラモスの自宅でという条件を返した。無視や拒絶ではなく、玲が何者で背後にどんな組織が控えているか確かめるほうを奴は選んだ。玲を人質にすることも当然考えているだろう。

そして今、堤通第一団地に向かっている。

ラモスが住んでいるのは団地内の東三棟七階。礼央の予想は当たっていた。

ビョン夫婦の住まいは同じ団地内の西二棟七階。ビョンと夫を脅しているブラジル人は、彼女の家の玄関ドアを開け、長い廊下を五百メートル東に進んだところにいた。

約束の時間は午前九時三十分。ラモスの子供たちが学校に行き、妻も仕事に出かけたあとのこの時間が一番ゆっくり話せると彼がいったからだ。

玲の服装はベージュのスキニーパンツに上は黒のTシャツ。ファスナー付きのショルダーバッグをかけ、足元はスニーカー。団地の敷地に入ると、子供のころの記憶が少しずつ蘇《よみがえ》ってきた。

小学校の同級生が住んでいて、何度か遊びに来たことがある。敷地内の公園で缶蹴《かんけ》りや色鬼をしたこともある。ただ、改修や耐震工事が施され、団地の全景の印象はかなり変わっていた。

エレベーターを七階で降り、長い通路を進んでゆく。この暑さと時間帯のせいか誰ともすれ違わない。部屋番号七〇一二。表札に名はなく空欄のまま。

玲がチャイムを押すと、すぐにドアが開き、三十代半ばで黒髪に黒髭《ひげ》の男が出迎えた。目が大きく彫りの深い顔、そして強い香水の匂い。

「入って」

日本語で話しかけてくる。

「あなたがラモス？」

玲は訊いた。

「そうだよ」

奴が返す。身長は玲と同じ百七十センチ前後。腹の出た小太りで、真紅のTシャツと短パンを身につけている。

「ドアの鍵《かぎ》は開けたまま、チェーンも外したままなら入る」

玲はいった。玄関には男物のサンダルやスニーカーが六人分置かれていた。

「偉そうだね。でも、いいよ。開けておく」

ラモスは嫌な顔をしたが、手招きした。

靴を脱いで玄関を上がる。

廊下の壁には子供が描いた絵や家族の写真が飾られ、キャラクター物のシールも無造作に貼られていた。写真を見る限り、妻は日本人で、子供はふたりのようだ。

狭いリビングにはラモス以外に五人の男がいた。

「オラ」と挨拶してきた声を聞き、昨日電話で話したChico、Digo、Neo、Papaがいるとわかった。Nicoことラモスを合わせ、「担当」の五人が揃っている。他に知らない声の若い男がひとり。全員上がワイシャツかTシャツ、下は短パンかスウェットのラフな恰好《かっこう》だ。

玲はラモスを除く五人を、自分なりのやり方でざっと仕分けた。ピンクの半袖《はんそで》ワイシャツに紺の短パンは桃紺。赤Tシャツに白スウェットは赤白、同じように残り三人は緑青、黒黒、灰白。身体的特徴ではなく色で見分ける。

「座って」

ラモスがソファーを勧める。

「立ったままでいい」

玲は返した。

「僕たちのやってることどうやって知ったの？　あんたのバックは誰？　どこのヤクザ？」

「バックなんていない」

「本当に？」

いわゆるケツモチの存在を警戒している。やはり、規模の大きな暴力団や半グレとは衝突したくないのだろう。加えて、玲がマイクやカメラを隠しているのでは、どこかに増援が待機しているのではと疑念も抱いている。

「じゃ、ひとりで何しに来たの？　正義の味方？　ヒーローのつもり？」

「来た理由は昨日電話で話したでしょ。一週間以内に消えなければ、あなたたちだけでなく家族も傷つくことになる」

「頭おかしいの？　いう通りにしなかったら、僕たちどうなる？」

ラモスが口元を緩める。だが、目は一切笑っていない。

「まずあなたたちの子供、次に妻、どちらもいなければ恋人、父親や母親がいればそれもちろん。身近な人たちを傷つけ苦しめ、それからあなたたちをゆっくり苦しめてゆく」

「ひどいことするね」

　ラモスの顔つきが険しくなる。

「ええ。正義の味方じゃないから」

　玲は返した。

「自分が痛めつけられると思わないの？　こっちは六人だよ」

「やってみる？」

「本当に生意気。襲ったら警察来る？　だから余裕？」

「警察は来ない」

「警察呼んだらベトナム人も捕まるから？」

「違う。呼ぶ必要ないから。とにかく、あなたたちが消えればそれでいい。一週間の猶予は思っているより短いから、早く引っ越しの準備をはじめなさい。アパート探し、子供の転校手続き、転居の届出。やることはたくさんある」

「やっぱり頭どうかしてる。もう一回だけいうよ、僕たちが何をしてるか、どうしてわかったのか教えて。教えたら帰って」

　やはりそこを一番気にしている。

　――少し探りを入れてみるか。

「Um MundoのXがきっかけで知った」

　ラモスだけでなく狭いリビングにいる男たち全員の目つきが鋭くなる。

「あのXは誰がやってる？　Um Mundoと知り合い？　あいつ何者？」

矢継ぎ早に質問してきた。

こいつらもUm Mundoの正体を知らず、しかも敵視している。いや、敵視というより恐れている？　玲が昨夜いきなり電話して、今日ラモスたちと会うことができたのは、この六人の中に、正体を隠したまま自分たちの犯罪を告発し続けるUm Mundoへの怒り、そして漠然とした恐怖があったからかもしれない。

——まただ。思わぬところでUm Mundoに助けられた。

だが、ラモスたちの目つきはさらに鋭くなり、露骨に敵意を見せはじめた。

「話さないと帰さない。Um Mundoをどうやって知った？　僕たちのこと、どうしてわかった？」

「だから知らない。私からいえるのはこれだけ。おとなしくこの街から出ていきなさい」

「こっちも本気だよ。思い知らせてほしい？」

ラモスがいうと、男たちの中の緑青が一番先に玲へと腕を伸ばした。

玲は飛び退《の》く。

その体を追い、赤白、黒黒、灰白の男たちも飛びかかってくる。

玲は身を屈《かが》め、狭いリビングから廊下へと出た。子供の絵や家族写真が飾られた廊下を玄関ドアへと駆けてゆく。ドアには鍵もチェーンもかかっていない。

だが、玲は玄関に並べた自分のスニーカーを右手で取り上げ、左手でドアノブを回すと、そのまま体重を乗せ、スチール製のドアにぶち当たった。

やはりドアが重い。

それでも開き、外で押さえていた男が共用廊下に尻《しり》をついて倒れた。玲も廊下に出て左右を見る。倒れた男に加え、右にひとり、左にひとり、計三人の外国人が待機していた。

倒れて起き上がろうとしている男の服装は黄青、右が茶黒、左が黒黒。黒黒は部屋の中にもいたが、そっちのほうが体が大きかったので黒黒大、左の奴を黒黒小にする。

廊下の三人、加えて部屋の中の男たちが玲を追い、七〇一二号室から外へと駆けてくる。

玲は共用廊下沿いに延びる手摺《てすり》に左手を掛け、そのまま胸の高さのフェンスを飛び越えた。

「うぉっ」

男たちが揃って妙な声を漏らす。

玲は左手だけで手摺を摑み、フェンスの外にぶら下がった。裸足《はだし》のまま、右手にはスニーカーを持ち、肩にはショルダーバッグをかけている。

ここは七階、足の下は中空。地面まで約二十メートル、遮るものはない。

玲は左手を離した。落ちてゆく。また男たちが変な声を漏らす。だが、すぐに一階下、六階共用廊下の手摺を摑み、また離すと少し落ちて五階の手摺を摑んだ。素早く懸垂し、足をかけ、フェンスの内側へ飛び込む。

廊下の床に降りたが、五メートルほど離れたところにベビーカーを押す女性の背中が見えた。音に気づき、女性が振り返る。

「つまずいちゃって」

玲は愛想笑いをしながら素足の両足にスニーカーを履いた。女性も引きつった笑いを浮かべたが、早足でベビーカーを押し遠ざかってゆく。

玲はその女性と反対方向の廊下へ進んだ。あのまま七〇一二号室の狭いリビングで揉み合ったら、家具や家電で自分も相手も負傷する可能性があった。それに六人に一気に襲われたら、加減ができず致命傷を負わせてしまっていたかもしれない。

上階からバタバタと階段を駆け降りてくる足音が響く。追ってきたブラジル人だ。音から方角と人数を類推し、玲も階段をまた六階へと上ってゆく。

ついこの前、礼央が話していたドロケーを思い出す。似たようなものだが、逃げるだけでなく、相手を分散させ、背後に回り込むことも目的のひとつだ。

六階から七階へ上る階段途中の踊り場で、またも追ってくる足音が聞こえた。まだ姿は見えないが、ふたりいる。玲は踊り場で身構えた。

階段を上ってきたふたりが玲に気づいた。手前が赤白、そのうしろに黒黒大が続く。玲は踊り場から跳ね降り、さらに横の壁を蹴って勢いをつけ、上ってくる赤白の頭上を飛び越えた。そして越えながら、スニーカーの足裏で赤白の後頭部を踏みつけるように蹴った。

赤白がお辞儀するように倒れ、階段に顔面と胸を強打した。赤白の体の力が抜け、うつ伏せになったまま階下へと滑り落ちてゆく。

六階に飛び降りた玲に黒黒大が襲いかかってきた。

その巨体の下に滑り込むように入り、Tシャツの首元を摑み、腰に乗せ、柔道の一本背負いのごとく梃子《てこ》の要領で投げ飛ばす。黒黒大が鈍い音を響かせながら、共用廊下に背中を打ちつける。

その右手から何かが落ち、廊下を滑っていった。

フォールディングナイフだ。こんなものを持って走り回られ、もし住人を傷つけることがあれば、傷害事件として警察が介入してくる。

玲はナイフを畳んでバッグに入れると、細長いタオルを取り出した。タオルの片側を腰に差して垂らし、また周囲の足音に注意しながら歩き出す。

廊下の少し先に、早くも別のひとりが顔を出した。茶黒だ。黒黒大を投げ飛ばした音のせいで居場所を気づかれたのだろう。

背後からも足音がして、振り向くと駆け寄ってくる緑青の姿が見えた。

ふたりの持ち物を改めて確認する。茶黒は今のところ素手だ。一方、緑青はスタンガンを握っている。玲はまず緑青に向かって走った。緑青もこちらに進んでくる。間合いが一気に詰まり、緑青がスタンガンを突き出す。と同時に、玲も腰に差していた細長いタオルを抜き取った。

緑青の突き出した右手首にタオルを巻きつける。玲は体を二回転させ、緑青の腕を捻《ひね》り上げながら、奴を床に転がした。その手からスタンガンが落ちてゆく。首に腕を巻きつけ、頸《けい》動脈を絞めると、緑青は一瞬で意識を失った。脱力した体を支え、壁に寄りかからせるように座らせる。

玲はスタンガンを拾ってまたバッグに放り込むと、茶黒を見た。

茶黒は呆然《ぼうぜん》とした顔で立っていた。左手にサバイバルナイフを握っているが、まだ鞘《さや》がついたままで抜いていない。玲はナイフを指さし、合図する。

玲の手振りの意味に茶黒が気づき、ナイフを床に落とした。

「逃げて。Get out here」

玲は呼びかけた。ポルトガル語ではなく英語だが、茶黒は理解し、背を向けて駆け出した。奴が捨てたナイフもバッグに入れる。

が、振り向くと、今度は黒黒小が立っていた。共用廊下に意識を失い座り込んでいる緑青、逃げてゆく茶黒を順に見ている。

そして戸惑っていた。

玲はそんな黒黒小にも、追い払うように手を振った。

彼はうなずき、手にしていたトリガーノズル付きのスプレー缶を通路の隅に置くと、茶黒と同じく早足で遠ざかっていった。

しかし、入れ替わるように脇のエレベーターホールから桃紺が姿を見せた。桃紺はすれ違い逃げてゆく黒黒小に罵声《ばせい》を浴びせている。

——騒ぐなよ。住人に気づかれるじゃないか。

玲は桃紺と反対方向へと廊下を早足で進む。ここから離れよう。だが桃紺も黒黒小が放棄した缶を拾い、険しい表情で追ってくる。あのノズル付きの缶、催涙スプレーだ。

玲は逃げる。

桃紺もさらに追ってくる。しかも、かなり足が速く、大声で叫んでいる。仲間を呼んでいるようだ。遠くで女の悲鳴も上がった。倒れているブラジル人を見つけたのだろう。

——早く終わらせなければ。

桃紺が背後に迫る。玲は息が上がったように装いながら、あえて距離を詰めた。桃紺がさらに近づいてくる。玲はバランスを崩した振りで前のめりになり、怯えた表情で振り向いた。

桃紺が腕を伸ばしスプレーを吹きつける。

玲はほぼ同時にバッグから出した日傘を開いた。撥水《はっすい》スプレーを層のように塗り重ねた傘は、短時間なら霧状の催涙液を十分に防いでくれる。

傘の陰から、桃紺の短パンの股間《こかん》を蹴り上げた。

桃紺が短く呻《うめ》き腰を引く。玲は再度股間を蹴り上げる。桃紺がさらに腰を引き、前屈みになると、その首元を横からもう一度蹴った。

桃紺の体が右側に飛ばされ、壁に側頭部と肩を打ちつけた。奴は昏倒《こんとう》し膝《ひざ》から崩れ落ちてゆく。

玲は催涙スプレーをまたもバッグに詰め、ファスナーを閉めた。武器が詰まっているため、肩にかけたストラップがずしりと重い。

が、通路の左右から黄青と灰白が姿を見せた。あいつも桃紺の叫ぶ声に呼ばれたのだろう。

もう相手はしたくない。住人に見られるのも嫌だし、早く終わらせよう。

黄青と灰白が駆けてくる。

玲は廊下の手摺の上に飛び乗った。

両手を伸ばし、軽く跳んで、上階の壁面コンクリートにあるわずかな凹《くぼみ》部分を両手で摑む。灰白が慌てて手を伸ばし、玲の足を摑もうとした。が、玲は懸垂し、さらに膝を曲げてかわした。そのまま凹部分に指、手、足をかけ這《は》い上がる。

そこで灰白が無茶をした。

玲を追って手摺に乗り、体を摑もうとしつこく腕を伸ばす。

が、バランスを崩した。灰白は体をのけ反らせ、持ち堪《こた》えようとしたものの、そのせいで逆に狭い手摺の上から右足を滑らせた。

上階に這い上がりかけていた玲は両手を離し、落下した。

手摺から滑り落ちてゆく灰白の手を、玲は落ちながら左手で摑み、そして右手で六階の手摺を摑んだ。

玲の右手と右腕に衝撃が走る。

ふたりは宙ぶらりんになった。が、とりあえず灰白はまだ落ちていない。こんな奴でも死んでもらっては困る。ただ、この体勢では長く持ちそうにない。灰白は細身だが七十キロはある。玲は五十五キロ。片手では百二十五キロは数分しか支えられない。

見下ろすと、灰白は必死の形相で玲の左手を摑みながら何かつぶやいている。黄青は六階から手摺を摑む玲の右手を叩《たた》き落とそうとも引き上げようともせず、混乱した表情でただ眺めている。

玲は灰白の体を前後に揺らした。灰白が恐ろしさで叫ぶ。

――黙ってろよ。

灰白の体をさらに大きく揺らし、その反動で五階の共用廊下に放り込む。手を離した瞬間、灰白は一際大きく叫んだが、体は無事廊下に飛び込んでいった。

直後、玲も六階に這い上がった。

通路に突っ立っていた黄青は何もいわず、諦《あきら》めたような顔で手にしていたフォールディングナイフを畳み、差し出した。玲は受け取り、七階に向かった。

七〇一二号室の玄関ドアに鍵はかかっていなかった。

開けると、廊下の奥、狭いリビングの入り口にラモスは立っていた。右手に警棒のようなものを握っている。

奴が何もいわず玲を見つめる。

玲は玄関を土足で上がり、廊下を進んでゆく。

進みながら、バッグの中の回収した武器をひとつずつ出していった。黒黒大のフォールディングナイフをラモスの足元に投げる。さらに緑青のスタンガン、茶黒のサバイバルナイフ、黒黒小の催涙スプレー——それらが床に転がるたび、ラモスの表情は引きつっていった。

「この街から出て行きなさい」

玲はいった。

ラモスは答えない。

玲は黄青のフォールディングナイフを開くと、廊下の壁に貼られている子供が描いた絵に突き立てた。そして切り裂く。もう一枚、さらに一枚。くり返し壁に貼られた絵を裂いてゆく。

「出て行きなさい」

玲はもう一度命令した。

ラモスがうなずく。

「声に出して」

「わかった。出て行く」

ラモスの顔は完全に怯えている。

玲は握ったナイフを壁に掛かった額縁のひとつに突き刺した。ガラスが割れ、収められている家族写真が破れる。一度ではなく、二度三度とガラスを砕きながら刺し続ける。写真の中の顔が潰れてゆく。

「守らなかったら、あなたの子供と妻が本当にこうなるから」

再度うなずくラモスを無視するように玲は振り向くと、七〇一二号室をあとにした。

＊

玲は早足で堤通第一団地を離れてゆく。

あの阿呆《あほう》な灰白が落下死するのを防いだせいで、右肩が痛い。ただ、よくマッサージしてケアすれば、明後日《あさって》くらいには痛みも消えているだろう。

クライミングやパルクールの技術は、フランスにいたころ、国家憲兵隊治安介入部隊《GIGN》に入隊するため習得した。対テロや人質救出作戦に専従するＧＩＧＮ隊員には卓越した技能が求められる。選抜試験に合格するには、山岳クライミング、戦闘潜水、格闘技など複数のプロライセンスを持っていることが最低条件でもあった。

とりあえず家に帰ろう。

母はデイサービスに行っている。莉奈は自宅に着替えを取りに戻った。

シャワーで汗を流し、誰もいないリビングにエアコンを効かせ、コーヒーを淹《い》れよう。

玲は報復に備えていたが、七月十六日から一週間が過ぎても不穏なことは起きなかった。さらにリェンを通じビョン夫妻から、同じ第一団地内の複数のブラジル人家族が数日の間に続けて引っ越していったことを教えられた。

今のところ静かなのは、リェンの母ダン・チャウが「ブラジル生まれの善良な古い友人」に連絡してくれたおかげだろうか。確か名前はアルベルト・メンデス。それが何者なのか、玲は知らない。

この平穏がいつまで続くかも、玲にはわからなかった。

＊

5

「スーツの皺は伸ばしておけよ」

礼央がいった。法廷で着るスーツのことだ。

「わかった」

厚い透明なアクリル板の向こうで、礼央の弟サントス乃亜がうなずく。

東京都葛飾《かつしか》区、小菅《こすげ》にある東京拘置所の接見室。彼が会いたがっていると礼央を通じて聞き、玲も一緒にやって来た。

乃亜は起訴され、判決を待つ未決囚として収容されている。

保釈申請をすれば裁判所から許可が下りるのは間違いなかったが、浦沢組や身延連合の報復から身を守るため、そして反省を促すため、礼央やマイラ、警察庁の乾らが相談し、判決まで彼を拘置所内に留《とど》めておくことにした。ただ、玲がブラジル人犯罪集団の一件をかたづけたため、浦沢組の木下らが約束を守るなら、もう乃亜も礼央もマイラも報復を受けることはない。

「判決日にもマムは裁判所に行かせない」

礼央の言葉に、アクリル板の向こうの乃亜がまたうなずく。

「あと三分」

監視の刑務官が知らせた。その声を聞き、上下ジャージ姿の乃亜がパイプ椅子から立ち上がる。刑務官は制しようと手を伸ばしたが、彼が深く頭を下げたのを見て動きを止めた。

「玲さん申し訳ありませんでした。そして、本当にありがとうございました」

それから刑務官が接見終了を告げるまで、乃亜は頭を下げ続けていた。

Ⅳ

1

東京拘置所を出た玲と礼央は街道沿いの和風ファミレスに入った。

「好きなもの頼んでよ。奢《おご》るから」

礼央がいった。

「いいよ、遠慮しとく」

「拘置所にまでつき合ってもらったし、話も聞かせてもらうから」

パリで国家憲兵隊治安介入部隊《GIGN》の隊員として働き、結婚して娘もいた玲が、どうして職を辞め、離婚し、娘を現地に残して日本に戻ったのか——教える約束をしていた。

「飲み物取ってくる、コーヒーでいい？」

彼がドリンクバーへ歩いてゆく。

過酷な任務が続くGIGNに入隊した理由は、もう伝えてある。学生時代の唯一の友人がテロに巻き込まれて殺され、その悲しみと怒りと憤りをテロ壊滅にぶつけるためだった。

戻ってきた礼央がテーブルにコーヒーの入ったカップ、コーラの入ったグラスを置いた。

「GIGNを辞めたのは復讐《ふくしゅう》が終わったから？」

平日の午後、店は空《す》いているが礼央は小さな声で訊《き》いた。

「違う。二年半前、私の所属していた班が、誘拐された人質の奪還作戦に失敗したから。司令部からは人質を無傷で救出しろと厳命されていたけれど、隠れ家の警備が厳重で不可能だった。私は人質のひとりを守ろうとして、背中を二発撃たれた。その守ろうとした二十歳のアフリカ系の男も撃たれ、病院搬送された二週間後に死んだ。結局、人質の男女四人は全員が殺された」

「その責任を取って辞めさせせられた？」

「半分はそうで、半分は違う。あとで聞かされたけど、私が助けようとした男は、アフリカ系移民のギャングを率いている男の長男だった」

「後継者ってこと？」

「ええ。誘拐の理由は、中東系ギャングによる、公共工事利権を奪われたことへの報復。ただ、中東系ギャングの上層部は大事《おおごと》にするつもりはなく、今後への警告程度にとどめるつもりだった。でも、拉致《らち》の実働部隊を任された中東系の下部組織の連中が馬鹿だった。アフリカ系ギャングの中堅クラスの幹部と愛人の間にできた子供が標的だったのに、命令系統が雑なせいで、よりによってアフリカ系のボスの息子を、かなり手荒な方法で拉致してしまった。連れ去る際に、脅すだけでなく激しい暴行も加えたってこと。大規模抗争に発展するのは何としても避けたいパリ警視庁の上級官僚たちが、アフリカ系ギャングを率いている男と交渉し、息子の安全な帰宅を確約した。もちろん裏では汚らしい罪状の相殺や金の取引も行われた」

その男の名はヤニス・ニヤンガ。すでに五十歳近いが、今現在も犯罪集団のCaïd《カイド》、いわゆるボスの座に君臨している。

玲は続ける。

「そして奪還作戦を一任された私たちが送り込まれた。でも、拉致したのが敵対する大物ニヤンガの息子だと知り、あとがないと覚悟した中東系の連中に徹底抗戦され、作戦は失敗。その代償としてパリ警視庁の官僚と私たちの部隊の班長だった男が、アフリカ系ギャングに殺された」

「それであんたは？」

「副班長だったのに殺されなかった。理由は命懸けでニヤンガの息子を守ろうとしたから。結局守りきれなかったけれど、私自身も重傷を負ったその褒美。でも、夫と離婚し、ひとり娘とも別れて、フランスを出ていくようにニヤンガからいわれた。私の命を奪う代わりに、家族を奪われる苦しみを与えてやるって」

〈この国から去り、ふたりに二度と近づかなければ、命は助けてやる。生きながらに愛する者と引き裂かれる苦しみを味わえ〉

ニヤンガが直筆し、血判を押した手紙が玲のもとに届けられた。その手紙は今も錦糸町にある大手銀行の貸金庫室に保管している。

「逆恨みじゃん」

「その通り。でも、命令通りにしなければ、奴らは私の夫と娘を殺したし、私も殺されていたかもしれない。だから日本に逃げてきた」

事件以降、レイ・ノウジョウ・ド・コリニーという名前からド・コリニーが抜け落ち、玲は旧姓の能條に戻った。

元夫フレデリク・ド・コリニーと娘のイリスとは直接会うことができない。七月十四日の革命記念日とクリスマスにだけメールを送ることが許されていた。

当時十歳だった娘のイリスに離婚と日本への帰国を知らせると、彼女ははじめに怒り、それから号泣した。けれど、最後には自分に降りかかった理不尽で過酷な運命を受け止めてくれた。イリスは今、スイスの全寮制学校で生活している。

唯一喜んだのはフレデリクの両親だった。

名家の当主であるフレデリクの父は、下賤《げせん》な日本の女に奪われた次男が自分の許《もと》に帰ってくることを心から喜んでいた。あの人は、玲たちが結婚したときも、「なぜ事実婚制度が充実しているこの国で、わざわざ法的に正式な婚姻関係を結ぶのか」と、東洋の血が家系に組み込まれることを嫌悪していた。

　フレデリクの母は、可愛い孫娘のイリスが、自分の望んでいたヨーロッパや中東の良家の子女が集う学校に入学し、しかも費用を全額自分が出せていることに心から満足している。

「パリって怖い街だな」

「ええ。南米のカラカスやボゴタほどじゃないけど、東京よりは遥《はる》かに治安が悪い。単純計算でパリの窃盗件数は東京の三十倍、殺人件数は八倍だし」

　これがフランスの都市部の真実だ。パリの治安悪化に対する不満と危惧《きぐ》は何十年も前から燻《くすぶ》り続けている。それでもかろうじて爆発せずにいるのは、一般市民の社会とギャングを中心とする非合法社会との間に、見えないボーダーラインが引かれているからだった。

　移民の犯罪者に支配され、違法薬物販売の拠点となっている公営団地は確かに存在する。だが一般市民は、進んでそこに近づいたり、ドラッグに興味を持ったりしない限りは安全でいられる。ギャングのほうも一般人を拉致し、無理やり薬漬けにして販路を広げるような無茶はしない。そんなことをしなくても、ネットを使えば、いくらでも欲しがっている客をヨーロッパ全体から集めることができるからだ。玲たち警察も、ギャングが一般社会の治安を乱さない限り、第一駆除目標とすることはなかった。それより信念を持って無差別テロを行う宗教系武装集団を、常に最大の敵と定めていた。

「でもさ、ニヤンガは悪質な犯罪者じゃん。いろんな嫌疑もかけられてるんだろ」

　礼央が憤りながら訊く。

「殺人や暴行。加えて薬物売買、強盗、大規模窃盗、詐欺など複数犯罪の指示役」

「なんで逮捕されずにいるんだよ」

「確定的証拠が乏しいのに加えて政治的判断が大きい。移民の武器化って言葉知ってるよね」

現在EU圏内で深刻化しているロシアや東側諸国による「移民の武器化」は、フランスでも十年以上前から問題視されていた。中東から押し寄せた難民に対し、ロシアやベラルーシは国内通過の許可だけを出し、EU諸国に送り込む回廊の役割をする。国内、または国境付近に押し寄せた難民キャンプが、EU諸国の治安・財政的な圧迫となる。さらにロシアは難民の中にテロリストや自国の重犯罪者やБанда《バンダ》——ギャングたち——を紛れ込ませ、厄介払いをすると同時に他国内に送り込み、治安崩壊を進めようとしている。そうした侵入者を駆逐し、新たなかたちの侵略を防いでいるのが、皮肉にもニヤンガが率いているような既存の移民系犯罪者集団だった。ニヤンガは自身の縄張りと財産を守るため、パリで勢力拡大を目論《もくろ》む東欧からのバンダやカルテルを、次々と潰《つぶ》し撃退してきた。

「不条理ってそういうことだな」

説明を聞き終えた礼央がテーブルに視線を落とす。注文した和食膳《ぜん》、海鮮丼のセットが運ばれてきた。

「海外で暮らしたいの？」

玲は訊いた。

「まあね。やっぱバレてたか」

礼央が照れながら続ける。

「何年かかけて世界を回って、自分に合った土地で仕事を見つけて、そこで死ぬまで暮らしたいと思ってる。ネットには海外移住の成功例も失敗例も溢《あふ》れているけど、もっとレアな失敗のケースも知りたくて話を聞かせてもらったんだ、そしたら——」

「レア過ぎた？」

「ああ。超レアで超ヘヴィーだった」

「どうして大学に行かなかったの？」

「俺のこと調べたの？」

礼央が上目遣いでこちらを見た。

「少しだけ。中学も高校も成績はすごくよかったんでしょ」

「金がないから諦《あきら》めた。俺の代わりに乃亜を大学か専門学校に行かせようと思って、で、専門に入れた。マムひとりの稼ぎじゃ、ふたり大学に行くのは無理だし」

「それで乃亜くんに譲ったの」

「あいつは頭もあんまりよくないし、不器用だし、学歴か資格かどっちかないと、この先キツいと思ってさ。本当は大学に行ってほしかったけど、専門学校になって。ただまあ、今回の逮捕で専門学校も退学になっちゃったけど」

玲のバッグの中でスマホが震えた。

電話の着信、旋盤工場を経営している小野克彰だ。

「気にしないで。出てよ」

礼央がいった。

「ごめん」と一言残し、スマホを手に席を立った。

店の外に出ると、一瞬にして体を夏の暑い空気が包んでゆく。

『ああどうも。今いい？　こないだの通訳だけどさ』

電話の向こうで小野がいった。外国人も多く出席するキッチンカー店主の会合でフランス語通訳を頼まれた件だ。

『日時が決まったんだよ』

「それでしたら、やはり予備校の仕事のほうのスケジュールが――」

『その集まりの日にね、あんたに会いたいって人も来るんだって』

「私に？」

『うん。ええと、アルベルト何とかって人。知り合いなんだろ？　来日して何十年のブラジル人で、顔が広いらしいけど』

――あ。

リエンの母ダン・チャウが話していた「善良な古い友人」アルベルト・メンデスのことだ。

――行かなきゃまずいか。

暑い陽射しの中、玲はひとり舌打ちをした。

2

七月二十七日、午後七時四十五分。

東京スカイツリーのすぐ近く、向島一丁目にある小梅一町会会館《こうめいっちょうかいかいかん》の集会室は、さながら国際会議場のようだった。

南米から、アジア、ヨーロッパ、中東、アフリカまで、さまざまな国と地域の人々が集まっている。集会室は広く、五十ほどのパイプ椅子を並べておいたが、追加を運んでくることになった。参加者は六十名以上、オンライン参加を含めれば九十名を超える。

それだけ多くの人種、国籍の店主たちがキッチンカーの出店を望み、この墨田区で少しでも多くの商機を摑《つか》もうと努力している証拠でもある。

一方の通訳担当は玲を含め五人。無償での通訳にもかかわらず、四人の表情がやたら明るかったのが玲には不思議だった。ボランティア活動に熱心なのかと思ったが、よくよく話を聞くと、墨田区が開催する国際イベントでの通訳担当者の人選も兼ねているらしい。いずれギャラが発生する役所がらみの案件獲得につながるのだから、四人とも前向きなわけだ。

会合には「キッチンカー・コミッション」という微妙な名称がつけられ、前方の黒板に大きく書かれている。また、「協力」という曖昧《あいまい》な肩書きで墨田区役所の職員、商工会や青色申告会の役員らしき人々も参加していた。

開始直前、玲が司会用マイクのチェックをしていると、大柄な男が近づいてきた。

「はじめまして、メンデスです」

歳は六十代後半、身長は百八十五センチくらいだろうか。若干ブラウンがかった黒髪と髭《ひげ》には白いものが交じっている。広い肩幅と突き出た腹。夏にもかかわらず濃紺のスーツを着こなし、流暢《りゅうちょう》な日本語で話す。

「彼女からいろいろとお聞きしています。本当に申し訳ありませんでした」

日本風に頭を下げた。彼女とはダン・チャウのことだ。

「こちらこそお騒がせして申し訳ありませんでした」

玲も頭を下げる。

「いえ、お騒がせしたのは我々のほうです。ただ、もし今後何かあれば、次からはご自分で動かれる前に一度ご連絡いただけますか。あまり損益が大きいと、私も対処できなくなりますので」

軽く釘《くぎ》を刺しつつ名刺を出した。損益とは負傷者のことだ。あまり大人数を痛めつけると、こちらの抑えが利かなくなる——そういう意味だろう。

玲は受け取った名刺に目を遣《や》る。ブラジル料理店、スポーツバー、食品輸入会社などを経営している実業家のようだ。

メンデスは集会室の後方の椅子に座った。彼の両脇にはスーツを身につけた、同じブラジル系らしき男女が立っている。どちらも美形で二十代半ばほどのようだが、秘書だろうか。

メンデスに周囲の男女数人が話しかけている。届いてくる会話を聞き、彼が今日参加した理由がわかった。不正や不公平なく会合が行われているか確認しに来たのだろう。メンデスはブラジル人を含む在留外国人たちの調停役でもある。長老というか、まあそういう位置付けの人だ。

区役所の職員の中にも、玲に気づき会釈する者がいた。

ニコール・リー・トーレスの生活保護を申請したとき助けてくれた、二十代後半の小柄な男性だ。名前は確か宗貞。玲も笑顔で軽く会釈を返した。

午後七時。会合がはじまる。

この場に警察関係者がいない理由もわかった。

今日参加しているキッチンカーの店主自身は皆、正規の日本在留許可証や調理販売するための営業許可証などを持っている。だが、店主と一緒に働く従業員、店主と同居しているパートナーや友人は違う。滞在期間を過ぎても帰国しないオーバーステイ、生活苦からパスポートを売ってしまった、偽造パスポートで入国した、母国で犯罪容疑をかけられているため、身元が知られれば強制送還される——そんな人々が近くにいるため、極力警察と接点を持たないようにしているのだろう。

多言語が飛び交い、通訳も入るため、話し合いは長くかかるだろうと思っていた。

だが、意外なほど早くまとまった。

インドネシア出身のロン・フェンダースという複数の言語を話す中年男性のおかげだ。

日替わりで出店者と出店場所を交代してゆく公平な方法を提案し、それを円滑に行うためのスマホ用アプリも作成し提供するという。

プログラムなど組めるのかと数名が疑問を呈したが、フェンダースが完成期限を明言したことで一応は収まった。人気店と不人気店、新規参入店が横並びで同じ扱いを受けるのはおかしいという人もいたが、それもまずは平等に競争をスタートさせることが先だという意見のほうが多く、結論は先送りとなった。

玲は慌ただしく働いた。発言者の席までマイクを運んだり、モロッコやチュニジアなど北アフリカの国々の出身者が話すフランス語を、日本語や英語に通訳しているうちに五十分ほどが過ぎ、第二回の日取りを決め、会合は終了。ただ、アプリが本当に完成するのかやはり不安だという数人の台湾《たいわん》人、スリランカ人などがゴネ出し、そのとき玲はフェンダースの近くにいたというだけで、彼に指名され、作業の進行管理などをする補佐役を押しつけられてしまった。

フェンダースと連絡先を交換する。

「また今度」

帰り支度をしていた玲にブラジル人のメンデスが声をかけてきた。

その一言を残し笑顔で集会室から出て行ったが、また会いたいとは思わない。ダン・チャウは彼を「善良な人」と評したけれど、玲にはそう感じられなかった。

区役所職員の宗貞も帰り際、玲に挨拶《あいさつ》した。

「先日は申し訳ありませんでした」

彼が頭を下げる。

「とんでもない。丁寧なご対応ありがとうございました」

玲も頭を下げて応じる。

宗貞の身長は玲より低く百六十五センチ前後。半袖《はんそで》ワイシャツにグレーのズボン、容姿は比較的整っているが、地味というか、失礼ながら無難を体現したような人だ。

「トーレスさんの生活も少し落ち着いたようです」

玲はいった。

「それはよかった。実はあのあとも、トーレスさんとマイラ・サントスさんに、別件の手続きなどで二度御来庁いただいたんです」

知らなかった。次男の逮捕で塞《ふさ》ぎ込み、外にも出られないっていってたのに。

——元気になってんじゃん。

宗貞が同僚たちと帰ってゆく。

玲も、町会の人たちの軽く飲みに行かないかという誘いを丁寧に断り、東武線のとうきょうスカイツリー駅へと向かった。

3

玲はキッチンの壁に掛かっているカレンダーのページを破り、ゴミ箱に落とした。

七月も今日で終わる。三十一日の午後十時三十分、能條家。

「乃亜のバイト決まったよ。通販倉庫の発送。また専門学校通いたいから入学金貯めるって」

マイラがいった。予定通り執行猶予付きの判決を受けることができた乃亜は、すでに拘置所を出て、以前の生活に戻っていた。

玲は予備校での講義を終え、少し前に家に帰ってきた。今、母の介護を終えて自宅に戻る前のマイラと、少しだけふたりで夜のお茶の時間を過ごしている。次男が家に戻り、気持ちが持ち直した彼女は今日が仕事復帰初日だった。玲の母はもうベッドに入っている。しばらく会えなかったマイラの顔を見て安心したのか、今日はとても穏やかに一日を過ごしてくれたそうだ。

「マイラ、ニコールに付き添って区役所まで行ったんだって？」

「何で知ってるの」

「この前、キッチンカーの会合の通訳をしたとき、区役所の職員さんに会ったんだよ。私とニコールが申請に行ったとき、ムカつくおっさんに代わって対応してくれた人で、名前は——」

「ああ、宗貞さん」

「そう。あの人から聞いた。家で塞ぎ込んでるとかいってたけど、なんだマイラ復活してんじゃんと思って」

「あれはリハビリだから黙ってたの。シスターに話したら心配して一緒に来ようとするでしょ」

「リハビリ？」

「礼央に怒られたのよ。『玲《あの人》にいつまで甘えてるんだ』って。『乃亜のためにもならない』って。あの子がまだ拘置所に入ってるころだったんだけど、メソメソしてばっかりじゃ、『家に戻った乃亜も気分が腐るし、自分のせいだと責めて、立ち直る気もなくすぞ』って」

「その通りじゃん」

　玲は笑いながらレモングラスティーのカップを口に運ぶ。

「だから私もニコールを手伝うのに頑張って出かけたのよ。褒めてよ」

　マイラも口を尖《とが》らせ、それからカップの中身を啜《すす》った。

「宗貞さんのパパさんね、シスターのママさんと同じ症状なの」

「認知症ってこと？」

「うん。彼のパパさん、私が昼働いているデイケアセンターに前に通ってたんだ。でも、症状が重くなって別のところに移ったの」

「それで彼のほうもマイラのこと知ってたのか。でも、それ宗貞さんの個人情報じゃん。話していいの？」

「彼、隠してないから。前にＮＨＫのＥテレに、彼とパパさん出てたし」

若年性認知症の親とその介護者である若い息子のドキュメンタリーで、いわゆるヤングケアラーをテーマにしたもののようだ。

不謹慎かもしれないが、少しだけあの宗貞という人に親近感を抱いた。

4

「この文面を各国語に翻訳してみなさんに送付するのですね」

玲は訊いた。

「ええ。ベータ版なので読んで同意してくれた方のみ、このＱＲコードを読み込んでいただきます。その先は画面の指示に従っていけば、アプリがダウンロードされますから」

ロン・フェンダースが答える。

黒髪で黄色い肌、たぶん三十代半ば。少し腹が出ていて、身長は百七十五センチ前後。水色の半袖ポロシャツにチノパンの彼は、自分を「ロンと呼んでください」といった。

東京ソラマチの施設内の二階？　いや、三階か？　ともかく大きなテラス部分の花壇の縁《へり》に腰掛けている。一階のカフェで飲み物を買い、ここに移動してきた。

八月三日、午前十一時。

夏休み真っ盛りの今、どの店も混んでいる。その上、屋外の会場で東南アジア系のイベントを開催しているらしく、さらに人が多い。今もガムランのような音楽が聞こえてくる。

「プログラムには全然詳しくないんですけれど、こんなに早く仕上がるとは思いませんでした」

玲はいった。

「基本部分は既存のものに手を加えただけで、独自にプログラムを書いた部分はあまりないんです。ただ、今回はいろいろな言語に対応させることが必要なので、心配だったからベータ版でテストすることにしました。反応や感想を聞いて、改良を加えていきます」

英語交じりの日本語で会話は進んでゆく。

あまり踏み込まない程度に互いのプロフィールも話した。ロンはやはり以前、IT関連の仕事に就いていて、出張でパリにも何度か訪れたことがあるそうだ。

「見てておわかりでしょうが、私のルーツは中国です」

ロンは中国系インドネシア人、いわゆる華僑《かきょう》だった。そして日本には「何となく」居着いてしまったそうだ。

インドネシアでのIT業務に疲れ、長期休暇でアジアの何カ国かを旅しているうちに東京の墨田区に流れ着いた。治安のよさと円安での物価の安さから、気づけば本国の仕事を辞め、今もこの街で暮らしている。キッチンカーをやることになったのも偶然だそうだ。日本でもアルバイト的にITの仕事をしていたが、帰国するスリランカ人の知り合いからキッチンカーを買わないかと持ちかけられた。料理は好きだったのではじめてみると、インドネシア風のローストチキン、アヤム・バカールと、インドネシア風サラダのガドガドを生春巻き風にしてきれいに盛りつけたセットがSNSで人気になり、ちょっとした繁盛店になった。

「先日の会合の際、私を補佐役に選ばれた理由は何だったんですか。インドネシア語を話せないし、他に優秀な通訳の方がいらしたのに」

少し会話が弾んだところで、玲は尋ねてみた。

「単純に優秀な方だと思ったからです。通訳の作業も早かったですし、とてもてきぱきとマイクをみなさんのところに運んでいらしたので」

「あれはただ、早く終わらせたくて」

「私も同じ。みんなが好きなことを言い合って、意味なく長く続くのは嫌いです。だからプログラムしますって提案したし、あなたが補佐役なら作業も早く進む気がしたんです。今日わざわざ来てもらったのも、日本語の文章に自信がないのでメールだと伝わりづらいかと思って。直接会って話せば一度で終わるでしょ？　あ、何度も会うのが嫌ってことではないですよ」

「わかっています。でも、ロンさんの日本語の会話も文章も、とてもお上手ですよ」

「ありがとう」

彼が笑みを浮かべる。

それから五分ほどで話を終え、ふたりで空になったアイスコーヒーのカップをゴミ箱に入れた。

「玲さんも一緒にイベント会場に行きませんか？」

ロンに誘われた。

東南アジア各国の味覚や文化を紹介する催しで、ＡＳＥＡＮ各国の大使館とともに墨田区も協賛していて、区役所職員の宗貞侑やその上司も来場しているという。

「今話して決めたことを区役所の偉い人や宗貞さんにも伝えて、意見を聞きます。メールを送って返信を待つより早いですから」

それもあって、彼は今日の待ち合わせ場所を東京ソラマチにしたのか。作業が早く進むのは、玲にとってもありがたい。

四階にあるスカイアリーナという屋外広場にステージが設《しつら》えられ、いくつもの屋台が並んでいた。かなりの人出で賑《にぎ》わっている。東京ソラマチ周辺は普段から外国人比率が高いが、東南アジア各国がテーマのイベントということもあり、会場はさらに国際色豊かで、しかも女性の姿が目立つ。ただ、ここも暑い。すぐ横にそびえ立つ東京スカイツリーが巨大な影をつくり、ミストシャワーも設置されているものの、立っているだけで汗が噴き出てくる。

そんな中、宗貞を含む区役所勢はネクタイをきっちり締め、腰を思い切り低くして、東京都の議員や協賛企業のお偉いさん、各国大使館員の面々に対応していた。

ロンは宗貞たちの手が空《す》いた一瞬を見極めて声をかけた。

玲も宗貞やその上司たちに挨拶する。間を空けずロンがテンポよく話を進めてゆく。横で相槌《あいづち》を打っているだけの玲にも、ビジネスマンとしての彼の優秀さが理解できた。この人、単なるシステムエンジニアではなさそうだ。

ロンの説明の途中、ステージ近くで歓声が沸き起こった。

玲が目を遣ると、道着姿の人々がステージ上に並び、女性MCにマイクを向けられていた。長い棒を携えた人や、防具を身につけた人もいる。各国で行われている武術の演武が披露されるのだろう。列の中の青い胴着を身につけた端整な顔の男性が話しはじめると、またも歓声が上がった。男性は流暢な日本語で話しているが、発音の癖からして中国系のようだ。

「王依林《ワンイーリン》さんです。中国大使館領事部の一等書記官の方で、特別に参加していただきました」

ステージに向けられた玲の視線に気づいた宗貞が教えてくれた。東南アジア各国のイベントだが、スポンサー企業のひとつが中国人官僚の彼に声をかけたそうだ。

女性MCは林を「華流美麗外交官」と紹介した。まあ、いいたいことはわかる。身長百七十センチ前後、切れ長の目に高い鼻、短い髪も整髪料で隙なく整えられている。体は胴着の上からでも鍛えられているのを感じ取れた。さらに女性MCは、彼が中国の武術、散打《サンダー》の達人であり、柔道や空手など各国の武術にも精通していること、NHKの武術番組に出演したのをきっかけに、

Ｅテレの中国語学習番組、民放の中国の歴史文化紹介番組などに次々と出演し、人気となっていることを説明した。番組の切り抜き動画がＳＮＳにアップされまくっているらしい。

玲はまったく知らなかった。確かに美形だが、顔が整いすぎていて、作り物のようでちょっと気味が悪くもある。

しかし、王が演武をはじめるとその動きを凝視していた。

散打の達人というのはうそではない。パンチもキックも鋭く重い。防具をつけて受けている男性は百八十センチ以上で、王よりはるかに大柄だが、一発拳《こぶし》が入るごとに体がぐらつき、かなりのダメージを受けていることがわかる。

気づくとロンや宗貞たちの話は終わっていた。

ただ、ロンの顔が明らかにこわばっている。

「それでは次の会合で」

口調こそ丁寧だが、皆に一通り頭を下げると慌てたように歩き出した。

宗貞も不審そうに見送り、玲はあとを追った。

「どうかされましたか」

急ぎ足のロンに並んで声をかける。

「いえ、ちょっと。用事を思い出して」

うそだとわかるが、追及はしない。

「具合は？」

玲は訊いた。

「悪くないですよ」

ロンが青い顔で返す。

「それではここで」

エスカレーターを降りたところで彼がいった。そして通路の右側、普段自家用に使っているキッチンカーを置いた駐車場へ小走りで進んでゆく。左側に進めば東武線のとうきょうスカイツリー駅がある。

玲はためらったものの、駅改札へ歩きはじめた。

数秒後、背後で短く女性の悲鳴が上がった。

振り向くと、通路のずっと先で誰かが揉《も》み合っている。ひとりはロン・フェンダースだ。ふたりの男が彼の体を摑み、引きずっていこうとしている。ただ、ロンは抵抗しているものの、助けを呼んではいない。恐怖で声が出ないのか？　代わりに、激しい揉み合いに驚いた近くの女性が声を上げ、通行人は嫌な顔で避けながらも遠巻きに眺めている。

どうするか一瞬考えたが、やはり助けるべきだろう。

講義用のブラウスにグレーのパンツ姿で、上着を片手に持った玲は改札を飛び越えた。低いパンプスで駆けてゆく。

ロンを摑んでいる男たちは、どちらも黒髪の東洋系。顔つきや髪型からして日本人ではない可能性が高い。ひとりが青、もうひとりが緑のTシャツで下は短パンの観光客風。身長は百七十センチに満たないが、鍛えられた体だとわかる。

玲のパンプスの足音に気づいた青Tシャツの男が、ロンの首を片手で押さえつけながら振り返った。

「Get off him!　放开手《ファンカイショウ》！」

玲は英語と中国語で「放せ」と訴える。

が、青Tシャツは玲に腕を伸ばした。素早く避《よ》けたが、隣の緑Tシャツに二の腕を摑まれた。

振り払おうとするものの、緑Tシャツは離さない。そのまま捻《ひね》り上げようと力を込めてくる。

――こいつら慣れている。

暴力沙汰《ざた》を専門にしている連中？　軍隊経験者かもしれない。

緑Tシャツはロンを押さえつけていたもう片方の手も離し、玲を組み伏せようと襲いかかってきた。しかし、玲は摑まれた腕を回し、体を反転させながら緑Tシャツの背後につくと、そのまま奴の腕を両手で摑み、逆に捻り上げた。

ごくんと鈍い音が響き、緑Tシャツの右肩関節が外れ、奴が呻《うめ》き声を漏らす。

だが、青Tシャツの蹴《け》りが玲の左腿《もも》に入った。

さらに右膝《ひざ》を蹴られ、玲の体が傾く。その隙を突いて、青Tシャツが玲の肩と腕を摑み、床に押し倒そうとする。玲は青Tシャツの股間《こかん》に膝蹴りを入れた。続けてみぞおちを肘《ひじ》で突く。青Tシャツがうずくまる。右腕をだらりと垂らした緑Tシャツが再度玲に組みかかろうとしたが、足元を蹴り払った。

緑Tシャツの体が軽く浮き、横に倒れてゆく。

近くで見ていた中年男女が撮影しようとスマホを向けた。

「やめて！」

ロンが制し、レンズの前に手をかざす。

「お願い、撮らないで！　警察もいいです！　だいじょうぶ。何でもないです。この人たちは友だち、彼女もそう。ちょっと勘違いしただけです」

ロンが切れた唇から血を流しながらくり返す。中年男女は気味悪がってスマホを下ろした。

「ロンさん」

玲は静かに呼びかけた。

「ごめんなさい。でも、本当にだいじょうぶだから」

ロンが玲の顔を見る。その目は懇願していた。

青Tシャツと緑Tシャツが立ち上がり、顔を隠しながら逃げてゆく。

ロンも玲の腕を引いた。

「行きましょう」

人目とスマホのレンズを避けながら早足で進むロンに引きずられ、玲もその場を離れた。

「彼らは知り合いだから、本当にだいじょうぶですから」

玲に口を挟ませないようロンは捲《まく》し立てた。彼の左頬は腫《は》れ、唇から落ちる血がポロシャツの胸元を汚す。それでも彼は話すことを止めない。

「忘れてください。ごめんなさい」

エスカレーターを使わず、鉄の扉を開け、誰もいない階段を下り、地下駐車場に出た。

「また今度、連絡します」

ロンはそう告げると、顔を伏せ、玲からも逃げるように並ぶ車の奥に消えていった。

玲は彼の背中を見送りながらため息を吐いた。

まず自分の服装を確かめる。どこも破れていない。膝が少し汚れたが、叩《はた》いたら落ちた。午後一時からの予備校の講義は問題なく行える。

時刻はまだ十二時前。とりあえず神田に向かい、涼しそうな喫茶店で時間を潰すか。

駐車場内を歩き出したところで左から視線を感じた。自分の乗ってきた車がどこに停まっているか探すような素振りで、さりげなくこちらの様子を窺《うかが》っている。

若い女性だ。先ほどの連中の仲間だろう。

玲はゆっくりと顔を向け確認する。

が――

視線が合った瞬間、声を漏らしそうになった。

二十歳前後で体は細身、顔はやや丸く前髪の下には大きな瞳《ひとみ》が覗《のぞ》いている。まるでルノワールの絵画に描かれた少女のよう。

アナイス・マソン――テロに巻き込まれ十八年前に亡くなった玲の親友。そう、目の前の女はあのころのアナに似ていた。

アナは金髪に青色の瞳、目の前の女は濃い茶色の髪と瞳。それにアナはいつも臆《おく》して怯《おび》えているような表情をしていた。対してこの女は、まるで何も恐れるものなどないような、落ち着き払った目で玲を見ている。だが、容姿は本当にそっくりだ。パリのペール＝ラシェーズ墓地に埋葬されているあの子が墓石の下から這《は》い出し、突然日本に現れたかのように。

「你也是他们的同伙吗《ニーイエシーターメンダトンホウオマ》？　あなたも奴らの仲間？」

玲は下手な中国語と日本語で問いかける。

「何のこと？」

緑のクロップトップTシャツに黒い太めのボトム、ショルダーバッグをかけた彼女は日本語でいった。蒸した駐車場の中にいながら、視線は相変わらず冷めている。

「用があるから追ってきたんじゃないの？」

「は？」

いかにも迷惑そうに吐き捨てる。ロンを連れ去ろうとした男たちの増援？　あのふたりが何らかの理由でロンに近づけなかった際の別動隊かもしれない。

「用があるのはフェンダースさんで、私はどうでもいいってことか。じゃ、ここでやり合う必要もないね」

「何勝手にごちゃごちゃいってんの。キモいよ、おばさん」

たぶん訓練を積んだプロだ。彼女の両目はこちらの動きを常に追っている。向こうも玲を観察し、分析しているのだろう。華奢《きゃしゃ》に見える着こなしをしているが、クロップトップの下の上半身には十分な筋肉がついているのを感じ取れた。加えて日本語の発音の微妙な癖からは、外国生活が長かったことが窺える。

「名前は？」

玲は訊いた。

彼女は答えず、多めにレイヤーの入ったボブの髪を揺らしながら背を向けた。

去ってゆく姿を見送る玲の首筋を、暑さのせいとは違う汗が伝っていった。

V

1

ロン・フェンダースが作成したアプリは、ベータ版の時点から好評だった。

　そしてキッチンカー店主たちからのフィードバックを集め、わずか一週間後に再配布された正式版は、さらに使い勝手が向上していた。店主は出店希望の日にちと場所を、週一回、二ヵ月先まで入力できる。重複した場所は抽選となり、アプリが自動で当選者を決めることもできるが、ここは店主たちの要望で東京ソラマチ・スタッフ立会いのもと、二週に一回、直接のくじ引きで行われることになった。第一回会合の際、アプリなど本当に作れるのかと疑っていた台湾人、スリランカ人の女性たちも高評価のＤＭ《ダイレクトメッセージ》を送ってきた。

　あの東京ソラマチでの拉致《らち》未遂以降、玲はロンと直接会っていない。

　アプリの作成や配布に関して電話を一回、ＤＭのやり取りも八回しているので無事は確認できている。ただ、彼は騒動に関して一切語らないし、玲のほうから尋ねてもいない。

　しかし、このまま触れずに流してしまうのは、あまりに危険だ。

　ロンを襲ったのは、中国系の組織が雇った元軍人か元警察官で、誘拐や拉致を生業《なりわい》としているアジア系外国人だろう。ロンは今後も狙われるし、彼を助けた玲にも火の粉が降りかかってくる可能性が高い。あのアナに似た女性も気になる。彼女は間違いなく退路を確保していたし、ぼんやり立っているように見せて、いつ玲が飛びかかっても対処できる体勢を取り続けていた。

ロンに直接話を聞き、早めに対策を講じるべきだと感じつつも、逆にそれが藪蛇《やぶへび》になってしまうのを危惧《きぐ》している。

——よけいな面倒に巻き込まれるのは、もうごめんだ。

八月十一日、お盆休み直前。

午後六時四十分、玲は小梅一町会会館の集会室に到着した。キッチンカー・コミッション第二回会合の参加者は、前回の三分の一以下になっていた。オンライン参加組を加えても三十人に満たない。店主たちは出店日時が平等に割り当てられているのをアプリで確認し、概《おおむ》ね安心したのだろう。アルベルト・メンデスや宗貞侑の姿もない。

ロン・フェンダースもオンラインでの参加だった。ファンデーションでごまかしていたようだが、東京ソラマチで殴られた際の顔の傷は画面越しでも目立っていた。

会議はわずか三十分で終了し、その間、彼と玲が言葉を交わすことは一度もなかった。

*

玲はとうきょうスカイツリー駅から東武線に乗り込んだ。

少し混んだ車内で吊《つ》り革を摑《つか》む。窓ガラスに映る自分の顔を眺めていると、またアナイス・マソンの記憶がぼんやりと頭に浮かんできた。

ここ数日で何回目だろう。東京ソラマチの駐車場で会った、アナに似たあの女のせいだ。

玲は日本の高校で陰湿ないじめに遭い不登校になったあと、十六歳のときにフランスで暮らす母方の祖父を訪ね、そのままパリに居着くことになった。人種差別や偏見に晒《さら》されたし、決して暮らしやすい街ではなかったけれど、それでも日本での辛《つら》さからは解放された。言葉はフランス人の祖父とその友人たちが根気強く教えてくれたし、移住当初は日本語教員のいるパリ十五区のインターナショナルスクールに通った。

アナと知り合ったのはそのころ。

fnac《フナック》という、日本の家電量販店のような小売りチェーンの店舗で玲がマンガを眺めていたとき、彼女が声をかけてきた。

金髪で白い肌、青い瞳《ひとみ》。当時すでに百七十センチを超えていた玲より身長が低く、体は細身。カーキ色のワイドパンツにブルーのカットソー。清潔感のある服装で、裕福な家の子だとは思ったけれど、内省的でマンガ好きのオタクだというのもすぐにわかった。ただ、金色の前髪に隠された伏目がちなその顔は、陶器の人形のようにすべすべで美しかった。

「日本人と友だちになりたいです」

アナはぎこちない日本語でいった。

そのときの勇気を振り絞った彼女の表情を今でも覚えている。いつもの玲なら「ノン」と残してその場を離れていた（実際、シャンゼリゼ通り近くのコミックショップで年上の男女に声をかけられたときは、走って逃げた）のに、そのときはなぜか立ち止まって話を聞き、それから近くのマックに入って少しおしゃべりまでした。

アナは日本語を学べる相手がほしくて、日本のオタクカルチャーの最新情報も知りたがっていた。玲も、祖父やその友人たちは六十代以上がほとんどで、パリの十代が話すようなフランス語を教えてくれる相手がほしかった。

互いに打算的だったことが逆によかったのかもしれない。いつでもＦＯ《フエードアウト》できるというドライな考えだったのに、気づけばどんどん距離が近くなり、一年後には一番近い存在になっていた。些細《ささい》なことで揉《も》めたり、喧嘩《けんか》したりもした。下らないことで笑い合ったり、ふと訪れたホームシックのような寂しさを慰めてもらったりもした。

親友って、アナみたいな相手のことをいうのかな——玲はそう感じるようになっていた。

アナと玲は別の大学に進み、それぞれに彼氏らしき存在もできたけれど、ふたりの仲は変わらなかった。だが、互いに大学二年生になったとき、関係は突然断ち切られた。

アナは爆破事件に巻き込まれ、命を落とした。

テロを目論《もくろ》むイスラム過激派の男が、標的に向かってパリ市内を移動中に捜査員に発見され、逃走の末、地下鉄構内で持っていた爆弾を起動させた。

同じ構内にいた客二名が巻き込まれ死亡、その亡くなったひとりがアナイス・マソンだった。

犯人は一時重体となったものの回復。しかし、のちに拘置所内で自殺している。犠牲者が少なかったためか、日本ではほとんど報道されることはなかった。

玲は泣き叫んだ。生まれてはじめて誰かを失ってあまりに辛くて、吐くほど苦しくなった。犯人に復讐《ふくしゅう》しようと誓ったが、その男も自分で命を絶ってしまった。

それでも許せなかった玲は、あんな身勝手で不条理なテロを根絶するため、警察の特殊部隊GIGNに入隊するという、以前の自分からは想像もできなかった道を選ぶことになった。

何をしてもアナが生き返ることはない。それでも正義とはまったく別の、テロリストへの復讐心を消すことはできなかった。

吐いたため息とともに古い記憶を振り払う。ロンを襲った連中が玲の過去を調べ、アナに似た者を送り込んできたとは考えられない。奴らはつい最近まで玲の存在など認知していなかった。だからロンを拉致する際も、あんな強引な手法を使い、同伴者に対しては無警戒だった。

あの女がアナに似ていたのは単なる偶然。

だからこそ、そのあまりに悪趣味な運命の配剤に腹が立つ。

とうきょうスカイツリー駅のふたつ先、自宅最寄りの東向島駅に降りたところで玲のスマホが震えた。通話の着信だ。だが、相手の番号を見ただけで気分が悪くなった。記憶の片隅に残っている。浦沢組の木下が一万円札に書いて渡してきた番号だ。

ホームに立ち止まって数秒考え、問いただすため出ることにした。

「誰に私の番号聞いたの」

玲は尖《とが》った声でいった。ホームを歩いていた数人が何事かと視線を向ける。

『だからそれは企業秘密だよ』

木下が半笑いの声で返す。

『玲ちゃん、最近キッチンカー何とかってのに関わってんだって？』

「どうして知ってるの。あんたたちに移動販売なんて関係ないでしょ」

『大アリだよ。俺らのシマでやることだぜ。しっかり目光らせとかないと』

無理やりにでも首を突っ込み、みかじめ料や所場代をむしり取る魂胆なのか。

『でさ、それに絡んで報告したいことがあってさ。あのブラジル人どもを追っ払ってくれたお礼だよ。こないだの騒動んとき俺と一緒にいた徳山じゃないほうのひとり、覚えてる？　大城《おおしろ》っつうんだけど、あいつが担当なんで今から代わるわ』

あの眼鏡のヤクザだ。

『よお、玲ちゃん。少し前に西川口《にしかわぐち》の中国系グループから浦沢組《ウチ》に話が来たんだよ』

相槌《あいづち》を打たない玲を置き去りにして話し続ける。

『ウチの取り仕切ってるとこで、ちょっとした騒ぎが起きるけど、目を瞑《つむ》っててくれないかって内容でね。で、ウチは申し出を飲んだわけ。その騒ぎってのが、あのロン・フェンダースって野郎の監視と拉致でさ』

　スマホを握る玲の手に力がこもる。

「そんなこと話していいの？」

　玲は訊《き》いた。

『ウチが頼まれたのは少しの間目を瞑ってることで、黙ってることじゃねえからさ。それが思ってたよりも大事《おおごと》になりそうで、だからご注進したわけ。玲ちゃん、こないだソラマチで何かやらかしたんだろ？』

「詳しいね」

『そりゃウチらのシマだもの。ともかく中国の連中ともロンとも関わらないほうがいいぜ』

「忠告？」

『だからお礼だって。プラス進言、友人へのアドバイスってやつ。でさ、今度仕事抜きでメシ行かない？　飲みでも――』

　大城の軽口は続いている。だが、ホームを走り抜けてゆく急行列車の音がその声をかき消した。

2

　氷の音を響かせながら、グラスの中のジャスミン茶を飲み干す。

　風呂《ふろ》を出て、髪も乾かし、パジャマ姿になった玲はため息をつきながら、グラスをテーブルに置いた。

　午後十一時半の自宅リビング。

　玲は、ロン・フェンダース、そしてアナに似たあの女のことを思い出しそうになり、頭を横に振った。冷蔵庫を開き、グラスにもう一度ジャスミン茶を注いでスマホを手にする。

姪《めい》の莉奈からDMがいくつか届いていた。四日後のお盆の墓参りの件だ。兄一家とは寺の墓地で合流することになっている。兄たちは自宅から車で、玲もこの家から母と車で向かうつもりだが、莉奈も玲たちと『一緒に行く』といってきた。認知症の母を世話しながら運転するのは大変だと書いているが、本当は進路のことで揉めている父親と同じ車に乗りたくないのだろう。

だが断り、『だいじょうぶ。ふたりで行ける』と返信した。

『お盆明けたら泊まりにいく』

莉奈から新たなDM。それも遠回しに断った。

『近ごろUm Mundoのほうは?』

また莉奈からだ。ただ、こちらの件も進展はない。そう送ると、最近Um MundoのSNSアカウントの更新が止まっていると返してきた。それまで連日二十件以上の投稿があったのに、六日前から途絶えているという。

あまり首を突っ込むなと釘《くぎ》を刺すメッセージを打ち込んでいる途中、スマホが震えた。

通話の着信だが莉奈じゃない。

相手は——ロン・フェンダース。

玲はスマホの画面を見つめ、ひとしきり迷ってから通話アイコンをタップした。

『こんばんは。遅くにすみません』

ロンの声はひどく疲れて聞こえる。

「いえ、まだ起きていたので」

『あの、お会いして話したいことがあるんです』

予想していた範疇《はんちゅう》の言葉だったせいか大きな驚きはない。

「いつですか」

『今日これからです。千葉県の館山《たてやま》自動車道にある市原《いちはら》サービスエリアまで、おひとりで来ていただきたいんですが。ガソリン代も出します』

「高速道路の？　いえ、それはちょっと」

『短い時間でいいですし、むずかしければ、私がもっと近くまで行きますから』

「来ていただいても無理です。病気の家族がいるので深夜に外出することはできません」

『そうでしたか。でも、やっぱり会ってもらいたいです。いつなら出てきていただけますか』

「家を空けられるのは明日の朝九時以降。それから車で向かったとして十時半ごろでしょうか」

『では、その時間に』

「待ってください。あくまで仮定の話です」

『だけど、本当にどうしても——』

「話を続けたいなら、私の質問に答えてください。正直に答えていただけないなら、今すぐに通話を終わらせ、あなたの番号を着信拒否にします。私をアプリ作成の補佐役にしたのは、偶然などではなく接点を持つための口実だったのですね」

玲は矢継ぎ早に訊いた。

『うっ——』

ロンが口ごもる。

玲は待つことなく電話を切った。即座にまたスマホが震え出す。十数秒焦《じ》らしてから通話アイコンをタップした。

『すみません、話します。だから切らないで』

ロンが慌てた声で詫《わ》び、言葉を続ける。

『あなたのいうとおり、一番の理由は近づくためです。でも、優秀な方だから選んだというのも本当なんです』

「私に連絡しろとあなたに話したのは誰ですか」

『それは、あの、アルベルト・メンデスさんです』

「メンデスさんがそう話すまでの経緯を教えてください」

『あの方に助けて欲しいとお願いしたら、力は貸すけれど、自分にもできることとできないことがあるといわれました。そのできないことを代わりにやってくれるのが、玲さんだと』

——押しつけられたわけか。

それともあの老人は、ホアン・トゥイ・リェンの一家や玲の友人たちが復讐被害に遭わぬよう、ブラジル人窃盗団の連中を抑えていることの代価を、玲に払わせようとしているのか。

「それで、あなたは何から助けて欲しいとメンデスさんに頼んだのですか」

『だから電話では話せません』

ロンはいった。

『会ってくれたら全部隠さず教えます。あなたにしかお願いできないんです』

「会う気になったら、こちらからあらためて連絡します」

玲は返した。

『待っていますから、お願いします』

ロンは懇願を続けたが、玲は通話を終わらせた。

——このところ、不運と不幸続きだ。

テーブルに突っ伏し、しばし悩んだあと、スマホを手にした。

警察庁の乾参事官のアドレスを探す。一番頼りたくない相手だがしかたがない。

『遅くにすみません。お電話してよろしいですか』

文章を打ち込み、送信しておきながら、返事が来ないまま朝になるのをどこかで願っていた。そうすればロン・フェンダースにも電話しなくて済む。

だが、すぐに返信が来た。

『だいじょうぶですよ。お待ちしています』

乾には一切責任がないのに怨《うら》めしい。

玲は不貞腐《ふてくさ》れながら参事官の電話番号をタップした。

3

八月十二日、午前十一時。

玲は千葉県の市原ではなく、茨城県内の常磐《じようばん》自動車道下り線にある守谷《もりや》サービスエリアの駐車場にいた。お盆時期でもデイサービスを休みなく受けつけてくれるおかげで、いつも通り朝九時には母を送迎のワゴンに乗せ、家を出ることができた。が、ナンバーから住所を特定されるのが嫌で、自分の車ではなくレンタカーを使ったことやお盆の帰省ラッシュが重なり、予定より到着が遅れてしまった。

今、玲の隣の助手席にはロン・フェンダースが座っている。

「ごめんなさい。ありがとうございます」

ロンは会ってからもう十回以上謝罪をくり返していた。

「私からも謝らなければならないことがあるんです。あなたの素性を調べさせてもらいました」

玲はいった。ロンの表情がこわばる。

「インドネシア大使館に問い合わせたのですか」

「いえ、日本の警察に」

ロンはうなだれたように下を向き、小さな声で続ける。

「あなたは警察からも情報を聞けるんですね。メンデスさんが推薦した理由がわかりました」

「ただ、確認のために、あなた自身にも語っていただきたいんです」

彼はうなずき、前を見据えながら話しはじめた。

「ロン・フェンダースは本名です。父はインドネシアに本社のあるトライアド・インターナショナルの創業者で、以前は私もそこで働いていました。でも、父が亡くなったあとの、実の兄や親《しん》戚《せき》との経営の主導権争いや財産の奪い合いに敗れ、すべてに嫌気がさして国を出ました。自分はタフで野心的な人間だと思っていたのに、実際は弱く平凡な男だった。よくある話でしょう」

彼が力無く笑う。

トライアド・インターナショナルは半導体受注生産で世界八位のシェアを持つ企業で、世界市場のシェアを独占する台湾企業に対抗するため、インドネシア、中国両政府の強力な支援を受け、近年急成長している——といっても、玲は昨夜乾から教えられるまでまったく知らなかった。

ともかくロンは後継者候補のひとりだったが、争いに敗れ、日本に流れ着いた。問題は今も、彼がトライアド・インターナショナルの株式の七パーセントを個人で保有していること、そして日本の在留期限が切れるため、一度インドネシアへ戻らなければならないことだった。

「この前私を襲った連中は、私の叔父《おじ》の依頼を受けた男たちでしょう。叔父はトライアドの最高財務責任者です。私の長兄が最高経営責任者で、次兄が最高執行責任者を務めています。まあ、細かいことはどうでもいいですね。とにかく三人は経営の主導権を握るため、状況により協力することもあるものの、基本的には対立状態にある。そして私が帰国し、株主の立場を使い経営に入り込もうとしているのではないかと恐れている。そんなつもりは一切ないのに」

英語に日本語を交えながら会話は続いてゆく。

途中、ロンはサイドミラーやバックミラーを何度も覗《のぞ》いた。少し離れた場所に停めてある自分の水色のセダンを確認している。玲もロンを追跡している連中を警戒し、周囲に絶えず目を配っている。ふたりの助けになっているのが、この混雑と暑さだ。駐車場は満車状態で、周囲の車が玲とロンの姿を隠してくれる。照りつける太陽のせいでのんびりと歩いている人もいない。皆、足早にサービスエリアの建物に駆け込んでゆく。

「企業内の難しいことはわかりませんが、あなたが経営陣にとって目障りな存在だというのは理解できました」

玲はいった。

「やっぱりあなたでよかった。日本人に話しても危険性を理解してくれないことが多かったんです。まさか命まで狙われるはずはないとね。怖いなら、株を手放してしまえばいいという人もいた。そんなに簡単じゃない。私の株を放出すれば、三人のパワーバランスが崩れてしまう。それを嫌って、私が売ろうと動いた段階で、三人の誰かが必ず露骨な妨害に出るでしょう」

「ふたつ質問させてください。八月三日、襲われる直前のあなたは、東京ソラマチのスカイアリーナで表情を一変させましたよね。あれは客たちの中に、あなたにとっての危険人物や尾行していた連中を見つけたからですか」

「王依林がステージにいたからです」

中国大使館領事部の一等書記官であり散打の達人。きな臭い取り合わせだと思ったが、やはり要注意人物だった。散打は中国人民解放軍が近接戦闘用の実践的技術として採用している。

「外交官としてテレビに出て、中日親善のために働いているような振りをしていますが、とんでもない。彼は本来、国家安全部《Ministry of State Security》の人間です。メンデスさんをはじめ、在留外国人のリーダー的立場の方々は皆知っていて危険視しています。彼のほうもそれを隠すことなく、相手を威嚇する材料として使っている。知らないのは日本人だけです」

ＭＳＳは海外での諜報《ちょうほう》活動や中国本土への脅威の排除を主な任務としている。いわば中華版ＣＩＡであり、目的達成のためにはあらゆる手を尽くす。

また厄介な要素がひとつ増えた。

「もうひとつ、今から日本の警察に身柄の保護を求めることはできませんか」

玲は確認する。

「それが可能なら、はじめからメンデスさんにお話しすることもなかったし、あなたにこうしてお願いもしませんでした」

「警察を遠ざけておきたい方がいるんですね」

ロンはうなずき、一緒に暮らしているその人について語りはじめた。

インドネシア人の女性で、名前はサリ。自国で結婚したものの、夫から家庭内暴力を受け続けており、逃れるため外国人技能実習生として来日した。しかし、最初の職場は夫にも知られているため、すぐにそこを出てしまう。夫からの送金催促や浮気を疑う異常な数のＳＮＳメッセージは断ち切れたものの、不法滞在者となった彼女は、非合法の外国人向け不法就労斡旋《あっせん》施設で紹介されたスリランカ人の経営するインド料理店で働きはじめる。そこでロンと出会った。

「その先は退屈な中年男女の話です」

ロンが太陽を浴びて光るレンタカーのボンネットを見ながらいった。

「でも、長くは一緒にいられないことを、あなたはわかっていた。だからインド料理店の経営者だったスリランカ人が帰国する際、キッチンカーを買い取り、ビジネスをはじめたんですよね」

玲の言葉に彼がうなずく。

「日本に残るサリがキッチンカーでの販売で生計を立てていけるよう、メンデスさんに依頼し、不法滞在者の彼女の代わりに名目上の経営者となる人物を紹介してもらいました」

「そして自分が目立ってしまう危険を顧みずキッチンカー・コミッションの会合に出席し、出店の揉め事を早期に解決できるようアプリの作成も引き受けた。推測ですが、もしまたインドネシアを無事に出国できても、もう日本に戻るつもりはないのではありませんか」

「警察の情報を知っているだけでなく、話し方も日本の警察官のようですね。フランス語や英語もお上手だし、不思議な人だ」

ロンははぐらかした。ただ、彼の寂しげな表情が答えとなっている。

「サリさんと日本以外のどこかで暮らすことはできないのですか」

「どこに行っても私と一緒では迷惑がかかります。幸か不幸か、私のほうはインドネシアから遠く離れ、兄と叔父たちに疑われぬよう無口な株主を貫いていれば、生きていけるだけの配当を得られる。それに彼女には、プカンバルという街に夫もいる」

陳腐で侘《わび》しげなラブストーリー。なのに、娘と元夫と別れ、ひとり日本に戻った玲には痛いほど理解できてしまう。

「八月三日以降、サリと暮らす家には戻れていません。彼女と会えば危険な目に遭わせてしまう。彼女のほうもビジネスホテルを泊まり歩いて、今はインドネシア人の友人のところにいます」

通常のビジネスホテルではなく、不法滞在外国人向けにパスポート確認不要で宿泊させる、台湾人やタイ人の経営する違法宿泊施設のことだろう。

「だから――」

ロンが膝《ひざ》に置いたリュックサックから厚い封筒を出した。

「これをサリに渡してもらいたいのです。二百万円。当座の家賃や生活費、キッチンカーの商売用の仕入れ金も入っています」

「どうして私に？」

「私が会った中で一番強く、そして信用できそうな方だったからですよ」

「過大評価です」

「そうだとしても、今の私にはもうあなたしか頼める人はいません。住所をお伝えします」

ロンが、今サリが身を寄せている友人の住まいの場所を告げた。

「覚えていただけましたね」

「あなたが電話で直接事情を話すべきでは」

「話せば未練や後悔が湧いてきてしまいます。それにどんなかたちでも彼女と今連絡を取れば、巻き込むことになる。サリには、私が無事に生き延びられて、どこかの街に落ち着いたら、そこからまたネット送金すると伝えてください。ただ、彼女もいつまで日本にいられるかわかりません。日本の警察も私が何者か知っていたということは、一緒に暮らしていた彼女の素性についても摑んでいるということでしょうから」

ロンが玲の横顔をちらりと見る。

「残念ですが、無理です」

玲は彼の視線の意味を理解し、すぐに返した。

「私には警察の捜査を中止させたり、摘発を見送らせるような力はありません」

「そうですよね」

ロンが何度か小さくうなずき、もうひとつ封筒を出す。

「これはあなたへのお礼です。百万円入っています。足らなければ、後日ネットで送金させてください。それも私が生き延びられたらの場合ですが」

「必要ありません」

玲は首を横に振った。

「どうして？　失礼ですが、私は無料奉仕というものを心から信じられないんです。まして、こんな面倒なお願いなのですから」

「お金をいただいたら仕事になってしまいます。こんな割に合わない馬鹿な依頼は、仕事だったら絶対に受けません。だから友人として、あなたの頼みを聞いたというかたちにさせてください。実際には知り合い程度の、浅いつき合いしかありませんけれど」

「あなたの気持ちの問題ということですか。それでも——」

玲は首を小さく横に振り、ロンの話を途中で止めた。バックミラーを調節し、後方を再度確認する。彼も気づき、口を閉じて凝視している。

ロンのセダンにふたりの男が近づき、車内を覗き込んだあと、周りを見回した。車上荒らし？いや、違う。

「あの車、いつから乗っているんですか」

玲は訊いた。

「四ヵ月前に買った中古です」

男たちは東洋人だが、短く刈り込んだ上に整髪料でなでつけた頭や、浅黒い肌色、それに胸に大きくブランドロゴがプリントされたTシャツなどから、日本人ではないアジア系だと類推された。周囲の目を警戒しつつ、スマホでセダンの車体やナンバーを撮影している。

「四ヵ月前に買って以降、どこに駐《と》めていたんですか」

玲はさらに質問した。

「住まいのアパート近くの駐車場に」

「数週間前からロンさんの動向を探られていた可能性があります。その間に車に発信機をつけられたかもしれない。そうでなければ、数百人態勢で追跡しているわけでもないのに、こんなピンポイントで居場所を見つけられるはずがありません」

「ずっと居場所を知られていた――」

「前回の拉致失敗以降、あなたに逃げ延びていると思い込ませつつ、動向や周辺の人間関係を再調査していたのでしょう。重ねての失敗は許されませんから。そして奴らが再度拉致しようと動いた矢先、標的であるあなたは逃走した。奴らは今もあなたを捕らえるつもりでしょうが、手こずるようなら、その先の選択肢も視野に入れているかもしれない」

「先の選択肢――殺されるという意味ですか」

訊かれて玲はうなずいた。

「このまま空港に向かっても、待ち伏せされているでしょうか」

「その可能性が高いです」

「では、どうすれば」

「ロンさん、百万円はやっぱりいただけません。代わりにあのセダンをください」

「私の車を？」

「あなたはこの車に乗っていってください。まずはここから早急に離れることです。レンタカーの乗り捨て返却、やり方はわかりますか」

「え？　ああ、前にもやったことがあります」

「ではこの車をお願いします。あの水色のセダンの鍵《かぎ》を」

玲の手のひらにロンがスマートキーを載せる。

「私が降りたら、二十カウントしてから発進してください。慌てず、ゆっくりで構いません。一番避けなければならないのは事故を起こすこと。あいつらに気づかれるし、警察が来て検証や聴取で足止めされてしまいます」

「でも、私はどこに行けば」

「それは自分で決めてください。どこかに身を潜めているか、また車であちこちを移動するか。ともかく自分の身は自分で守って」

「また会えますか」

「ええ。あとで合流しましょう。ただ、その前にあいつらをどうにかしないと」

「どうにかって、ひとりでだいじょうぶなのですか」

「わかりません。でも、私のことは気にしないで。あなたに心配されても何のプラスにもならないし、逃げるのを躊躇《ちゅうちょ》されると、逆に足手まといになりますから」

玲は二百万円が入ったほうの封筒だけ受け取り、自分のショルダーバッグに入れた。運転席のドアを開け、降りてゆく。

「あ、あの」

戸惑うロンを厳しい目で睨《にら》み、黙らせる。

「あなたはあなたのするべきことをしてください」

玲の言葉に彼はうなずいた。

遠回りをしながらロンの水色のセダンへと近づいてゆく。玲の服装は長袖《ながそで》の白Tシャツに茶のスリムパンツ。足元はスニーカー。とりあえず動きやすい恰好《かっこう》はしてきた。

男たちは自分たちの車を探しているような振りで、広い駐車場内を歩いている。遠目に見る男たちはどちらも体格がよく、ひとりは眉《まゆ》毛《げ》が太く、もうひとりは出っ歯だ。

ロンの乗ったレンタカーがゆっくりと走り出し、駐車場を出てゆく。陽射しがまぶしいが、緊張のせいで暑さはあまり感じない。玲はゴムでうしろ髪を束ねると、早足で水色のセダンに近づいてゆく。太眉と出っ歯もこちらに気づいた。

ふたりが駆け寄る。玲は足音に驚いたように見せかけながら、慌てた顔で「ロンさん逃げて」と誰もいない方向に叫んだ。そして自分も逃げ出す。

出っ歯が叫んだ方向に走り、太眉が玲を追ってくる。陽動に引っかかり二手に分かれてくれた。時間はあまりない。前回の東京ソラマチのときとは違って間違いなく増援が来る。太眉と出っ歯は先遣隊で、ロンのセダンを撮影していたのは、発信機が別の車に載せ替えられていないことを確認し、仲間へ報告するためだ。

——増援の中に、あのアナに似た女もいるだろうか。

浮かんできた考えを、頭を叩《たた》いて追い出す。今は気を散らしている余裕などない。

玲は右左に曲がりながら走り、緑のセダンの陰で突然伏せると身構えた。

ショルダーバッグから競技用のビニール縄跳びを出し、握る。家を出る前にこんなものしか見つからなくて、しょうがなくバッグに放り込んできた。催涙スプレーや警棒などを持っていて、お盆期間中の検問なんかで見つかったら、面倒なことになり、ロンとも合流できなかっただろう。

白地に赤文字のロゴがプリントされたTシャツの太眉が駆けてくる姿が、黒いワゴンの車体に反射する。それを凝視し、距離を測り、縄跳びで打ちすえようとした寸前、背後に気配を感じた。

慌てて振り返りながら身をかわす。

黒地に金文字のロゴが入ったダサいTシャツを着た出っ歯が、細長いものを振り下ろす。

陽動に引っかけたつもりが回り込まれた。

寸前で避《よ》けたが、玲は転がり倒れた。細長いものが鈍い音を響かせ、アスファルトの地面を打つ。登山用の金属ステッキだ。出っ歯はさらに振り下ろす。

玲は逃げる。ステッキはすぐ横の黒い車の側面をえぐった。立ち上がりかけた玲に、体勢を低くした太眉が横から突進してくる。脇腹に激突され、玲はそのまま押されると、背中をシルバーのハッチバックの助手席ドアに叩きつけられた。太陽で熱せられたドアに背中が焼かれ、思わず「ぐっ」と声が漏れる。さらに太眉が玲の体を担ぎ上げようと腰に腕を回してくる。玲はその太眉の喉元《のど》を左手の手刀で素早く二度突いた。

今度は太眉が声を漏らす。さらに太眉の側頭を右手に握った縄跳びのグリップで殴りつける。太眉の腕の力が一瞬緩み、玲は逃げ出したものの、出っ歯が振るったステッキが玲の左の二の腕を打った。痺《しび》れるような痛みが左半身を駆け抜ける。しかし、ステッキの先端がシルバーのハッチバックの窓を叩き割った。ガラス片を飛ばしながら、ステッキと出っ歯の右腕が窓の中に突っ込んでゆく。

すかさず玲はその二の腕に渾身《こんしん》の力で左肘《ひじ》を落とした。出っ歯の右腕の肘から先が逆くの字に曲がり、しかも皮膚は割れた鋭利なガラスに切り裂かれた。

「あぎゅう」と出っ歯が奇妙な悲鳴を上げる。さらに玲は奴の顔面も肘で打った。出っ歯の唇が切れ、鼻血が噴き出した。が、奴の突き出た前歯が刺さり、玲の左腕の皮膚も裂けた。しかも登山用ステッキで打たれた二の腕が痺れ、感覚がない。

玲は出っ歯の股間《こかん》も蹴《け》り上げ、行動不能にした。

だが、脇から太眉に腹を殴られ、わずかに屈《かが》んだところで首と肩を掴まれた。しかし、間を空けずに太眉の顔面に頭突きを入れる。太眉がふらつきながらも掌底で玲の顔面を突く。一撃で頬の感覚が消えたものの、玲は太眉の両目を右手の親指と人差し指で握り潰《つぶ》すように突いた。

太眉が呻《うめ》きながら両手で顔を覆った。その手の上から、再度頭突きを入れ、頭を下げた瞬間、首の裏側を縄跳びのグリップで殴った。

停まっている車の間のアスファルトに、太眉が膝から崩れ落ちてゆく。

玲は倒れた太眉の体を確かめることもなく、急ぎ足でその場を離れた。

ハッチバックの窓が割られたのに防犯ブザーが鳴らなかったのは幸運だった。が、バリンという音や悲鳴を誰かしら聞いているはずだ。増援も到着しているかもしれない。

ロンが乗ってきた水色のセダン周辺には誰の姿もない。

玲は十分警戒しながら、しかし急ぎ運転席に乗り込み、エンジンをかけた。車内の空気は信じられないほど暑かったが、エアコンを入れる余裕もない。

緊張と興奮を鎮め、発進する。

鼻がむず痒《がゆ》くて手で触れると、ねっとりとしていた。

鼻血だ。白い長袖Tシャツにも垂れている。念の為、もう一枚Tシャツをショルダーバッグに入れてきてよかった。でも、着替えるのはあと回しだ。

この守谷サービスエリアを離れ、車を乗り捨てないと。それから着替え、化粧を直して、もう一度レンタカーを借り、サリという名の女性のところに向かおう。

その先は——生きていたら考えよう。

玲はハンドルを握りながら、痺れる左手でバッグからハンカチを引っ張り出した。音を立てて洟《はな》をかみ、血を拭《ぬぐ》うと、ようやくエアコンを入れた。

車内に冷風が流れはじめる。

玲はもう一度洟をかむと、谷和原《やわら》インターチェンジで常磐自動車道を下り、国道２９４号を進んでいった。

Ⅵ

1

洟《はな》をかんだばかりだが、上唇から頬を鼻血が伝ってゆくのを感じる。

玲は赤信号で止まると、スマホのインナーカメラで自分の顔を確認した。顎《あご》から長袖《ながそで》Tシャツの胸元に垂れ落ちた血の汚れが、サービスエリアを出たときより黒く大きくなっている。両穴にティッシュを詰め、バッグから紺色の半袖Tシャツを出して長袖の上に重ね着した。

信号が青に変わった。茨城県つくばみらい市の、いかにも地方都市という街並みを進んでゆく。

八月三日にロン・フェンダースを救った時点では、まだ言い訳ができた。ロンの素性も、彼を拉致しようとした連中の正体も、まったく知らなかったのだから。しかし、ついさっきの守谷サービスエリアでの戦いを経た今では、もう弁明は通用しない。襲撃してきたのは間違いなくプロだ。中国人民解放軍崩れの犯罪者ではなく、観光客を装って入国したフロンティア《F》・サービス《S》・グループ《G》の連中である可能性もある。

FSGは中国資本が運営している民間軍事会社で、元人民解放軍の兵士を中心に構成されている。アフリカなど海外に展開する中国系企業の要人や施設を警備する組織を装っているものの、実質的には中国の主権の及ばない他国や地域に展開する在外中国軍だった。

そんな連中と正面からやり合ったら、当然勝算は低い。

「でも、やるしかないか」

玲はつぶやいた。

襲ってきた中国の連中と話し合いで決着がつくのなら、もうすでにあのアルベルト・メンデスが動いているはずだ。なのに、メンデスはこの一件を玲にほぼ丸投げした。対話では解決できない上に、割に合わないほど危険な案件だったからだろう。メンデスは善人ぶっているが、損な役回りからは巧みに逃げる。やはり関わってはいけない種類のジジイだ。

国道２９４号の信号を左折し、住宅街に入った。

狭い対向二車線の道路を進みながら、サイドミラーとルームミラーで後続車を確認する。すぐうしろには地元ナンバーのマルーン色の軽自動車、そのあとにミニバンが続いている。お盆休み中で郊外の一般道は車の数も少ない。玲はカーナビを見ながら住宅街を抜け、水田地帯の舗装された一本道へと入った。うしろを走っていた軽自動車とミニバンは手前で左折し消えていった。

車だけでなく、この暑さのせいか、見渡しても歩行者や農作業をしている人の姿もない。市街地では追跡されていても見分けがつかないが、こんな農道ならあとを追ってくる車がはっきりとわかる。

四分後。

灰色のワゴンが水田の中の十字路を曲がり、玲のセダンの背後についた。ナンバーは都内練馬《ねりま》区のもの。追ってきている。そしてこのセダンに発信機がつけられていることも確定した。

まだ距離は離れているがワゴンの運転席を確認する。ハンドルを握っているのは東洋人だが、日本人か中国人かはもちろん見分けがつかない。

――あのワゴン、出租车《チユーツーチエー》だろうか。

タクシーを表す中国本土の言葉で、中国人犯罪者が使う隠語でもある。

高額窃盗などが目的で来日した中国人犯罪者集団は、車両の運転手に日本人を雇う場合が多い。

その犯罪者専用の運転手及び車両をチューツーチェーと呼ぶらしい。

日本人を使うのは、検問などで止められたときも、その地域に現住所がある日本人が免許を提示すれば怪しまれることが少なく、車内検査をされる確率も格段に下がるためだという。

背後についたワゴンは水田の中の一車線のみの道で車間を詰めてくる。ＧＩＧＮ時代、玲は車両での敵前退避・離脱の訓練を五回行った。ただ、あくまで訓練であり、実際のカーチェイスの経験はない。

ワゴンは速度を上げ、玲のセダンのすぐうしろまで迫った。

接触させて路肩の狭い水路に押し遣《や》り、脱輪させる気なのだろう。

そして、状況はさらに悪くなった。

ずっと先、水田の先の道をもう一台、黒いワゴンが曲がってくるのが見えた。まだ離れているがこちらに向かって走ってくる。灰色のワゴンの仲間だろう。

――挟まれる前に何とかしないと。

水田に自分のセダンやあのワゴンが落ち、稲を蹴散《けち》らしてしまうのは避けたい。他人の所有地の作物を損壊してしまえば、それはもう立派な犯罪であり、警察の捜査を受けてしまう。

だが、玲が解決策を決める間もなくガシンと金属音が響き、追ってくるワゴンの前部がセダンの後部に接触した。アクセルを踏み込み、再度後続のワゴンを引き離す。水田には青々とした稲が並び、夏の陽射しを浴びて輝いている。

玲はアクセルを緩めない。パネルの速度表示が百十キロを超える。

そこでブレーキを踏み込み、同時にサイドブレーキも引いた。

ギギィーという摩擦音とともに急停止したセダンの後部にワゴンが突っ込み、大きな金属音が響く。車体にも玲の体にも追突の衝撃が走った。が、大したことはない。ワゴンも急ブレーキを踏んだようで、予想したほど激しい衝突ではなかった。

ただ、背後のワゴンのエアバッグが膨らみ、運転手の視界を一瞬塞《ふさ》いでくれた。

加えてワゴンの運転手はやはりチューツーチェーのようで、それも玲のプラスに働いた。中国人から依頼を受け運転しているが、命を懸けてまで仕事をまっとうする気はなかったのだろう。急ブレーキをかけ、二台揃って道脇の水路に落ちてゆく愚行は避けた。

――少し活路が開けた。

玲はまたすぐにセダンを発進させた。速度を上げ、水田の中の少し道幅が広がった十字路に向かって進む。前部が潰《つぶ》れたワゴンも後退することなく追ってくる、ナイフか何かで視界を塞ぐエアバッグを取り払ったのだろう。

セダンが十字路に差しかかる寸前、玲はシフトレバーをニュートラルに入れ、ブレーキを軽く踏みながらハンドルを九十度切った。すぐにサイドブレーキも引く。ロックした後輪が路面を滑り、車体が前後百八十度反転し、水田に落ちる路肩ぎりぎりで止まった。

はじめてのスピンターン。どうにかできたが、ここからだ。

再度シフトレバーをドライブに入れ、サイドブレーキを外し、来た道を戻る。当然、前方の潰れたワゴンはこちらに向かってくる。

玲の運転する後部の潰れたセダンもワゴンに向かってゆく。昔のアメリカ映画のようなチキンレース。このままいけば正面衝突だ。

灰色のワゴンが迫る。玲のセダンも突き進んでゆく。

距離は三十メートル、二十メートル――直前でワゴンがわずかに左にハンドルを切った。怒ったような呆《あき》れたようなワゴンの運転手の表情が、一瞬玲の視界に入る。ワゴンはさらに大きく車体を進行方向左に向けた。玲もそこではじめてセダンのハンドルをわずかに左に傾けた。

激突は避けたがワゴン、セダンの車体がすれ違いながら金属音を鳴らして擦《こす》れ合う。双方のサイドミラーが弾《はじ》け飛ぶ。交差した直後、玲はルームミラーに目を向けた。

ミラーの中で、バランスを崩したワゴンが横転してゆく。水路にこそ落ちなかったが、横倒しになった車体が一車線のみの狭い農道を塞いだ。

遠くから迫っていたもう一台の黒のワゴンも行く手を阻まれ、止まった。

何とか振り切れたが、またびっしょりと汗をかいていた。

水田の中の道を進みながら額、頰、そして顎を右手で拭《ぬぐ》うと、指先がぬるりとした。血だ。スマホのインナーカメラで再度確認すると、鼻に詰めたティッシュが赤黒く変色し、そこから染み出した血が汗と混ざり合っている。

「ひどい顔」

玲は後部の潰れたセダンを走らせながらつぶやいた。

＊

埼玉県の三郷《みさと》市内にある大型ショッピングセンターの駐車場に入ってゆく。

お盆休み中で混んではいたが、広い駐車場の隅に空きがあった。水色のセダンの後部がへこんでいると気づいた何人かが、こちらを訝《いぶか》しそうに見ている。セダンを停め、急いで車から離れる。

持ってきたマスクをつけキャップを被《かぶ》っているので、顔の傷は遠目にはわからないはずだ。

自動販売機でペットボトルの水を三本買って、一番近くのトイレに駆け込む。個室に入って確認すると、重ね着した紺色の半袖Tシャツの胸にも血の染みができていた。

鼻に詰めたティッシュを交換する。スマホ画面で確認したが、頰と鼻の周囲が変色し腫《は》れていた。冷たいペットボトルをハンカチで包み、腫れている場所に押し当てる。

「メルったく」

あの変な口癖が思わず漏れた。

お盆期間中も、玲が教えている大学受験予備校に休みはない。今日は事前収録した講義を配信で流すだけだが、明日あさっては、いつものように生徒の前で講義を行う。痣《あざ》のある顔ではさすがにまずい。顔の腫れも、今直面しているこの事態も、明日午後までに何とかしないと。

まずは交通手段だ。都内にいるサリという女性の居場所までタクシーを使えば、やはり運転手に顔の傷を怪しまれる。電車に乗っても同じ。とにかく警察に通報されることは避けなければ。あのセダンに取り付けられた発信機はまだ除去していない。転倒したワゴンに乗っていた連中や、その仲間が遅からずやってくる。

焦る気持ちを鎮めないと。

まずは莉奈に連絡し、午後六時にデイサービスから帰ってくる母の面倒を頼む。続いてスマホを確認すると、礼央からＤＭが三件来ていた。

『電話していい？』

『塾講師の件』

『十二時には仕事終わる。それ以降で』

——塾講師？　あ、あれだ。

先月末、またも旋盤工場社長の小野克彰からショートメッセージが送られてきた。

以前、墨田区内の北部では、「すみだ寺子屋」という小中学生なら誰でも受け入れる無償の学習塾が開かれており、有名大学の学生たちが講師を務めていた。勉強だけでなく在留外国人家庭の子供に日本語も教え、わかりやすいと好評だったそうだ。コロナ禍以降長期休止していたが、予算の目処《めど》がつき再開するので新たに講師を探しているという。

今回も面倒臭いと思いつつ、礼央に「よかったら友だちに声をかけてみて」とDMしておいた。講師をすれば、各種の「特典」がついてくるそうだ。墨田区や区の商工会から謝礼が出るだけでなく、都議会議員の秘書を経験する機会も優先して与えられる。実際この擬似インターンを経て、本物の都議会議員秘書、国会議員秘書、さらには区議会議員になった者もいて、政治に興味がある学生にとっては魅力的なバイトだった。

礼央は地元では有名な区立の進学校の卒業生で、彼自身は電気工事会社で働いているが、当時の友人にはいわゆる一流大学に通っている者も少なくない。

——そうだ、この子がいた。

頭に浮かぶ礼央の母・マイラの顔に詫《わ》びながら、彼の電話番号をタップする。

コールが三回、すぐに出た。

「連絡ありがとう、今ひとり？　話せる？」

『ひとりだよ。現場が終わって、今社に帰る車の中』

「運転中でだいじょうぶ？」

『ちゃんとハンズフリーにしてるよ。内規でいろいろ厳しいんだ』

「お盆中なのに大変だね」

『いや、急な修理依頼だったけど、逆に助かったよ』

「お盆休みで集まった親戚《しんせき》やマイラの友だちに囲まれるのは苦手？」

『いまだに五歳児みたいに扱われるからね。乃亜もバイトを言い訳に早々に逃げ出したし』

「お願いがあるんだけど」

『俺に？　珍しい。面倒なこと？』

「わかる？」

『あんたの周りには物騒なことが絶えないから。今回もその手のことだろうって』

玲は状況を大まかに説明し、埼玉県三郷市まで迎えに来てほしいと頼んだ。

「会社に戻らないとまずい？」

『いや、基本休みで、戻っても誰もいないから。ガソリンだけ入れて戻しておけば、誰も文句はいわない。事故らない限り、ドラレコを調べられることもないし。でも――』

礼央が黙った。考えている。

『あのさ、大きな貸しをひとつ作ったってことにしていいかな？　だったらそこまで行くよ』

彼がいった。

「いずれ返す義務があるってことね。私は何をすればいい？」

『皆に相談する必要があるから、今はまだいえない』

――礼央ひとりではなく複数人からの要望か。

迷いはあるものの、玲の返答は変わらない。今、頼る相手は彼しかいないのだから。

「その条件でいい。悪いけど今すぐ来て」

＊

篠塚電建《しのづかでんけん》と側面に書かれた車体は首都高速に入った。

「痛む？」

ハンドルを握る作業服の礼央が訊《き》く。

「いえ、だいじょうぶ」

まだ頬は腫れているものの、礼央がくれた鎮痛剤のおかげで痛みはかなり引いた。キャップとマスクをつけているので目立たないはずだ。二の腕の腫れには湿布をつけ包帯を巻いている。彼が着替えも買ってきてくれたので、もう血のついたTシャツも着ていない。

「少し寝たら？」

礼央が運転しながらこちらを見た。いつもより口数が少なく、表情も暗い玲を気にしている。

「眠くはないから。それより電話する」

玲はショルダーバッグの中の財布を探った。もう一ヵ月以上前だが、区役所でもらった宗貞侑の名刺を入れておいた。お盆休み中でも墨田区役所は開いている。職員の数は通常より少なくなっているだろうから、彼が勤務していないかもしれないけれど。

名刺が見つかった。裏には宗貞がボールペンで書き込んだスマホの番号も記されている。

スマホ画面の番号をタップし、コール音がくり返す。

『はい』

何も知らない宗貞が電話に出た。

2

都内板橋区《いたばしく》前野町《まえのちょう》六丁目にあるゲストハウスにサリは身を寄せている。

最寄り駅は東武東上《とうじょう》線の上板橋《かみいたばし》で、駅前から続く商店街の外れにあるコインパーキングに礼央は商用車を停めた。ロンから教えられたゲストハウスの番号にかける。出たのは従業員で、英語を交えた語り口からするとフィリピン人のようだ。しかし、口止めされているのか、オーナーと連絡を取りたいと玲が告げても、何も知らないとくり返すだけで、話が進まない。

「俺が替わるよ」

横で聞いていた礼央がいった。

彼にフィリピン語で話してもらうと状況が好転し、玲のスマホにオーナーのクララという女性から折り返してもらえることになった。その連絡を待つ間、ゲストハウスの周囲を確認する。見張りや監視をしている不審な姿はない。

「ありがとう。ここまででいい。もう帰って」

玲は礼央にいった。

「危険だから？」

彼に訊かれ、玲はうなずいた。

「君に何かあったら、もうマイラに会えなくなる」

「わかった。でも、外暑いし、その顔じゃどこかの店にも入りづらいだろ。折り返しが来るまで、この車で一緒に待つよ」

スマホをいじりながら二十分経過したころ、知らない番号から連絡が来た。

クララからで、ゲストハウスではなく近くの商店街にある青果店のバックヤードに来いといわれた。やはりひどく警戒している。

「気をつけて」

車から降りる玲に礼央が声をかける。

「連絡する」

玲は一言だけ返し、助手席のドアを閉めた。商用車がコインパーキングを出て、細い道を曲がり、幹線道へと走り去ってゆく。それを見届けてから、青果店に向かった。

小麦色の肌をした四十代半ばほどの痩《や》せた女性が裏口の前に立っている。クララだ。頭にベールをつけているのでムスリムなのだろう。

「ロンは今どこ？　あなたロンとどんな関係？」

クララが日本語でまくし立てる。

「早くサリに会わせてください。危険なんです。この顔を見ればわかります」

玲がマスクとキャップを取ると、クララの表情が一変した。

「ロンは生きてる？」

彼女が訊く。

「ええ。今はまだ」

クララが裏口を開け、さらにバックヤード奥のシャッターを開くと、そこにサリがいた。

身長は百五十五センチほどだろうか。小柄で中肉。黒い髪と眉《まゆ》に、日本人より若干白いと感じさせるくらいの黄色人種の肌。美人ではないが、疲れ、怯《おび》えている表情からは、色気のようなものが伝わってくる。

玲は彼女に封筒を差し出した。

「預かった二百万円が入っています」

ロンからの伝言を英語と日本語を交えながら伝えてゆく。彼女が理解できずにいる部分は、隣にいるクララがインドネシア語に通訳し、補完した。

ロンの正体についても玲は説明した。

クララは訳しながら驚いたものの、サリは寂しげな顔でうなずいただけだった。

やはり気づいていたようだ。ロンは日本に「デカセギに来た」といっているにもかかわらず、母国の家族に仕送りの送金をしている様子もない。そんな折、日本で働く同じインドネシア人が、ロンを「前にテレビで見た」と話した。もしや犯罪者なのではと心配になり、ネットの映像やニュース記事を探してみると、ロンが有名な半導体メーカーの創業者の息子で、以前は兄たちとともに同社の取締役を務めていたことを知った。

「騙《だま》して申し訳なかった。でも、いい出せなかった。いえば、君と過ごす全部の時間が崩れてしまいそうで怖かった——彼はそう伝えてほしいと」

玲はいった。

サリは涙を浮かべながら、首を横に振った。

「謝るのは私。私もうそをついていたから」

クララがさらに驚きサリを凝視する。だが、玲は表情を変えない。

——やっぱり。

予想していた通りだ。

サリが涙を拭いながら説明する。

夫のＤＶから逃れるため、外国人技能実習制度を使い日本に入国した——と彼女がロンに話した身の上は、ほぼ作り話だった。

インドネシアのプカンバルという街に夫がいるのは事実だが、関係は良好で夫から暴力を振るわれたこともない。三年前、三十一歳だった彼女には、九歳と七歳の息子もいた。だが、サリに新たな恋人ができる。不倫だった。彼女は離婚し、新たな恋人と一緒に暮らすことを望んだ。そして彼と共謀し、夫の暴力行為と婚姻関係の破綻《はたん》を訴える。しかし、それまで従順だった夫はうその申し立てに猛反発し、親や親戚たちの援助も受け、有力弁護士を雇って裁判所に訴えた。サリの思惑は外れ、裁判の過程でうそが次々と暴かれた上、不倫相手の存在も知られてしまう。形勢が悪いと感じた不倫相手は姿をくらまし、サリは離婚もできなかった上、親戚中から非難される立場となった。そして居場所のなくなった彼女は、ブローカーに金を積み、外国人技能実習制度を使って日本に逃亡してきた。

「本当なの？　私たちも騙していたの？」

クララが興奮しながら英語とインドネシア語で訊く。

「ごめんなさい。だから、私、そのお金は受け取れません」

サリが玲に向かって日本人のように頭を下げる。

「いいえ、ロンもあなたのうそに気づいていたと思います。互いの偽りに気づきながらも、互いを受け入れ一緒に暮らしていた。だから受け取ってください、このお金を。そうしないと、私もロンとの約束を果たせず困るんです」

玲がパリで暮らしていたころも、この手の話を何度となく聞いた。

中東やアフリカからフランス国内に出稼ぎに来た者同士が恋に落ちたが、それぞれに自国には配偶者や家族を持っているなんてことは、ごく普通にある。ただ、いずれ家族のもとに帰っても、家族も故郷も捨て、ふたりで新たな人生をはじめるにしても、たぶん心からのハッピーエンドは迎えられない。見知らぬ土地で、心を寄り添える相手を探してしまう気持ちは玲にも少しわかる。それに中年の男女の間に、偽りも打算もない純愛が生まれたとしたら、むしろそちらの方が気持ち悪い。

玲はサリに二百万円の入った封筒を握らせた。

「でも――」

「私はもうあなたに渡しました。気に入らないのなら、捨てるのでも、誰かにあげるのでも、好きにしてください。今後もロンは自分が無事な限り、あなたに送金するといっていました。それもほしくないなら、捨てるなり、どこかに寄付するなりしてください。あなたの自由です。ただ、お金以外のことでは少しの間、私の指示に従っていただきます」

「お金以外のこと？」

「はい。あなたの身の安全もロンから頼まれてしまったので。あなたとロンの住んでいた墨田区内、両国《りょうごく》三丁目にあるウーマン・セーフティーネット東京というＮＰＯの事務所に行ってください。そこで当面保護してくれます」

深く事情を訊くこともないまま、宗貞がすべて手配してくれた。ＤＶやモラハラ被害に遭っている女性を国籍問わず一時受け入れてくれるという。

「そこに行ったら、私は助かる？　日本にはいられる？」

サリが訊いた。

「助かるけれど、日本にはいられなくなるでしょう」

彼女は現状、不法滞在者であり、事情を考慮されても遠からずインドネシアに送還される。

「両国までは私ひとりで行く？」

「ええ。私と一緒ではかえって危険です。自分のついたうそを後悔しているなら、自分の足で安全な場所に向かってください」


玲はふたりを残しバックヤードを出ると、なるべく急いで青果店から遠ざかった。最寄りの東武東上線上板橋駅ではなく、二キロほど離れた都営地下鉄志村坂上《しむらさかうえ》駅へと向かう。

一度外した包帯を、歩きながらまた左の二の腕に巻いてゆく。何度もいいたくないが、午後四時になっても陽射しは強いまま。コンビニに入って手遅れだと分かりつつも日傘を買い、日焼け止めを肌に塗った。

青果店から一キロ離れたあたりで、スマホを取り出した。

周囲を警戒しつつ、ロンに電話をかける。

「レイさん」

彼はすぐに出た。一応無事なようだ。

だが――

「見つかったようです」

ロンの声はひどく動揺していた。

3

玲は大田区《おおた》蒲田《かまた》に向かうタクシーの後部座席に座っている。

お盆休み中のため、逆に都内の道は空《す》いていた。北池袋の入口から首都高速の環状線に乗ったが渋滞もなく流れている。これならあと四十分ほどで着きそうだ。

ただ、それで間に合うかどうか。

ロン・フェンダースはＪＲ蒲田駅と京浜急行《けいひんきゅうこう》蒲田駅の間にあるビジネスホテルのスイートルームにいる。他の部屋が満室で、高額のそこしか空いていなかったからだ。

ロンも自分の兄たちが手配した中国人犯罪集団に追われるこの状況の中で、ただ黙って怯えていたわけではなく、打てるべき手は打っていた。

まず、インドネシアにいるトライアド・インターナショナルの重役時代の知人を通じて、さらに彼がメインバンクにしているインドネシアの銀行を使って、現在同国の最大与党である政党の幹部に接触し、協力を申し出た。

単純にいえば、莫大《ばくだい》な献金と引き換えに政府機関の人間を日本まで派遣させ、航空機内とインドネシア国内での自分の身柄の安全を保障するよう求めた。この申し出を与党は受け入れ、現在、ロンを警護するための人員が空路、日本に向かっている。

国際政治にさほど詳しくない玲も、最大与党がロンの身を守ってくれると確信している。

インドネシアは来年二月に大統領選挙を控えていた。今後は選挙戦終盤に向けて、主要政党はいくら金があっても足らない時期に突入する、そんな折に申し出があった莫大な献金を無下に断るはずがない。加えてロンにもし死なれたら、献金の話も立ち消えになる。ロンの命は文字通り、大統領選挙での当落を分ける鍵《かぎ》のひとつになった。

同時にロンは在東京インドネシア大使館にも連絡し、出国までの身柄の保護を依頼した。だが、こちらは受け入れられなかった。トライアド・インターナショナルの経営陣であるロンのふたりの兄や、叔父《おじ》たちの策略だろう。「どう危険なのか具体性がなく、緊急性も確認できない」という説明が返ってきたという。

ともかく羽田《はねだ》空港国際線ターミナルでインドネシアからの派遣員と合流するまで、ロンはひとりだということだ。

これからの時間、羽田空港からジャカルタのスカルノハッタ国際空港に向かう便は、同時刻の午後十一時三十分に出発する全日空機とガルーダ・インドネシア航空機の二便。そのどちらかでロンは母国に戻ることになる。

そのため羽田空港へのアクセスがよい蒲田のホテルに入り、彼は息を潜めていた。

しかし、居場所が中国人たちに知られてしまった。

ロンはホテルにチェックインしたのち、エレベーター内、自分の部屋のあるフロアのエレベーターホール、非常階段、廊下など七ヵ所に極小カメラを仕掛け、自分のスマホと連動させた。

そのカメラにロンの部屋の前でルーム・ナンバーを確認する、日本人とは明らかに服装、雰囲気の違う東洋人ふたりが映っていた。彼らはドア越しに中の音を探り、廊下の奥の非常階段やエレベーターホールをチェックし、フロントのある一階まで下りていった。

玲も転送された映像を確認したが、中国人たちの先遣隊であることはほぼ間違いない。本隊到着まで監視を続けているのだろう。その本隊がロンに接触する前に、彼を別の場所に移動させなければ。

茨城県の常磐自動車道守谷サービスエリアでロンは発信機つきのセダンを降りた。が、そのあとも追跡されていた可能性が高い。彼を追い続け、今の居場所を突き止めたのは、中国人の別動隊だろうか？　いや、他にも思い当たる連中がいる。

――たぶんあいつらだ。

しかし、ロンを追っていた奴らを特定する前に、玲には決めなければならないことがある。

警察庁警備局の乾徳秋参事官に助けを求めるべきか。

ロンと暮らしていたサリも、いずれは不法滞在で検挙される。彼女がインドネシアに戻ることが避けられない今、警察の助けを借りることを躊躇《ちゅうちょ》する大きな理由はない。

それでもできれば避けたかった。

乾は情で動く男ではない。あいつに頼み事をすれば、いずれはその見返りを求められる。知的で紳士的に振る舞い、玲の味方のように装ってはいるが、あの警察官はヤクザ並みに下衆《げす》で容赦がない。ただ、簡単に目先の利益に走ることはなく、権力や圧力に屈する男でもない。ロンを捕らえるよう中国人に指示した彼の実の兄たちは在東京インドネシア大使館に圧力をかけ、ロンの安全確保に動くことを妨害した。同じように親インドネシア派の日本の国会議員に連絡し、日本の警察がロンの身柄保護に協力することを阻止しようとするだろう。そんな政治家からの「指示」及び「要請」を、乾なら撥《は》ね除《の》けてくれる。

迷っているうちに、時間は過ぎてゆく。玲を乗せたタクシーも次第に蒲田へと近づいていった。

＊

タクシーを降り、ロンに日本語でメッセージを送る。

「無事ですか」

『はい』

すぐに返ってきた。それでも一応本人確認する。

「ソラマチで私たちが飲んだのは？」

『アイスコーヒー』

「あなたのキッチンカーの人気メニューは？」

『アヤム・バカールと生春巻き風ガドガド』

無事なようだ。

「ホテルまであと少しです」

『お待ちしています』

急がねばならないが、玲はホテル近くの大型ディスカウントストアに入った。

早足で店内を回り、まず厚手のストッキング、生地の厚いハイソックス、布製のガムテープ、単一乾電池を買い物カゴに入れる。ストッキング、ハイソックスにガムテープでまとめた二、三個の電池を入れ古典的な武器を作る。ブラックジャックと呼ばれているそうだが、フランスで玲や同僚たちはpoing《ポワン》と呼んでいた。ゲンコツという意味だ。折りたたみ傘を使いたいところだが、ホテルの廊下の広さによっては、振り回すと逆に不利になる。次に割り箸《ばし》と使い捨てのプラスチックナイフも買った。折って尖《とが》らせ、即席の武器にする。中国人と争えば当然警察沙汰《ざた》となり、その際、金属ナイフなどを持っていると、玲も傷害罪に問われる可能性がある。今さらだが、逮捕のリスクはできるだけ少なくしておいたほうがいい。警察に勾留《こうりゅう》されたら、明日以降の予備校の講義に行けなくなり、クビにされてしまう。

ビジネスホテルが見えてきた。大通りに面した正面玄関付近に、今のところ中国人たちの姿はない。玲はロンに電話した。

「これから部屋に行きます。外の様子は？」

『あのあと部屋の近くまで確認に来たようですが、何もせず、またエレベーターに乗りました』

ロンの部屋のドアに何か目印をつけたのだろう。今のところ、中国の連中はホテルスタッフを買収してはいないようだ。ただ、スタッフを抱き込んでいないとしても、バックヤードに入り込んでハウスキーピング用のルームキーなどを盗む、もしくは奪うことは可能だ。

「私がドアの前に立ち、キッチンカー・コミッションと呼びかけるまで開けないでください」

『玲さんの声が聞こえただけではだめなのですか』

「はい。脅され、あなたを呼び出すよう強要される場合もありますから、合言葉は決めておいたほうがいいかと」

『わかりました。ここを出る必要があるのですね』

「部屋やホテルを包囲されたら、空港に移動することもできなくなってしまいます。それにハウスキーパーやフロントのスタッフを買収して、ルームキーを手に入れられたら、部屋に押し入られて連れ去られるでしょう」

『ドアチェーンをかけ籠城《ろうじょう》することは？』

「チェーンは外側からでも簡単に外されてしまいますし、バリケードも意味はありません。それ以前に、ドアの下の隙間から催涙ガスを流し込まれたら抵抗できなくなります」

『では、出てゆくほかないですね。ここを出て、どこに？』

「わかりません。警察が手配してくれます」

『連絡したのですか』

「はい」

『やはり日本の警察に頼るのか』

彼がつぶやく。

「力不足ですみません。しかも、私が迷っていたせいで警察の到着に少し時間がかかりそうです」

『あなたのせいではありません。私が日本の警察の力を借りるのを拒んでいたせいで、こんなことになってしまった。でも、サリは今も無事なのですね』

「はい。安全な場所で身柄を保護してもらうことになっています。ただ、いずれ強制送還されるでしょう」

『そうですか』

ロンの言葉が途切れる。たぶん、もう二度と彼女と顔を合わせることができないのを、彼もわかっている。

玲は通話を終わらせた。

ホテルのエントランスを抜け、ロビーに入ってゆく。

十五階建てで客室数は三百二十二、最上階に大浴場がある。マスクをつけ、ゴムで髪をまとめた玲は広いロビーをさりげなく見渡した。やはり人が多い。並んでいるソファーの半分ほどに客が座り、奥のチェックインカウンターは有人のものと、無人のものと二種類があった。有人のほうにはアジア人や日本人の年配客が列を作っている。

家族連れや中高年の集団が目につくが、二、三十代の中国人グループの姿はない。先遣隊のふたりはホテルにチェックインし、客室で待機している？　いや、ネットで確認した限り、今日はすでに満室だった。ロンは最後に残っていたスイートルームにチェックインしたし、その後にこの場所を摑《つか》んだ中国の連中が部屋を取れたとは思えない。

やはり本隊はまだ到着していない。

玲はロビーを抜け、エレベーターホールに早足で進むと、三基並んだうちのドアが開いていた一台に乗り込んだ。

直後——乗り合わせていたひとりが玲を見て、ごくわずかに身を引いた。

ベージュのキャンプハットを被った二十代のアジア系男性で、たぶん中国人。眼鏡をかけた隣の仲間らしき男もレンズの奥で両目を見開き、それから慌てて視線を逸《そ》らした。

定員十人のエレベーターにはスーツケースを持った東南アジア人のカップルと日本人の女性ふたりも同乗している。ロンの部屋がある十四階のボタンはすでに押されていた。

中国人の男たちは奥にいる。壁に背を向けドア近くに乗っている玲は、ショルダーバッグを体の前に抱えると、その中に静かに右手を忍ばせた。キャンプハットの中国人はスマホをいじっている。この状況を仲間に報告しているのだろうか。眼鏡のほうは左肩にかけたリュックサックの中に手を入れた。ハットも眼鏡も平静を装ってはいるが、横顔はひどく緊張している。こいつらが中国人犯罪グループの一員であることはほぼ間違いない。

五階で一度止まり、東南アジア人のカップルがスーツケースを押しながら降りてゆく。代わりに日本人の中年男性が乗り込んできた。タオルを手にしているので最上階の大浴場に行くのだろう。七階でも止まり、ふたりの日本人女性が降りていったが、九階で中国系のカップルと大柄な白人男性が乗り込んできた。やはり大浴場へ行くようだ。

この数の同乗者がいては、エレベーター内で争うことは難しい。

十四階に着き、ドアが開いた。

玲は素早く先に降り、エレベーターホールから延びる通路に人がいないことを確認する。さらにスマホに着信があった振りで画面をタップし、ロンに十四階に到着したことを伝えた。ロンも、彼が仕掛けたカメラを通じてこの状況を把握しているだろう。ハットと眼鏡の中国人男性も降りてくる。エレベーター内に残り、一度やり過ごしてこちらの出方を見るかと思ったが、彼らも玲のあとに続いた。

三人は無言でホールに立った。

宿泊客たちを乗せたエレベーターのドアが静かに閉じてゆく。

完全に閉まった瞬間、眼鏡がリュックからスプレーを出した。ハットは腰を落とし、玲の足元を狙って蹴りをくり出した。

玲はショルダーバッグで顔を覆いながら飛び退《の》き、ポケットからストッキングと単一電池で作った武器——ポワンを取り出し、振るった。眼鏡もスプレーを噴射しながら、ハットはカーゴパンツの腿《もも》のポケットから縮んだ警棒を取り出しながら飛び退く。

玲とふたりの間に距離が開く。が、玲が再度振るったポワンが一気に伸び、眼鏡の鼻先を激しく打った。玲はさらにバッグからハイソックスに電池を入れたもうひとつのポワンを取り出し、ハットを狙う。

ハイソックスのポワンはハットの左胸を打ち、奴がうずくまる。しかし、玲もハットが伸ばした警棒で傷ついている左の二の腕を打たれた。

肩まで痛みと痺《しび》れが駆け上がってくる。それでも玲は日傘を開いて、駆け寄ってきた眼鏡が吹きつけるスプレーを受け止めた。この刺激臭、浴びなくても催涙剤だとわかる。狭い廊下に充満したため、眼鏡自身も涙を流している。玲は日傘の陰で、さらにバッグから鞭《むち》のように細く束ねたガムテープを出して叩きつけた。鞭が眼鏡の右手を打ち、握っていた催涙スプレーが飛んでゆく。玲は続けて振るい、眼鏡、そしてハットを打ち据える。

ハットも警棒を振るい反撃する。避《よ》けたものの、左肩を眼鏡に掴まれた。振りほどこうとしたが離れず、腹に蹴りを入れられ、玲は「うっ」と漏らしながら前屈《かが》みになった。そこを狙い、眼鏡が顔面に膝《ひざ》蹴りを入れようとする。が、玲は体を反転させ、逆に眼鏡の右腕をねじ上げると奴の懐に入った。

眼鏡を背負って投げ飛ばす。眼鏡の体が一回転し、頭から廊下に落ちてゆく。投げた反動で玲自身も一回転し、跳ね起きるように立ち上がった。

眼鏡は側頭部と右肩を廊下に激しく打ちつけ、動かなくなった。

すぐに玲は自分のバッグの中を探り、プラスチックナイフを出した。

警棒を持ったハットと睨《にら》み合う。

もたもたしてはいられない。他の部屋の客が出てくる可能性があるし、監視カメラを通じて異変に気づいた警備員が駆けつけるかもしれない。他人を巻き込んで怪我でもさせたら厄介なことになる。何より早く片づけて逃げないと、こいつらの援軍が到着してしまう。

ハットは間合いを詰める。しかし、奴のうしろでガチャリと音がした。ハットが半身になり、背後を警戒する。

ドアが開き、リュックサックを背負い、部屋に置かれた木製の洋服ブラシを手にしたロン・フェンダースが顔を出した。

「部屋にいてください」

玲は日本語でいった。

「あなたが傷ついているのに、放ってはおけません」

「今さら」

思わず玲の口から漏れた。

――嫌味などいうつもりはなかったのに。

「本当にそうです。ごめんなさい」

顔を引き攣《つ》らせながらブラシを握りしめているロンを、警棒を構えたハットが見る。

「ビィエ、デュエィンワンシン、オ」

奴が吐き捨てるようにいった。調子に乗るな、とか、そんな意味の中国語だろう。

「ロンさん、説得してください」

玲はいった。

「は？」

「この男に金を払いましょう。そのほうが早く済みます」

ロンは一瞬口元を歪《ゆが》ませたものの、中国語でハットに話しかけた。

ハットも中国語で二、三返し、呆れながら首を横に振った。

「仲間は気を失っているし、誰も見ていない。あんたもさっき私に左胸を打たれて、傷ついている。大きな痣が残るし、肋骨《ろっこつ》にヒビが入っているかもしれない。十分に戦った証拠になるし、仲間にも言い訳ができる」

玲は日本語でいった。ロンが中国語に訳してゆく。

ハットは倒れている眼鏡を見た。片側のレンズが割れた眼鏡をかけたまま気を失っている。

玲は続ける。

「そいつは死んでいない。意識を失っているものの、呼吸しているのがわかるでしょ。あんたはその警棒を床に捨て、金を受け取り、私たちがいなくなった一分後にそいつを起こし、自分もやられ、意識が朦朧《もうろう》としている間に逃げられたと伝えればいい」

ロンは話しながらシャツをめくると腹に巻いたポーチのチャックを開いた。

ハットはため息をつき、渋い顔をしたあと、持っていた警棒を落とした。時間がないのはこいつもわかっている。眼鏡が目を覚ましてしまえば取引は成立しなくなるのだから。

ロンが一万円札の束を出した。

ハットが受け取り、数える。二十六万円。まあ妥当な線だ。

「ロンさん、こいつらの援軍は？」

玲は訊いた。ロンが慌ててスマホを出し、画面を確認する。

「まだのようです。エレベーター、非常階段、どちらにもそれらしい姿はないです」

「ではエレベーターで行きましょう。来てください」

ハットが何もいわず廊下に座り、早く行け、と手で合図する。

玲とロンは警戒しながらエレベーターホールへ進んだ。

異常なほど長く感じる待ち時間のあと、三台ある中の左端のエレベーターが到着した。

「あっ」

ドアが開くと玲は声を漏らした。

あのアナに似た女がひとりで乗っている。

「ロンさん、非常階段で下りてください」

玲は女を見据えながらいった。

「でも――」

ロンも何かを悟ったようだ。

「ひとりで階段を下りるほうが、ここに残るより少なくとも今は安全です」

臆《おく》する彼に告げる。

「乗るの乗らないの？」

エレベーターの中から女が日本語で問いかける。彼女の服装は前回と同じく、緑のクロップトップTシャツに黒い太めのボトム。ただ、ショルダーバッグはかけていない。

視線を交錯させているふたりを横目で見ながら、ロンが非常階段へと気絶している振りのハットの前を駆け抜けてゆく。

玲は乗り込んだ。ロンが監視カメラを設置したあたりにキャップのようなものが取り付けられている。カメラに写真を見せる単純なトリックで、誰も乗っていないように装ったのだろう。

「標的はロンじゃなかったの？」

玲は話しかけた。が、女は何も返さない。玲を排除するよう新たな命令が出たのだろう。

静かにドアが閉まってゆく。廊下の先で倒れているハットが、右手の小指だけを立て、こちらに向けている。

十四階から一階へ。途中で止まらなければ約三十五秒。

下がりはじめると同時に女が右手を突き出した。針のようなものが握られている。

玲は素早く身をよじりながら左手で受け止めた。おそらくフェンタニルの詰まった注射器。呼吸抑制を引き起こす薬物を注入する気だ。

女が左の手刀をくり出す。玲は打ち払いつつ、女の腹に膝蹴りを入れる。しかし、女は引かず、玲の顔面に頭突きを入れた。ようやく鼻血が止まったのに、また鈍痛が鼻先から後頭部へと抜けてゆく。もう一発頭突きが入り、玲はのけ反ったものの、パンツの背後に隠した折った割り箸を右手で取り出した。女の胸元を即座に突く。女は大きく身をかわし、クロップトップTシャツの左袖を掠《かす》めた。その隙に玲は注射器を握る女の右手をたぐり寄せ、かじりついた。左手で押さえつけ、さらに歯を立てる。しかし、女は注射器を離さない。玲の下腹部に続けて膝蹴りを入れ、スニーカーを履いた玲の右足の甲を踏みつける。だが、玲も噛《か》んだ口を離さず、加えて割り箸で女の首筋を狙った。その右腕を女の左腕が押し留《とど》める。

奇妙な体勢のまま中年女と若い女は睨み合った。玲の口の中に女の血のほのかな塩味が広がってゆく。

が——

一階到着を知らせる「ポン」という音が響いた。

玲が噛んでいた口を素早く離すと、女も注射器をパンツのポケットに収めた。玲も割り箸をパ
ンツの背後に隠す。

「下品な戦い方」

女がつぶやく。

「大きなお世話」

玲は返した。

女はこの場では目的達成不可能と判断し、一旦《いったん》退《ひ》いた。いや、もしかしたら、この女にとって
今回は様子見だったのかもしれない。

ドアが開く。

エレベーターを待っていた宿泊客たちが、玲の顔を見て、次いで女の右手を見て、一気に表情
をこわばらせた。玲は慌てて顔を手で覆い、女は右手を体のうしろに隠す。

エレベーターを降り、ロビーを見渡しながら玲が立ち止まると、女もそれに合わせ足を止めた。

やはり解放してはくれず、第二ラウンドがあるようだ。ただ、このロビーではやり合えない。

警備員に止められなくとも、宿泊客たちに撮影されてしまう。自分の争う様子を拡散されるのは、この女も望んでいないはずだ。

だとするとやはりホテルの外か。

「玲さん――」

階段を駆け降りてきたロンが息を切らしながらいった。しかし、それ以上言葉が続かない。彼も危機はまだ続いていることを理解している。

女が顎を振って合図した。一緒に来いという意味だろう。

三人で歩き出す。玲はホテルの館内図を思い浮かべ、ロンを逃がすルートを必死で考えた。だが、難しそうだ。乾はこちらへ向かっているようだが、まだ到着はしていない。

人の多いロビーの先、正面入り口の大きな自動ドアの向こうに男たちが並び立っていた。スーツケースも何も持っていないあの連中は、ロンを追ってきた中国人だ。玲が十日ほど前に東京ソラマチで叩きのめした奴ら、さらに今日、守谷サービスエリアで争ったふたりもいる。

ドアの外に集まっている男たちに客が気づき、不審な顔をしている。十四階で金を受け取ったキャンプハットの男は、仲間がホテル前に集合していることを知っていたのだろう。中国では小指を立てるのは、小物、間抜けを意味するハンドサインだと聞いたことがある。

頭に来るがもう遅い。

中国人集団のリーダー格らしい男が、入り口に立った。自動ドアが開いてゆく。

しかし――

何かに気づいたようにリーダーは立ち止まった。それどころか一歩あとずさり、玲とロンを睨んだ。玲の隣の女も嫌味なため息をつき、玲たちを置き去りにしたまま、ひとりホテルの外へと早足で進んでゆく。

玲もロンも状況がよくわからない。

「シスター」

直後に背後から呼ばれた。発音に少し癖のある外国人の声だが、以前に聞いた記憶はない。

玲が振り返ると、若く白い肌の男女が立っている。知った顔だ。キッチンカー・コミッションの際、アルベルト・メンデスの側にスーツ姿で立っていたふたりだった。

「座りませんか」

女のほうが玲とロンにいった。今日はTシャツとジーンズを身につけている。

「私たちの仲間も来ています。外の彼らは中に入って来ないでしょう」

同じくTシャツにジーンズ姿の男も続く。

玲があらためて確認すると、ロビーに置かれたソファー半分にブラジル系らしき男性たちが座っていた。壁際にも何人か立っている。合計で三十人ほどいるだろうか。

「どうして？」

玲は立ったまま訊いた。

「セニョール・メンデスの指示です。ご自身で説明されるそうですよ。立ったままでは目立ちますから、どうか座ってください」

女がスマホを差し出す。

玲はロンとともにソファーに座り、受け取った。

『無事かな？』

メンデスが話しかけてくる。

「はい」

『まずは何よりだ。フェンダースくんも元気なのだろう？』

「ええ。怪我などはしていません。助けてくださった理由は何ですか。ここに私たちがいることを、どうして知ったのですか」

『Um Mundoに頼まれたからだよ。君らの居場所も彼が教えてくれた』

玲は息を呑《の》んだ。

——こんな場所、この状況で、その言葉を聞くなんて。

「彼？　Um Mundoは男で、グループではなく個人なのですか」

『便宜上、彼と呼んでいるだけだ。そうか、君も彼のことを詳しく知らないのか』

「Um Mundoは何者で、あなたとの関係は？」

『私が彼に関して知っていることも君と同程度だよ。ただ、彼に少し借りがあってね。それを返すために、私の友人たちにそのホテルに行ってもらった。まあ、ロンのためでもあるんだけれど。今、ロビーにいるブラジル人たちは東京近郊では名を知られた存在でね。この前、君が叩きのめしたブラジル出身のコソ泥どもとはレベルが違う。君たちを狙っている中国の連中も踏み込んでは来ないだろう。そんなことをすれば全面戦争になってしまうからね』

「ブラジル人と中国人の大規模抗争に発展するという意味ですか」

『わかり切ったことを訊かないでほしいな。ただ、揉《も》め事は私も望まない。しばらくそこにいて、君たちの安全が確認できたら、すぐに引き揚げさせるよ。それまで静かに座っていてくれ』

外にいる中国人たちは単なる犯罪者ではなく、中国資本が運営している民間軍事会社ＦＳＧの兵士で間違いない。そんな連中が全面対立を避けるのだから、このブラジル人たちも単なるチンピラの集まりではないのだろう。

「あなたは犯罪に手を染めたことはなかったはずでは？」

若干の嫌味を込め、玲は訊いた。

『それは今尋ねることではないだろう。ま、私自身は一切の犯罪とは無関係だ。知り合いには少々キナ臭い者もいるが。これで切るよ、お盆休みで友人たちが遊びに来ているものでね』

メンデスは通話を切り、玲はスマホを女に返した。

バッグからペットボトルのジャスミン茶を出して一口飲む。ロンのほうはこの男女と知り合いのようで、「ムイトオブリガード」とポルトガル語で感謝を伝えている。

「彼らは？」

玲は小声でロンに訊いた。

「ミスター・メンデスの秘書です」

ホテルの外に目を向けると、中国人たちはまだそこにいるものの、変わらずロビーには入ってこない。先頭のリーダー格を含む数人が、厳しい顔をしながらスマホに何か話している。

アナに似たあの女の姿はもう見当たらない。

異様な雰囲気の中国人たちに、ホテルの従業員が気づき、自動ドアの外へ出て「お客様でしょうか」と話しかけた。しかし、中国人たちは無視して何も返さない。

三十人ほどの中国人がホテル前にたたずみ、自動ドアや大きな窓ガラス越しにロビーを睨んでいるものの、声を荒らげることもない。ホテルのロビーにいる玲とロン、そしてブラジル人たちのほうも、特に挑発的な行動などはしていない。ただそこに静かに座っているだけだ。

いびつな膠着《こうちゃく》状態が続き、十分後。

秘書の男がスマホの画面に向けていた顔を上げた。

「そろそろです」

玲に伝え、さらに視線をホテルの外に移す。ホテル前に集結していた中国人たちが散っていき、三十秒も経たずに黒いワゴンがホテル前に横付けされた。

スーツを着たふたりの男たちが降りてくる。警察官だ。ひとりはフロントへ、もうひとりは玲たちのほうへと進んでくる。

「私たちはこれで」

秘書の男女が立ち上がる。入れ替わるように警察官が玲の前で腰を屈め、スーツの前を開くと、内側に隠した警察の身分証を見せた。

「もうすぐ参事官も到着されます」

警察官はそう告げると、玲とロンの近くのソファーに腰を下ろした。

若いブラジル人の男女が小さく黙礼し、ホテルの外へと出てゆく。それに合わせたようにロビーにいた他のブラジル人たちも、まるで演劇の一場面のように、ひとりずつ静かにホテルの外へと去っていった。

最後のブラジル人と入れ替わるように乾徳秋参事官がホテルに入ってくる。うしろに八人のスーツ姿の男たちが続く。全員警察官だ。

「ロン・フェンダースさん、あなたの身柄を保護します。午後九時にインドネシア政府の特使と羽田空港で合流する予定です。それまで我々の指示に従っていただきます」

乾の言葉にロンが静かにうなずき、立ち上がる。

「本当にありがとうございます」

彼は玲に向かって日本式のお辞儀をした。

「旅のご無事をお祈りしています」

玲は立ち上がることなく、だが、笑みを浮かべ答えた。

スーツの警察官たちに付き添われロンが去ってゆく。

「お疲れさまでした。念のため、ご自宅までお送りします」

乾が玲にいった。

「私への聴取は？」

「必要ありません。ここや茨城県内の担当所轄署には私から連絡しておきます。それより途中で病院に寄りましょう。診てもらったほうがいい」

玲は少しだけ考えたが、うなずき、立ち上がった。

「昨夜《ゆうべ》の時点で詳しく話していただければ、あなたが怪我をすることもなかったのに」

労《ねぎら》いとも嫌味とも取れる言葉をかけてくる。

――乾さんに借りを作りたくないから黙っていたんです。

玲はそんな言葉を呑み込み、ホテルを出ると、警察車両の黒いワゴンに乗り込んだ。

4

八月十三日、夜。

玲は講義を終え、神田にある予備校の校舎を出た。いつものように最寄駅へは向かわず、上野方面へと歩いてゆく。もちろん顔の傷は消えておらず、講義中はファンデーションを分厚く塗ってごまかし、今は暑さの中、大きなマスクをつけている。

サリという女性の保護に尽力してくれた宗貞にお礼のショートメッセージを送る。すぐに返信が来た。律儀だな。ああした方々の助けになるのなら、いつでも気兼ねなく声をかけてくれという内容だったが、こういう良い人にはかえって声をかけづらくなってしまう。

御徒町《おかちまち》駅近くの公衆電話ボックスに入った。

ヤクザの木下から以前渡された一万円札を広げ、そこに書かれた番号をプッシュする。あまり意味はないとわかっていても、自分のスマホからはかけたくなかった。

数回のコールののち、留守番電話につながった。

「三分後にもう一度かけるから出て」

メッセージを残し、一旦電話ボックスから出てペットボトルのお茶を飲んだ。

きっかり三分後、もう一度かける。二度のコールの後、木下は出た。

『おう。ロン何とかって奴の件で礼をいってくれんのかな』

「違う。確認したいことがあるの。昨日あなたたちは中国人の集団とは別に、ロン・フェンダースを独自に追跡していた。彼が中国人たちを振り切ったあとも、気づかれることなく追い続け、蒲田のビジネスホテルに入ったのを確認したのち、それを中国人グループに伝えた。伝えたのは何か借りがあったのか、奴らに恩を売ったのか、代価をもらったのか、それはまあいい。ともかく二日前、あなたが私にロンが狙われていることを教えたのは、親切心なんかではなく、私を通じてロンの動向を知ろうとしたから。そして昨日、私を尾行して、常磐自動車道の守谷サービスエリアにロンがいるのを摑んだ。馬鹿な私は、あなたたちをロンのところまで案内してしまった。実際に私を尾行したのは、あなたの下にいる若衆？」

『いいがかりはよせ。証拠は？　玲ちゃんが妄想してる状況証拠じゃなく、物的証拠のことだぜ』

「そんなものない。でも構わないし、もうこれ以上調子に乗らないほうがいい」

『おい、調子って――』

「最後まで聞きなさい。昨日ロン・フェンダースは警察に保護され、その後無事に出国した。蒲田のホテルに彼を保護しに来たのは所轄署の警察官じゃない。警察庁の官僚が先頭に立って迎えに来た。そこまでしたのはなぜだかわかる？　ロンに対する厚遇じゃない。あなたたちが情報を流した中国人の集団が、単なる窃盗団じゃないから。中国の秘密警察。ニュースなんて見ないあなたたちも職業柄知っているでしょ？　連中はその秘密警察の関係者で、元人民解放軍や中国の民間軍事会社ＦＳＧの兵士、もしくは工作員。秘密警察は日本にいる中国人の監視だけでなく、諜報《ちょうほう》活動や、日本人への脅迫、さらには弱みを摑んだ日本人に対して、中国のために諜報活動をするよう恐喝や強要もしている。だから警察庁の人間が警視庁本庁の公安部や警備部を引き連れ、直々にやってきた。あなたたちもあんな連中と関わっていたら、浦沢組だけでなく上部団体も解体に追い込まれる。気をつけたほうがいい。これ、かなり重要な情報だと思うけれど」

木下は何も返さない。

「貸しにしておくから。二度と私にも私の知り合いにも近づかないで」

受話器を置き、蒸した電話ボックスを出た。

＊

玲は白鬚橋の近くにあるいつものファミレスに入った。

八月二十三日、外の暑さと対照的なエアコンの冷気が玲の体を包み込む。店内奥の、窓際の席に礼央とその友人たちは座っていた。

玲に気づき、その一同が立ち上がって挨拶《あいさつ》する。礼央の他には男がひとり、女がふたり。全員が小学校時代からの友人だが、礼央を除く三人は大学生だ。

玲も挨拶を返し、タブレットでドリンクバーを注文して一旦席を立った。礼央もドリンクのおかわりを取りにくる振りで、あとをついてきた。

「三人に私のこと何て伝えたの？」

コーヒーマシンからカップにカフェラテが注がれている途中、玲は訊いた。

て、融通も利くって」

「それだけ?」

「通訳として警察の捜査や取り調べに協力している。そのおかげで警察関係者に知り合いが多くて、融通も利くって」

「それだけ?」

「ああ。フランスでどんな仕事をしていたかは一切話してない。三人も深く訊かないし」

まだ一目見て挨拶を交わしただけだが、三人とも利口で常識もあるとわかった。

玲が今日ここにきたのは、埼玉県の三郷まで礼央に迎えに来てもらった借りを返すためだ。旋盤工場を経営する小野から依頼された「すみだ寺子屋」の講師探しのほうは、今日会った三人と、ここには来ていない小学校時代の友人二人を加えた計五人が引き受けてくれることになった。

ただし、ひとつ条件があるという。

玲と礼央が席に戻ると、森野《もりの》という女子が口を開いた。

「私たち四人とも、小学校のころ、すみだ寺子屋に通っていた話はお聞きになりましたか?」

玲はうなずいた。そのあたりの事情や、四人とも団地住まいか、以前は団地で暮らしていたという背景は礼央から教えられている。

「当時、寺子屋の先生のひとりに河東《かとう》さんという大学生がいました。とても教え方が上手《うま》く、私たち全員大好きでした。私たちが中学生になり寺子屋を卒業したあとも、大学院生となった河東先生は寺子屋で教え続けていたのですが、私たちの高校入学直後、亡くなってしまったんです」

「自殺だそうです」

森野の隣に座っている久我《くが》という女子がいった。彼女が話を続ける。

「先生は小児性愛者だと疑われ、寺子屋に通っていた女の子も被害を受けたと証言したそうです。警察が先生を聴取し、持ち物から証拠も出た。そして逮捕される寸前、駅のホームから転落して轢死《れきし》した。警察は自殺だと断定しました。でも、私たちは信じていません。私たちは性的いたずらなんて一度もされたことがないし、それを匂わせるような言葉をかけられたこともないんです。他の友だちにも確認したけれど、誰も被害に遭ったことはないって」

「恥ずかしさや怖さでいえない可能性もあるよね」

玲はいった。

「確かにそうです。けれど、私たちの知っている河東先生からは、小児性愛的な印象をまったく感じなかったから。犯行がどんな状況で行われたのかも不思議なんです」

久我の言葉に森野がうなずき、また彼女が話を引き継ぐ。

「河東先生がふたりきりで生徒と会うことなんてなかったから。授業の場所は団地か公民館の集会室で、いつもたくさん人がいました。上野動物園に課外学習に行ったこともあったけれど、やっぱり集団行動でした。先生がいつ女子とふたりきりになったのか思い当たらないんです」

「突拍子もないことだとはわかっています。それでも僕たちは納得がいかないし、先生が自殺したというのも疑っています」

黙っていた指宿《いぶすき》という男子も口を開いた。

「本当に河東先生は性犯罪をしたのか、そして先生の死は自殺だったのか、もう一度調べてほしいんだ」

礼央はそういうと頭を下げた。森野、久我、指宿も下げる。

玲は舌打ちを必死で抑えながら、カップを手に取った。

――メルったく。

また漏れそうになったあの変な口癖を、カフェラテとともに喉《のど》の奥に流し込んだ。

Ⅶ

1

能條玲は日傘の陰から怨《うら》めしげに空を仰ぎ見た。

九月五日、午後一時。太陽が無慈悲にぎらぎらと照りつけている。八月が終わったのに最高気温三十五度前後の晴天が飽きもせず続いていた。

「たまには夕立でも降らしてみろ」

汗を拭《ふ》きつつ口にしてみたものの、負け惜しみにもなっていないと気づいて虚《むな》しくなる。

墨田区内にある河東郁《いく》美《み》の家に向かっている。

「シスター」

待ち合わせ場所のコンビニの前で、オーバーサイズのボーダーシャツにニットパンツを身につけた女性が手を振っている。森野セイン美《み》和《わ》。千葉県内の国立大学の理工学部に通う二十一歳。礼央の小学校時代からの友人であり、河東の教え子のひとりだ。

「よかったら、これ」

彼女がバッグから携帯扇風機をふたつ取り出し、ひとつを玲に手渡した。

「シスターはこういうものを使わないって聞いたんですけど、意外と涼しいですよ」

確かに恥ずかしくて使ったことはなかったけれど、勧められたのを理由に電源を入れてみる。

「おっ」と小さく声が出てしまうほど涼しい。

「よかった。じゃ、行きましょう」

彼女は暑いのに元気だ。ふたりとも日傘を差し、並んで歩道を歩き出す。

「こういうの使ったことないって誰から？」

携帯扇風機の風を浴びながら玲は訊《き》いた。

「礼央くんのお母さんのマイラさんに」

彼女も礼央やマイラの暮らしている隅田川東団地の住人だった。

「礼央くんと同じ小中だったのもあって、うちの母とマイラさんは昔から仲がよくて、シスターのことも実は礼央くんから紹介される前に話を聞いていたんです。慈悲深く勇気ある人だって」

「マイラは大げさだから。とりあえずそのシスターはやめてくれるかな。能條とか玲とか呼んでくれたほうがありがたいんだけど」

「あ、そうなんですか。雰囲気に合ってると思ったけど。じゃ、玲さんにしますね。私のほうはセインでも美和でも」

日傘の下でにっこりと笑う。美人とはいえないが可愛らしい。

彼女の母親はミャンマー出身で父親は日本人。しかし、彼女が四歳のときに父親は病気で亡くなり、以降、母、姉と三人でミャンマー人の親戚《しんせき》や友人に支えられながら暮らしてきた。今回、河東に関する調査を頼んできた礼央を含む四人は、皆、親のどちらかが外国出身で、その後離婚や死別により父母のどちらか一方に育てられた。そして四人とも河東に勉強を習い、成績を伸ばし、礼央を除く三人は現在有名大学に通っている。

「先生のお宅ではお父さんが出迎えてくださるそうです」

美和たちは亡くなった河東を今でも先生と呼んでいる。

彼女が続ける。

「三時間くらい先生のお部屋や持ち物を見せていただくことになっているんですが、あちらの都合によってはもっと早く終わるかもしれません」

「お父様の仕事は？」

「税理士事務所にお勤めですが休みを取ってくださいました。今日は奥様の通院日で、外出している間ならゆっくり見せられるからって」

「奥様のご病気は精神的なもの？」

玲はあえて言葉を選ばなかった。

美和がうなずく。

「先生のことで乱暴な取材や誹謗《ひぼう》中傷を受け、その上、先生があんな亡くなり方をしたせいで気持ちが不安定になってしまって。他人に対してもかなり過敏になっているんだそうです」

両親の情報を聞きながら三分ほど歩くと、河東家に到着した。それは、墨田区内のどこにでもあるような古い住宅街の一画にあった。

小さな庭のついた建売住宅で、築三十年ほどだろうか。平凡な外見に見えて玄関や壁沿いをくまなく撮影できるよう複数の監視カメラが取りつけられている。門には警備会社と契約しているのを示すプレートも貼られていた。

迎えてくれた父親は眼鏡をかけた痩身《そうしん》で歳は六十前後、柔和な印象だ。ただ、レンズの奥の両目はまったく笑っていない。

「好きなように見てください。お話しできることはすべて話しますので」

父親はいった。

「ありがとうございます」

玲は免許証と勤務している予備校の講師証を見せた。玲の素性を少しでも知ってもらい、不安を和らげ、本当の意味ですべてを話してもらう足掛かりにするためだ。

「必要ありません」

父親が返す。もちろん玲を信用しての一言ではない。

「早速ですがお言葉に甘えて遠慮なく訊かせていただきます。そこまでこの森野さんやサントス礼央くんたちを信用なさる理由は何ですか」

聞いていた父親の鋭い目つきがわずかに和らいだ。

「寝耳に水のようにあの自称被害者の母娘《おやこ》の告発記事が週刊誌に載った途端、他のテレビや新聞、雑誌も家に押しかけてきました。あっという間に郁美は加害者に仕立て上げられ、私たちは加害者の家族にされた。猛烈なバッシングを受けましたよ。色眼鏡で見られるなんて程度じゃなく、近所からは完全に避けられ、買い物にさえ行けないようになった。でもね、森野さんや久我さん、礼央くん、指宿くんたちははじめから郁美は潔白だと信じてくれた。子供が近くを歩くことがなくなり、小学校の通学路さえ変更されたのに、『先生はそんなことしない』と私や家内まで励ましてくれた。郁美が警察で聴取を受け、あんな亡くなり方をしたあとも、一切疑わなかった。そして今でも、この子たちは郁美の無実を証明しようとしてくれている。何の見返りもなくね。そんな彼女たちがあなたを頼ったのなら、私は何もいわず従うだけです」

父親は堰《せき》を切ったように一気に話したが、声はあくまで淡々としていた。近くで聞いていた美和も表情を変えていない。その平熱感がふたりの決意を物語っているようでもあった。

父親の案内で二階へ上がってゆく。

六畳の二部屋があり、ひとつは郁美の妹が使っていたが、今は結婚して遠方で暮らしているため、空き部屋になっている。

もうひとつの郁美の部屋はベッドが置かれ、狭いながらも整頓《せいとん》されていた。机の上には当時使っていたノートパソコン、タブレット、スマホが置かれている。

だが、父親は入るなりベッドの向こうの押し入れを開け、そこに収められていた金庫の開錠をはじめた。幅四十センチほどの家庭用金庫だが、押し入れの奥の床や柱にナットでがっちりと固定され、持ち出せないようになっている。

父親は金庫から机の上のものとは別のノートパソコン、スマホを取り出し、美和に手渡した。机の上にあるのは研究や日常使い用、こちらに本当の個人情報が詰まっているということか。

「ここにあるものはすべて警察の鑑識が捜査済みです。下で待っています」

そう残し、父親が一階へと下りてゆく。

玲はまず机の上のパソコン類から確認をはじめた。その後、ワードローブや押し入れの中の衣類、小物などを見て、最後に金庫に入れられていたパソコン、スマホのデータを開いた。ロックがかかっていたが、郁美の死後、警察の鑑識、さらに両親が依頼した専門業者が備忘録として手帳に書き込まれたパスワードを見つけ出したという。

そして郁美が、当時でいう性同一性障害的な悩みを抱えていたことがわかった。医師による診断は受けていないが、心と体の不一致に深く苦しんでいたようだ。女性ホルモン投与によるメリット、デメリット、外科手術の費用なども詳しく調べていた形跡がある。押し入れの奥には女性用の衣類も畳んで置かれていた。いわゆるドラァグクィーン的なものではなく、二十代の女性が出勤時や普段に着ていそうなものばかりだ。

部屋には郁美が大学院の同じ研究室の仲間たちと撮った写真が飾られている。彼は身長百七十二センチ、体重六十一キロの痩《や》せ型でチノパンにワイシャツのごく普通の男性の外見をしている。ジェンダーアイデンティティーに悩んでいた様子は写真からは伝わってこない。

だが、彼は間違いなく苦しんでいた。

そして複数の男性との交際経験があることもわかった。五年前の死の直前まで同年代の恋人がいたようだが、児童との不同意性交疑惑により関係がこじれ、別れてしまったらしい。当時の交際相手との感情的なやり取りもスマホに残されている。

これだけのものを見せられたら、美和たちや両親が郁美を無実と信じる気持ちもわかる。もちろん複数の性的指向を併せ持つ人間もいるため、彼が少女に興味がなかったとはいい切れない。ただ、心と体の性の不一致に悩みつつ、男性の恋人と真剣に恋愛していた郁美が、同時に複数の少女に対し計画的に性犯罪を行ったという構図はあまりに不合理で、無理があるように感じる。

机に置かれたスマホには、警察に発見され問題となった違法な少女のポルノ画像や動画が入っていたというが、今はもうデータは残されていない。警察が押収し、捜査資料としてコピーしたのち削除したのだろう。ただ、どんなタイトルの画像、動画がいつ保存されたのかの記録だけは残っていた。二百タイトル以上保存されていたようだが、ダウンロードされた日付はどれも異なり、五年以上にわたって少しずつ収集されていったものだとわかる。マニアが「趣味」としてこつこつ貯めていったという見方に当てはまる。

それでも美和は違和感があるという。

「閲覧回数を見てほしいんです」

二百以上あった違法画像・動画データのどれを、いつ、何回、郁美が見たかを一覧にして玲に見せた。彼女は理工学部の現役学生であり、玲よりは遥《はる》かにコンピューター機器の扱いに詳しい。

「閲覧一回のものも少数交じっているけれど、ほとんどが〇回なんです。収集だけして興味が失《う》せたんでしょうか。でも、少年少女の性的画像は海外でも厳しく取り締まられていますよね。手に入れるのも苦労するものを所持したのに、確認のために見ることさえ一回もしていないのはおかしくないですか」

確かにその通りだ。何者かが郁美を陥れるため、パソコンやスマホに不正な方法で動画や画像のデータを送りつけた。閲覧回数までは操作できなかった？

送りつけ方にも疑問がある。だが、ネット経由にしても、エアドロップやクイックシェアのような直接のファイルのやり取りにしても、容量の大きな動画データを送るには長時間がかかる。その間、どうやって郁美本人に気づかれないようにしたのだろう。

一方の金庫に収められていたスマホとパソコンには、男性やトランスジェンダーの人々の行為の動画が複数収められていた。違法なものも多数含まれていたが、警察による削除などの処理は受けておらず、さらに各動画には数回から数十回閲覧した記録が残っている。

郁美の死亡後ではあるが警察も親の了解を得てこの部屋に捜索に入っているので、これらのデータを間違いなく確認、コピーしている。警察が動画をそのまま残したのは、ジェンダー的な問題に配慮した結果だろうか？

いずれにしても証拠というには生々しく、直視するのに気後れしてしまうようなものばかりだが、美和は少しも怯《ひる》んでいない。

「このデータのコピーは？」

玲は彼女に訊いた。

「取っていません。オリジナルがここにあるだけです」

家のセキュリティが厳重な理由がわかった。あの父親もこのパソコンとスマホ内のデータの重要性がわかっている。生前の郁美を窮地に追い込んだものであると同時に、彼を陥れた連中にとっても致命的な証拠になり得る可能性があるのだから。

「コピーを取らなかった理由は？」

さらに訊く。

「もし、『性犯罪者、河東郁美が所持していたデータ』なんてかたちでネットに出回った場合、私たちが漏洩元《ろうえい》だと疑われる可能性があると思ったからです。先生を陥れた人間が、いろいろ探っている私たちにも何か仕掛けてくるかもしれないと思って。大げさかもしれないですけれど」

「いや、賢明だよ。このデータの内容を知っているのはご家族と警察以外では誰？」

「私と礼央くんを含む教え子の四人です」

「全員に普段から周囲に注意するよう伝えて。ちょっとでも危険を感じたら、気のせいだなんて思わずすぐ知り合いに助けを求め、警察に連絡するようにして」

「あの、それ調べてみる価値があるってことですよね」

美和が期待した声で尋ねる。

「ええ。でも、私がそう感じるとわかっていたからこの部屋に連れてきたんでしょ」

「はい。来てもらえば必ず私たちに同意してくれるって」

――同意したわけじゃない。

ただ、少女に対する性的暴行とは別の犯罪の匂いが濃厚に漂ってきた。

＊

河東家から循環バスで押上駅前まで移動し、東京ソラマチ二階のカフェに入った。

郁美のジェンダー的な苦悩に父親はやはり以前から気づいていた。一方、母親は気づいていながら見て見ぬ振りをし、有名私大の大学院まで進んだ郁美を「理想の息子」と思い込もうとしていたようだ。そこに、少女との不同意性交疑惑、周囲からの猛烈なバッシング、そして息子の不審死がたて続けに起こり、一気に情緒が不安定になった。

大きな窓に面したカウンターに美和と並んで座り、五年前に郁美の身に起きた出来事を再確認してゆく。

河東郁美は大学一年から「すみだ寺子屋」でボランティアの講師をはじめ、翌年には小学生だった美和や礼央たちも教え子となる。郁美は大学院で地域や収入による教育・生活環境の格差とその是正について研究しており、講師になったのも身近な現状を知るためだと思われる。順調だったが、彼が二十五歳、大学院の修士課程を終え、博士課程に入った直後に、教えていた少女とその母親から警察に、当時の罪状でいう強制わいせつの被害届が提出される。その一週間後、この強制わいせつ被害に関する記事が週刊誌に掲載された。

タイミングから考えて事前に週刊誌が情報を摑《つか》み、被害届が受理されたのと合わせて記事を出したのだろう。当時、芸能界での未成年への猥褻《わいせつ》事件が大きく注目されていたこと、墨田区が推進する事業の場で起きた事件であること、さらに被害届の内容通りなら貧困や教育格差につけ込んだ卑劣な犯行だったことで一気に世間の注目が集まった。また被害者とされる少女たちは日本人を父、ベトナム出身の女性を母に持ち、さらにシングルマザー家庭でもあったため、国際問題の様相も呈してくる。警察は任意による郁美への聴取を数回にわたって行い、その間にスマホから違法な未成年ポルノのデータも見つかった。しかし、一晩勾留《こうりゅう》されたものの、逮捕にまでは至っていない。警察も不可解さを感じていたのだろう。だが、複数のソーシャルメディアに「私も河東から性被害を受けた」という真偽不明の新たな告発が載り、世間はこの時点で完全に郁美を性犯罪者と見なした。

そんな中、郁美はホームに落ち轢死《れきし》する。

現場となったのは自宅最寄りの押上駅でも大学最寄りの四ツ谷《よつや》駅でもなく、日常使うことのない都営新宿《しんじゅく》線の船堀《ふなぼり》駅だった。

自殺、事件、両方の可能性があったが警察は自殺と断定した。一方、はじめに被害届を出した少女と母親は日本を出国しベトナムに戻った。今もベトナムで暮らしているらしいが、確認は取れていない。

問題は郁美が陥れられたのだとしたら、一介の大学院生に対し誰がなぜそこまでの仕打ちをしたのだろうか？　死が自殺なら、どうして郁美はそんな道を選ばなければならなかったのか？

玲は隣でカプチーノのカップを手にしている美和の横顔を見た。

「あなたがなぜそこまでして河東先生の潔白を証明したいのか、あらためて教えてくれる？」

美和がうなずき、躊躇《ちゅうちょ》なく話しはじめる。

「私、小学校四年までまったく勉強ができなかったんです。この前ファミレスで一緒にいた久我さん、指宿くん、礼央くんも皆同じ。成績が悪かった。私の家は母が日本語が苦手だったのもあって、みんなよりさらにひどかった。ただ、劣等生だって自覚があったし、もっと頑張らなきゃとずっと思っていたんです。だから小学校の担任に『どうしたらもっと勉強ができるようになるんですか』『何からはじめればいいんですか』って何度も訊きました。でも、そのたびに『もうちょっと自分で考えて頑張ってみようか』とか『友だちに訊くところからはじめよう』って。相手にするのが面倒で適当にあしらわれていたんです。教えたところでどうにもならないと勝手に決めつけていたみたい。要するに学校内放置子みたいな扱いをされていたんです」

美和が続ける。

「でも、河東先生は本気で相談に乗ってくれた。そんな大人、はじめてだった。私だけじゃなく、礼央くんたちにも同じように接して、丁寧に何度も教えてくれた。わからないことを責められたり怒られたりしたこともない。それどころか私たちが理解できないと、『今度までに別の伝え方を考えてくる』って。で、実際に新しい教え方を考えてきてくれたんです。しかも何度も。私たちは少しずつ教科書に書かれている内容がわかるようになって、テストの点も上がっていった。わかるようになると、学ぶことがどんどん楽しくなった。そして勉強ができなかったのは、自分たちのせいだけじゃなく、本気で考え教えることが面倒で放置していた学校や教師の責任も大きいって気づいたんです」

彼女たちは河東郁美に救われた。だが五年前、まだ十六歳だった彼女たちは彼の命を救うことはできなかった。代わりに今、彼の存在や名誉を本気で救いたいと願うのも当然だろう。

——ただ、厳しい現実を突きつけられることもある。

探し求めた先に手に入れた真実が、彼女たちの望んでいるものと一致するとは限らない。

そんな考えが玲の頭をよぎったが、口にはしなかった。

2

九月七日、午後九時。

東武浅草駅で降り出した雨は、東向島駅のホームに降りたころには完全に豪雨になっていた。

一昨日から「たまには夕立でも降らしてみろ」と昼に空に向かって悪態をつき続けていたバチが当たったのかもしれない。小さな日傘は持っているが、家まで歩いて帰る間にびしょ濡《ぬ》れになってしまう。途中のコンビニでビニール傘を買うか。

改札を出ると、黒のタンクトップにスウェットを着た男が立っていた。

浦沢組の若衆だ。玲に気づくと駆け寄ってきた。

「徳山さんがお話があるそうで、一緒に来ていただけますか」

木下、大城と来て、今度はあのデブか。三人とも不快だが、あいつが一番嫌だ。

「あちらに車用意してますんで」

自宅最寄りの駅で、両肩に彫物の入ったヤクザに話しかけられるのも嬉《うれ》しくない。近所の住人に見られたら、どんな噂を立てられるか。

嫌な顔をしている玲に若衆はさらに話す。

「河東郁美の件だそうです」

無視して通り過ぎようとしていた玲の足が止まった。

＊

徳山が待っていたのは、いつもの白鬚橋近くのファミレスだった。夏休み明けの平日夜に大雨が重なり、店内には数人の客しかいない。

ガラスに雨粒が打ちつける窓際のボックス席に奴はいた。

「どんな話？」

テーブルにつくなり玲は訊いた。

「慌てんなよ。おめえも嫌だろうが、俺も嫌なんだ」

徳山がビールのグラス片手に返す。

「嫌なのに来たのはどうして？」

「身延《ウエ》連合や浦沢組《ウチ》の偉い方々からの命令だからだよ。失礼のないようにしろといわれたよ。長え話だから順に話すぜ。まずは謝罪からだ」

「謝罪？」

玲はタブレットで注文しながら訊く。

「こないだは木下と大城の馬鹿どもが迷惑かけて申し訳なかった」

だが、徳山はこんな言葉は口にしたくもないという顔をしている。それでも上の指示に従って謝らなければならないのがヤクザの世界なのだろう。

「察しがついてるだろうが、あのふたりが情報《ネタ》流してたのは、ただの中国人犯罪集団じゃねえ。中国本土の命令で動いてる秘密警察だ。しかも構成員の半分近くはＦＳＧだよ」

秘密警察という呼び名こそ安っぽいが、中国の公安当局が海外で現地の中国人を監視するための拠点であり、同時に対外諜報《ちょうほう》活動を行うための前線基地にもなっている。フロンティア《F》・サービス《S》・グループ《G》は中国の民間軍事会社で、元中国人民解放軍の兵士を中心に構成され、日本にも一般就労者を装い入国し、非合法な活動を行っている。

　空想の話のようだが、どちらも現実であり、ここ数年、日本国内のニュースでも取り上げられるようになった。そして日本の治安と主権を脅かす存在として大問題になっている。こうした中国の国際条約に反する組織は日本だけでなく世界中に設置され、各地で強い非難を浴びていた。

「木下、大城が私やフェンダースさんの情報を渡していたのは、あのふたりだけの勝手な行動じゃなかった」

　玲はつぶやいた。

「そういうことだ。身内の恥ずかしい話をするぜ。ここんとこ身延連合は内輪揉《も》めが続いてる。簡単にいうと権力闘争、主流派と非主流派の対立だ。で、非主流派の元締めの本部長と舎弟頭は、勢力と資金力拡大を狙って秘密警察と手を組むことにした。馬鹿だろ？　そんなもん毒饅頭《まんじゅう》だ。あいつらの持ってる莫大《ばくだい》な金に目を眩《くら》まされて本部長は丸め込まれたらしい。秘密警察は在留中国人の監視管理をするだけで、国際問題に発展するような案件には手を出さないとか何とか。けど、案の定、あのロンって野郎の一件で、あっさり裏切られた」

「他国の在留外国人だけでなく、政治問題に発展しそうなことにも平気で首を突っ込み、しかも公共の場での暴力行為をくり返した。そういうこと？」

「ああ。で、慌てた非主流派は主流派に一時的に詫《わ》びを入れ、主流派もそれを呑《の》んだ」

「なぜ？」

「こんなときにまで内輪で揉めていたら身延連合全体が潰《つぶ》れるからだよ。蒲田のホテルじゃ秘密警察とブラジル人組織が睨《にら》み合って、そこに警察庁の参事官様が乗り込んできたんだろ。そんな大ごとに身延連合が絡んでた上、裏じゃ秘密警察とつながってたことまでバレちまったんだ。本部長と舎弟頭がド阿呆《あほう》だったおかげで、俺たちは準テロ組織扱いされ、警視庁どころか警察庁まで敵に回すことになりかけてる。日本の公権力と正面切ってやり合う気なんて一切ねえ」

「だから？」

「俺たちの知っている情報をおめえを通じて警察庁様にお渡しして、許しを請おうとしてる」

「は？　警察庁が相手にするはずがない」

玲は首を横に振った。

「それは乾って参事官が決めることだろ」

徳山も首を横に振る。こいつら乾の名前も調べて知っている。

「おめえも知ってるはずだぜ。前はフランスで警察の特殊部隊にいたんだろ。国は違ってもお巡りが裏でやることに大きな違いはねえ。警察庁のお偉方が俺らと直《じか》にやり取りしねえのはわかってる。でも、間に一枚、おめえを挟めば話は変わってくるだろ。俺たちは知ってることをおめえに話す。それをどう扱うかは、おめえ次第だ。警察庁の知り合いに話すのも自由だ」

そういう建前で玲から警察庁の乾にリークしろといっている。

「で、それが河東郁美の件とどうつながるの？」

「まず、河東ってのはガキに手出してねえ。変態ロリコン野郎じゃねえって意味だ。それをわかった上で警察はあの男の動きを追ってた」

「別件の疑惑をかけられてたから？」

「少し違う。河東の別件での罪状はほぼ固まってたが、その上の連中までがっちり逮捕《パク》するために泳がされていた」

玲が頼んだ氷桃ミルクと徳山が追加したビールが運ばれてきた。

ウェイトレスが離れてゆくのを待って徳山が話を再開する。

「前に木下が俺たちの送金システムの話をしただろ」

「何人ものベトナム人に小口の違法海外送金をさせていた、あのマネーロンダリングの件？」

「露骨だな。こんな店でも少しは声落とせ」

徳山が離れた席の男女グループや店員を横目で見た。

「リスクは小せえしバレにくいんで、いろんな国の連中が他のいろんな国の人間を巻き込んで、このやり口で日本で稼いだもんを外国に送って洗ってる」

稼いだもん、とは各種の犯罪で手に入れた金のことだ。それを一般の在留外国人にわずかな手数料を払い、自国の家族への仕送りを装って送らせ、国外の銀行に貯め資金洗浄している。この方法が、暴力団排除条例によって国内に新たな銀行口座を開くことのできないヤクザ、さらには日本で活動する外国人犯罪者集団や半グレグループにとって、資金プールの新たなスタンダードになっているという。

「おめえが少し前に叩《たた》きのめしたブラジルの甘っちょろい窃盗団もこの手口で金を貯めてた。錦糸町に本拠のあるJ&Sもな」

ジョイ&ステディ・コーポレーションはベトナム人がトップを務める、表向きは複数の飲食・

風俗店を運営している会社だが、実態はベトナム系反社のフロント企業だ。

「問題はJ&Sがこの送金システムで、よりやばい金のやり取りをしてたってことだ」

徳山が声をさらに一段落とした。窃盗や特殊詐欺とは別の手段でせしめた金を送っていたという意味だろう。

「ドラッグ関連？　銃器の売買？」

玲は訊いた。

徳山がグラスを置いてこちらを見る。

「そっから先を教えるかどうかは、おめえと警察庁《あつち》の乾次第だ。俺らが持ちかけた話に乗るなら、おめえに続きを教えるし、乾に情報も流す。でも、警察庁が乗ってこないなら、ここで終わり。だからよ、話の続き知りたきゃ、おめえが頑張って乾を説得しろよ」

玲は徳山を一瞥《いちべつ》すると、食べかけの氷桃ミルクを置いたまま立ち上がった。

「待てよ！」

数人の客しかいない店内に徳山の声が響く。

「情報を餌に私を働かせる気なら、まずは知っていることを全部伝えなさい。出し惜しんでおいて成果を上げろなんて図々《ずうずう》しい」

玲は背を向け、畳んだジャケットをバッグに入れながら出口へと早足で進んだ。

「情報《ネタ》をタダでやれるわけねえだろ！　まず働け！」

徳山が追いかけてくる。

「ゴミみたいな情報かもしれないのに」

「出るな。車回させるから」

無視してファミレスの入口ドアを開け、強い雨の降る夜の路上に出た。気休めの雨避《よ》けに小さな日傘を差して歩き出す。

直後、見知らぬ男たちが駆け寄ってきた。

玲は走り、和食レストランやコンビニへと続くアーケードに入ろうとしたが、追いかけてきた男のひとりが何かを振るった。棒？　鞭《むち》？

かわそうとしたが、自転車のチェーンのようなものが左腿《もも》を掠《かす》める。スラックスが裂け、その下の肌も斬られた。さらにチェーンが振るわれる。持っていた日傘で防ごうとしたものの、簡単に裂かれ、支柱がぐにゃりと曲がった。

「この野郎！」

背後から怒号が聞こえた。玲を追ってきた徳山も襲われている。

――狙いは私？　徳山？　それとも両方？

考えながらも玲はバッグを盾にして身構えた。

男たちは五人、全員がネイビーかグレーのTシャツを着て灰色のズボンを穿《は》いている。三人が玲を囲み、ふたりが徳山を前後から挟んだ。東洋人だが、この前の中国の連中とは違う。南方系の顔立ちをしている。

玲を囲んでいる三人のうち、ふたりは片手にタクティカルバトンのようなものを握っている。チェーンを持った奴を加え陣形を組むと、一気に距離を詰めてきた。ひとりのバトンをバッグで受け止める。が、もうひとりが横から殴りかかり、寸前でうしろに跳んだ。しかし、三人目が振るったチェーンが迫ってくる。

逃げ切れない。左の前腕でどうにか受け止めたものの、激痛が走る。半袖のブラウスだったせいで皮膚が斬られた。吹き込んでくる強い雨が傷口を濡らす。

――何か武器は？

周囲を見たが遠くに消火器がある程度。バッグを漁《あさ》ろうとしたとき、横から「おい」と徳山の声が聞こえた。

倒され、床に転がった奴が短パンのポケットから何かを取り出し、玲に投げる。

伸縮式の警棒だ。南方系の男たちに奪われる寸前、空中で摑み、振るって伸ばした。玲に向かって振り下ろされるバトンを避けながら、ひとりの男の頭を打ち据える。

打たれた男が膝《ひざ》を突く。すかさず側頭部も横から打った。手加減している余裕はない。

男が仰向《あおむ》けに倒れてゆく。しかし、直後に別のひとりに脇腹を打たれた。少し前の騒動で怪我を負った箇所だ。痺《しび》れるような痛みが脇腹から背中全体へと広がり、思わずふらついた。

追い打ちをかけてチェーンが振るわれ、右腿を打たれた。またスラックスと皮膚が裂ける。

が、同時にチェーンの男の懐に飛び込み、鼻に頭突きを入れた。さらに急所を膝蹴《ひざげ》りしつつ、うしろに回り込み、頸《けい》動脈を絞める。男の鼻血が首に絡めた玲の腕に垂れ落ちてくる。

すぐ近くでは徳山が右腕から血を流し、顔も鼻血まみれにしていた。それでも襲ってきた男のひとりを床に倒し、警棒でめった打ちにしている。別のひとりがナイフを構えて横から突っ込んできたが、徳山は身をかわし、ナイフを握ったその両手を脇から抱え込んだ。さらに徳山が男の耳に嚙《か》みつく。

「ダオチョウ」

耳を嚙まれた男が叫んだ。ベトナム語だ。

一方、玲が絞め上げていた男が脱力し、意識を失った。

しかし、残ったひとりはまだ戦意を失っていない。しかもその両目は冷静だった。男はバトンを捨てるとズボンのポケットから古めかしいバタフライナイフを取り出した。

だが――

エンジン音が響き、雨に濡れたワゴンの車体がアーケードに突っ込んできた。

ブレーキ音を響かせたものの、フロントが揉み合っていた徳山と男にぶつかり、ふたりを撥《は》ね、さらにバタフライナイフを持った男の体も撥ね飛ばした。徳山と男は三メートルほど転がり、男は頭と肩を打って動かなくなった。が、背中を打った徳山はすぐに立ち上がった。バタフライナイフの男のほうは倒れたまま、左足を痙攣《けいれん》させている。

「遅えんだよ、馬鹿」

徳山が怒鳴る。

ワゴンのスライドドアが開き、中から「すいません」という若衆の声が漏れてきた。徳山が手招きする。

が、玲は躊躇した。

「早くしろ、クソアマ」

奴が大声で呼ぶ。

玲は徳山に続きワゴンに駆け込んだ。

若衆が車体をバックさせる。窓の外、倒れた男たちの姿が見える。ファミレスに入店しようと偶然通りかかった中年男女のカップルが驚きながらもスマホを出した。

撮影される前にワゴンが車道に出て走り出す。

「トレえんだよ、死にかけただろ」

徳山は怒鳴り、運転席のシートをうしろから何度も蹴りつけた。運転しているTシャツの若衆は怯え緊張しながら「すいません」とくり返している。

「ありがとう」

玲は隣で腹を立てている徳山に礼を伝え警棒を返した。以前はこいつに借りたライターが役に立ち、今回またこの警棒に助けられた。

「だから話聞けっていっただろうが、馬鹿女」

徳山がタバコをくわえる。そして玲や礼央たちを助けたS．T．デュポンのオイルライターで火をつけた。

「あいつらベトナム人？」

玲は疲れた声で訊いた。

「決まってんだろ。だから勝手に出るなっていったんだ」

徳山が煙を吐き、答える。

「何のために」

「おめえは馬鹿か。あいつらには河東郁美絡みで、おめえや警察《サツ》に絶対知られたくないネタがあんだよ。しかも、あいつら秘密警察とも絡みがある」

「あいつらってJ＆Sグループ？」

「この話の流れで他に誰がいる？　本当に馬鹿だな。あいつら秘密警察とは是々非々でつき合ってるように見せかけてるが、実質は八割方取り込まれてる。傘下みてえなもんだ」

絶対知られたくないネタとは何か問い詰めたかったが、それより先にやらなければならないことがある。

「そこ右に曲がって」

玲は運転している若衆にいった。

「真っすぐ進め。病院行くんだ」

「治療したいならひとりで行って。家に戻る。あんたと違って守るものがあるの。早く止めるか曲がるかして。でないと、その運転手が意識を失うことになる」

玲は警告した。

「血の気が多いな。てめえの家なら無事だ。何人ものうちの若いのが見張ってるし、妙な動きがあればすぐお巡りに知らせて、俺んとこにも連絡するようにいってある。くそむかつくが、てめえは賓客なんだよ」

玲は絶句しながらも、母の世話のため家にいる莉奈に安否確認のDMを送った。

『おそい！　何してんの！　オババもうねた』

そんな返信がネイル中の莉奈の画像とともにすぐに届いた。

「わかったろ。つまんねえ意地張ってられる状況じゃねえんだ」

徳山はうんざりした声でいうと、吸い込んだ煙を鼻から吹き出した。

Ⅷ

1

「化膿《かのう》止めと痛み止めのお薬をお出ししますので、外でお待ちください」

玲の左腕に包帯を巻き終えた女性看護師がいった。

「ありがとうございます」

玲は看護師と医師に礼を伝え、バッグから出したジャケットに袖《そで》を通した。これで腕の包帯は隠せる。ただ、襲ってきた連中に斬られたスラックスはそのままで、左右の太腿《ふともも》につけた包帯が奥に覗《のぞ》いている。左腕、右太腿を四針、左太腿を三針縫い、レントゲンで撮影し確認すると肋骨《ろっこつ》にもひびが入っていた。一番の問題はスラックスだ。また新しいのを買わなくちゃ。このところ服を破かれたり血で汚れたりで痛い出費が続いている。

午後十一時三十分。

病院の処置室を出ると薄暗い待合室に徳山が座っていた。腕やふくらはぎに包帯をつけているので、こいつも縫ったのだろう。

「座れよ。話の続きをしようや。お望みだろ？」

奴にいわれ、玲は少し離れた長椅子に腰を下ろした。ただ、夜勤の看護師たちに聞かれないか気になり、薄闇の先の廊下を窺《うかが》った。

「薬は呼ぶまで持ってこねえよ。逆らえばどうなるか知ってるんで、しばらくはふたりだけだ」

救急外来指定でもない病院なのに、こんな時間に突然やってきた徳山と玲をすんなり受け入れた。不正や不祥事を握られ、ヤクザに都合よく使われているのだろう。

「河東は塾じゃ無料《タダ》で教えてたんだろ。ガキ好きの変態でもねえのに殊勝なこった。しかもガキや親に気に入られてたらしいじゃねえか」

徳山が禁煙の待合室でタバコに火をつける。

九月五日に河東家を訪問して以降も、玲は細々調べ続けていた。すみだ寺子屋で教えることは彼の通っていた大学の課外活動に認定されており、単位を得られた。講師となれば都議会議員と知り合えるなどの利点もある。彼は決して善意だけで子供達に教えはじめたのではない。

徳山が続ける。

「ただよ、好かれたのが逆に仇《あだ》になって、J&Sの奴らに利用された。その塾にガキを通わせてた親の半分近くが、例のJ&Sの送金システムに手を貸してた。自分名義の口座から海外に違法送金して、見返りに金を受け取ってたんだよ。で、河東はその親たちの管理役をJ&Sから任されてたんだ。もちろん金をもらってな」

「管理役って、指定された口座に指示があった通りの金額を振り込んだか、横取りなどしていないかをチェックしていたっていうこと？」

玲は訊《き》いた。

「ああ。逆に、外国人連中にちゃんと報酬が行き渡っているか、もらい損ねてる奴はいないかも確認してた」

「違法送金の中間指示役――」

玲は思わずつぶやいた。

「そういうこと。立派な犯罪者だ」

「どうしてそんなことを」

「金が必要だったんだろ。そのへんはおめえのほうが詳しいはずだ」

金？　遺品を調べて、河東は女性ホルモンの投与や外科手術を経て、肉体的にも法的にも女性になることを真剣に考えていたことがわかった。そして大学院を卒業し、博士号を得たあとは海外の研究機関に所属することを望んでいた。

——その資金か。

「ただ、河東は足抜けを考えた。外国人連中が送ってる金の使い道が、相当やばいもんだと気づいたからだ。さっき、おめえはヤクか銃器の売買かと訊いたけど、どっちも違う。違法臓器移植に絡んだ金だ」

玲の全身に緊張が走る。

——できればこの先は聞きたくない。

一瞬そんな考えが頭をよぎった。

だが、徳山は構わず説明を続けてゆく。

「J&Sは同胞のベトナム人だけでなくミャンマー人とかのアジア系、他にもロシア系や日本人の素人連中まで巻き込んで金を送らせてた。銀行送金以外に偽装オンラインカジノも使ってな」

「カジノ？　違法なオンライン賭博に賭《か》けるふりをして金を送らせていた？」

玲はこわばる口で訊いた。

「ああ、絶対に当たりの出ないカジノだ。前はそこまで取り締まりもキツくなかったからな。バカラやスロットに少額ずつ賭けさせて外れたって体《テイ》で、海外にある胴元を装った会社に資金を送った。金は違法な臓器移植の手数料や手術する医者への報酬、内臓を買う金に使われてた。少し前に、どっかのNPO法人の日本人トップが肝硬変患者にペロだかベラだかって国での——」

「ベラルーシ」

「そのベラルーシでの違法移植を斡旋《あっせん》して実刑喰《く》らっただろ。あの事件があって移植関連の金の監視と捜査が厳しくなって、いったん送金は止めたようだ。でも、その前は患者が払った闇手術代を送るのに使われてた」

まごうことなき国際犯罪であり、人権問題まで絡んでいる。

「違法臓器移植関連の金を送っていたっていう証拠は？」

「カンボジアのネット銀行に開かれた臓器移植関連の金が集まる口座に、日本から送金してた外国人連中のリストを俺らは持ってる。それにカンボジアの口座から、どの国のブローカー、医者、病院に金が渡ったのかのリストもある」

「J&Sの内部のことをどうしてそこまで知っているの」

「どんな組織にも不満を持ってる奴や金に困ってる奴が必ずいる。警察や役所にもな」

「その内通者が事実を伝えてるという確証は？」

「具体的なもんはねえよ。けど、弱みがねえ奴もいない。親、子供、弟妹、借金、不倫、身内の不祥事、誰でもひとつは持ってる。そこを押さえりゃ、大抵の人間は操れる」

——下衆《げす》野郎。

玲は胸の中でつぶやく。

徳山は玲の冷めた視線を受け止めながら言葉を続ける。

「リストの信憑《しんぴょう》性が気になるなら、そっちで調べりゃいい。あいつらも臓器売買関連の金の流れに気づいて調べを進めてるはずだ。それと摺《す》り合わせりゃ偽物じゃねえとすぐにわかる」

あいつらとは乾及び警察庁のことだ。

玲は少し考え、口を開いた。

「今私がここで聞いた話を、別のどこかで話すかもしれないけれど、それはあんたたちの関知するところじゃない。それでいい？」

「小難しい言い方しやがる。まあ、そういうことだ」

徳山がにやりと笑う。

「わかった。たぶん私はこの話を乾という知人に話すと思う。で、リストもほしくなったらどうすればいい？」

「ここに連絡しろ」

徳山が名刺を出した。錦糸町にある不動産会社の社名が書かれ、奴はそこの営業本部長ということになっている。これが表の肩書きか。

「で、送られてきたリストのデータを私がどう使っても、あんたたちには関係ない」

徳山がうなずき、玲の顔を見た。

「これだけのこと話したんだ。上手《うま》くやれよ」

「あらためてそちらの条件を聞かせて」

「俺たちは秘密警察とは一切関わりを持ってねえし、今後一緒に何かやることもねえ。無関係だ。警察庁《あいつら》にはそういう認識でいてもらう。こないだのロン何とかの件を口実に、身延連合《ウエ》や浦沢組《ウチ》をあれこれ探られるのもごめんだ」

「わかった。でも、向こうが乗ってこなかったら？」

「乗ってこさせろ、上手く話を運んで。ケツモチの首縦に振らせせんのが、今のおめえの一番大事な仕事だ」

「ケツモチ？」

「おめえのうしろに控えてる警察庁のことだよ。国家権力が後見役なんて、ご立派なことだ。おめえが気に入ろうが気に入らなかろうが、現実そうなってんだろ。それからリストのデータをこっそりパクって他に売ろうなんてしやがったら、おめえも家族も知り合いも無事じゃいられねえからな」

徳山が凄《すご》む。

「私にそんなことできる知恵があると思う?」

玲は返した。

「ま、ねえわな」

奴が鼻で笑う。

玲は軽く息を吐いた。

何かあるとは当然思っていたが、予想以上に醜悪で厄介なものが潜んでいた。まだ体には若干の緊張が残っている。ただ、一連の徳山の話をすべて鵜呑《うの》みにはできない。ここで奴が玲を騙《だま》そうとする可能性は低いものの、裏は取らなければ。

壁に掛かった時計を見る。十一時四十五分。そろそろ薬をもらって帰りたい。

「ウンムンドって知ってるか」

徳山がいった。

ふいに聞かされた一言に玲の動きが止まる。

「その顔、知ってるようだな。河東がJ&Sの扱っている金の正体に気づいた経緯には、そのウンムンドってのが絡んでる」

「そんなことまで知ってるなんて」

「意外か? 怪しいネタは何でも耳に入れときたい性分なんでな」

「見かけによらない」

「ゴミ漁《あさ》りみたいな仕事ばかりやってる短気な豚だと思ってたか？　これでも次期組長候補だ」

「サントス家の件ではヘマをやらかしたのに？　組は人材不足？」

軽口を挟みながら玲は動揺を落ち着かせ、そして訊いた。

「河東とUm Mundoの関わりを示す証拠は？」

「J＆Sが河東の監視に送り込んでいた同じ塾の講師の女が、あいつのスマホから黙って抜き取ったデータに通信の痕跡《こんせき》が残ってたそうだ。ま、詳しいことは俺にはわからんが。ともかくそこまでして送金要員の外国人たちを囲い込み、管理してたわけだ」

違法臓器移植関連の莫大《ばくだい》な金をやり取りするパイプであるこの送金システムは、J＆Sにとって生命線でもあるのだろう。

さらに玲は推論を口にしてゆく。

「在留外国人を巻き込んでの違法送金犯罪を独自に調べていたUm Mundoは、新たな疑惑の芽を見つける。それを詳しく調べるため、J＆Sの関係者である河東を調べ、勧誘し、さらに調査を進めたところ違法臓器売買という闇に行き当たった。河東は自分のしていたことに怯《おび》え、送金事業から抜けることを決意した。でも、多くを知る河東の離脱を許さないJ＆Sが、さまざまな圧力や工作をした結果、追い込まれた彼は自ら死を選んでしまった」

「そうかもしれねえな」

徳山は他人事《ひとごと》のようにいうと、吸っていたタバコを床に落として踏みつけた。

「そろそろ帰るか。おい、薬！」

看護師を大声で呼んだ。

2

『とりあえずご無事でよかった』

電話の向こうの乾がいった。

「いえ、無事ではないですが」

玲は返した。

『そうでしたね。ベッドから起き上がれないような重傷でなくよかったと訂正します』

自宅のバスルーム横にある脱衣所で玲は話している。

莉奈に聞かれずに話せる場所を他に見つけられず、風呂《ふろ》に入る振りでとりあえずここに来た。

洗濯機に寄りかかりながら、徳山が話した身延連合の提案を乾に伝えてゆく。

『以上ですか』

「はい」

『ご報告いただきありがとうございます』

「乾さんはお受けになるのですか」

玲は自分を守るためにこの通話を録音している。

『私個人の所感ですが、申し出を受け入れ、連中に協力させるつもりです。ただし、向こうの動きを慎重に見据えねばなりませんし、庁内の調整も必要になりますね』

玲の思惑も、そしてたぶん会話が録音されているのもわかった上で、乾は言葉を濁すことなく暴力団を利用すると明言した。

――それは彼なりの誠意なのかもしれない。

「では徳山にリストのデータを送るよう指示しますか」

『そうしてください。お手数かけて申し訳ありません』

「お詫《わ》びは結構です。この話を取り継いだ代わりに、いくつかお願いがあるのですが」

『報酬ということですか。期待に沿えるかわかりませんが、教えてください』

「私の自宅の警備を強化してください」

『もうしていますよ。巡回を増やすだけでなく、通報があれば三分以内に現着できる位置に常に警官を配しています』

この家はヤクザに加えて警察にも護《まも》られている。

「河東さん宅、他に四人の自宅の警備もお願いします」

『河東さんのところももう手配しました。四人とは河東郁美のかつての教え子たちですか』

「そうです。住所は——」

——周到な男。

伝えながら思った。

『以上でしょうか』

「いえ、まだ。質問があるんです。なぜ、河東郁美はJ&Sの犯罪に加担したのでしょう。彼の自宅にも行きましたが、飛び抜けて裕福とはいえないものの決して貧しくはなかった」

『徳山という男と話したことの答え合わせをしたいのですか』

「ええ。奴が事実をいったかも検証したいですが、それより警察の摑《つか》んでいる事実と照らし合わせて、河東郁美が何を考えていたのかを知りたいんです」

『なるほど』

乾が考えている。

『でしたら今日、一緒に食事をしませんか』

「はい？」

午前二時。日付は九月八日に変わっていた。

『急で申し訳ありませんが、守秘義務に抵触する点もあるので、電話よりも実際会ってお話ししたほうがいいかと』

そこは録音されては困るということか。

『他にもご報告したいことがありますし』

「報告？」

『はい。まだ調べている途中なので、お会いした際にはお伝えできるようにしておきます。あなたのご意見も聞きたいですし。能條さん、今夜は予備校の講義がありませんよね』

――何でも知っている男。やっぱり嫌いだ。

『時間は午後六時から。場所は追って連絡します。では、楽しみにしていますね』

乾が電話を切った。いや、こちらが断る前に早々に会話を終了させられた。

ただ、面倒だが行く価値はありそうだ。河東が何をしたのか、礼央や美和は表面的な事実を並べただけでは納得しないだろう。彼らに報告するためには、真実をなるべく深く詳しく掘り下げておいたほうがいい。ただそれは、とても後味の悪い作業になるだろうけれど。

徳山のメールアドレスに乾が受諾したことを伝える。化粧を落とそうと髪をまとめている途中に、早くも徳山から違法臓器移植関連の金の流れを裏づけるリストが送られてきた。すぐに乾に転送する。

一通り作業を終え、体中に痛みを感じながらクレンジングジェルのボトルを手に取ったところで、スマホに着信した。

——何だよもう。

と思ったものの、相手の番号を見てまたも緊張が走る。この番号はダン・チャウ。リエンの実の母でありJ&Sコーポレーションの専務だ。

玲はすぐに出た。

『レイ？』

確かにダン・チャウの声だ。

「はいそうです」

『リエンと瑛太の居場所を知らない？』

「えっ？」

『夕方から行方がわからないの』

玲の鼓動が一気に速く大きくなった。

Ⅸ

1

玲は外国人観光客で溢《あふ》れる雷門通《かみなりもんどお》りを進み、目的のビルに入った。

九月八日、午後三時の浅草。

一階から五階がカラオケ店になっていて、その四階を待ち合わせ場所として指定された。一階フロントの脇、さらにエレベーター前に一見してアジア系だとわかる顔立ちの男たちが立っている。警備役のベトナム人だ。そのひとりが軽く会釈した。

彼とともにエレベーターに乗り、四階で降りる。エントランスから続く通路にも警備役数人が立っていた。

ホアン・トゥイ・リェンと息子の瑛太の行方が摑《つか》めなくなったのが昨日の午後四時ごろ。それから約二十三時間が経過した。

リェンの日本人の夫・辻井哲也とは連絡が取れ、電話で二度話した。都内のホテルで料理人をしている彼が自宅に戻ると、ふたりの姿がなかったそうだ。行方を捜してみると、近くの瑛太の友だちの家に母子で遊びに行き、そこを出たのが午後四時だった。哲也はリェンとの間に喧嘩《けんか》や揉《も》め事はなかったといっている。事実だろう。彼は穏やかな人柄で妻と息子のことを本当に大切にしているし、何より、彼も妻の実家であるJ&Sコーポレーションの本業がどんなものか承知している。もし彼が、リェンと瑛太が家出して身を隠さざるを得ないほどの暴力を振るったり、浮気や不貞でふたりを傷つけたりすれば、彼自身が無事ではいられない。

カラオケ店だが、どの部屋からも歌声は聞こえない。フロアを貸し切りにしたのだろう。浅草のこのビルもJ＆Sの関連施設のようだ。

廊下の中ほどにある一室のドアを警備役のひとりが開ける。

しかし、待っているはずのリエンの実の母、ダン・チャウの姿はそこにはなかった。首や腕の太い大柄な男性がモニター横のソファーに座り、グラスに挿さったストローをくわえている。

「ホアン・ダット・クオンさんですね」

玲はいった。リエンの歳の離れた兄でありJ＆Sの常務だが、現在は母のチャウに代わって会社及び犯罪者組織を実質的に取り仕切っている。

「前に会ったことがあるかな」

クオンが訊《き》く。

「お会いするのははじめてですが、リエンに何度か写真を見せてもらったことがあるので」

「リエンが私の写真——」

浅黒い肌の彼がアイスコーヒーの入ったグラスを片手につぶやく。

「意外ですか？　リエンはお母様とあなたの仕事や考え方は嫌悪していますが、口で語るのとは裏腹に、お母様やあなた自身までは嫌いになり切れていませんから」

「意外といえば君だよ。思ったより饒舌《じょうぜつ》だな」

「親友の危機ですから。饒舌にもなります」

「危機か、確かにそうだ。まず座ってくれ」

玲もソファーに腰を下ろす。

妹のリエンによると彼は日本生まれだが、ベトナム語、英語に加え中国語も話せるそうだ。東京の有名私大を卒業後、大手一般企業に数年勤め、その後J＆Sに入社した。典型的な二代目御曹司の経歴だが、飲食業や風俗業を隠れ蓑《みの》にしながら、その裏でヤクザと同様に各種の違法行為を本業にしている。身につけているのは有名ブランドのTシャツにスウェットパンツ、スニーカー。短髪で輪郭は四角く、ボクシングの試合でセコンドにいるトレーナーのような印象だ。

クオンの側近がアイスコーヒーのグラスを運んできたが、玲は自分のバッグからペットボトル入りのお茶を出した。

「このあと人と会うのか？」

彼が玲の服装を眺めながらいった。

今日は珍しくワンピースだった。裏地のついた花柄のレースで色は淡いグリーン、七分袖《しちぶそで》で腰にはリボンベルトがあしらわれている。

「友人と食事に」

玲は答えた。

「だったら手早く終わらせよう」

「私はダン・チャウさんと女同士の話をする約束をしていたのですが」

「母は急用ができてね。重要な案件なので、延期にせず私が代わりに来た」

「あなたはお母様に私とは会うなといいつけた。でも、お母様が守らなかったので、自宅かどこかに軟禁し、代わりにあなたが来た。お母様と同じく私の身柄を拘束するつもりで——ここまではそんな流れでしょうか」

「それが君の想像した筋書きか。ずいぶんとぶしつけだな」

「失礼は承知の上で、もう少し質問させてください。リエンと瑛太を誘拐したのは中国の秘密警察ですか？　秘密警察とあなた方J＆Sコーポレーションの関係は？　そして、ふたりを人質として彼らはあなた方に何を要求したのですか」

「仮にそれが事実だとして、君はどうしてそんなことを知りたい？」

「ふたりを助けるためです。誰の犯行かわかれば、ある程度監禁場所を絞り込むことができますし、事件の背景についての知識があれば、向こうが次にどう動くかを多少は読むことも可能になります。状況によっては、こちらから取引を持ちかけることもできるかもしれない」

「君は戦力になるか？　捜索ならJ＆Sの者たちに全力で当たらせている」

「秘密警察とさまざまなしがらみのあるJ＆Sの皆さんでは、捜索に限界があるのでは？　それともあなた方は、監禁場所を知っているにもかかわらず手を出せないのかも」

「強気だな」

「強気にもなります、これは交渉ですから。それにあなたは明確な敵ですから」

「敵？」

「昨夜、あなたは部下に指示を出し、私を拉致《らち》しようとした。しかし、失敗した上、大きな誤算があった。さらに、あなたは大きな勘違いをしています」

「私が？　まず誤算から教えてくれ」

「駅からの帰り道に私だけを拉致するつもりだったのでしょうが、私が浦沢組の徳山に会うことになったため、あなたは仕方なく徳山も一緒に拉致しろと命令を変更した。しかし、失敗した上、徳山を悪いかたちで刺激し、結果、私は徳山から、河東郁美がJ＆Sの違法送金に加担していたことを教えられた。さらには、あなた方が違法臓器移植に絡む金を偽装オンラインカジノを通じてやり取りしている事実まで知らされることになった」

「臓器云々《うんぬん》の真偽は今はまあいい。私が馬鹿で判断を誤った結果、事態を悪くした、そういうことかな？」

クオンがポケットから電子タバコを取り出す。

「馬鹿だからではなく、焦っていたために判断を誤ったのでしょう」

「焦っていた？」

「ええ。表向きは知りませんが、あなたも妹のリェンを愛していますから」

「どういう意味だ」

「リェンと瑛太が拉致され、ふたりの身柄と交換するために私を一刻も早く拉致しようとしたのでしょう。リェンたちを案ずる気持ちが、あなたの判断を鈍らせた。私もはじめは勘違いしていたんです。私が河東について調べを進めていて、しかも、J＆Sの不都合な内情を知っているであろう徳山と接触したことで、口封じとして拉致しようとしたんだろうと。でも、深夜にダン・チャウさんからふたりが行方不明になったことを知らされ、あなたの企《たくら》みに気づきました。奇《く》しくも昨夜、どんな人間にも弱点はあるという趣旨のことを徳山がいっていたんです。私を拉致しようとしたのはクオンさん自身の考えですか。それとも、秘密警察の指示ですか」

「答える義務はない。それより、もうひとつの大きな勘違いのほうを教えてくれ」

クオンの目つきが鋭くなる。

「まず、私は河東郁美の真実を知りたいだけです。彼が何をして、なぜ死を選んだのか？　それを知る以上のことは私も、私に調査を依頼した人々も求めていない。警察への告発やあなた方への復讐《ふくしゅう》、罪を償わせることなどは一切考えていないということです。まあ、心の中ではダン・チャウさんとあなたを、河東さんを死ぬまで追い詰めた最低の下衆《げす》野郎と思っていますが」

「有罪にしたいわけではないと」

「そうなればいいと願っていますが、実際にあなた方の罪を暴くのは私たちの仕事ではないし、そんな権利も持ち合わせてはいません。もうひとつ、私は単純にリェンと瑛太を救いたい。ふたりを一刻も早く取り戻したい、考えているのは、それだけです」

「だとしたら、ここまでの君の推理に沿って考えると、君自身がここで私に捕らえられるのが一番の早道じゃないか？」

「いや、それは抜きに考えてください」

「都合がいいな」

クオンが呆《あき》れたように口元を緩める。

「自分に都合がいいのは確かですが、そもそも私は秘密警察を一切信じていません。拉致した私を奴らに突き出そうと、私自身が彼らの元に出向こうと、それでリェンたちが解放される保証はない。むしろ解放されない公算が大きい。あなたも私も損をするだけだと、きっとあなたもご存じのはずです」

「リェンと瑛太が戻ってこないかどうか、君をここで捕らえて確かめる方法もあるが」

クオンが電子タバコの煙を吐いた。

「頭はあまりよくありませんが、それでもこの場所が危険ということぐらいはわかります。なので警察庁の友人に浅草署に出動要請をしてもらいました。近隣署からも応援が来て、周辺に私服警官が配備されています」

「大がかりだな」

「ええ。J&Sにはいくつもの疑いの目が向けられていますから」

違法臓器移植に関する送金の件で警察がすでに動いていると仄《ほの》めかした。

「危ういのは君だけではないと？　でも、そもそもの前提が違っていたらどうする？　先方の希望は君の身柄の引き渡しではなく、君の排除だったら？」

殺すと示唆している。

「最低でもあなたと刺し違えます。それくらいはしないと悔しいですから。でも、同じ命をかけるならそんなことではなく、リェンと瑛太の奪還のためにかけたいですね」

クオンが値踏みするような目を向ける。

「リェンとはいつ知り合った？」

「二年前、日本に戻ってすぐのころ。認知症の母に付き添って病院に行った際、会計の担当者と揉めたんです。そのとき彼女が助けてくれました」

「あいつらしい」

彼が首を小さく横に振る。

「それがきっかけで仲良くなりました。私は十代でフランスに行って、日本の習慣や制度をわからないまま三十代になった。日本に戻ってからは、肝心なことをいわない遠回しな表現を理解するのに苦労したし、病院や区役所の言葉だけ丁寧で要領も段取りも悪い対応には、今でもよく怒っています。リェンもベトナムで暮らしていたのに、ごくたまにしか顔を合わせない両親から突然日本に来いと告げられ、言葉や習慣でとても苦労し、辛《つら》いいじめにも遭ったそうです」

リェンから聞いた話では、リェンの母チャウと父ホアン・ヴァン・ロンはベトナムのサイゴン、現在はホーチミンと名を変えた南部の都市で生まれたという。ロンの祖父や父は飲食業を隠れ蓑とした犯罪集団を率いていたが、ベトナム戦争時、北ベトナムが支援する南ベトナム解放民族戦線を全面的に支持し、資金だけでなく店も秘密活動の拠点として提供した。そのため北の勝利でベトナムが統一されて以降も、犯罪者でありながら戦勝の功労者として軍や警察に逮捕されることなく非合法な活動を続け、支配地域を拡大していった。その後、アジア各地に勢力を広げることを画策したロンの父は、長男にホーチミンの店を継がせ、次男のロンとその妻となったチャウを東京に、さらに三男を台北《タイペイ》に送り込んだ——ただ、この両親の物語をリェン自身は「眉唾《まゆつば》」と評していた。両親が都合よく脚色した創作を自分は教えられたと疑っていたようだ。

玲に真偽の判断はつかない。

確かなのは、チャウが三十代後半に妊娠を知ったとき、ホーチミンに戻って出産し、生まれたリェンを地元で暮らす叔母《おば》に託して育てさせたことだ。お腹の大きな自分や赤ん坊のリェンの存在が、J&Sという組織にとって弱点となることを嫌ったのだろう。その後、リェンは十二歳、日本の中学校に入学する年齢になって、はじめてこの国に呼び寄せられ、両親と一緒に暮らすようになった。

だがリェンは違法で賤《いや》しい商売をしている両親に反発し、大学入学と同時に家を出た。父親のロンが亡くなったときでさえ、葬儀には出席しなかったと話していた。

考えていたクオンが顔を上げた。

「暗号資産を知っているかい?」

「は?」

唐突な言葉に、玲の口から思わず漏れた。

「暗号資産だよ」

クオンはくり返すと電子タバコを吸い込み、煙を吐き出した。

2

「仮想通貨、ビットコインのようなもののことですか」

玲は答えた。

「まあそうだ。デジタル人民元は?」

クオンがさらに訊く。

「中国が将来的に導入を目指している仮想通貨のことだとニュースで見ました」

「中国では暗号資産や仮想通貨の取引が禁止されていることは知っているかな」

「ええ。でも、実際は抜け道的な方法で頻繁に取引がされていると」

「それもテレビかネットのニュースで見たのかな?」

「そうです。だから詳しいことはわかりません」

「ブロックチェーン、マイニング、ハッシュ値は?」

「言葉として聞いたことがあるだけです。実際どういうものなのかは知りません」

「海外送金のシステムに首を突っ込んできたので多少は知識があるのかと思ったが」

クオンの目が若干呆れている。

「成り行きで関わることになっただけなので」

玲も仕方ないだろうという口調で返す。

「一般のサラリーマン以下のナレッジか。しかたがない。概略だけ話そう。君が浦沢組からどの程度の知識を仕入れたか知らないが、奴らが話したオンラインカジノに偽装した送金方法が主流だったのは、もう四年以上前のことだ」

「警察の目も厳しくなり、今は別のものに置き換わったということですか」

初心者のように玲は訊いた。

「ああ、暗号資産が使われている。現金ではなく少額の暗号資産を複数の在留外国人に一旦《いったん》渡し、少額の手数料を払って海外に送らせている。金融とITの高度な知識を持った管理者が必要になるが、現金の移動はなく、何十人もに個別に送らせているので、匿名性がはるかに高く、証拠を掴まれる可能性も限りなく低い」

「その暗号資産を使った非合法な送金システムは、Ｊ＆Ｓにとっても事業のひとつになっているのですね」

クオンは一瞬言葉を止め、考えたが、またすぐに口を開いた。

「そうだよ」

自らの罪を認める一言。彼が続ける。

「日本で何かしらの活動をしている組織は、大抵が暗号資産を取り扱っている」

組織——犯罪を生業《なりわい》とする集団という意味だろう。

「外国人の組織に限らず日本のヤクザも暗号資産を扱っているのですか」

玲の質問に彼はうなずいた。

「自分たちの手に入れた金だけでなく、他人が非合法に手に入れた金も取り扱っている。税務署の目を避けるため銀行に預けることができず、かといってタンス預金にしておくには額が大きすぎる金を、暴力団や半グレが手数料を取って暗号資産化し、海外サーバー上で分散管理している」

「ヤクザの銀行業務」

玲はつぶやいた。

「ああ、新たなシノギだ。この非合法な組織の多くが使っているシステムに中国、より具体的にいうなら日本にいる中国の秘密警察は手を突っ込んできた」

「妨害ですか？」

「いや、まずは勧誘だ。中国国内や、その他の地域で自分たちが管理しているサーバーに暗号資産を移さないかと。さっきもいったが、暗号資産を管理するには高度な知識を持つ人間が必要になる。それにブロックチェーンやマイニング——具体的に何をするかはわからなくて構わない。暗号資産の価値を担保するには複雑な作業と莫大《ばくだい》な電力が必要だということだけ覚えておいてくれ。この面倒な作業を自分たちが肩代わりすると、中国本土の国家金融監督管理総局と中国サイバー軍は、日本で活動している秘密警察を通して売り込みをしてきた。ここまでが第一段階だ」

クオンの流暢《りゅうちょう》な語り口を聞いていると、大学の講師か銀行が運営する総合研究所の職員と話している気分になる。

「ただ、売り込まれたとしても中国だ。どんなに得でも、あの覇権主義の権化のような政府が進める事業に簡単に乗る連中は、はじめは少なかった。だが円安で利鞘《りざや》が減った日本のヤクザは次々に中国の提案を受け入れ、取り込まれていった。皮肉だろ？　日本のヤクザは中国の秘密警察に安易に与《くみ》し、俺たちベトナム人やブラジル人の組織のほうが強く警戒し、抵抗している——ん？　気に入らないか？」

クオンが尋ねた。玲の表情が曇ったことに気づいたのだろう。

「はい。あなたの持論や自慢話など聞きたくありません」

玲はいった。

彼は口元をかすかに緩めた。そして説明を再開する。

「七、八ヵ月前から秘密警察は行動を第二段階に移した。中国政府が新たに発行する予定の暗号資産に、手持ちの資産を切り替えないかと持ちかけてきたんだ。デジタル人民元とは別の仮想通貨を用意しているそうだ。意外かな？」

クオンがまた玲の表情を見る。

「ええ、そこまでアンダーグラウンドの金融のＩＴ化が進んでいるとは思いませんでした」

今度は純粋に驚いていた。

「地下とはいえ中国という経済大国が企んでいる事業だ。進化は早い。その中国が国家として何を狙っているかはわかるね？」

「アジア全域から中東にかけての地下金融の流れの把握と管理でしょうか」

玲は答えた。

「そう。私たちやブラジル人、ミャンマー人の組織などは当然反発している。はじめはいいことずくめだろうが、数年しないうちに手数料の大幅な値上げや、理不尽な口座の凍結を受けることは明白だからな。表の経済のほうでは、アジアの国々が鉄道開発や港湾開発を中国に委《ゆだ》ねたせいで酷《ひど》い目に遭っている。俺たちは同じ轍《てつ》は踏まない。中国の経済的な奴隷になることは願い下げだ。だが、従わない我々に対して、奴らはよくある手を打ってきた」

「暴力による揺さぶりですね」

「秘密警察の手先が、我々の事業を妨害し、支配領域を荒らしている。一方で日本のヤクザは呑《のん》気《き》なものだ。自国を食い物にされた経験のない彼らは、秘密警察とも是々非々にやっていけると気楽に考えている。勝手に痛い目に遭えばいいが、こちらまでとばっちりを受けるのはごめんだ。これがどれだけ大変なことなのか、フランスの警察の特殊部隊に所属し、組織的な犯罪者たちと向き合っていた君には理解できるはずだ」

「私の過去も調べたのですね」

「当然だろう」

嬉《うれ》しくはないが、それはまあいい。

「あなた方が中国の地下金融政策に反発しているため、強引に取り込む手段として、リェンと瑛太は拉致されてしまった。そこまではわかりました。でも、なぜ私がふたりの人質の交換要員になり得るのですか」

「それを話せば、昨夜の君に対する拉致未遂に私が関わっている証拠になるが」

「今はそれについては水に流します。だから教えてください」

玲は嫌味を帯びた声で伝えた。

外見はまったく違うが、妙に周到なところは警察庁の乾に似ている。

「君はロン・フェンダースを救うためにブラジル人の集団と警察庁の力を借り、両者を結びつけた。あの外国人非合法集団と日本の公権力の予期せぬ協力体制は、秘密警察の連中の目には脅威として映った」

「そんなつもりはありません」

「君が意図していなくても、事実はそうなんだよ。フェンダースの拉致確保は中国の秘密警察が任された重要任務だった。富豪である彼をあのタイミングでインドネシアに帰国させてしまうと、来年の大統領選挙で反中国派の候補が選ばれる可能性が出てくる。危険な芽は早めに摘み取る必要があった。しかし、君の活躍のせいでフェンダースは帰国してしまい、早くも選挙の構図に変化が起きている」

玲は言葉に詰まった。

「君自身は東京の片隅の小さな騒ぎだと思っていただろう。でも、それがアジア全体の情勢につながっている。だから秘密警察は暗号資産の件でも性急な行動を取った。取り込める連中は強引な手段を使ってでも早めに取り込んでおかないと、合従連衡《がっしょうれんこう》し重大な障害となると彼らは捉《とら》えている。君の行動がそう思わせたんだ」

「私が」

「君は危険因子なんだよ。我々にとっても秘密警察にとっても、そして日本の警察にとっても」

――うんざりだ。

自分から望んで関わったわけではないのに、行動した結果、予期せぬ大騒ぎとなってしまった。

このところ同じような状況が続いていたが、今回は殊更に深刻だ。

「ただ、危険因子だとしても君はリェンと瑛太を救うために動こうとしている。だから今日のところは君を黙って帰すことにする。でも、この先はわからない」

リェンと瑛太の奪還が手詰まりとなったら、いつでも玲を生贄《いけにえ》にする——そういっている。

「私を差し出すよう指示があったのですね」

玲は確認した。

クオンが無言でうなずく。

「その人物の具体的な名前はわかりますか」

「有名人だよ、王依林。テレビにも出ているそうだが知っているか？」

「顔だけは」

玲はいった。

東京ソラマチの野外ステージで演舞を披露していた『華流美麗外交官』だ。

「関東で活動している中国の秘密警察の統括役で、東五反田《ひがしごたんだ》にある中国大使館領事部に一等書記官の肩書きで勤務している。本来は中国国家安全部第七局の所属らしい。そいつの指示だ」

ロン・フェンダースが話していたことと合致する。

「直接会ったことはありますか」

「何度かね。涼しげな笑顔が実に気持ち悪かったよ」

今日はじめてクオンと意見が合った。

3

「どうかしましたか？」

テーブルの向こうに座る乾徳秋が訊く。

「いえ、何でも」

玲はワイングラスを手にしながら首を小さく横に振った。

気づかぬうちに彼の顔を眺め、ホアン・ダット・クオンと較《くら》べていたようだ。やはり外見はまったく違う。高身長でスーツ姿の乾は見るからにエリート官僚で、クオンは繁華街に複数の店舗を持つ実業家という風貌《ふうぼう》だった。しかし、纏《まと》っている空気は似通っている。

「帰りの遅いお友だちが心配でしょうし、無理に食べなくても結構ですよ」

乾がいった。

「だいじょうぶです。このエビの前菜とても美味《おい》しいですし」

玲は返した。何が起こるかわからないときこそ、摂《と》れるときに栄養補給をしておかないと。

市谷《いちがや》にある『リヨン』という名のビストロで、玲たちが座る席は、周囲から姿が見えない半個室になっている。他のテーブルの話し声はここにはほとんど聞こえて来ず、グラスの減り具合をウェイターが細かく確認しに来ることもない。

ここは秘め事も話せる警察庁関係者御用達《ごようたし》の店なのだろう。

先ほどまでクオンと会っていたことは乾も知っている。しかし、奴と何を話したか伝えていないし、乾も訊こうとしない。ただ、一点のみ玲のほうから報告した。

「その浅草署員が動員されているというブラフは最後まで通用したのですか」

乾が尋ねる。

「したようです」

あの話は玲のうそで、私服警官などひとりもいなかった。クオンが信じたのか、作り話だとわかっていながら見逃したのか。ともかく何事もなく浅草のカラオケ店を出ることができた。

「何点か整理させてください。河東郁美はすみだ寺子屋の講師になった当初、J＆Sや違法送金についてては何も知らなかったのでしょうか」

前菜が終わり、玲は切り出した。

「当時彼はまだ大学一年生ですし、知りようもなかったと思います。ただ、全体像を理解しやすくするために、河東の家庭環境から話してもよろしいですか」

「よかった」

玲は白ワインの入ったグラスに目を遣《や》りながらいった。

「私が話し渋ると思ったのですね。でも、この段階でまだ私が口を閉ざしていたら、あなたはどんな手段を使ってでも話を引き出していたでしょう？」

「実はそうなんです。以前あなたがフェンダースさんに関して話した事柄や、身延連合の取引の提案を受諾した際の音声を、日本外国特派員協会とネットメディアに送る用意をしていました」

乾が上目遣いでこちらを見た。

「そんな事態は当然避けたいです。そしてあなたと衝突しないためにも、私見も挟みますが、話せる範囲のことはすべてお伝えします」

その素直さが少し不気味でもある。

「彼の母親のことはご存じですよね。精神的に不安定な方のようで、河東はときに過保護なほど愛され、ときに理不尽なほど厳しく叱責《しっせき》されることが、幼いころから度々あった」

先日、玲が河東の自宅を訪問したときも母親は通院していた。

「マスコミの過剰な報道により追い詰められた結果、母親は精神的に不安定になったのでは？」

玲の質問に、乾が首を横に振る。

「いえ、以前からです。彼は母親の大きな感情の波に翻弄《ほんろう》されながら育った。彼の妹の話では、河東に同性愛者的傾向があることに家族も気づいていて、父親は受け入れようとしていたが、母親は強く否定していたそうです。日常的には河東の傾向を気づかぬ振りで無視していたものの、時折感情を爆発させ、彼が部屋に隠していたスカートやストッキング、化粧品を母親が勝手に探し出し、責め立て、激しい口論になることもあったと」

この前の訪問の際は、そこまで深刻な家庭環境だったとは気づかなかった。

乾が進める。

「彼の中学高校の担任は、成績は良かったものの友人は少なく内向的だったと話しています。しかし、すみだ寺子屋の講師になって以降は、周りからの評価が『明るくて丁寧に教えてくれる先生』に変わる。教え子の小中学生の成績は目を見張るほどに伸び、子供の親からも感謝されるようになった。河東がよい授業をしようと努力するほど、生徒たちの成績も上がっていった」

「自分の存在価値を強く感じられるようになった」

「ええ、自己肯定感を得られたのだと思います。そうして数年は問題なく過ごした。しかし、大学四年になったころ、生徒の親で在留外国人の女性が、ある副業をしていることを知ったんです」

海外への違法送金のことだ。

「日本語の苦手なその女性から、送金した報酬が約束通り支払われているか確認してほしいと頼まれたのがはじまりのようです」

「彼は止めようとしなかったのですか」

「しました。が、その副業こそが彼女の一家の生計を支えていることも知ってしまった。しかもそんな家庭は少なくなかった。警察に通報すれば、この犯罪に手を染めている在留外国人たちは逮捕され、前科がつき、国外退去の処分を受ける可能性が高い」

「だから見逃した。いや、見逃すだけでなく、自分も参加した」

玲はいった。

「残念ながらそうです。河東は金銭的に苦しい在留外国人家族の生活を助けるため、銀行残高を調べ、不足金額があれば請求するよう教えた。ですが、そんな入れ知恵をする者がいれば、すぐに送金を発注しているＪ＆Ｓコーポレーションに知られることになる。ただ、Ｊ＆Ｓは河東を脅して排除するのではなく、外国人たちから厚い信頼を得ている彼も誘い、取り込み、送金管理の強化に利用した」

「そして河東は抜け出せなくなった。でも、本当に善意だけがきっかけだったのでしょうか。あまりに高リスクだというのは彼も十分わかっていたはずです。なのに、ただの大学生が外国人犯罪グループのために働くという無茶をしたのは、報酬にも惹《ひ》かれたからではないですか」

玲は尋ねた。

「そうだと思います。彼は女性ホルモンの投与や外科手術を経て、肉体的にも法的にも女性になることを真剣に考えていた。そして大学院を卒業し、博士号を得たあとは海外の研究機関に所属することを望んでいた」

――やはりそれか。

「彼は自分にとって一番自然な姿になろうとしていた。加えて、実家を出て母親から精神的にも距離的にも離れようとしていた。しかし、大学院生となったころ、河東は送金に違法臓器売買や臓器移植に使われる金が含まれていることを知る。そして、これ以上、自分も在留外国人たちもこの犯罪に関わるべきではないと思うようになった」

「経過としてはそうでしょう」

乾がうなずく。

玲は彼に再度訊いた。

「臓器売買について河東が知るきっかけとなったのが、Um Mundoだったのでしょうか。つまり、Um Mundoが彼に事実を伝えたという意味です。それとも逆に、河東が臓器売買について調べる中で、Um Mundoを知ったのでしょうか」

「Um Mundoについてもご存じなのですね。残念ながらその経緯は私にはわかりません」

「では、知っていることを教えていただけますか」

玲は乾を見つめた。

「ブラジル人をはじめとする在留外国人の守護者のように振る舞っている。海外の複数のサーバーを経由し日本国内の人々と接触しているようです。ただし、国内の動きに敏感に反応しているので、本人も日本にいると考えられる。我々が知っているのはその程度です。今はむしろ能條さんのほうが距離は近いといえるかもしれません。話を戻しますが、Um Mundoは生前の河東に接触し、調査協力を申し込んだと推測されます」

「違法臓器移植にまつわる送金についての調査ですね。しかし、結果としてそれは河東を死に追いやることになった。ただ、彼は本当に自殺したのでしょうか」

「かたちとしては」

「かたちとしては？　選ぶよう仕向けられたということですか」

「J＆Sは河東のような学生をもちろん信用などしていなかった。なので用心もしていた。連中は非常に悪辣《あくらつ》なやり方で、河東自身も気づかないうちに彼に首輪をつけていたんです」

「首輪？　それは——」

「河東の交際相手がJ＆Sとつながっていたんです」

「は？　つき合う以前から？」

「そうです」

「じゃ、J＆Sの連中が仕込んだ――」

玲は一瞬言葉を失った。薬物で縛りつけるのと同じくらい下劣だ。が、欧州の犯罪組織がよく使うハニートラップのひとつでもある。

乾が説明する。

「交際相手は河東より三歳年上の男性で、名前は臼井《うすい》。大手建設会社に勤務しています。河東とは渋谷《しぶや》のバーで知り合ったようですが、その時点から臼井は指示を受けていた。過去に別の相手との恋愛関係のもつれからJ＆Sに負債があったんです。俺のモノに手を出した責任を取れというやつです。そして、臼井は慰謝料として背負わされた借金を返す代わりに河東に近づき、気を引き、交際をはじめた」

「だがそれは監視だった」

玲はつぶやいた。

そこで乾が目配せした。

魚料理の皿が運ばれてきた。ふたりの前にクリームソースが添えられたカレイのポアレが並べられ、ウェイターが笑顔で去ってゆく。

乾はまた口を開いた。

「河東が違法送金から抜けたいと話した際、J＆Sは当然さまざまな脅しをした。河東のほうもUm Mundoとともに対策を練っていたようです。しかし、そんな折、教え子とその親から不同意性交で訴えられ、彼の持ち物から児童ポルノも見つかった。追い打ちをかけるようにJ＆Sの者から、恋人である臼井が実は奴らの側の人間であると知らされる。さらに臼井本人から、自分と河東が映っている性的な動画をネットに流すと脅された可能性が高い。それが世に広まれば、河東の研究者としての将来は非常に厳しいものとなっていた。母親も彼を激しく責めたでしょう」

「そして絶望し、最悪の選択をした」

乾がうなずく。

「J&Sは河東が自殺するかもしれないと理解した上で追い詰めたのですよね。その作業を指揮したのは何者ですか」

「先ほどまで能條さんが会っていた人物です」

――やっぱり。

玲はさらに尋ねる。

「河東郁美は教え子に対する性犯罪を行っていませんね」

「ええ。行っていません」

せめてもの救いだ。彼は少なくとも小児性愛者ではなかったし、違法臓器売買という深刻な犯罪を看過しないだけの善意は持ち合わせていた。

「スマホをはじめとする河東の持ち物に、児童ポルノ映像を仕込んだのは臼井ですよね」

「そうです」

「彼は今どうしているのですか」

「変わらず建設会社に勤務していますが、この先はどうなるか。いわゆる美人局《つつもたせ》関連の容疑が複数かけられていますから」

「一連の騒ぎに関連して、臼井も罰せられるでしょうか」

「はい。ただし、河東の罪も同時に世間に知られることになる。小児性犯罪の疑惑が晴れても、名誉を回復することは難しい」

「自業自得です。それでも臼井の逮捕を約束し、そして河東について隠さず話してくださって、ありがとうございます」

玲は頭を下げた。

が、乾は首を横に振った。

「感謝していただかなくて結構です。私からも能條さんにお尋ねしたいことがありますから」

「私に？」

「ええ。蒲田のホテル内であなたが出会った女性についてです」

あのアナイスに似た女のことだ。

「東京ソラマチの駐車場、そしてあのホテルのエレベーター内で何があったか、監視カメラで確認させていただきました。ホテルのほうには強く口止めしておきましたから安心してください」

乾がスマホの画面を見せる。

エレベーター内で揉み合う玲とあの女の画像が次々と映し出されてゆく。

ロン・フェンダースの設置した監視カメラにばかり気を取られ、ホテルが本来設置していたほうには注意が向かなかった。あちらはまだ生きていたのか。

「この女性について我々の知っていることは少ないのですが、それをお伝えする代わりに、能條さんの所見を教えていただけないでしょうか。いうなれば対戦してみての感想です」

——河東の件ではなく、この話をするために食事に誘ったのか。

「この女、海外でも何かしたのですね」

ＧＩＧＮ隊員としての経験がそう語らせる。

「はい。教えていただけますか」

「ほんの三十秒ほどの摑み合いの感想でよければ」

純粋に何者なのか知りたかった。

「十分です。シンガポール、マレーシア、インドで機密漏洩《ろうえい》や殺人の疑惑がかけられています。

しかし、いずれも企業や国家の機密に関わるもので、今現在指名手配などはされていません」

やはり工作員か。見かけと不釣り合いに強いわけだ。

「最近顔が売れてきた要注意人物として、乾さんたちも動向に注目しているのですね」

ただ、まだルーキーだ。アジア圏で活動し、今回日本での仕事を担当したということは、立場としてはインターンに近いのだろう。ここで経験を積み、諜報《ちょうほう》戦の激戦区である西ヨーロッパ、北アメリカに派遣されるのかもしれない。

「ここで能條さんからお聞きしたことはデータ化され、国外にも提供されますがよろしいですね？　彼女の名前はイリーナ趙《ジャオ》、入国時のパスポートの表記はIryna Zhao/趙伊莉娜。年齢は二十三歳で、父親がモルドバ出身、母親は中国出身。イリーナは成人後中国の国籍を選択し、現在は中国人です。中国では香港在住、日本にはイリーナ趙名義の同一パスポートで、これまで三度入国しています。今回は五週間前に観光目的で成田から入国しました。友人宅やホテルに滞在し、一週間後に帰国の予定です」

もちろんすべて偽りである可能性が高い。

「彼女も国家安全部の人間なのですか」

「ええ。ですが、彼女も、とは？」

「王依林の話を聞いたものですから」

「そちらもご存じでしたか。フェンダースさん、ホアン・ダット・クオン、どちらからお聞きに？」

「両方です。だから要注意人物なのだろうと」

「その見解に間違いはないですね。それでイリーナですが、彼女の日本語はどうでしたか」

「自然でした。ネイティブの発音との違いをわずかに感じましたが、少し話す程度では日本生まれといわれても疑いを持たないと思います」

「格闘の熟練度は？」

乾が訊く。

玲は請われるまま三十秒の「対戦」の感想を語った。

＊

食事を終え、蒸し暑い夜の街へ出る。

市谷の街を歩きはじめると、すぐに尾行されていることに気づいた。

東洋人の男ふたりで遠目には二十代。国籍までは判別できないが、歩く速度や間隔の取り方などからして明らかにあとを追ってきている。ふたりだけでなく他にも複数人いる可能性が高いが、慣れていない追い方からして諜報機関の関係者ではなさそうだ。

「ご自宅までお送りします」

乾がいった。

「だいじょうぶです」

玲は断ったが、彼は承知しない。

「能條さんのためというより、追ってくる彼らと私自身のためです。もしあのふたりが、あなたを呼び止め、脅しなどかけようものなら無事では済まない。あなたは飲酒されています。アルコールの入った状態での揉め事で、しかも相手方が負傷しているとなれば、簡単には解放されない。直前まで一緒に飲んでいた私の責任も問われます」

「自重します――」

話の途中、玲のバッグの中でスマホが鳴った。

ヤクザの徳山からのメッセージだ。

続けてスマホが鳴る。今度は家で母の介護をしてくれているマイラからの着信だった。

徳山は『家戻れ』、マイラが『うちが　たいへん』。

玲はマイラに電話をかけながら、すぐに手を挙げタクシーを探した。

4

墨田区内にある玲の自宅にタクシーが近づいてゆくと、路上に数台のパトカーが停まってるのが見えた。サイレンの音は聞こえないが赤色灯は回転したまま。近くの住人たちが出てきて、何事かと遠目に眺めている。

玲は乾とともにタクシーを降りた。

自宅に向かって歩いてゆく。途中、制服警官に止められたが、乾が身分証を提示し手短に説明した。突然の警察庁参事官の登場に、警官が驚きの表情を見せる。

能條家の前は騒然としていた。

対向二車線道路の右端で、短パンやスウェット姿の男四人が制服警官の集団に囲まれている。

「あいつらが無理やり入ろうとしたから止めただけだって」

男のひとりがタバコ焼けした声で警官に話している。

浦沢組の組員だ。四人の中には、いつも徳山に同行している男もいた。ファミレス前で玲たちが襲われた際、ワゴン車で救出に来るのが遅いと徳山に怒鳴られ、蹴《け》られていたあの若衆だ。

玲は白いTシャツに黒いスウェットを穿《は》いたその若衆に「あの」と声をかけた。

彼が気づき、こちらを見る。

「ありがとう」

玲が頭を下げると、「あ、はい」と戸惑ったように返した。ヤクザだが今夜は母とマイラを守ってくれた。その事実に対しては感謝を伝えなければ。

彼らを囲んでいる警官たちに、乾が小声で何か告げている。

「聴取を手短に済ませ、名前と住所を確認したら解放してください」

警官たちはうなずいてみせたが、やはりなぜこんなところに参事官がいるのかと不審に感じている様子だ。

道路の反対、左側にも制服警官に囲まれている五人の男がいた。

「メッセージ持ってきた。それだけ」

ひとりが片言の日本語で説明している。

こちらの男たちの中にも、玲は知った顔を見つけた。

あのキャンプハットを被《かぶ》った男。フェンダースが身を隠していた蒲田のホテルで、彼を拉致しようとした中国人だ。今夜もあの日と同じキャンプハットを被っているのは、俺に気づけという合図だろう。

徳山とマイラからのメッセージによれば――あの五人の中国人が突然能條家を訪れ、「玲さんに会いたい」とインターホン越しに呼びかけた。マイラが玲は不在だと告げたが、連中は帰らず、門扉を開け玄関前まで入ってきたところに、能條家の「見守り」をしていた浦沢組の組員が駆けつけ、口論となった。さらに巡回警備を強化していた東向島署の警察官たちも到着し、家の前で一時二十人以上が揉み合う事態となった。

衝突はすでに収まっているものの、通行人が何事かと次々に足を止め、午後十時を過ぎているのに住宅街の路上はざわついている。

「喂《ウエイ》！」

キャンプハットが玲に気づき、呼びかけてきた。

無視して自宅玄関に向かう。

その途中——

警官の間をすり抜け、ミニスカートの女性が何気なく近づいてきた。

玲は即座に二歩下がり、身構える。

乾も驚き、女の顔を凝視した。

イリーナ趙、つい先ほどまで話題にしていた女だ。

「大げさ。これ渡しに来ただけ」

イリーナは小馬鹿にしたような笑みを浮かべ、大きな瞳《ひとみ》でこちらを見た。やはりアナイス・マソンに似ている。この偶然が本当に怨《うら》めしい。

「はい」

肩にかけたポーチから封筒を出す。

『From Yilin Wang』

表にそう書かれていた。送り主は王依林のようだ。

イリーナが差し出した右手には、この前玲がつけた噛《か》み痕《あと》がくっきりと残っていた。わざと見せつけているのだろう。乾が目配せしている。その視線に促され、玲は迷いながら封筒を受け取った。

「何もしない。もう帰る」

イリーナは玲ではなく乾に告げると、背を向けた。

彼女が離れてゆく。

乾がすぐにスマホを出し、どこかに連絡しつつ、近くにいた所轄の責任者にも話しかけている。イリーナに尾行をつけるのだろう。

キャンプハットを含む中国人の一団はまだ近くで制服警官たちと揉めている。無理やりその場から立ち去ろうとして、警官たちに押しとどめられた。中国人たちが「帰らせろ！」と日本語で抗議し、またもその場が騒然としたところに増援の警察車両が到着した。

だが、キャンプハットの一団は単なるモブであり、この騒ぎは演出だ。主役のイリーナを玲に自然に近づけ、王からの封筒をより印象づけるための。

「ここは東向島署員たちに任せて、ご自宅内を確認しましょう」

乾の言葉に玲はうなずき、彼が指差す玄関へと駆けた。

「マイラ、私。開けて」

鍵《かぎ》とチェーンのかかったドアの外から呼びかける。

すぐにドアが開き、マイラが抱きついてきた。

「ああ、シスター。あの人たち帰らなくて、ドアをいっぱい叩《たた》かれて――」

彼女が震える声で囁《ささや》く。

「ごめんね、怖がらせて。母や家の中はだいじょうぶだった？」

「うん、ママさんはだいじょうぶ、ご機嫌斜めだけど。おウチも何もされてない」

玲は彼女を抱きしめた。そして乾とともに三人で玄関に入り、ドアを閉める。外の喧騒と殺気立った空気が少しだけ緩和された。

「警視長さん」

マイラが玲の傍に立つ乾に気づいた。

特異な状況でふたりがぎこちない挨拶《あいさつ》を交わす。以前、次男乃亜が巻き込まれた特殊詐欺事件を通して、マイラと乾はつながりを持った。

「何事なの。騒がしくて眠れないんだけど」

母だ。パジャマ姿でスリッパを履いて玄関まで出てきた。声も顔つきも明らかに苛立《いらだ》っている。サイレンの音や男たちの怒号が耳に届き、怯《おび》えているのだろう。不安で神経質になると怒りの感情が強く出るのが母の傾向だ。

「玲ちゃんどうにかして。明日はパパも早いんだから」

パパ——亡くなった父のことをいっている。やはり認知症の具合がよくない。

「あら、お客様？」

母が玄関に立つ乾に目を遣る。

玲は説明しようとしたが、それより早く彼が口を開く。

「ご挨拶が遅れて申し訳ありません。玲さんの友人の乾と申します。先ほどまで一緒に食事をして、そのあとお送りしてきたところです」

「あら、そうでしたか。こんな恰好《かっこう》ですみません」

母の表情が柔らかくなり、声も少し優しくなった。

「この子、私には何もいわないものですから。ふたりはいつからのお知り合い？」

珍しく母の口から言葉が滑らかに出た。乾との関係を明らかに勘違いしているが、今は訂正せずにいよう。きつい言葉を吐かれるよりはいい。

玲のスマホが震えた。

『ドアの前』

礼央からのDMだ。マイラが不安になって連絡したのだろう。母のことは乾に一時任せ、そっとドアを開け、マイラを連れて玄関の外に出る。

「大騒ぎだね」

礼央が周囲を見渡す。そんな息子の肩にマイラが疲れた顔を寄せる。

「遅い時間にごめんね。バイク？」

玲は礼央に訊いた。

「ああ。動揺してるから乗せて帰るよ。マイラの自転車《マム》置いていっていい？」

「もちろん。いつ取りに来てもいいから。それと――」

玲は彼の耳に顔を近づける。

「会って話したいから連絡する」

「わかった」

礼央はすぐに河東郁美の件だと気づき、逆に訊いた。

「俺だけ？」

「まずは君に話して、それから他の皆にどう伝えるか考える」

「そうか。でも、悪い話ほど全員揃ったときに伝えるべきだと思うけど」

内容についても察したようだ。

「全員か。かもね」

玲もそれが最良だとわかっているが、勇気を持てずにいた。

「とりあえず連絡待っているよ。マムを連れて帰ってレモネードでも飲ませる」

力なく手を振るマイラの肩を抱き、礼央が帰ってゆく。

その背中を見送りながら玲は考える。

――ありのままを伝えるか。

礼央をはじめとする河東の教え子四人が、打ちひしがれようと苦しもうと、それはあの子たち自身の問題だ。真相を知りたがった代償は、四人各自が負わなければならない。

門の外の路上に、浦沢組の四人の姿はもうなかった。

一方、五人の中国人たちはまだパトカーに乗るのを拒み、しつこく警察官と口論を続けている。いや、外の状況を気にするより母だ。

「お客様をお待たせして何してるの」

ドアを開け玄関に戻ると母が話しかけてきた。

機嫌がよくなっている。情緒がコロコロ変わるのも母の症状の特徴だ。

――あ、右手。

母は据え置き電話の子機を握りしめていた。

「私は着替えてくるから。その間、乾さんに上がっていただいて。そう、玲ちゃんも準備して。乾さんも一緒にいらっしゃるから」

――着替え？　準備？　一緒？

「どういうことですか」

玲は乾の顔を見た。

「すみません、私がよけいなことをいってしまったせいです。今夜またここに誰かが突然訪ねてくる可能性がある。それにお母様の気持ちも落ち着かないようだったので、違う場所にお連れしますとお伝えしたんです」

その考え自体は間違っていない。

騒ぎが一度収まり、当事者たちの緊張が途切れ、警備も手薄になったところを狙って再度襲撃を仕掛けるのは戦術の基本だ。あのイリーナに自宅の場所を知られた。加えてキャンプハットたちの組織が元軍人や民間軍事会社の所属員で構成されていることを考えると、確かに対策を講じておくべきだろう。

乾が続ける。

「どこかホテルの部屋を取り、そこでゆっくりお休みになっていただくつもりだったのですが、お母様が孫の莉奈さんに電話されて」

中央区《ちゆうおう》にある兄・康平のマンションに行く気だ。

「私も誘われ、そちらまでお連れすることになってしまいました」

しばらく会っていない息子の顔を見たかったのだろう。先日のお盆の墓参りも、来る予定だった兄は急用で欠席し、母と玲、兄の妻の綾香《あやか》、姪の莉奈の四人で父の眠る墓に手を合わせた。玲が日本に戻って以降、母とふたりで兄の自宅を訪れたことはない。さらにいえば、玲は兄の自宅に入ったこともない。

だが、息子の家とはいえ、こんな夜遅くに突然押しかけるなんて。

しかも、母は乾も一緒に行こうと誘った。娘の再婚相手候補の彼――明らかな勘違いだが――は、母の中ではもう家族の一員になっているのだろう。加えて母は、ついさっきまで自分が外の騒動に怯え、苛立っていたことも忘れている。

ただ――

玲は再度乾の顔を見た。この男は母を気遣い、親切めかして振る舞ってはいるが、それは上辺だけだ。目的は別のところにある。

玲はバッグに手を入れ、イリーナに渡された封筒を出した。開く前に危険な仕掛けはないか一応点検する。問題ないようだ。

収められていた便箋《びんせん》には英語で王依林からの連絡事項が書かれていた。

ホアン・ダット・クオンが私に会談を申し込んできたが、会うべき相手は彼ではなく、君だと考えている。互いの間にある問題を解決するため、ふたりだけで話したい——大まかにいうとそんな内容だ。都合を摺《す》り合わせ、会う場所を決めるための電話番号やSNSアカウントも添えられていた。

——会ったこともない相手と何を話せと？

リェンと瑛太を一刻も早く助けたいが、玲は直接の当事者ではない。

本来は中国の秘密警察とJ&Sの揉め事であり、傍観者でしかないのに、なぜ今回もまた矢面に立たねばならないのだろう。

そんな愚痴が頭の中をよぎってゆく。

玲は読み終えた便箋を不貞腐《ふてくさ》れながら乾の前に突き出した。

＊

風呂《ふろ》を出て髪を乾かし、玲は毛足の長いラグに腰を下ろした。

日付が変わり、午前一時三十分。兄一家の暮らすマンションの莉奈の部屋にいる。

ベッドの端にもたれかかり、スマホにメッセージを打ち込んでゆく。

送り先はUm Mundoのアカウント。最近は更新されていないが、とりあえず伝えられる限りの状況を書き込み、協力を要請した。こいつの情報収集力からして、もう事態を把握しているかもしれない。

——だとしたら、なおさらダンマリは許せない。

Um Mundoも間違いなく関係者のひとりだ。河東郁美の死に対する責任も負っている。望みは薄いがこいつにも骨を折らせないと。

着信を確認するとリェンの夫・辻井哲也からメッセージが届いていた。リェンと瑛太に関する連絡は、まだどこからもないそうだ。文面からでも憔悴《しょうすい》しているのがわかる。あまり役には立たないだろうが、ふたりのためにも少しは寝てくださいと書いて送った。

そしてホアン・ダット・クオンについて考える。

「うそつきめ」

玲は思わず声に出した。

クオンは王依林という中国人と間違いなく下交渉を進めている。そうでなければ、玲のところに王からいきなりあんな封筒が届くはずがない。クオンと王が直接交渉し、決裂した場合、そこから一気にふたつの組織の全面抗争に発展する危険性が高い。中国政府が背後に控えている秘密警察に較べ、在留ベトナム人が寄り集まっただけのJ&Sは人員の規模も数分の一で資金力もわずかだ。あまりに違い過ぎて、もちろん単体では勝負にはならない。しかし、以前から中国人犯罪組織の蛮行や秘密警察に反感を抱き、その存在に危機感を募らせていたブラジル、台湾、バングラデシュ、ネパールなど多くの外国人犯罪組織がこの機に連携集結すれば、若干ながら勝利の可能性が生まれる。

だが、そうなれば、指定暴力団同士が激突する以上の抗争が、都内各地でくり広げられることになってしまう。

そんな事態はクオン、王、そして警察庁の乾も避けたいだろう。

だからあの連中は玲を緩衝材として使い、可能な限り穏便に収めようとしている。

リェンと瑛太はどこかに監禁されているが、ふたりが今も無事で生きていることは実兄のクオンも間違いなく確認している。この状況で何よりも優先して確かめなければならない項目であり、もしふたりがすでに死んでしまっているのなら、クオンは王との交渉が実現するよう準備を進める必要もなくなる。何より身内を対抗勢力に拉致された上、有効な手も打てずに殺されてしまったら、クオンは組織を束ねる者としての力量を同胞から疑われ、一気に求心力を失う。

一方の王も、クオンの妹と甥《おい》を拉致してまで、自分たちの暗号資産戦略にJ＆Sを組み込もうとしたのに、芳しい成果を出せず、東京で外国人同士の潰《つぶ》し合いを激化させたとなれば、本国政府の上層部から厳しい処分を受けることになる。

乾も中国政府を極力刺激することなく、秘密警察を弱体化させようと画策しているだろう。

三者三様に最も自分に有利な落とし所を、今必死で探っている。

同じく玲も考える。

リエンと瑛太が無事に戻り、自分と家族、友人が今後も安全に過ごしていける解決策を。

一時間半前――

母、乾と共にこのマンションの玄関ドアを開けた直後、兄に怒鳴られた。

「家にいたら危ないって、どういうことだ⁉　おまえ何をした？　母さんまで退避させるなんて、何に狙われてる？　隠れてスパイか正義の味方でもやってるのか‼」

続けてこうもいわれた。

「昔と同じだ。おまえがいると面倒ばかり起きる」

不登校となり塞《ふさ》ぎ込んでいた十代の玲が、常に父母の悩みの種であり、能條家を暗く息苦しい場所にしている一番の要因だったことを指しているのだろう。

莉奈がいい過ぎだと怒り、母が「いい歳して兄妹喧嘩《きようだいげんか》なんて嫌ね」と窘《たしな》めたことで、兄の語気は少し収まった。乾が名刺を出して挨拶したことも役に立った。警察庁に勤務する警視長の肩書きを見て、弁護士の兄は彼が単なる友人ではないこと、そして玲が本当に危うい状況にいることを悟ったようだ。

ただ、明日以降あらためて何が起きているか説明しろ、と兄から念を押された。

母は兄の妻に案内され、高層マンションから見下ろす夜景をひとしきり楽しんだあと、兄の書斎で眠りについた。

玲はここ、莉奈の部屋に泊まることになった。あの子は今風呂に入っている。

――私もホアン・ダット・クオンと同じか。

ため息が漏れた。自分のせいで家族や周囲の人々を危険に巻き込んでしまっている。

このところぼんやり考えていることが、また頭に浮かんできた。

――日本を出ようか。

母の身の回りの世話さえ誰かがしてくれるのなら、どこか外国へ行くべきなのかもと思う。

フランスには戻れないが、それ以外ならどこでもいい。

間違いなくロン・フェンダースの影響だ。彼は恋人や自分、友人を守るため日本を出た。そして一度インドネシアに戻ったあと、またどこか別の国に向かうことになるだろう。母国に残っていれば常に危険がつきまとう彼にとって、他に生き延びる道はない。

玲が唯一願うのは、娘のイリスが幸せに生きていてくれること。他のことは、まあどうでもいいし、どんな国でも何とか生きていける気もする。

――だめだ。

考えるとイリスに会いたくなってしまう。あの子の顔を見て、声を聴いて、髪に頰に触れたくなる。だからなるべく思い出さないようにしているのに。

スマホの着信音が鳴り、玲は我に返った。

画面を見る。

届いたのはUm MundoからのＤＭだった。

X

1

「あの人、マザコンなんだよ」

莉奈がベッドの上でボディクリームを塗りながら愚痴る。槍玉《やりだま》に挙げられているのは彼女の父であり、玲の兄である康平だった。

「玲ちゃんがパリで暮らしはじめてから、あの人、オババに構ってもらえるようになって嬉《うれ》しかったんだよね。オババのほうもそれまでのうしろめたさがあったのと、玲ちゃんがいなくなった寂しさもあって、あの人を全力で構うようになってさ。その弊害が今一気に出てるんだよ」

「もうちょっと声小さく」

玲は窘《たしな》めた。時刻は午前二時を過ぎているし、ここは兄の家という遠慮もある。

莉奈の勢いは止まらない。

「むしろ聞こえたほうがいい。あの人、ほんとは自分でオババの世話したいんだよ。でも、大好きで憧《あこが》れでもあった母親が認知症が進んで変わっていっちゃうのを見るのが怖いんだよね」

一気に捲《まく》し立てる。

「だから玲ちゃんに押しつけたくせに、それが歯痒《はがゆ》くてしかたないんだよ。僕ならもっとこうできるとか、母親の具合だってもっとよくなるはずなのにって。そのくせ自分じゃお金出すだけで何もしない。なのに、ちょっと問題が起きると、全部玲ちゃんひとりのせいにして」

莉奈の指摘は正しいのだろう。

幼いころから兄の康平を見ていて、むしろ母とは折り合いが悪いのだと勝手に決めつけていた。でも、それは母が何事にも不器用な十歳も年下の妹・玲にかかりきりだったことに対する、兄なりの嫉妬《しっと》と反発だったのかもしれない。しかも玲は十代に入ると不登校、そして引きこもりになり、母はさらに玲のことで気を揉《も》み、あれこれと世話を焼くようになった。

あのとき兄はどう感じていたかなんて、考えたこともなかった。その後、パリに移り住んでからも、日本にいる母と兄の関係を気に掛けたことなどない。いい大人なのだから、適度な距離を保ちつつ上手《うま》くやっているはずだと思っていた。本当のふたりの関係など、ずっと知らずにいたし、知ろうともしなかった。

相変わらず人の心が読めない自分を反省しつつ、逆に莉奈の鋭さに感心する。

ただ、そんな子だから玲の小細工も簡単に見抜いてしまう。

「何かあった？」

莉奈にいわれ、玲はどきりとしながらも訊《き》き返した。

「ん、何か変？」

「顔が緊張してる」

「そう？　この家泊まるのはじめてだからじゃない？　それに礼央くんから連絡が来て、明後日《あさって》会うことになったんで気が重いんだよね」

「河東郁美さんについて話さなくちゃならないから？」

「うん。隠さず事実を伝えるとなると、あの子たちにとってはかなり辛《つら》い話になるから」

「それだけ？」

やはり勘が鋭い。

「それだけだよ」

玲はさりげなく返したつもりだが、莉奈が顔を覗《のぞ》き込んでくる。

ついさっきUm MundoからＤＭが来たことはこの子に話していない。さらにホアン・トゥイ・リェンと瑛太が行方不明であることも伝えていなかった。これ以上、莉奈や兄を巻き込むことは本当に危険だ。玲が今後も動き続ければ、次は母やこの子、兄夫婦が間違いなく狙われる。

「オババの面倒見る代わりに、私には全部話すって約束したよね？　スマホ見せて」

浮気疑惑がある彼氏を問い詰める口調で迫ってくる。

「もう本当に危ないんだよ。何かあれば軽い怪我程度じゃ済まない」

玲は諭すようにいった。

「緊張感も危険度も高くなってるんだろうって私もわかる。だからこそ、何が起きているのか正しく知っておきたいんだよ。何も知らないままでいたら、対策を取ることもできない。私みたいな素人の対策なんてたかが知れてるけど、それでもまったく準備をしていないよりはいいでしょ？　どう危険なのか？　どんな予防策を取っておくべきか？　プロである玲ちゃんは私に事実を教え、適切な指示をする義務があると思うけど」

腹立たしいほどの正論。

玲は軽く舌打ちしたあと、右手に握っているスマホの画面を見せた。

2

陽は沈んだものの、首筋にじっとりと汗が浮かんでくる。現在の気温は三十三度。猛暑日が続き、もう暑いとつぶやくのも面倒だ。

九月九日、午後六時十五分の隅田公園。

芝生広場は観光客で溢《あふ》れている。大半が外国人で、ライトアップされた東京スカイツリーを背景にひとしきり写真や動画を撮ったあとは、近くの浅草や東京ソラマチへと徒歩で流れてゆく。

Um Mundoからの指示で玲はここに来た。

以前も同じこの公園で待ち合わせたが、結局会うことはできなかった。あのときはリェンも一緒だったのに今日はいない。

暑さに耐えられず、森野セイン美和から借りたままの携帯扇風機をバッグから取り出し、スイッチを入れる。首周りが涼しくなった。

少し落ち着いた頭で、今日朝からの出来事を整理してゆく。

兄の家で目覚めた母は機嫌よく朝食を摂《と》っていた。兄はゴルフに出かけて、玲が起きたときにはもういなかった。母や莉奈の証言によると、相変わらず機嫌は悪かったらしい。昨夜、警察庁の乾がここまでの出来事を大まかに説明したが、納得はしていないのだろう。母もいつまでも兄の家に置いておくわけにはいかないし、警戒が不可欠な状況が続くのなら、どこかのケアホームに入居してもらう必要も出てくる。面倒だけれど、兄と一度膝《ひざ》を突き合わせて話さなければ。

玲は午前に一度墨田区内の自宅に戻り、自分の当座の服をスーツケースに詰めて運び出した。母の服も箱に詰め、宅配便で送った。兄のマンションには今後はなるべく近づかないつもりだ。自宅内をくまなく点検したが、侵入された形跡などはなかった。

昼前に予備校に到着し、配信の授業を一コマ、対面の授業を二コマ担当し、合間に神田のビジネスホテルにチェックインした。しばらくはあちこちのホテルを泊まり歩く生活になりそうだ。リェンの夫の哲也とも連絡を取り合った。

やはりまだリェンからは何の連絡もないそうだ。王依林が接触してきたことも含め、ここまでの状況を彼に話すべきか迷ったが、黙っていることにした。母や莉奈たちに対する配慮とは少し違う。普段は温厚で家族を愛している彼だからこそ、真相を知れば、妻と息子のために逮捕覚悟の極端な行動を取りかねないと思ったからだ。

授業の合間にはホアン・ダット・クオンからも電話があった。

奴は王依林が玲に封筒を送って来た事実を、すでに摑《つか》んでいた。なぜ知っているのか訊いたが、「今は教えられない」と返してきた。

——白々しい。

事前に王との間で何らかの下交渉を進めていたのはやはり間違いない。

クオンから王と会うよう念を押されたが、「思案中です」と返した。その後、さらに何度も電話がかかってきたが、出ることも折り返すこともせず無視している。

現時点で玲は、王からの会談の申し入れに応じるつもりはない。

直接であれ、電話であれ、ここで王と接触してしまえば、J&Sコーポレーションを含む各国の犯罪者集団の連合、中国の秘密警察、警察庁の三者の間の緩衝材として本格的に使われることになり、そこから抜け出せなくなる。

午後六時三十分、約束の時間だ。

園内には相変わらず多くの人がいるが、その中のふたりがこちらに近づいてきた。東南アジア系だろうか、褐色の肌をした二十代の女性たちだ。どちらもTシャツにスカート。肩にポーチをかけ、ひとりは日本橋髙島屋《にほんばしたかしまや》の小ぶりな紙袋を持っている。ふたりとも表情が硬い。彼女たちが囮《おとり》である可能性もあり、玲は周囲すべてを警戒した。

Tシャツ姿のふたりは近づきながら紙袋を胸の高さまで上げ、中身が見えるよう開いて玲に向けた。危険なものは入っていないというアピールだ。袋の底にスマホと小さな黒いものが見える。

彼女たちは玲の目の前まで来ると口を開いた。

「For you」

「私に？　あなたたちは誰？」

玲は日本語に加え、英語、中国語でも訊いた。

しかし、彼女たちは緊張した顔のまま首を横に振り、紙袋を玲の足元に置くと駆け戻っていった。ふたりは単なる配達員だ。追いかけて問い詰めても意味はないだろう。

紙袋の中には電源が入った中国メーカーのスマホが一台入っていた。小さな黒いものは片方だけのイヤホンだった。

スマホの画面には受話器のアイコンが表示され、通話アプリが起動している。見たことのない種類のものだが、説明文はキリル文字のようで玲には読めない。

イヤホンを右耳に入れた。

『こんばんは。マイク付きのイヤホンなのでそのまま話してください』

日本語で話しかけてきたのは男性の声だが、ＡＩにより加工された音声だとわかる。

「こんばんは。あなたはUm Mundo?」

『ええ、そうです』

「やっと話せたけれど、顔を見せてはくれないのですね」

『すみません。離れた場所にいるもので』

距離的に離れているという意味か？　真意はわからないが、玲がイヤホンをつけたのと同時に話しかけてきたことからも、こちらの姿は何らかのかたちで見られているとわかった。

「あなたと呼べばいいですか、それともあなたたち？」

『今回は単数のあなたにしましょう。私は玲さんと呼んでも構いませんか』

「ええ。ただ、前回も会うといっていたのに結局姿を見せなかった。また約束を破るのですか」

少し強気な言葉を投げかけ、探りを入れる。

『前回約束を破ったのは私ではなく玲さんたちですよ。絶対にうそをつかないでとお願いしたのに、あなた方はブラジル人に恐喝されているベトナム人になりすまして接触しようとした。しかも、意図していなかったとはいえ、ブラジル人の尾行まで引き連れて』

「それは言いがかりです。説明に曖昧《あいまい》なところがあったとはいえ、私たちに騙《だま》す意図がなかったのはご存じのはずです。会うのに怖気《おじけ》づいて逃げたことを、こちらに責任転嫁するのですか」

『ずいぶんと挑発的ですね』

「それだけお会いしたいんです。顔も正体も隠したままの相手を、あなたは信用できますか？」

『隠れ続けているつもりはありません。まだ顔を見せるのに適切な時期ではないと思っているだけです』

「もったいぶる理由は？」

『危険性を拭《ぬぐ》い切れないからです。私も敵が多いので。あなたの置かれた状況と同じく、私を排除したがっている集団が複数いるんです。警察も私を目障りだと思っているようですし』

流暢《りゅうちょう》な日本語で会話に遅延もない。Um Mundoは日本人？　それとも日本滞在が長い外国人？

『でも、玲さんとは以前、直接お会いしたことがあるんですよ』

「あなたと私が？　顔を合わせたことがある？」

『はい。少しお話もしました』

「そのうそは何のため？　何を引き出したいのですか」

『本当です。近いうちにまた直接お会いするつもりです。ただ、今はその話は一旦《いったん》止めにして、本題に入りませんか』

「わかりました。移動しながら話しても構いませんか？　同じところにいては標的になってしまうので」

　玲は夜の公園内を歩き出した。

　人混みを離れ、園内にある魚釣り場のほうへと進んでゆく。

「昨日メッセージをお送りしたように、ホアン・トゥイ・リェンと息子の瑛太の居場所を特定していただきたい」

『私が手伝う理由は？』

「わかっているはずです。リェンの母と兄はJ&Sコーポレーションのトップであり、彼女たちが戻らなければ今後、J&Sのみならず他の複数の外国人組織と、中国の秘密警察との間の大規模な抗争に発展する可能性が高い。そうなれば、あなたが守ろうとしている在留外国人が数多く巻き込まれることになる。犯罪に加担せず誠実に暮らしている人々が被害を受けることは、あなたとしても避けたいはずです。加えて、私はあなたにいくつかの貸しがあります。それをこの機会に返していただきたい」

『貸しがある？』

「とぼけるのは止めてください。あなたはこれまで情報を与えたり、逆に秘匿したりすることで、多くの人々を操り、目的を果たしてきた。その目的というのは多くの場合、他人を救う善行だったようです。しかし、あなたは今日がそうであるように、自分が姿を見せることはない。自分の足で行動し、自分の手で物事を成し遂げることはないという意味です。だから時として、私のように利害の一致する相手を選び、情報を与え、手足とすることで目的を達成してきた」

　魚釣り場はすでに開放時間が終了し、門を閉じている。見上げるとここからはさらに東京スカイツリーが近く大きく見えるが、観光客はほとんどいない。玲は古びた門の前を通り過ぎ、さらに人の少ないほうへと歩いた。

『手足ですか。私としてはパートナーに選んだつもりなのですが』

Um Mundoが独り言のようにいった。

「では、パートナーにしましょう。呼び方にこだわりはないので。たとえばブラジル人窃盗団に脅されていたベトナム人たちを助けた一件ですが、あなたは確かに有益な情報を提供してくれた。しかし、実働部隊となる私がいなければ、あの窃盗団を排除することはできなかった。しかも、あなたのパートナーとなることは非常に危険を伴う。実際、河東郁美さんはあなたとの共闘を選んだため、自ら命を絶つ結果となってしまった。いえ、あの件で今あなたを断罪するつもりはありません。私も少なくない犠牲を払ってきたことを、わかっていただきたかっただけです」

『その報酬として、リェンさんたちの居場所を特定しろと』

「そしてできればリェンと息子の救出の手助けをしていただきたい。ナビゲートしてほしいという意味です」

『本当の意味でのパートナーになれということですか』

「ええ。ロン・フェンダースさんを出国させる際も、あなたは私たちを助けてくれた。まさに窮地の状況というとき、アルベルト・メンデスさんに依頼してブラジル人の一団を蒲田のホテルに送り込んでくれた。あのとき、それまでの私の働きに対するあなたなりの謝礼を与えてくれたのだと思ったんです。でも、振り返って考えてみて、そうじゃないことに気づいた。ロンは最後まで何もいわずに出国していったけれど、Um Mundo、あなたはロンとつながりがあったのでしょう？　私のためではなく、仲間だったロンを助けるため、あなたはメンデスを動かした。ロンはかつて世界有数の半導体メーカー、トライアド・インターナショナルの重役だった人物であり、彼自身とても優れたＩＴエンジニアだった。クラッキングでさまざまな情報を入手しているあなたにとって、ロンは重要なパートナーであり、協力者だったのですね」

『それが玲さんの推理ですか』

「いえ、推理ではなく事実です。ロンは私のことをメンデスから教えられたといっていました。でも、能條玲を頼れと最初に彼に伝えたのは、あなただったのでしょう？　河東さんのときのような取り返しのつかない失敗をしたくなかったあなたは、ロンのために最善を尽くそうとした。その気持ちはわかります。でも、実際に身を挺《てい》してロンを守ったのは私です」

自分の功を誇るのは好きじゃない。だが、なりふり構っていられない状況に追い込まれている。

Um Mundoが黙り、会話が途切れた。

玲はいつの間にか公園を出ていた。三囲神社の裏手を過ぎ、以前、追ってきた男たちを振り切るのに重機運搬車の荷台に飛び乗ったあたりの道を進んでゆく。

『手伝うかどうか、少し考える時間をください』

Um Mundoはいった。

「何のために？」

『難しい作業になるからです。秘密警察の情報を探り出すには、中国大使館や領事館の通話、通信をクラッキングする必要がある。私にできるかどうか確認しなければ』

「あまり長くは待てません」

『一両日中には再度ご連絡します。ですが、確認の結果、玲さんに協力できないと答えたら、そのときはどうなるのでしょう？』

「今後、たとえどれほど利害が一致しようと、私があなたに協力することはありません」

『それだけで済みますか？』

「わかりません。ただ、もしもリェンたちが生きて帰らないことがあれば、あなたを憎み、正体を探り出して復讐《ふくしゅう》するかもしれません。たとえそれが意味のない逆恨みだとわかっていても」

『こちらも命懸けというわけですか』

玲のバッグの中で私物のスマホが鳴った。電話の着信だ。

『気にせず出てください』

「いえ、だいじょうぶです」

電話を切ろうとバッグに手を入れる。

『でも、出ることになると思いますよ』

Um Mundoが予言めいたことを口にする。

「えっ？　それは——」

しかし、十秒もしないうちに玲にも言葉の意味がわかった。

向島言問団子の店舗前を過ぎて左に曲がると、数人の男たちの姿が見えた。隅田公園少年野球場脇の広い歩道を横に並んで塞《ふさ》いでいる。

日本人じゃない。たぶんベトナム系。計六人すべてが玲に目を向けている。

バッグから自分のスマホを取り出し画面を見ると、ダン・チャウからの着信だった。

『私は一度消えます』

Um Mundoとの通話が切れた。やはり彼は玲の周囲の状況をモニターしていたようだ。まだ話したいことがあったのに。

——じゃまされた。

玲は舌打ちしながら録音アプリを起動させ、電話に出た。

3

『玲、用件はわかるわね』

ダン・チャウが話しかけてくる。道の先で街灯に照らされている男たちは、変わらずこちらを睨《にら》んでいる。

「王依林は私と会うために、あなたにまで直接圧力をかけたのですね。で、あなたは娘と孫可愛さに私に電話をかけてきた」

『ええ。あなたも本気でリェンと瑛太を救いたいのでしょう。だったら早く行動なさい。躊躇《ちゅうちょ》しているのなら、無理やりにでもいうことを聞かせる』

「私が王のところに行ったとしても無意味です。それに関してはすでにホアン・ダット・クオンさんに伝えてあります」

『聞いたわ。でも、試してみなければわからない。私は娘と孫が可愛いばかりに馬鹿な行いをする女と思われて構わないし、幸いにもあなたは何の後ろ盾も持たない。そう、ただの日本人。急に消息不明になっても、大騒ぎにはならないわ』

――やはりこの人も汚れ切った犯罪者だ。

「これでも幸いなことに支持者はいますよ。知り合いの乾という男をはじめとする警察庁の上層部です。彼らは中国の秘密警察と、あなたたちJ&Sを含む複数の外国人犯罪者集団が対立している今の構図を歓迎しています。互いに牽制《けんせい》し合い、身動きが取れぬうちに、外交手段でこの状況を打破しようとしている」

『外交なんてずいぶんと大きな話ね』

「あなたたちJ&Sは在東京ベトナム大使館にさまざまな便宜を図る——要するに金を贈ることで、ベトナム本国の政府と通じている。J&Sの力を支えているのは、日本からベトナムに違法送金され、現地に蓄えられている莫大《ばくだい》な資金です。その金に対し、今までベトナムで脱税の容疑などがかけられなかったのは、現地の役人たちを上手く手懐《てなず》けていたからでしょう。あなたの亡くなった夫の兄弟親戚《しんせき》が、今もホーチミン市内で有力な犯罪組織を形成していることも大きく関係しているはずです。でも、外交圧力を受けたベトナム政府が現地警察に命令し、あなた方の資金に捜査の手が伸び、切り崩されるようなことがあれば、どうなります？　あなた方の力は大きく削《そ》がれるだけでなく、組織そのものの存在価値が揺らぐ」

『そう上手く運ぶ？　日本の警察は及び腰で有名でしょう？』

「警察が動かなくても、秘密が暴かれることは多いですよ。胸を張っていえることではないですが、この件では浦沢組や上部団体の身延連合、その他の日本のヤクザもあなた方と秘密警察の緊張状態が続くことを望んでいます。外国人同士が対立している間は、自分たちの縄張りが侵食されることもなく安泰ですから。連中は、あなた方がどんなかたちであれ連携しようとするのを全力で阻止します。摑んでいるあなた方に関するネガティヴな情報をネットに次々と流すでしょうし、息のかかったマスコミを通じて報道もさせる」

『ヤクザにまで期待するなんて、あなたも落ちたものね』

「プライドは元々持ち合わせていませんから。悪や不正を糾弾する作業は私のような人間には分不相応なので、他人に任せます。不正を詮索《せんさく》し、世に公表することで正そうとするクラッカーが世界には無数にいますから。彼らが喜んでJ&Sの汚い部分を暴いてくれるでしょう」

『ねえ、あなたの目の前にいる男たちのことを忘れていない？』

　実力行使——やはりそう来るか。

「ちゃんと見えていますし、こちらに殺意を向けていることもわかります」

『あなたが強いのはわかってる。だから――』

ダン・チャウが話している途中で電話を切り、スマホを肩にかけたバッグの中に落とす。離れて見つめていた褐色の肌の男たちが一斉にこちらに駆けてくる。

玲はすぐ横の四車線の車道に飛び出した。

走ってきたセダンがクラクションを鳴らしながら急停車する。玲は撥《は》ねられる寸前でセダンのボンネットに飛び乗り、一回転して体を起こすと、車体の屋根に立った。そのまま反対車線を走ってきた白いワゴンの屋根に飛び移り、さらに跳ねて、車道を渡った先の歩道に降り立った。

ベトナム人の男たちもクラクションを浴びながら無理やり車を止め、道を渡ろうとしている。

玲はすぐ近くのコンビニの駐車場に走ると、停まっていた商用車のボンネットから屋根に駆け上がり、さらに平屋建ての店舗の屋根に飛び乗った。

そこから隣にある民家のベランダに飛びつき、よじ登って二階建ての屋根に上がった。下町の密集する民家の屋根を伝い、逃げる。

男たちの半分は振り切ったが、それでも三人が屋根に上り玲を追ってくる。

ダン・チャウが口にしかけていたが、この連中、単なるチンピラではないようだ。軍や警察で多少なりとも訓練を積んだ経験があるのかもしれない。

――ちょうどいい。

玲は覚悟を決めた。これから実戦練習を開始する。

相手を舐《な》めてはいない。ロン・フェンダースの一件で自分の戦闘力がどれだけ落ちているかを思い知って以降、日々のトレーニングをさらに増やした。体重は三キロ増えて腕回りも太くなった一方、ウエストは五センチ減り、腹筋の割れがはっきり見えるようになった。

今の自分でどれだけ通用するか、身をもって確かめる。

玲は隙間なく建つ民家やアパートの屋根を伝ってゆく。このあたりは地元で自宅にも近い。どこにどんな建物があるかは十分頭に入っている。

振り向くと追っ手の男たちが見えた。しかし、ひとりは十五メートルほど離れた屋根まで迫っているものの、残りのふたりは遥《はる》か後方にいる。

——そろそろだ。

玲は細い路地を飛び越え、マンション二階ベランダの手摺を摑んだ。ゴム底のフラットシューズのおかげで足が滑ることもない。よじ登り、さらに雨どいと上の階のベランダを伝って三階、四階と上り、屋上に出た。

囲いも手摺もなく平らで、貯水槽とスマホ基地局のアンテナが設置されている。リングというには無理があるが、こんな街中で誰にも見られず、邪魔されずやり合うにはちょうどいい場所だ。そびえ立つ東京スカイツリーのライトが上からぼんやりと照らす中、玲が汗を拭って振り返ると、最後まで追ってきた男がよじ登ってきた。

「ナッティー・ビッチ」

緑のポロシャツに花柄の短パンを身につけたそいつが、背負っていたリュックを下ろしながらいった。イカれたクソ女とか、そんな意味だ。間違ってはいないけれど、黄色やピンクの花模様がプリントされた短パンを穿《は》いているダサい男にいわれたくない。

花柄短パンがリュックのファスナーを開け、シースナイフを取り出し、鞘《さや》から抜いた。刃渡りは十五センチほどだ。

玲もバッグから園芸用スコップを出し、カバーを外した。先が尖《とが》った金属製の折りたたみ式で、伸ばせば全長三十五センチほどになる。掬《すく》う部分の片側には剪定《せんてい》用のノコギリ歯もついている。

花柄短パンが間合いを詰めてくる。身長百七十センチ前後で痩《や》せ型、玲とあまり体格差はない。玲もバッグを落とし、身構える。

短パンが右手に構えたナイフを突き出す、薄闇の中で刃先を見据え、玲は身をかわした。短パンはさらに突くが、玲は右、うしろと小さく跳んだ。またブラウスやパンツを裂かれて買い足すわけにいかないので確実に距離を取り、避《よ》ける。短パンはナイフを振り回して斬ろうとせず、最小限の動きで急所を突いてくる。

やはりこの男、軍で戦闘訓練を受けている。

しかし、玲は動きを見切ることができた。

くり返し避けられたことで短パンが焦りはじめた。その焦りをかき消そうと、突きを出す回数が多くなり、狙いも甘くなってゆく。

逆に玲は慌てず冷静に避け続けた。そして短パンが実力差を知り、引いて逃げようかと迷いの表情を浮かべたところで左側に回り込み、ふくらはぎの裏側を蹴《け》った。

短パンがバランスを崩し、大きく左によろける。同時に玲はスコップを振り下ろした。鈍い音とともに短パンの右手を打ち据える。短パンの親指が変なかたちに曲がり、握っていたナイフが飛んでゆく。

玲は一気に間合いを詰め、短パンが倒れる前にみぞおちに蹴りを入れた。短パンは海老《えび》のように背を丸めながら床に尻餅《しりもち》をつくと、横にごとりと倒れた。

玲は駆け寄り、胸と喉《のど》元に追加の蹴りを二発入れた直後、飛び退《の》いて距離を取った。短パンの顔を覗き込む。顔をしかめ、低く呻《うめ》いているので、とりあえず死んではいない。

そこで、遅れて追いついた短パンの仲間ふたりが屋上に這《は》い上がってきた。

「So...What do you want?　どうする？」

英語と日本語で、上半身だけが見えているベトナム人たちに呼びかけた。が、返事はなく、そのままの体勢で固まっている。

玲は自分のバッグを拾い、肩にかけた。

短パンの仲間のベトナム人たちが我に返ったように屋上に急ぎ上がってくる。だが、玲は奴らが駆け寄るより早く、バッグに畳んだスコップを放り込み、屋上の縁《へり》を摑みながら下へと落ちた。一度両手でぶら下がってから、手を離し、四階と三階の手摺を続けて摑む。再度手を離し、落ちて二階の手摺にぶら下がり、そこから道路に飛び降りた。

すぐに近くの自転車もすれ違えないような細い道に入ってゆく。迷路のように入り組んだ下町の路地を、左右に曲がりながら早足で進む。

途中、またスマホが鳴った。

――今度は誰？

この発信者の番号、昨日のイリーナ趙が届けた手紙に書いてあったものと同じ。

王依林からの電話だった。

「ああ、もう」

玲は進みながら愚痴ると電話に出た。

『はじめまして』

王がいった。

『私のことは、以前、東京ソラマチのステージで見てご存じですよね』

「私があの場にいたことをイリーナから聞いたのですか」

『ええ』

王は隠さなかった。

「ただ、私はあなたに電話番号など教えた覚えはありません。ホアン・ダット・クオンが知らせたのですね」

『仲介者が誰かは問題ではありません。大切なのは私とあなたが会ってお話しすることです。そうすればあなたのお友だちも、早く家に帰ってくるかもしれない』

「お断りします。拉致《らち》されるだけですから」

『そんなことはしません。ここは日本ですよ』

「世界中どこであろうと、中国の基準で考え中国のためだけに行動するのが、あなたの仕事でしょう」

『直接会ったこともない相手に、なかなか偏った意見をぶつけてきますね。ホアンさんも私とあなたが直接話すことを望んでいるのに』

「あなた方が彼に何かしらの脅しをかけたからでしょう。たとえば、妹と甥《おい》の顔に傷をつけるとか」

『違いますよ。彼は我々への接し方を対立から協調へと変更したんです。なので、先ほどのあなたの攻撃的な行動は宣戦布告と受け取りますが、よろしいですか』

「気取った言い方ですね。おまえを潰《つぶ》すといえばいいのに」

戦いの直後で高揚しているせいか、思ったことがそのまま口から出てゆく。

『勘違いされているようなのでもう一度お伝えしますが、私はあなたを拉致する考えなど持っていません。ただ、あなたの今後の行動についてお話ししたいだけです。できれば、あまり活躍しすぎないようにしていただきたい』

昨日のクオンの話によれば、ロン・フェンダースが無事にインドネシアに帰国したことで、彼の資金が早くも現地の大統領選挙の構図を変えはじめているという。そうした中国の対外政策に影響を与える行動を、今後は一切取るなといっているのだろう。

「活躍しているつもりはありませんが」

『結果としてそうなってしまっているのだから仕方がない』

「私は何もするつもりはありません。ホアン・トゥイ・リェンと瑛太が帰ってくるための行動以外は。それに私が何をしようとも関係なく、今の流れは止められませんよ」

『今の流れとは？』

「アジアのアンダーグラウンド金融をさらにＩＴ化し、中国が一元的に支配するという目標は達成されません。秘密警察とＪ＆Ｓグループが今後、もし相補的な関係を築き上げ、それを見た他の外国人犯罪組織も追随しようとしても、警察庁が阻止します」

『日本の警察にそんなことができますか？』

「では、警察庁のこの行動をアメリカのＣＩＡが全面的に支援するといったら？　この点に関しては、私よりあなたのほうがずっとお詳しいはずです」

『何がいいたいのですか』

「日本国内に存在するベトナム人、台湾人、ネパール人、パキスタン人などの外国人犯罪組織が中国秘密警察の子会社化することを、日本、アメリカ、韓国などの政府は絶対に許さないということです」

中国政府が秘密警察を介して発注した、日本に対する攪乱《かくらん》行為や破壊行為を、直接関係のない外国人犯罪組織が請け負い、実行する。両者の間に思想的、政治的な共通点などは一切ない。互いをつないでいるのはカネのみ。

ネットを通じて見知らぬボスに集められた連中が、わずかなカネで強盗や特殊詐欺の実行犯となるのと類似した犯罪の構造が、国家規模でも現実化しつつある。空想でも根拠のない予想でもなく、事実だ。すでに東欧ではこうした「侵略行為」が頻発し、深刻な問題となっている。

　ポーランド、ベラルーシでは一般市民の生活インフラや交通インフラに対する放火事件が続き、大型ショッピングセンターが全焼するなどの深刻な被害も出ている。逮捕された犯人たちはいずれも外国からの移民や在留者で、ＳＮＳを通じてロシアの工作員から指示を受けた、報酬目当ての犯行であることが判明した。

　これは外国人犯罪の枠を超えた、新たな手法の簡易版テロであり、同種の行為がアジア圏で広まることを、日本や韓国、アジアに在外米軍基地を多数持つアメリカ、中国と領海問題で衝突しているフィリピン、マレーシア、ベトナム、さらにはパプアニューギニアの安全保障支援で中国と対立しているオーストラリアも強く警戒している。

『我々がその点について何も考えていないとでも？』

　王の話す声はかすかに笑っている。

「さあ？　考えていようがいまいが、やはり私には関係ありませんから」

　玲は通話を切り、着信拒否にした。

　無性に腹が立つが必死で抑える。

　水戸街道に出るとすぐに手を挙げ、タクシーを停めた。

　エアコンの効いた車内のシートに身を沈め、チェックインしたホテルのある神田ではなく、反対の千葉方面へと向かった。今夜は神田に戻らず、千葉の船橋《ふなばし》あたりのホテルにあらためてチェックインしたほうがいいだろう。替えの下着もメイク落としも持っていないので買わなくちゃ。出費がかさむがしかたない。

　今の王、先ほどのダン・チャウとの会話を音声データ化して、すぐに乾、徳山、そしてUm Mundoに送った。姪《めい》の莉奈、サントス礼央、森野セイン美和とその友人たちに安全確認の連絡を入れる。礼央とは明日会う予定なので、その集合場所についての細かい指示も書き込んだ。今、喫茶店やファミレスで普通に話をするのは、さすがに無防備すぎる。

首と肩の力を抜き、ようやく一息ついた。

――どこへ行っても危険か。

ロン・フェンダースのように日本を出て海外で暮らす考えが、また頭をよぎる。でも、資金がない。借金するか。誰に？　当事者のひとりである乾に頼むしかないか。

そこでまたスマホが鳴った。

兄からのＤＭだ。弁護士らしい遠回しでねちっこい文章（そう。玲のいつもの偏見だ）だが、要約すると玲本人による状況説明の要求だった。母の今後についても話し合いたいので、電話ではなく中央区内のマンションに来いとも書かれていた。

今会えば危ない。でもそれ以上に――

「顔を合わせたくない」

玲はつぶやいていた。

4

「人助け？　馬鹿いうな。明らかに警察案件じゃないか」

キッチンテーブルを挟んで座る兄が、眼鏡の奥の両目に力を込める。

「あの乾って男も何を考えてるんだ？　やっぱり警察官僚など碌《ろく》なもんじゃない。おまえもおまえだ。フランスの警察で軍隊ごっこをしてたのが忘れられず、また暴れ回ってるのか」

「それ職業蔑視《べっし》だよ、最低」

黙っている玲に代わって莉奈がいった。

兄一家が暮らすマンションのキッチンには今、兄の康平と玲、莉奈の三人がいる。兄の妻の綾香は自室にこもっている。ここに加わりたくないのだろう。玲もそのほうがありがたい。

玲たちの母は、キッチンの隣のリビングでＮＨＫの歌番組を観ている。

「乾参事官には僕から連絡を入れておく。おまえはもう一切関わるな。今の時点でも犯罪に片足を突っ込んでいるんだ。これ以上馬鹿を続ければ前科者になるぞ」

兄が責める。

「玲ちゃんは容疑者でも被告人でも何でもないよ。ただ、頼ってきた人たちを助けただけ。お金だってもらってない。それに人が亡くなった事件でなければ、法律なんて解釈次第でどうにでもなる。だから玲ちゃんも警察庁の意向に沿っている間は、逮捕されることはない。誰よりも知ってるくせに」

「ただの大学生が生意気をいうんじゃない。僕は実質的な迷惑を被ってるんだ」

「どんな迷惑？　まだ何も起きてないじゃない。自分の経歴や事務所の名前に傷がつきそうだから怒ってるだけでしょ⁉」

「僕だけじゃない、母さんを見ろ。墨田の家は危険で暮らせないんだぞ。もう戻れない可能性だってある。全部玲が――」

兄は強い声で責め続けたが、母がそれを断ち切った。

「静かにして。もう終わりになさいよ、歌が全然聞こえないわよ」

ソファーに座り、パジャマ姿で面倒臭そうにいった。

「ごめん、オババ。でもね、大切な話なんだよ」

莉奈が宥《なだ》める。

しかし――

「私、しばらくケアホームに入ることにしたから。玲ちゃんはお金ないから、康平、あなたが出してね。安いところは嫌よ、食事の美味《おい》しいきれいなところにして」

「は?」

玲、莉奈だけでなく兄の口からも漏れた。

「そうすればあんたたちの心配が減るんでしょ」

いつも通り嫌味っぽさを含んでいるものの、母の口調は冷静だった。今夜は精神状態も若年性認知症の病状もかなり落ち着いている。

「でも、知らない人たちと暮らすんだよ?」

莉奈が訊く。

「ずっと入ってるわけじゃないわ。少しの間だけよ」

「少しの間で済むものか」

兄が嫌味を挟んだ。

その兄を睨みながら莉奈が再度訊く。

「オババ寂しくない?」

「あなたが遊びに来てくれるでしょ? 康平もたまには来なさいよ。あのね、私マイラちゃんやニコルちゃん、フェイちゃんに、玲ちゃんのことをよく相談してるのよ」

フィリピン人の介護士やヘルパーたちの名だ。

「玲ちゃん、料理は相変わらず下手だし、お風呂掃除も庭掃除も雑だし、あんなんじゃ再婚できなくて困っちゃうって」

「そんなこと話してるの⁉」

玲はいった。

「全部本当のことじゃない。でもね、マイラちゃんたち、いつも玲ちゃんを庇《かば》うの。『だけどママさん、シスターは私の息子たちを助けてくれたよ。乃亜は悪い奴の仲間にならなくて済んだよ』って。ニコルちゃんも『悪い奴に脅されてた私のベトナム人の友だちを、シスター・レイは助けてくれた』って話してたわ。だから皆、『そのお返しに、ママさんのことは一生懸命お世話するね』って。玲ちゃんは子供のころと変わらず不器用で、疲れてくるとすぐ手抜きするけど、皆の役には立ってるみたいだから」

「オババ、知ってたんだ」

莉奈がいった。

「だってマイラちゃんたちが話して聞かせるんだもの。私は別に聞きたくないのに。玲ちゃん自分の頭の上のハエも追えないくせに、どうせまた誰かの世話を焼いてるんでしょ」

「そうなんだよ。それでちょっと面倒なことになってて」

莉奈がいったが、母はうんざりした顔で首を横に振る。

「よせばいいのに。でも、止めたらマイラちゃんたちが悲しむし、一生懸命私のお世話もしてくれなくなっちゃう。だから、今はケアホームに入るわよ。そうしたら玲ちゃん、人助けを続けられるんでしょ」

——やばい。

涙が溢れてきた。

そんな玲の顔を見て、母が口を開いた。

「こんなことぐらいで泣く女じゃないでしょ。やめなさいよ、辛気臭い」

冷たく言い放ち、テレビのボリュームを上げる。

母に本気でムカついている玲の頰を、涙が伝って落ちた。

＊

玲は船橋駅近くにあるビジネスホテルのベッドの上にいる。

薄暗くした部屋の中で眠れずにいると、枕元に置いたスマホが震えた。

メッセージの着信、Um Mundoからだ。

『手伝わせていただきます』

と書かれていた。

『ありがとう、宗貞さん』

玲は返信した。

Um Mundoからは何も返ってこなかった。

5

九月十日。

玲は新宿区、四谷《よつや》三丁目の交差点近くに立っている。時刻は午後九時二十分。もうすぐここでサントス礼央と落ち合う。

ブラウスとパンツ姿の玲は左肩にいつものバッグをかけ、右手に花束、左手に脱いだジャケットと大きな紙袋を持っていた。今日の講義を最後に、働いていた予備校をしばらく休職する。

花束は職員が用意してくれたもので、紙袋には生徒からの手紙や贈り物が詰まっている。自分がこれほど人気だったことに今日はじめて気づいた。講義後に質問に来る生徒も少なかったし、評価も人気も講師陣の中では下位のほうだと思っていたからだ。

暑い中、大荷物を持って歩くのはきつい。それでも花束はちょっと嬉しかった。今もとてもいい香りがする。一方、手紙や贈り物のほうは正直迷惑だ。しかし、処分してくれともいえず、危険がないことを一通り確認して持ち帰ることにした。生菓子やケーキ類ももらったが、こっそり食べてくれと職員に言づけて置いてきた。

休職の理由は母の介護。正確ではないが、まったくのうそでもない。ともかくこれで講義中に襲われ、生徒を巻き込む危険はなくなる。逆にいえば、これまでは危険を感じつつも不特定多数の集まる教室で講義を続けていたのだから、認識が甘いとも、無責任だったともいえる。

午後九時三十分、約束の時間になった。

が、礼央は現れない。

さらに五分が過ぎたが、姿は見えない。遅れるという連絡もない。

車かバイクで来るだろうから、あまり急《せ》かして安全運転の邪魔をしたくないものの、今、玲たちは油断できない状況に置かれているだけに心配になる。

十分待ってバッグからスマホを取り出そうとしたとき、メッセージが届いた。

礼央、いや弟の乃亜からだ。

――礼央に何か起きた?

慌てて画面を見る。複数のメッセージが続けざまに来た。

『万が一の確認』

『もう会えてるなら問題ない』

『すごく気になってさ　礼央が無事かどうか』

『こんや俺とマムは家にいる　無事だよ』

『いつもありがとう』

最後の一行のあとには小さく燃える火と、水を出している消火栓のスタンプが貼られていた。意味がわかりにくく、変な文章だが、そこは気にしなくていい。

簡単な暗号文だ。

しかし、ま・も・す・こ・い？　いや、はじめの一行だけ先頭が漢字になっている。万・も・す・こ・い――集合場所の指示だ。やはり礼央に何かあったようだ。

念の為、確認のメッセージを乃亜に送る。

『無事だよ　これから礼央と公園に行く』

すぐに乃亜から『ＯＫ』と返ってきた。

玲は手を挙げ、タクシーを停めた。

＊

マンモス公園という通称の公園がある。墨田区北部で子供時代を過ごした者なら誰でも知っているはずだ。

下町の住宅街にあり、正式には「京島南《きょうじまみなみ》公園」だが、その名で呼ぶ墨田区民はたぶんひとりもいない。狭い敷地の中に、約十メートルの長い滑り台が二本並んでおり、その形状がマンモスの巨大な牙《きば》に似ている。だからマンモス公園。

玲は狭い道でタクシーを降りた。

懐かしい。小学校時代は自宅近くから友だちと自転車でよくマンモス公園まで遠征した。でも、大抵は近くの小学校で一番尖っている女子の集団がいて、そこが自分たちの縄張りであるかのように威張っていて、他所者《よそもの》の玲たちはよく嫌がらせを受けた。

まだ玲に普通に友だちがいたころの話だ。

ただ、今夜はマンモス公園ではなく、乃亜からのメッセージの最後の一行に貼られていたスタンプの場所に行く。

マンモス公園の近くに、昔使われていたポンプ井戸を防火用水として残してある、とても小さな公園がある。あのポンプが今もあるのかはわからないが、公園自体はまだ残っているはずだ。

見えてきた。街灯はあるが、暗くて人もいない。

だが近づいていくと、生垣の陰から誰か出てきた。

礼央の弟、サントス乃亜だ。

「それ目立つね」

乃亜が玲の持っている花束を指さす。

「ごめん、いろいろあって」

何気なく話しながら、ふたり並んで人の通らない細く暗い道へと進んでゆく。

「それで玲央くんは？」

玲は訊いた。

「襲われて、拉致されかけたって」

「えっ」

「どうにか逃げたって。無事だよ。一緒にいた彼女がヤバそうな気配に早めに気づいて、逃げ道に案内してくれたおかげだってさ」

「玲央くんの彼女って、森野セイン美和さん？」

尋ねると乃亜はうなずいた。

「気づいてたでしょ？」

彼が訊く。

「まあね。何となく気配はあったから」

玲はいった。そちらに驚きはない。

問題は——美和が「気配に気づいて」、「逃げ道に案内」した点だ。

「ふたりは今どこ？」

「あの上んとこにいるよ」

乃亜や礼央たちサントス一家が暮らす隅田川東団地の屋上にある、今は使われなくなった給水タンク横の小さなポンプ制御室のことだ。

以前、玲はそこに隠れていた乃亜を迎えにいった。

「会いたいっていってさ。行ってやってくれる？」

「わかった」

玲はうなずき、さらに訊く。

「マイラはどうしてる？　今、家？」

「隅田川東団地の別の棟に住んでる、マムの友だちんとこに行かせた。こないだシスターの家の周りで揉め事があってから、マムも何かヤバいことが起きてるのを感じてたみたいでさ、文句いわず俺のいう通りにしてくれたよ」

「マイラにあとで謝らなきゃ。君はどうするの？」

「この先に原付停めてるんで、それで友だちんとこ行って泊まるよ。俺も今晩は自分《じぶ》ん家《ち》から離れたほうがよさそうだし」

「迷惑かけてごめん。あ、これその友だちに」

玲は持っていた花束を乃亜に渡した。

「そいつ、男だよ」

「男でも花好きは多いよ。これ持って屋上登れないし。とにかくいろいろありがとう。ただ、無理はしないで。とにかく慎重に」

乃亜はまだ執行猶予中だ。今新たに罪を犯して実刑を喰《く》らえば、猶予を受けた前回の特殊詐欺に絡んだ罪の懲役も加算される。

「気をつけて」

玲は念を押した。

「そっちも」

乃亜が返す。

「あ、あのさ、さっきのメッセージの頭の文字を読む暗号、前に礼央くんも使ってたけど、あなたたち兄弟で考えたの？」

玲は訊いてみた。

「違うよ。考えたのは美和じゃないかな？　礼央と美和が夜に家抜け出してふたりで会うとき、あれで場所と時間を伝え合ってるんだよ。もしタイムラインをウチのマムや向こうのママさんに見られても、どっちも日本語が苦手なんで、あれなら気づかれないから。でも、使いはじめたのは、ここ一、二年だと思うけど」

ふたりのTête-à-tête《テート　ア　テート》——密会の暗号。でも、それだけだろうか。

玲はまた考えを巡らせた。

＊

隅田川東団地二号棟十三階の外付け階段を囲むように張られた金網を、玲はブラウスとパンツを破かぬように登り、隙間から踊り場の上に突き出たコンクリート製の小さな屋根に乗った。ジャケットは肩に掛けたバッグに入れてあるが、手紙や贈り物が詰まった紙袋は踊り場に置いてきた。もちろんあとで取りに戻る。手紙には玲や贈った生徒の名前も書かれている。

近くの雨水排水パイプを摑んで飛び移り、屋上に這い上がってゆく。両足の下には何もなく、ここから十三階下の地面との間には防護用ネットも設置されていない。

柵《さく》のない屋上を進んで、大きな給水タンク横のポンプ制御室のドアをノックした。はじめに三回、次に一回、最後に四回小さく叩《たた》く。以前、乃亜を迎えに来たときと同じ合図の方法だ。

静かにドアが開く。礼央が玲を招き入れ、すぐにまたドアを閉めた。彼の隣には美和が立っている。三畳ほどの埃《ほこり》っぽく暑いポンプ制御室内には、前には見かけなかった長椅子が置かれており、ふたりはここに息を殺して座っていたようだ。

「だいじょうぶ？」

スマホ画面の明かりが薄ぼんやりと照らしているだけの室内で、玲はまず確かめた。

「ああ」

礼央が返す。

「いろいろ訊きたいでしょうけれど、その前に私から美和さんに質問がある」

玲は彼女を見た。

「わかりました」

美和が答える。

横の礼央も承知していたように無言でうなずくと、美和を見つめ、その手を握りしめた。

「あなたたちが使っているあの簡単な暗号。考えたのは美和さん？」

「いいえ。ある人から教えてもらいました」

「そう。じゃ、今から一時間半前、拉致されそうな気配に気づき、短時間で逃げ道を探し出し、玲央くんを案内したのは、あなた自身？」

「違います」

「それも教わったのね」

「はい、危険だとスマホに通知が来ました」

「あなたに伝え、救ったのはUm Mundo？」

「そうです」

玲の体を緊張が駆け抜ける。

「あなたは以前からUm Mundoを知っていた——」

「はい」

美和は静かにうなずいた。

XI

1

玲は先を急ぐ自分の気持ちを抑え、まず河東郁美の事実について語った。ゆっくりと、一つひとつ言葉を選びながら。

狭く暑いポンプ制御室の中で、礼央と美和は互いに手を取りながら聞いている。室内はひどく汚れている上、ひび割れをガムテープで雑に補修した小さな窓から、東京スカイツリーのライト、近くの首都高速道路を走る車の光、近隣の高層マンションの窓明かりが混ざり合って射し込んでくる。その光が若いふたりの汗に濡《ぬ》れた頬や首筋を、静かに照らす。

玲が説明を終えても目の前のカップルはしばし無言だった。

「わかった。ありがとう」

礼央が口を開いた。

「ごめんなさい」

玲は返した。そんな必要はないのに、なぜか謝罪の言葉が出てしまう。

「謝らないでよ。あんたは何も悪くないんだから。むしろ、こんな後味悪い調査を頼んだ俺たちのほうが申し訳なかった」

「君が謝ることでもないよ」

「そうか……そうだね」

礼央はつぶやいたが、目は伏せたままだ。

「悲しい結末になることも、ある程度わかっていたでしょう？」

玲は訊《き》いた。

「まあね。どんな結果も受け止める覚悟はあった。無実を期待していたけど、それはむずかしいだろうとどっかで思ってたし。ただ、そこまで悪いっていうか――」

礼央が言い淀《よど》んだ。

その先の言葉を美和が補う。

「そこまで明白な犯罪をしていたとは思っていませんでした」

彼女は一度言葉を切ると、軽く息を吐いてから続けた。

「ただ、先生は小児性愛者ではなかった」

聞いていた礼央も悲しげな顔でうなずく。

「不同意性交もしていなかった。性犯罪の被害に遭った子供はいない。でも、先生はJ＆Sコーポレーションに指示されるまま罪を重ねていた。同情の余地はないし、言い訳も一切できない」

また室内が静かになり、玲は首筋を伝う汗をハンカチで拭《ぬぐ》った。高速道路を走る車のエンジン音、タイヤが路面を捉《とら》える音が絶え間なく聞こえてくる。

「警察はそこまで情報を摑《つか》んでいるのに、J＆Sの関係者は誰も逮捕されないんでしょうか」

美和が訊いた。

「私にはわからない。今後の警察の動向についても知らない」

玲は返した。

「そう、ですか……そうですよね」

彼女は視線を落とし、言葉を続ける。

「玲さんは私たちのお願いに十分応《こた》えてくれた。ここから先は私たちの問題――」

「ああ、俺たち自身の問題だ」

礼央はうなずいた。

玲はもう一度首筋の汗を拭い、美和を見つめる。

「また私から質問してもいい？」

「はい。ただ、きっとシスター、いえ、玲さんが想像している通りだと思います」

彼女が返す。

「Um Mundoとはじめに接点を持ったのはいつ？」

「去年の一月、一年八ヵ月前です」

「どうやって？」

「突然DM《ダイレクトメッセージ》が届いたんです。私が河東先生に関してネットで調べていることを、Um Mundoは二年半ほど前から気づいていて、動向を追っていたって。それでなぜ河東郁美について知りたいのか教えてほしいと。もちろんはじめは悪質ないたずらか詐欺だろうと思って、相手にしませんでした」

「でも、近親者しか知り得ない河東の情報を少しずつ提示された。さらにはあなたの知らない事実も教えられ、徐々にUm Mundoを信用するようになった」

玲の言葉に美和がうなずく。

「先生が自分の性別に強い違和感を抱いていたことだけでなく、すみだ寺子屋での授業中、生徒たちに話したこと、私や礼央くんと交わした個人的な会話の内容まで知っていました」

「それでUm Mundoはあなたに何を求め、見返りに何を提示したの？」

「自分たちはいわゆるホワイトハッカーであり、日本で暮らす在留外国人を助ける情報を探し、彼らに提示している。その作業に加わってほしい。応じてくれるなら、河東先生の死の真相に迫る手伝いをする」

「自分たち、と今あなたはいったけれど、Um Mundoはグループなのね」

「そう聞かされたし、私も個人ではなくグループだと感じています」

話しながら美和の表情を観察する。緊張はしているものの、躊躇《ちゅうちょ》も臆《おく》している様子もない。

「こうして話すことを、Um Mundoは許してくれたのね」

玲は確認した。

「はい。これ以上隠し続けても意味はないと感じたようです」

だから、こちらからの接触依頼にUm Mundoは応じたのだろう。しかし、昨日も結局姿を現さなかった。

「Um Mundoは日本人の集団?」

「国籍や人種はさまざまだと話していました。日本国内だけでなく海外も含め三十人ほどの仲間がいて作業をしているそうです」

「代表者や他のメンバーに直接会ったことは?　彼らの顔は見た?」

「どちらもありません」

「ネットを介してだけでの関係か。ものすごく怪しいけれど、それでもあなたが、Um Mundoがホワイトハッカーの集団だと信じるに足るだけのものを、向こうは提示した」

「次に彼らが何をするかを聞き、それが実際行われるのを何回も確認しました。数多くの在留外国人がUm Mundoからのメッセージを受け取り、助けられていた。ブラジル人の犯罪集団の手先になるのを逃れたベトナム人、クルド人の暴力被害を避けられた台湾人、中国人。逆に、善良なクルド人を悪質な風評被害から救ったこともあります。ネットとUm Mundoを通じて、日本人の知らない危険や障害を感じながら生きている外国人が無数にいること、そしてUm Mundoの情報がベトナム語、フィリピン語、スペイン語、ポルトガル語、アラビア語、スワヒリ語などに翻訳されて伝えられ、彼らの日常の大きな助けとなっていることを知りました」

礼央は眉間《みけん》に皺《しわ》を寄せながらも、恋人の話に黙って耳を傾けている。美和がUm Mundoとともに何をしていたのか、玲がここに到着するまでの間に、ある程度聞かされていたのだろう。

「でも、知識は？　彼らから誘われる以前にハッキングをしたことはあった？」

玲は質問を続ける。

「多少の知識はあったけれど、実行に移したことはもちろん一度もありませんでした。なので、仕事や役割を与えられる中で、少しずつ実践的に覚えていきました」

「そんなあなたを彼らはなぜ誘ったの？」

「ハッカーでもない、ただの大学生の私をという意味ですか？　信頼できる相手だったからだと思います。高い技術を持っているよりも、仲間を裏切らず秘密を漏らさないことがメンバー選びの第一条件だそうですから」

「まるで結社――」

玲はつぶやいたあと、自分の口調が厳しくなっていることに気づいた。責めたくはないが、どうしても感情が漏れ出てしまう。

「申し訳ありません」

その口調に反応するかのように美和が謝罪する。

「さっきの礼央君と同じ、あなたが謝る必要はない。確かに苛《いら》ついてはいるけれど、悪いのはUm Mundoであり、私だから」

「玲さんが悪い？」

美和が戸惑いながら訊く。

「そう。油断して、あなたを深く疑わなかった」

美和だけでなく、礼央の他の三人の友人に関しても、J&Sコーポレーションや中国の秘密警察、浦沢組と上部団体の身延連合、さらには外国人組織と通じている可能性については十分危惧《きぐ》していた。そのための裏取りも密《ひそ》かに続けていたし、乾にも彼らの家族を含めての経歴確認を頼んだ。だが、Um Mundoとのつながりまでは頭が回らなかった。

もし、Um Mundoが敵対勢力とつながり、玲を排除しようと計略をめぐらせていた場合、美和からの連絡により玲は居場所を特定されていた。昨日泊まっていた千葉県船橋市のビジネスホテルを強襲され、最悪殺されていたかもしれない。

——自分の間抜けさに腹が立つ。

憤っているのは玲だけではないようだ。

「どうして教えてくれなかったんだ」

礼央が自分の恋人に向けて低い声で告げた。

美和が悲しげな顔で黙る。

「決まってるでしょ。君を巻き込みたくなかったからだよ」

玲はあえて口を挟んだ。

「その通りです」

美和がいった。そして続ける。

「何かあったとき、責められるのは私だけにしたかったたし、捕まるのも私ひとりでいいと思った」

ありきたりな理由。ただ、拙くも慈しみ合っているふたりを少しだけ羨《うらや》ましく感じる。そして、どうしても娘のイリスを、元夫のフレデリクを思い出さずにいられない。

だが、そんな感傷に浸っている余裕などない。

「逆にいえば、美和さんには自分が犯罪に手を染めているという自覚があった」

玲は自分の甘さを振りほどくようにいった。

糾弾しているのではなく、彼女にどれだけの覚悟があるのか確かめている。

「もちろんありました。どんな理由であれ、誰かが所有しているデータを盗み出すことは紛れもない犯罪で、自分もそれに加担していると十分わかった上で、Um Mundoに協力、いえ、私自身Um Mundoのひとりとして作業していました」

「乃亜だけじゃなく美和まで犯罪者か」

礼央が愚痴る。ただ、その口調に怒りは含まれていない。

「私がしてきたことを警察に伝えますか」

美和が尋ねた。

「告発するかという意味？　何も話すつもりはない」

玲は暗がりの中で首を横に振り、言葉を続ける。

「以前礼央くんに話したことがあるけど、私の仕事は他人の罪を暴き、その償いをさせることじゃない。人から頼まれたことを最後までやり遂げるだけ。誰かを裁く権利も持ち合わせていないしね。だからあなたの今後の身の振り方は、あなた自身が考えればいい。正しいことをしたと思い続けるのも、法を破った呵責《かしやく》を背負い続けるのも自由。もっとも警察はUm Mundoの存在に気づいているし、あなたが加わっていたこともすでに摑んでいるだろうけれど」

「すべて私自身が決めるべきこと――」

美和がつぶやく。

「そう。で、Um Mundoはハッキングの手伝いをさせた代わりに、具体的には何を与えてくれたの？」

「河東先生が当時性同一性障害と呼ばれていた悩みを抱えていたことや、母親との関係に問題があったことを教えてくれました。先生が違法なことに手を出していた可能性も示唆してくれた。その中でも一番有用だった情報は、玲さんの存在を教えてくれたことです。事実を知る勇気があるのなら、誰よりもシスター・レイを頼るべきだと」

――いい迷惑。

「私の名前を挙げて具体的な指示を出したのはいつ？」

「今年の七月二十八日です。それが礼央や乃亜くんを助けたシスターと同一人物だと知ったときは、すごく驚きました」

七月二十七日には、東京スカイツリー近くの小梅一町会会館で、キッチンカー・コミッションの第一回会合が開かれた。その翌日、美和に玲の名が伝えられていた。

――この時系列。Um Mundoは間違いなくあいつだ。

「本当にごめん」

礼央が頭を下げた。それを見て、隣の美和も下げる。

「だから君の――」

玲は首を横に振ったが、礼央が遮る。

「いや、さっきも言ったけど、これは俺たちの問題だ。美和はあんたに隠し事をしていた。俺はそれを知らずにあんたに頼んでしまった。俺と美和のふたりに責任がある」

青臭い背伸びをして恋人を守ろうとする姿を見るのは、やはり悪いものじゃない。礼央の顔つきは相変わらずガキのままだが、以前より頼もしく見える。

少しだけ玲の気持ちが緩んだところで、礼央のズボンのポケットの中でスマホが震えた。

彼が取り出し、画面を確かめる。薄暗いポンプ制御室の中が画面の光で照らされ、天井近くに張られた蜘蛛《くも》の巣が見えた。

「乃亜だ。出るよ」

玲は「ええ」と返した。

「どうした――」

スマホを耳につけ話し出した礼央だが、すぐに離し、音声をスピーカーに切り替えた。

『俺のこと覚えてる？　木下だよ。ちょい前におまえら家族を拉致《らち》った男のひとり』

礼央は動揺しつつも声を絞り出す。

「はい、覚えています」

浦沢組の三馬鹿ヤクザの中の痩《や》せた男だ。

「これ、俺の弟のスマホ番号なんですが、なぜあなたが話しているんですか」

礼央が尋ねる。

『おまえの弟に借りたんだ』

「弟は今どこですか」

『すぐ目の前にいるよ』

「は？」

『だから今一緒なの』

「代わってくれますか」

『駄目。余計なことしゃべるかもしんないから。この番号からかけてるんだから、本当に一緒だってわかるだろ？　あとさ、今、おまえん家《ち》にいるんだ。隅田川東団地の八号棟七階にある、前に俺らが押し入った部屋。あんとき、おまえ俺らにボコられたよな』

礼央に加え美和の表情も一気に険しくなる。玲の背中にも緊張が走ったが、それでも黙ってやり取りを聞いている。

『状況を説明すっから。玲ちゃん知ってるよな、能條玲。あの女連れてこいって、俺らの上部団体のお偉い方から指示があってさ。どっかの組織が玲ちゃんに用があるらしいんだけど、あいつ会いたがらずに逃げてんだと。ただ、玲ちゃん強いだろ。無理やり連れてくにも一筋縄じゃいかないから、おまえ捕まえて人質にして、あの女おびき出そうとしたのに、直前で逃げたんだって？　一緒にいた彼女とふたりで上手《うま》く姿くらましたらしいじゃん。どっかからタレコミがあったんだろ？』

訊かれても礼央は答えない。

『ダンマリか、まあいいや。で、俺らに命令が来たわけ。礼央に逃げられたから、あいつの弟か母親連れてこいって。そういうわけでおまえの弟をとっ捕まえて、次に母親も捕まえようと家まで来たんだけど誰もいなくてさ。それでもまあ、弟がいるからいいかと思ってね』

「俺じゃなくて玲さんに用事があるんですね」

『そう。ここに玲ちゃん連れてきてよ。じゃないと、弟痛めつけるわ』

「あの、弟の居場所はどうやって摑んだんですか」

『は？』

木下が間抜けな声を漏らす。

「弟も友人のところに逃げていたはずです。しかも弟は、この前の特殊詐欺の一件以降、スマホの機種を変え、電話番号やメール、SNSアカウントもすべて変えました。連絡の取りようもないし、居場所を見つける手掛かりもなかった。なのに、今弟はあなたと一緒にいる。こんなに早く見つけ出すなんて、やっぱり変ですよね。もしかしたら、弟はあなた方と手を切らず、はじめからつながっていたのかもしれない」

『それ今話すことか？』

「ええ、重要です。弟が俺や母親を裏切ってあなた方とつながっていたのなら、もう二度と会わないし、どうなろうが知ったことじゃない。でも、本当に拉致されたのなら、何があってもあいつを助け出します」

『弟の誠実さを証明したいわけか。面倒臭いけど、本気で玲ちゃん捜してもらうのに教えてやるよ。今ムショ入ってる柴山、あの大馬鹿野郎覚えてるよな』

乃亜が以前バイトしていたコンビニの先輩で、裏では浦沢組の指示を受け、特殊詐欺の受け子や出し子のまとめ役をやっていた。現在、栃木の刑務所に収容されているらしいが、その男のせいで乃亜は事件に巻き込まれ、執行猶予付きの判決を受け、通っていた専門学校も退学になった。

『あいつが飛んだり、お巡りにタレ込んだりしないように、彼女や親も含めて、あいつと付き合いのある人間の電話番号やアドレスは全部チェックしてたわけ。そん中に、おまえの弟と共通の知り合いもいたんだよ。同じコンビニで働いてたバイト仲間がさ』

「前から？」

『ああ。こういうときに使えるようにね。事前準備ってやつ。ヤクザも意外とマメだろ？』

「準備って、どういう意味ですか？」

『勘が悪いな。玲ちゃんは良くも悪くも利用価値が高い。けど、あの女は簡単には動かない。動かすために弱みを握っとかなきゃならない。おまえら家族は、何かあったとき玲ちゃん利用するための、その道具ってわけ』

礼央が黙る。

『ショックだった？　で、おまえの弟の昔のバイト仲間脅して、弟の新しい番号に電話させて、居場所聞き出したわけ。おまえの弟、越中島《えっちゅうじま》に住んでるダチんとこにいやがった。暴れるから二、三発殴っておとなしくさせて連れてきたんだよ。そういうわけで、弟は裏切っちゃいない。兄弟愛が強まっただろ？　頑張って玲ちゃん見つけて連れてきてくれよ』

——やっぱり私のせい。

玲は思わず両目を閉じた。

礼央はいった。

「俺たちはとことん利用されるわけですか」

『そうだよ。使えるもんは擦り切れるまで使うのが俺らだからさ』

糞《くそ》どもが——礼央はまさにそんな目をしている。

『なあ、おまえら今どこに居るんだよ？　もしかして玲ちゃんと一緒だったり』

「いえ、一緒じゃありません」

『本当に？　ともかく玲ちゃんに連絡しろ。で、必ずここに来させろ。あ、おまえもここに戻って来い、早めにな。報連相《ホウレンソウ》はしっかり頼むぜ。今は十一時二十分か。まずは十五分以内に何かしら連絡よこせ。いわれた通りにしねえと、弟の指折るから』

通話が切れた。ポンプ制御室内が再び静寂に包まれる。

「行ってくる」

礼央はいった。が、美和が縋《すが》りつくように彼の腕を掴む。

「いえ、私が行く」

玲は薄暗がりの中で首を横に振った。

「俺も一緒に」

「私ひとりでいい」

そして玲はポンプ制御室の錆《さ》びたドアノブを握り、外へと押し開いた。

ハンカチでもう一度首筋の汗を拭い、バッグに放り込む。

「でもここまで状況をひどくさせてしまったのは、間違いなく私。私のせいで、ずっと負の連鎖が続いている。だからひとりで行って、この最低の連鎖を断ち切ってくる」

「あんたのせいじゃない。原因を作ったのは乃亜だよ」

「私の責任だから、ひとりで行かせて」

「でも──」

2

夜風が吹いている分、制御室の中よりはいいものの、やはりまだ暑い。

玲は屋上の縁《へり》に立ち、近くの高速道路を川のように流れてゆくヘッドライトを見下ろした。捕まっている乃亜には悪いが、近くにいたことを悟られないよう、サントス家に向かう前に少しだけ時間を潰《つぶ》す。Um Mundoから渡されたスマホを見たが、連絡はまだなかった。『進展は?』と催促を送っておく。

自分のスマホも確認した。誰からも新たな連絡はなし。乃亜を監禁している木下からも電話、メッセージは届いていなかった。はじめから誰かを人質にして玲を呼び出し、そこで拉致する計画だったのだろう。やり口は中国の秘密警察と同じ。というか、身延連合を通じて浦沢組に指示を出したのは、その秘密警察だろう。

──長い夜になりそう。

多くの人々を巻き込んでしまった自分を責める気持ちは、今も強い。

だが、それを一度捨て、ホアン・トゥイ・リェン、瑛太、そして乃亜とともに無事朝を迎えることだけに集中する。

玲はペットボトルのお茶を一口飲み、柵《さく》のない屋上から降りた。

途中の踊り場に置いてあった大きな紙袋を回収し、団地の八号棟七階へと向かう。エレベーターには乗らず、外階段を下っていったが、七階の延々と延びる共用廊下に降り立ったとき、遠くから近づいてくる二人組の男を見つけた。坊主頭と金色の短髪で、とても堅気には見えない。警戒役を任された浦沢組の若衆かと思ったが、ふたりともうつむき口元を押さえている。しかも、こちらに気づくと慌てて廊下を戻り、近くにある別の外階段を逃げるように下っていった。

玲はあとを追おうとしたが、廊下に血滴が落ちているのに気づき足の動きを緩めた。あのふたりが垂らしたものだ。廊下の奥、乃亜や浦沢組の木下がいるサントス家の方から続いている。

――何かおかしい。

玲が警戒しながら静かに進んでゆくと、サントス家のドアの前に黒のタンクトップを着たヤクザがひとり立っていた。徳山にいつも付き従っている若衆だ。

落ち着かぬ様子でこちらに向かって頭を下げる。玲も会釈を返し、手紙や贈り物が入った紙袋を若衆の足元に置いた。

「見ていて」

若衆はただうなずき、玲を止めようとしない。使い慣れたバッグを肩にかけたまま、サントス家の玄関のドアノブに手をかけた。鍵《かぎ》はかかっていない。

静かに開けると、キッチン横のテーブルにヤクザの徳山が座っていた。

黒いTシャツの袖口《そでぐち》から彫物を覗《のぞ》かせ、タバコを吹かしている。そして奴の向かいの椅子には、うしろ手に縛られ猿轡《さるぐつわ》をかまされた乃亜が座らされていた。

「暑いだろ、早く閉めろ」

玲はいわれた通り、鉄製の玄関ドアを閉めた。エアコンから吹き出す冷気が体を包む。

「意外と早かったな。近くにいたのか」

そう話す徳山の奥、リビングにもうしろ手に縛られた男たちが倒れていた。ヤクザの木下、さらに玲が眼鏡と呼んでいた大城。ふたりとも両まぶたと唇が切れていた。頬が膨れているのは、騒がぬよう口に布を詰められているためだろう。

目は虚《うつ》ろだが、死んではいない。

ふたりを痛めつけ、縛り上げたのは――徳山しかいない。

だが、偉そうにタバコを吹かしているあいつは、乃亜を助けに来たのでもない。

「どういうこと？　なぜあんたがここにいるの？」

予想はつく。しかし玲は訊いた。

「まずひとつ目の理由は、浦沢組《ウチ》に逆らった奴らを排除《どか》しに来たんだよ。上の命令でね。俺が前に話したことをおめえがどこまで信用していたかは知らねえが、こいつらは組のやり方に反した、いわば裏切り者だ。だから制裁を加えた。俺たちは秘密警察と懇意にする気はないってことを、あらためて示すのにな」

倒れている大城が詰められていた布を吐き出し、口を挟む。

「潰されるぞ。考え直せ」

しかし、徳山が腹に蹴《け》りを入れ、大城を黙らせる。

「じゃ、役目は終わったでしょ。中国人に媚《こ》びを売ろうとしたそいつらを連れて早く帰って」

玲は伝えた。が、徳山が静かに首を横に振る。

「駄目だ。二つ目の理由は、おめえとやり合うために来たんだよ。一度、とことんぶちのめしてやらねえと、やっぱ気が済まなくてな」

「はぁ？」

玲は呆《あき》れて思わず漏らした。

「サシで俺とやれっつってんの。タイマンをな」

「あんた中学生？」

「何とでもいえ、ステゴロでやってやっから」

「ステゴロ？」

玲は駄々をこねる子供と話すときのような声で訊いた。

「素手で殴り合うって意味だ。知らねえのか」

徳山が椅子から立ち上がる。

ほぼ同時に玲のバッグの中でスマホが鳴った。Um Mundoに渡された一台ではなく、自分の持ち物のほうだ。

「出るんじゃねえ」

奴が威嚇する。玲は構わずバッグの中に目を遣《や》り、スマホを取り出した。

「放っとけっつってんだろ！」

徳山が椅子伝いにテーブルに飛び乗り、殴りかかってくる。

その馬鹿みたいにいきり立った鼻先に、スマホの画面を突きつけた。

「あんたの関係者」

警察庁の乾徳秋参事官からの着信。飼育員に「待て」をされた水族館のトドのように奴の動きが止まる。

「あんたたちの重要取引先からの連絡を無視したらまずいんじゃない？」

玲の言葉に徳山が嫌な顔で目を逸《そ》らし、片手を振る。出ろという意味だ。

画面の通話アイコンをタップする。

『遅くにすみません。今お話ししてよろしいですか』

「乾さんにも関係した件で、ちょっと立て込んでいるんですが」

玲はサントス家で起きている事柄について簡潔に伝えた。

『すぐに東向島署員を向かわせますし、別口にも連絡します。十分待っていただけますか』

別口とは暴力団組織の身延連合のことだ。

「いや、難しそうです」

「早く終わらせろや」

テーブルの向こうから徳山が脅す。奴は椅子に縛られている乃亜の髪を掴んだ。乃亜が猿轡の奥から呻《うめ》き声を漏らす。その声はスマホを通して乾にも聞こえているはずだ。

『状況を悪化させるだけだと説得していただきたいのですが、確かに難しそうですね。まずはそこからすぐに脱出してほしかったんですが』

乾が他人事《ひとごと》のような口調でいった。

「どういうことですか？　ここで何が起きているか知っていて電話したと？」

玲は通話音声をスピーカーに切り替えた。

『ええ。今緊急の会談中なのですが、先方から教えていただきました。そして、その方はどうしてもあなたと直接話がしたいと』

乾が誰と会っているかすぐに察しがついた。

「話す気はありません」

『お気づきなのですね』

「ええ。中国大使館領事部の王依林《ワンイーリン》一等書記官でしょう。先日一度話しましたが、とても退屈でした。あれでもう十分です」

いきり立っていた徳山が静かになる。床に転がされている大城と木下もこちらに目を向けた。

『王さんはあなたと直接会って話すのがご希望です。叶《かな》わないなら、その団地を包囲し、あなた方を拉致することも辞さないとおっしゃっているんですが』

「冗談じゃない。ここでヤクザと殴り合うのも、中国人に拉致されるのもごめんです。どちらも回避できるよう、すぐに手配してください」

玲は乾の返事を待たず、半分怒りに任せ通話を切った。

すると入れ替わるように徳山のスマホが鳴りはじめた。着信音はワーグナーの『ワルキューレの騎行』、ベタでもあり意外でもあり玲は思わず苦笑した。

徳山は無視せず画面を確認すると、こちらに視線を移した。

「てめえ、許さねえからな」

しかし、つぶやいた奴の目は玲ではなく、すぐうしろの閉じた玄関ドアに向けられている。何者からの着信か、そして誰が手配したのか玲にも理解できた。

徳山がスマホに向かって話し出す。

電話の向こうの声が捲《まく》し立て、それに奴もきつい早口で返してゆく。

『組潰す気かこの野郎。死ぬならひとりで死ね、クソ馬鹿が！』怒鳴る声が漏れてくる。

浦沢組の幹部だ。だが、手配したのは乾ではない。早過ぎる。

外に立つ若衆がドア越しに聞き耳を立て、状況を察して組の上層部に連絡したのだろう。兄貴分を慕ってか、我が身可愛さからの行動かはわからない。ただ、どちらにしても玲にとっては助けとなる。

そこでまた玲のバッグの中から着信音が漏れてきた。Um Mundoに渡されたスマホのほうだ。即座に取り出し、通話アイコンをタップする。

『すぐにそこを出てください』

玲が話すのを待たずUm Mundoが告げる。声は以前と同じくＡＩで加工された音声だ。

「秘密警察がここに近づいているのはわかっています」

『いえ、すでに囲まれています』

もう連中は来ていた。

『拉致される前に逃げて』

「リエンと瑛太の居場所は？」

『摑みました。案内しますので、まずは団地から離れてください』

「案内？　電話を通じて？」

『いえ、ガイドを用意しました。八号棟のふたつ隣、六号棟のメインエントランスに向かってください』

「そのガイドは何者？」

『説明している余裕がありません。早く！』

「またそれですか！」

玲も語気を強めた。

「卑怯者《ひきょう》。説明もせず命令してばかり。他人に危険なことを強いて、自分は隠れたまま。美和さんたちまで巻き込んだ」

『今はそれより――』

「宗貞さん、私はあなたを許しません」

今度は怒りに駆られながら玲は電話を切った。Um Mundoの正体は、あの区役所職員、宗貞《むねさだ》侑《たすく》だ。他にはあり得ない。

徳山もほぼ同時に通話を終え、顔を怒りで紅潮させながらスマホを握る手を大きく振りかぶった。床に叩《たた》きつける気だ。

「一緒に来て、手伝って」

玲は徳山に伝えた。奴も驚き動きを止める。

自分でも意外だったが、思い留《とど》まる前に口から出ていた。ここに残していけば、外の若衆は最低でも半殺しにされる。彼に義理立てするなんて馬鹿だとは思うが、放ってはおけない。

「どういうことだ?」

徳山が睨《にら》む。

「外に秘密警察が来てる。逃げないと。私を拉致する機会をぶち壊したあんたを、連中は見逃してはおかないでしょう」

「俺を助けるってか?　どうして?」

「途中で説明する」

玲は話しながら椅子に縛られていた乃亜の手首や足首のナイロンテープをキッチンの包丁で切り裂いた。

「勝手なことすんじゃねえ!」

「一緒に来るなら、すべてかたづいたあとで望み通り一対一の相手をするから。約束する」

奴が考えはじめた。

玲は乃亜の猿轡を外し、肩を貸して立ち上がらせた。

「自分で歩ける。兄貴たちは?」

乃亜が切れた唇で訊く。

「それもあとで話す。とりあえず安全なところまで連れて行く」

玲は振り返り、手招きで徳山を急《せ》かした。

「おめえとそのガキを中国の連中に差し出して、取引する手もあるんだぜ」

「自分がそんな融通の利く策士だと思ってるの？」

玲はあえて見下した目つきと声でいった。

こいつはクズな下衆《げす》野郎だが、玲以上に秘密警察を嫌い、敵視している。敵の敵は味方。この状況を突破するため、一時自分の感情を捨てることにする。

徳山は唸《うな》ったものの、高級ブランドのセカンドバッグを引ったくるように摑んだ。玄関ドアを開けた玲と乃亜に続き、奴も外に出る。縛られたままの木下と大城が暴れているが、もちろんこの場に置き去りにする。

共用廊下では黒いタンクトップの若衆が、玲の預けた紙袋を両手に持ち頭を下げていた。

「てめえ」

徳山が彼に低い声でいった。

「逃げるから、あなたも一緒に来て」

彼に伝え、スマホをサイレントモードにして歩き出す。

深夜の団地内、足音の騒がしさで周囲に気づかれる寸前の速さで外階段を下りてゆく。子供のころからここで暮らしている乃亜の先導で、内階段も使い、広大な団地の中を一番人目につかない経路で六号棟へと向かう。結果的に木下と大城から救われるかたちになったとはいえ、乃亜は徳山を憎悪している。ただ、一切表には出していない。頰や切れた唇が紫色に変色しはじめているが、痛がる様子もない。十九歳の彼は冷静に考え、今はここを無事に離れることを最優先している。経歴に前科がついてしまったが、短絡的で短気な子供からは確かに成長していた。

体感にして五分、節電で薄暗い六号棟のメインエントランスに着いたが、誰もおらず、車も停まっていない。

日曜日の午後十一時四十分。表通りから少し入った生垣の陰にあるため、防犯上からも深夜にここを利用する住人は少ない。Um Mundoは調べた上でここを指定したのだろう。

「これからどうする」

徳山が口にした直後、黒、紺のバンが二台、タイヤを鳴らし車寄せに入ってきた。急ブレーキの音が響くと同時に、スライドドアが開き、男たちが降りてくる。

が、中国人だ。黒髪に黄色い肌だが、顔つきを見れば明らかだ。

玲たちはエントランス脇の管理人室の陰に身を隠す。

——罠《わな》か。

疑った直後、グレーのセダンがエンジン音を響かせながら生垣を突き破って現れた。そのまま減速せず、黒いバンの真横に突っ込む。闇に轟《とどろ》く激しい音とともにバンを押して進み、エントランス脇の汚れたベージュ色の壁に激突する。バンの車体がひしゃげ、降りようとしていた中国人ふたりが車の外装と壁の間に挟まれた。グレーのセダンの前方も大破している。間を空けず白のセダンが生垣を乗り越え、今度は紺のバンの横腹にミサイルのごとく激突した。紺のバンの車体がエントランスのピロティを支える柱に叩きつけられる。やはり白のセダンの前部も潰れ、フロントガラスが砕け散った。しかし、それで終わらない。さらに二台のセダンが車寄せに高速のまま進入し、黒いバン、紺のバンに追い打ちをかけるように衝突した。

——まるで砲撃。

金属が軋《きし》む音が再び響き、中国人たちの悲鳴が上がる。一方、四台のセダンの歪《ゆが》んだドアを蹴り開け、運転していた男たちが降りてきた。白、ブラウンと肌の色がそれぞれ違う彼らは、素早く夜の闇の中に紛れ、逃げていった。

「ファクサオンのやり方じゃねえか」

徳山が吐き捨てる。

ポルトガル語のFacção。意味は「派閥」だが、ブラジル国内では大規模犯罪組織を指すスラングとして使われる。

「シスター」

背後から呼ぶ声に気づき、玲は振り向いた。

白い肌にブルネットの髪の男女がエントランスの奥から手招きしている。どちらも知った顔。ブラジル人社会の長老アルベルト・メンデスが秘書として連れているふたりだ。

——彼らが案内役《ガイド》か。

「行こう」

乃亜と若衆に声をかけ、玲は駆け出した。徳山も疑いに満ちた顔でついてくる。

「こちらです」

女がブルネットの長い髪をなびかせ先導する。

「動きを察知されたので、少し乱暴な手を使わせてもらいました」

男が長いまつ毛を揺らしながら説明する。

この美しい容姿のふたりにはロン・フェンダース救出の際にも助けられた。

鉄のドアを開け、エントランスから十メートルほど離れた六号棟の裏手に出る。黄ばんだマットレスや汚れた物干し竿《ざお》など回収を待つ粗大ゴミの先に、銀色のワゴンが停められていた。

「ブラジル人か」

徳山がつぶやく。ふたりが何者か気づいたようだ。そして玲にも一言いった。

「約束は守れよ」

奴の声を聞きつつワゴンに乗り込む。先ほど話した一対一での勝負の件だろう。

――大昔の任侠《にんきよう》映画かよ。

なぜこいつはそこまでこだわるのだろう。ヤクザだから？　だが、その馬鹿げたこだわりを、玲も利用し、この騒ぎに徳山を引き込んだ。

自分の狡《ずる》さに白けた笑いが漏れた。

3

玲たちを乗せたワゴンは水戸街道を日本橋方面に進んでゆく。

車内の配置はハンドルを握っているブラジル人男性、助手席にブラジル人女性、二列目に徳山と若衆、三列目に玲と乃亜が座っている。

「お迎えするのはシスターの他に、二十歳前後の男女が数名とお聞きしていたのですが」

ブラジル人女性が振り返り、玲に訊いた。

「Um Mundoがミスター・メンデスにそう伝えたのですね」

玲は逆に尋ねる。Um Mundoは車に乗る顔ぶれを、玲、礼央、美和、乃亜と想定したのだろう。

「はい」

彼女は躊躇なくうなずいた。

「不測の事態によりこうなったのですが、ふたりはすぐに降ります」

玲は乃亜と若衆を指さし、まず向かってほしい場所を伝える。

アルベルト・メンデスは今回も面倒な依頼を引き受けた。Um Mundoの情報が、これまで多くの利益をメンデスにもたらしてきた結果だろう。その積み重ねがなければ、あの狡猾《こうかつ》な老人が厄介事に進んで首を突っ込むはずがない。Um Mundoは情報という餌で、多くのいかがわしい連中を手懐《てなず》けてきた。

在留外国人の弱者たちを救うためには手段は選ばない——そんなUm Mundoの考えは嫌いではないが、彼の場合は度が過ぎている。病的な使命感に突き動かされているとしか思えない。

ただ、玲も似たようなものだ。誰かの頼みを断り切れず引き受け、解決していった結果が負の連鎖を生み、こんな大騒ぎにまで発展してしまったのだから。

この先の左手、東京スカイツリーを望む交差点には、マイラ・サントスと礼央が特殊詐欺事件に巻き込まれた際、最後に逃げ込んだ交番がある。

そこで今度は乃亜と若衆の身柄を保護してもらう。

乾には依頼のメッセージを送付済みだ。抜かりのない男なので、すでに手配を終えているだろう。サントス家を出て以降、彼から通話着信が四回あったが、逃げることを優先してまだ直接話してはいない。

「悪いけど、これ預かって」

予備校の同僚たちからの贈り物が入った紙袋を乃亜に託す。

「やっぱり俺も行くよ。役に立てることがあるかもしれない」

薄暗い車内で彼がこちらを見た。

「来られると迷惑。足手まといになるだけだから」

玲はきっぱりといった。

乃亜は束の間無言になったものの、静かにうなずいた。

玲たちの前列に座っているヤクザふたりも口を閉じている。徳山が若衆を責めるかと思ったが、黙ったままスマホに文字を打ち込んでいる。何度もメッセージをやり取りしているようだが、相手は先ほど電話をかけてきたヤクザの幹部だろう。

ワゴンが交番の前に停車した。状況を把握し切れずにいる若い制服警官が、とまどいながらも出迎える。

「ありがとう」

玲は降りてゆく若衆の背中に伝えた。彼は徳山の目を気にしてか何も返さなかった。

乃亜も降り、ワゴンがまた走り出す。

「このあとの行き先は？」

ハンドルを握るブラジル人男性が訊いた。

「まだわからないのですが、おふたりは聞いていますか」

玲は尋ねた。

「いいえ、何も。お送りする先については随時シスターから指示があるとセニョール・メンデスからいわれました」

男性が答える。

玲にUm Mundoからまた連絡が入るのだろう。

リエンたちの居場所を摑んだと話していたが、彼から渡されたスマホにはまだ新たな着信は入っていない。

「追跡をかわすためにしばらく走り続けます。次の目的地が確定したら申しつけてください」

今度は女性のほうがいった。

常に落ち着いた口調で流暢《りゅうちょう》な日本語を使うこのふたりの名前を、玲はいまだに知らない。あまり知りたいとも思わない。美しい顔立ちとスタイルなのも相まって、以前からメンデスに仕える、自我を持たない等身大人形のように感じていた。

「タバコが切れた。コンビニ寄れ」

徳山がセカンドバッグの中を漁《あさ》りながらいった。

「車内は禁煙です」

女性がまた振り返り、笑顔で告げる。

徳山は大きく舌打ちしたものの、無理強いはしなかった。この男もヤクザなりの損得勘定を働かせている。先ほどのセダン四台を廃車送りにしての脱出劇を目の当たりにし、あまり関わるべき連中ではないと判断したのだろう。玲もその点は同意見だ。救出してくれたことには感謝するが、ブラジル人たちなりの利益に沿って是々非々で行動したに過ぎない。

一方で、奇妙な感覚に囚《とら》われていた。

あの自動車衝突が、玲が閉じ込めていた記憶を呼び覚ましたようだ。

パリで暮らし、国家憲兵隊治安介入部隊・通称ＧＩＧＮの隊員として働いていたころ、あんな光景を幾度となく目にした。逮捕現場に到着する寸前、玲たちが乗ったＧＩＧＮの車両に犯罪集団の構成員が運転するトラックが突っ込んできたことがある。横転したものの、強化外装車両だったので乗員八人は無傷だった。が、三週間後、その八人の中のひとりが妻と自家用車で走っていた際、ギャングが手配したショベルカーに意図的に追突され、夫婦ともに二ヵ月の入院生活を送る羽目になった。

そう、あのころは感覚が麻痺《まひ》してしまうほど日常に危険が溢《あふ》れていた。

パリ十八区、十九区、二十区のアフリカ系、中東系移民が多数暮らしているHabitation《アビタスィオン》 à Loyer Modéré《アロワイエモデレ》、直訳すると「控えめな家賃」の公営住宅を捜索する際は、投石、銃撃などの事態が頻繁に発生した。簡易トラップによる小規模爆破も珍しいことではない。テロ犯に拉致された白人女性を救出したつもりが、彼女がリュックに隠していた手榴弾《しゅりゅうだん》が炸裂《さくれつ》し、玲は左腕を八針縫い、他隊員四名が負傷したこともある。その女性はホームグロウン・テロリズムで育成されたイスラム過激派のメンバーだった。

ただ、勤務中とは正反対に、家に戻ると当時夫だったフレデリク、娘のイリスと、ごくありふれた穏やかな生活を送っていた。

暴力と安穏の両極端に振れながら続いていたパリでの日々。

けれど、それはたまらなく理不尽な理由で打ち砕かれてしまった。ヤニス・ニヤンガという名の男により、玲はフランスを追われ、元夫と娘と会うことを禁じられた。今では七月十四日の革命記念日とクリスマスにメールを送ることしか許されていない。

思いがけず目撃した衝突の光景のせいで、家族で暮らした日々への断ち難い未練が、フレデリク、イリスへの恋しさが、こんなときに湧き上がってくるなんて。

胸の奥底に無理やり沈め、閉じ込めていたのに。

——しっかりしろ。

自分に言い聞かせる。が、根深い悔しさと執心は簡単には消えない。

ニヤンガの影響力が完全に消失しない限り、玲はフランスに戻ることも、実の娘を抱きしめることもできない。だが、玲がニヤンガ排除の直接行動に出れば、奴は玲ではなく元夫を狙い、その命を容赦なく奪うだろう。

バッグの中のスマホが震えた。

乾からの通話着信。無視することもできる。

しかし、追憶と怒りの中にいた玲は冷静さを取り戻すため通話アイコンをタップした。

『団地から無事に出られましたか？』

彼が確認する。

「はい」

『今はどちらに？』

「お話しできません」

一瞬通話が無音になる。

黙っていたところで、通話していれば現在地など簡単に特定されてしまうだろう。

それでも玲は乾を信用していないことを言外に伝えたかった。彼が王依林と会談することなど、まったく聞いていなかった上、その王と前置きもなく直接話せといわれた。王が玲の拉致を狙っていることは、乾も十分に承知している。

『では、今後どちらに向かうのでしょうか』

彼はいつもの落ち着いた口調で、あらためて質問してくる。

「それも今はお伝えできません。教えないのではなく、まだ不明という意味です」

『なるほど。ではわかった段階でお知らせください』

玲がUm Mundoからの報告を待っていると即座に理解したようだ。

『先ほどは立て込んだ状況の折に電話してしまい、申し訳ありませんでした』

「王から突然、非公式の会談を打診されたのですね」

『ええ』

「話し合いは終わられたようですが、結果は？」

『不調でした。会談前と事態は変わっていません。先方はあなたと会うことを終始要求し、私からは強制できないと答えた。そのくり返しです。おわかりだと思いますが、先方は会談という私が即応できない状況を作り、その間にサントス家の人々を略取しようとした。しかし、複数の不測の因子により妨害された』

Um Mundoや徳山のことだ。

『予定外の妨害が多く、先方は不利と見て引くことにした。ただ、完全な撤退とは思えません』

「乾さんを通じて包囲されていることを知らせたのも、私たちやUm Mundoの出方を測るため」

『だと思われます。先方は今後も何か仕掛けてくる可能性が高い』

「王は今どこに？」

『会談を行った日比谷《ひびや》のホテルを出て、車で移動中のようです。尾行はつけてありますので、わかりしだいご連絡します。ここはあえて露骨な言葉でお伝えしますが、王はあなたを自身の手で狩ろうとしている』

本当に身も蓋《ふた》もない言葉。だが事実だ。王は玲が向かう場所に当然気づいている。監禁されているリェンと瑛太は、今や玲を誘《おび》き出すための装置と化していた。

「先方は、なぜ私などにそこまでこだわるのでしょう」

玲はあえて訊いた。

「面子《メンツ》とこの先のためだ、決まってんだろ」

徳山が口を挟んだ。前の席から話の内容に聞き耳を立てていたようだ。振り返り、電話の向こうにも届くような大声で続ける。

「これから東京中の非合法組織を束ね、牛耳っていこうってときに、秘密警察の奴らの鼻を明かしてきたおめえを放ってはおけねえだろ。締め上げ、黙らせなきゃ顔が立たねえ。女ひとりに吠《ほ》え面かかされたままなのかと、舐《な》められ甘く見られる。不良外国人どもが黙っていうこと聞くだけの力と厳しさを、ここで見せつけねえと。ただでさえ、中国人ってのは覇権主義で膺懲《ようちょう》が大好きなんだろ」

覇権主義は、奪い取ったものは俺のものと主張する態度。膺懲はいうことを聞かぬ悪者は痛めつけ、従わせること。そんな意味だ。

「ヤクザにしちゃ学があんだろ」

徳山はうそぶくと、また前を向いた。

『そういうことになります』

乾もいった。

やはり逃げることはできないようだ。

――まあいい、覚悟はできている。

問題はそのあとだ。少なくとも一年は東京にはいられなくなるだろう。フランスを追われ、さらに東京も、故郷のこの街も出てゆくことになるのか。

『リェンさん瑛太さんの行方不明については、すでに捜索願が出され、警察案件となっています。能條さんは安全なところに移り、あとは我々に任せていただくこともできますが』

卑怯な質問。

それでは手遅れになってしまうとわかっているくせに。警察庁・警視庁は、まだあのふたりの居場所を完全には特定できていない。それに玲がここで姿を消せば、向ける先を失った王たち秘密警察の怒りは、J&Sコーポレーションに浴びせられることになる。玲を痛めつけられなかった場合、反逆者J&Sが膺懲されたという事実を作り上げるためだ。見せしめにリェンと瑛太が傷つけられるかもしれない。密約があるとはいえ、秘密警察の連中がどう出るかわからないことを、リェンの母ダン・チャウと兄のホアン・ダット・クオンも何より危惧していた。

「いえ、私なりのやり方でもう少し続けさせてもらいます」

玲はいった。他に選択の余地はない。

『では私も私なりのやり方で任務を続け、可能な限り能條さんを支援させていただきます』

玲ではなく彼のほうから切った。

煙《けむ》に巻かれたようで、ちょっと腹が立つ。

ワゴンは走り続け、台東《たいとう》区を抜け中央区内に入った。

「俺は何をやらされる？」

徳山が再度振り返る。

「その前に手伝ってくれるの？」

玲は確認した。

「手伝わずに即てめえを叩きのめして帰るつもりだったが、そうもいかなくなった」

浦沢組の上部団体、身延連合から指示が出たのだろう。

警察庁との間に、身延連合は秘密警察の動きに関して静観を決め込むという密約を交わしていた。しかし、それをあの木下と大城は破った。もちろんふたりは単なる実働部隊で、裏で糸を引いているのは秘密警察と今も切れずにつながっている身延連合の反主流派幹部たちだろう。この失態に関する警察庁への詫《わ》びと補塡《ほてん》として、身延連合主流派の上層部は徳山に玲を手伝えと命じた――奴の腹立たしげな形相を見れば想像がつく。

「霞《かすみ》が関《せき》にきつくいわれたそうだ。汚《きたね》え手使いやがって」

当然、乾も協力しろと圧力をかけただろう。ヤクザ並みに卑怯で、しかも機転が利くあの男がそうしないはずがない。

「だから何をやんだよ？　もったいぶってんじゃねえ」

徳山が相変わらず口悪く訊く。

「監禁されている私の友だちと息子を救い出すから、囮《おとり》役、撹乱《かくらん》役になってほしい」

「秘密警察相手に？　無茶いいやがって」

奴は舌打ちし、運転席に呼びかけた。

「なあ、やっぱコンビニに寄れ。死ぬかもしれねえんだから、その前に一服させろ」

4

ワゴンは再度隅田川を渡り、江東《こうとう》区内にあるコンビニの駐車場に停まった。

徳山が軽く背伸びをし、店内に入ってゆく。一服するだけでなく、奴なりに各所に連絡し、何やら策略をめぐらせているのだろう。歓迎すべきことではないが、それくらいの猶予を与えてやらないと逃げられる可能性がある。奴のほうも、買い物に寄った思惑を玲に読み取られていることは十分承知のはずだ。

「シスター」

三人になった車内でブラジル人の女性が呼びかけてきた。

「まだ目的地についての連絡はありませんか」

「ええ」

午前〇時を過ぎ、日付は九月十一日月曜に変わっていた。Um Mundoの場所特定作業に何か問題でも生じたのだろうか。

「シスター、何か飲み物は？」

ブラジル人男性が訊いた。

「だいじょうぶです」

――シスターって呼び方、やめてほしい。

そんなことを考えつつ、バッグの底から出てきたスイス製のレモンミント・キャンディーの包み紙を開き、小さな粒を口に入れた。

ドア窓の外、タバコを買って店から出てきた徳山が見える。くわえた一本にデュポンのライターで火をつけ、左手にはアイスコーヒーのカップを持っていた。外は蒸し暑く、夜空は低い雲に覆われている。雨が降り出しそうだが、奴はすぐには車内には戻らないつもりのようだ。

「シスター、少しお話につきあっていただけますか」

男がいった。

「内容によります」

玲は彼の顔を上目遣いで見ながら返した。

「ご提案があるんです。シスターにとって悪い話ではないと思いますし、受け入れていただけるかのお返事はすべて聞き終えたあとで結構ですから」

女も説明に加わった。

「私たちはUm Mundoからシスターに連絡が入り、目的地を指定された時点で、それがどこであろうと港区元麻布《みなともとあざぶ》三丁目に向かえといわれています」

元麻布三丁目には中国大使館がある。

「ミスター・メンデスから指示、いや命令されたのね」

玲は間を空けず確認した。

「はい。シスターをワゴンに乗せたまま大使館内にお連れし、そこで降ろすようにと。Um Mundoはこの命令について何も知らされていないようです」

玲の身柄を中国大使館に引き渡すということだ。

——これが王依林が仕掛けたもうひとつの罠か。

ありふれたやり口だが、確実な策ともいえる。ドアをロックされた走行中の車内から降りるのは容易ではないし、大使館内は当然治外法権だ。日本の法律は一切通用しない。そこで玲の身に何が起きようと、日本の警察は関与できない。

前回、メンデスとこの男女に助けられたため、玲は今回も促されるままワゴンに乗ってしまった。あの協力自体、今回のための偽装だったのかもしれない。思い返せば、ロン・フェンダースを秘密裏に拉致できなかった時点で、秘密警察の計画は失敗していた。ホテルのロビーや路上で争えば、無数のスマホのカメラに撮影され拡散し、世界中に行いを知られることになる。

だから王は、玲のメンデスに対する信頼感を無意識に高める策に出た？　加えて、ついさっき団地を脱出した際の、車の衝突を伴う派手な敵排除の一幕も、玲たちの判断を甘くさせるのに効果的だった。

王だけではない。やはりメンデスも自らの手を汚さないことに長《た》けた策士であり、Um Mundoと持ちつ持たれつの関係を律儀に続けていくほど甘くなかった。

しかし、今、玲の目の前にいるふたりは、あの老人の手の内をあっさり明かした。

——メンデスに仕える等身大人形が、自らの意思で語りはじめた。

「ミスター・メンデスとあなたたちの関係は？」

彼らの素性を確かめる。

「私の名はリヴィア、彼がエンゾ。姓はどちらもメンデスで、日本でいう『はとこ』の関係になります」

「ミスター・メンデスは大伯父《おおおじ》か」

「ええ。同じ両親から生まれた、セニョールが長男、私の祖父が三男、エンゾの祖父は五男。血で結ばれたメンデス家の男たちです」

「あなたたちの出身は?」

「私はサンパウロでエンゾがリオデジャネイロ。歳はどちらも二十五です。私たちが八歳のときにセニョールに呼ばれた両親とともに来日しました」

「後継者として育てるために?」

「ええ、セニョールには実子がいないので」

「それで、なぜ私に教えるの?」

「造反の理由を訊いているのですか」

「そう。ミスター・メンデスに対する怨《うら》み? 金や利権? 理想や野心?」

「あえていえば理想でしょうか。東京で暮らす外国人は増え続け、セニョールのやり方ではもう纏《まと》め切れなくなっている。以前、シスターに撃退していただいたブラジル人窃盗団のように、セニョールと古くからの側近が作ったルールに従わない者が次々と現れ、秩序が崩れてしまっているんです。なのに、それを防ぎ改善する具体的な手立てを、セニョールたちは持っていない」

「状況に太刀打ちできなくなったと」

「はい。他国からの在留外国人の中にも、人口増加とともにセニョールの庇護《ひご》を離れ、独自のルールで生活しはじめる者たちが出てきた」

メンデスは飲食店・食品輸入会社グループの経営者であり、同時に東京とその近郊で暮らす(優良・不良含めた)外国人たちの世話役・纏め役も担っている。直截《ちょくせつ》にいうと、外国人社会の長老の座に長年君臨してきた。その立場から発生する利権も当然大きく、そこから生まれる財力が、逆にメンデスの地位を確かなものにもしていた。

ただ、このふたりから見ればもう終わりにするときがきたのだろう。

「教えてくれたことはありがたいけれど、ここで私に協力した程度のことで、ミスター・メンデスが作り上げた体制や組織は崩せる？」

玲は質問を続ける。

「崩せます」

男性のエンゾがうなずき、続ける。

「十分な時間をかけて下準備を進め、同調者たちを結束させてきました。それに、我々の目的が達成されようと失敗しようと、シスターには関係のないことでしょう。結末を心配していただく必要はありません」

このふたりは首謀者ではあるが独裁的なリーダーではないのだろう。二十五という年齢を考えても、血統と能力で選ばれた皆の意思代表者であり、リヴィアとエンゾの背後には複雑な利害を抱えた多くの支援者たちがいる。

玲は首を静かに横に振った。

「勘違いしないで。私は自分自身の心配をしているの。今夜、私の目的が果たせたとしても、あなたたちの造反が失敗したら、そのとばっちりを間違いなく受けることになる」

「無事では済まないと？」

「ええ。今夜、中国人の手から生き延びられたとしても、今度はミスター・メンデスに追われることになる。やるならば、あの老人を確実に失脚させ、二度と返り咲けないようにしてもらいたい。私を売ろうとしたジジイに不幸を噛《か》み締めさせるためにも」

「もちろんです」

エンゾがいった。

「そして私たちもシスターに賭《か》けていることを忘れないでください」

わしい。

「to stake《懸ける》」ではなく「to bet《賭ける》」か。競走馬にでもなった気分だが、確かにそちらのほうがふさわしい。

リヴィアが続ける。

「捕らわれた方々を奪還し、秘密警察の組織力や武力が予想を遥《はる》かに下回っていることを、都内の外国人たちに広く知らしめてください。そして秘密警察と妥結、共存の道を選んだセニョールの権威を地に落としていただきたい」

ただ、あのジジイが安易に自分の立場を明け渡すとは思えない。今夜にしても裏切りを防ぐ手立てを二重三重に施しているはずだ。

「お返事は？　我々の提案を受け入れていただけますか」

ふたりの顔を一度眺め、玲は答えた。

「断るはずがないでしょう」

「よかった」

「でも、それだけ？　他に私にやらせたいことは？」

「やはりシスターはお見通しなのですね」

エンゾがわずかに口元を緩めた。

「この件が収束したら、Um Mundoにしばらく口を閉じているよう警告していただきたい。できれば、彼にはそのまま消えてほしいのです。Um Mundoの情報を自衛や生活の改善に役立ててきた外国人組織は確かに多い。けれど、それが混乱や対立の元になっているのも事実です」

リヴィアがうなずき、補足する。

「あくまで一例ですが、ベトナム人と台湾人の利害が衝突した際、Um Mundoが提供した情報がベトナム人側を助けるものなら、当然台湾人側は反発する。彼は融和ではなく対立も煽《あお》ってきた」

「しかも、彼が自ら顔を出して互いの間に立ち、調停することもない。生まれた溝は放置されたままです。加えてUm Mundoの情報は非合法な手段で入手されているので、助けられた側も罪に問われる可能性がある。いずれにせよ、彼のやり方はすでに行き過ぎている」

エンゾが玲を見つめる。

「努力はしてみる。そこに関しては、あなたたちの言い分も理解できるから。でも、彼が私の言葉に耳を傾けるとは思えないけれど」

玲はいった。

「どうでしょう？　シスターなら彼を動かせると思いますが」

そこまで話して、玲の中にぼんやり広がっていたものが、ようやく像を結んだ。

——そうか。

「あなたたちもUm Mundoの協力者、いえ、一員だったのね」

思いがけず早口になり、ふたりを見つめる。

リヴィア、エンゾはうなずいた。

「三年前から協力してきました。セニョールには知られていないはずです。ただ、もう彼も消え去るべきだと思います。本当の害悪になってしまう前に」

一瞬言葉を失った玲の視界に、徳山の姿が入ってくる。

奴は吸い終えた二本目のタバコを足元に捨てると、飲み干したアイスコーヒーのカップもその場に落とし、こちらに歩き出した。

リヴィアは黙ってシートベルトを締め、エンゾはワゴンのスライドドアを開けた。

「密談は終わったか？」

タバコの臭気をまとった奴がシートに腰を下ろしたところで、玲のバッグの中のスマホが震えた。

リヴィア、エンゾに見つめられながら、玲はバッグを覗き込み確かめる。

Um Mundoからの目的地を伝える着信だった。

5

「器用なもんだ」

徳山が皮肉混じりにいった。

玲は走る車内で、これから使う道具の製作を続けている。

一・五メートルほどの長さに切った細いビニールホースの中に、太めの針金を芯《しん》代わりに二本通し、さらに両端に錘《おもり》として針金を十巻きほどしてからガムテープで固定する。もうひとつ同じものを造る。これがホースAとホースB。芯代わりの針金を四本にし、両端に巻きつける回数も増やしたホースCも造る。こちらのほうが攻撃力は高いが、やはり重くて取り回しが難しい。釣り用のロッドホルダー（竿受け）のY字部分の先端に、長細いゴムの両端を巻きつけ、ライターで炙《あぶ》って溶かし固める。スリングとなるゴムの中心部には、革製の弾受けをホッチキスで取りつける。弾丸に使うのは小型の金属ナット。他にも工具用ドリルの18ボルトバッテリー三つ、LEDライトの昇圧回路《インバーター》などを伸縮式の歩行杖《づえ》に取りつけた放電ステッキも用意した。

ダメージを与えられるが致命傷にはならないものを揃えたつもりだ。

Um Mundoから連絡があったのち、足立《あだち》区内の朝五時まで営業している大型量販店に向かい、材料はすべてそこで買い集めた。車を特定されていることを見越し、ワゴンも、リヴィアとエンゾが用意していたグレーの別車種にすでに乗り換えている。

製作した道具をナイロン製のリュックに詰めてゆく。

化粧品や財布、携帯など個人の持ち物はすべて黒革製のバッグに入れ、南千住《みなみせんじゅ》の泪橋《なみだばし》付近にある路面コインロッカーに預けてきた。安全靴や作業着も買い、パンツスーツから着替えてゆく。その間、徳山は一切こちらに目を向けなかった。紳士的な態度ではなく、わずかでも玲に女を感じていると思われるのが癪《しゃく》なのだろう。

アシックス製安全靴の軽さと頑丈さには、ちょっと驚いた。不燃素材でできた現場系シャツやパンツも「普段使いＯＫ」のコピー通り、日常着ていても違和感のないデザインだ。両腕には耐切創性の高いケブラー素材のアームカバーもつけている。念のため資源ゴミなども用意し、ナイロン製の買い物バッグに入れておく。

そして、このすべてを深夜に一店だけで揃えられるメガドンキってすごいと思った。ただ、脱いだスーツはもったいないがワゴンの車内に置いていくしかなさそうだ。

最後にレモンミントのキャンディーを口に入れた。

向かう場所は都営吾妻《あづま》中央団地。

東京スカイツリーから南東に約四百メートル、墨田区内の北十間川《きたじゅっけんがわ》沿いにある賃貸住宅ビルの総称だ。礼央や乃亜の暮らす隅田川東団地のような高層住宅が連なった造りではなく、五階建てから十三階建てまでの個別の全三十六棟が敷地内に並んでいる。

一号棟の入居開始から五十年以上経過しているため、老朽化が著しく、現在、順次建て替えや耐震工事が進められていた。住人の高齢化も進み、若年層の住居者促進のための政策も行われているが、どの程度の成果を上げているのか玲は知らない。

吾妻中央団地はリェンと瑛太の自宅から一キロも離れておらず、玲の家からも自転車で走れば二十分以内に着ける。本所警察署も三百メートルほどの場所にある。遠方には連れ去られていないと思ったが、予想以上に近場に監禁されていた。Um Mundoも吾妻中央団地内だと昨日の時点ですでにわかっていたものの、三十六棟、五百戸以上ある中のどこにいるのか絞り込むのに手間取ったのだろう。

16―4―7、十六号棟四階の七号室。

Um Mundoはそう連絡してきた。警察、管理会社が公道や団地内に設置している防犯カメラの映像データに侵入し、リェンと瑛太が自宅近くの路上でワゴン車に乗るよう強要されている場面を見つけ出した。そこからワゴン車を追い、吾妻中央団地に入るところを確認した。部屋の場所はリェンのスマホ電波の途絶えた地点、さらに秘密警察の構成員が使うスマホの電波を数日に亘《わた》って追跡し、どの棟の何階に連中が頻繁に出入りしているかを解析した末に特定したという。が、断定はできない。玲たちのここまでの行動を受け、ふたりの身柄がその後移動させられている可能性もある。

――まあ、行ってみればわかるだろう。

あえて楽観的に考え、自分を奮い立たせる。覚悟はしていたつもりだが、やはり突入が目前に迫ると恐怖心が湧き上がってきた。

――まったくもう。

臆病な自分に呆れてつぶやいたあと、ちょっと驚き、それから思わず笑ってしまった。

フランス語の『Merde《メルド》』と日本語が混ざり合ったあの変な口癖、『メルったく』が抜けず困っていたのに。日本にも居場所を失いそうな、こんなときになって自然な日本語が口をつくなんて。

ワゴンが一度停まり、徳山が似合わぬ大きなショルダーバッグを肩に掛け降りてゆく。これも玲がメガドンキで買い、必要な道具を詰めて奴に持たせた。

「楽しみにしてるぜ」

徳山がヤニの染みついた歯を見せた。

――しつこい。

そんなに殴り合いたいのか馬鹿、と喉《のど》まで出かかったが押し戻す。

「お気をつけて」

リヴィアとエンゾの言葉を背に、玲も荷物を持ってワゴンを降り、徳山とは正反対の方向に歩き出す。広大な吾妻中央団地の敷地を、それぞれが左右から回り込んでゆく算段だ。

走り出したワゴンが遠ざかってゆく。

振り返った夜空に、照明がすべて消えた黒いスカイツリーが気味悪くそびえ立っている。やはり外は暑い。気温の高さ、緊張、どちらが理由かわからないが、すでに額には汗が滲《にじ》んでいた。

北十間川沿いの道を進んでゆく。川といっても運河なので、並行している道路も直線で隠れる場所がない。月曜の午前二時に女がひとりで歩いているのも目立つ。早足で進み、すぐに吾妻中央団地外周の柵を乗り越え、敷地内に入った。

まず自転車置き場に身を隠す。銅板屋根の下に大量に並んだ自転車の中には、前輪の泥除《どろよ》けにインド・ネパール料理店やタイ料理店、韓国料理店の店名ステッカーが貼られたものが交じっている。店主や従業員が通勤用に使っているのだろう。東京周辺の他の団地同様、ここも外国人、殊にアジア人の入居者が急増している。たぶん三割ほどを占めているのではないか。外国人が多く出入りしていても怪しまれないこともあり、秘密警察はここで監禁や取り調べなどの違法行為を行ってきたのだろう。今や外国人犯罪組織は、新宿、上野、錦糸町のような繁華街ではなく、住宅街の一画に拠点を置いていることが多い。

並んでいる各棟から漏れてくる窓明かりは数える程度。寝静まっている。自転車置き場から、団地内公園の遊具の裏、駐車場の自動車の間をすり抜け、進んでゆく。ジョギングやウォーキングを装って秘密警察の関係者が巡回をしているかと思ったが、今のところ見かけない。

曇りだという天気予報に反して小雨が降り出した。

午前二時五分。Um Mundoの指示で新たに購入したマイク付きブルートゥース・イヤホンを左耳に装着し、彼から以前渡されたスマホにつなぐ。

『降ってきましたが、だいじょうぶですか』

彼がいった。通信テストのつもりだろう。

「さあ」

玲は気のない返事をした。本当にどうなるかわからないのだから、仕方がない。これから先は基本的にUm Mundoのナビゲートで進んでゆく。髪を下ろしているので、イヤホンが常にオンラインとなっていることは、外側からは気づかれないだろう。

どうやってUm Mundoが敵の位置や動きを摑んでいるのか、逆にこちらの位置を通信電波から捕捉《ほそく》されないようにしているのか、玲には見当がつかない。彼の指示がどこまで的確かも未知数だ。まずは動いてみるしかない。

進む先の夜空に、ぼんやりと白い煙が上がりはじめた。

『煙は見えますか？』

「ええ。まだ薄いけれど」

目的の十六号棟のあたり、徳山が置いた発煙筒だ。奴は無事に目的地点にたどり着けたようだ。煙に気づいた住人が消防に通報し、ちょっとした騒ぎが起きるのを待つ。広大な団地だ、区域を絞っても煙が濃くなるにはかなりの時間がかかるだろう。それでも雨中の薄霧のように、白さの濃度が上がってきた。玲の指示通り徳山が五本、六本と発煙筒を置いているのだろう。発炎筒は使わない。万が一にでも本当に火の手が上がっては困る。

玲も十六号棟に近づいてゆく。

手前の十四号棟の階段を下りてくる足音が聞こえ、玲は持っていた買い物バッグからゴミ袋を出した。中には空のペットボトルや缶などが入れてあり、空になった買い物バッグも畳んでゴミ袋に詰め込む。団地内のゴミ置き場の位置も事前にネットで調べ、記憶している。

階段から下りてきた男もゴミ袋を手にしていた。灰色のスウェットを着て足にはサンダルを履いている。互いに軽く会釈し、並んだ。深夜のゴミ捨てで鉢合わせしたふたりの間に、若干の気まずい空気が漂う。

直後、スウェットの男が振り向き、右手を腰のうしろに回した。

玲も身を翻し、ゴミ袋の中に隠していた細長いものを抜いた。毛糸編み用の金属棒。男が隠していたナイフを突き出す。玲はわずかな動きだけで避《よ》けると、編み棒で男の喉を突いた。編み棒がぐにゃりと曲がり、男が上体をのけ反らす。これでいい。首の皮を貫かず、あえて曲がる強度のものを選んだ。続けて玲はナイフを握る男の右手首と肘《ひじ》を両手で摑み、背後に回り込んでゆく。男の手からナイフを落とし、同時に首に腕を絡め、頸《けい》動脈を絞め上げる。

男はすぐに気を失ったが、別のひとりが階段を駆け下りてきた。

「找到了《ジャオダオラ》！　快来《クアイライ》！」

仲間を呼びながらテーザー銃を構える。日本では所持が禁止されている針が飛び出すタイプだ。玲はゴミ袋を盾にした。そこに射出された有線針が突き刺さる。ゴミ袋を捨て、一気に間合いを詰めると、第二弾を撃たれる前に脇腹に手刀を入れた。男が呻き声を上げる前に喉仏を摑み、またも頸動脈を絞め上げる。

――はじまった。

スマホを通して玲の接近はすでに本隊に伝えられてしまっただろう。ただ、その程度のことは織り込み済みだ。ふたりを簡単に撃退できたのは、単なる歩哨《ほしょう》役だったからだ。今後はもっと厳しくなる。

意識を失った男たちを低い生垣の陰に隠そうとしたとき、白い煙が最前より濃く立ち込めていることに気づいた。

『無事ですか』

Um Mundoが確認する。

「ええ」

『十メートル先の五階建てが十六号棟です』

「わかってる。それより敵の接近は教えてくれないの？」

玲は少しばかり嫌味をいった。

『次から努力します』

素っ気ない返答。

先に見える十六号棟は二階あたりまで煙に包まれていた。

どこかの窓が開き、慌てた声が聞こえる。

「ナンクワン！　ファイマイパ！」

タイ語だ。火事だと叫んでいるのだろう。

十六号棟に近接した棟の窓が次々と明るくなる。タイ語の声を聞き、皆が気づきはじめた。玲も十六号棟に到達したが、周囲に警備役らしき連中の姿はない。後付けのエレベーターが古い建物の外側に張り出すように設置されている。それには乗らず、階段も使わず、発煙筒の煙に巻かれた一階ベランダから上階へとよじ登ってゆく。二階、三階、四階と手摺《てすり》を掴んで上がり、柵がなく平坦《へいたん》な十六号棟の屋上に出た。

街灯の光が届かず、近くの高い棟から届く光だけがかすかに照らしている。その中、身を低くして待った。

——時間までまだ少しある。

煙はさらに濃くなり、遠くから消防車のサイレンも聞こえてきた。「どこ？　火出てない？」と複数の人々が出火元を探している声が下から聞こえてくる。

なぜかアナイス・マソンの顔が頭に浮かんできた。

そうだ、もう二十年近く前、七月十四日のフランス革命記念日の夜に打ち上がる花火を見るため、アナとふたりでこんなビルの屋上に上がったことがあった。ただ、花火がきれいだったかどうかは覚えていない。

アナは玲の人生の中で一番大事な友だち。だが、テロ絡みの爆破事件の犠牲となり命を落とした。それをきっかけに、玲は自分でも思いもよらなかったＧＩＧＮ隊員となる道を選び、そしてなぜか今、小雨の降る蒸し暑い屋上にいる。

——今の私を見たら、アナはなんていうだろう。

憐《あわ》れまずに笑ってくれるだろうか、呆れてくれるだろうか。だが、娘のイリス、元夫のフレデリクはまだしも、ヤニス・ニヤンガのことまで思い出し、今度はアナイスか。

——私、今夜死ぬのかな。

背後に気配を感じた。

玲はペンライトを出し、振り返ると闇を照らした。

向こうからもライトを浴びせてくる。

交錯する光の向こうに浮かんだのは、イリーナ趙の顔——

「ふざけんな！」

玲は思わず吐き捨てた。

「は？　何？」

ピンクのTシャツにバギーパンツを身につけたイリーナが腹立たしげな声を返す。

「いや、あなたには関係ない。こっちの都合」

「どういうこと？」

彼女が流暢な日本語で詰め寄る。

「あなたの顔、私の死んだ親友にそっくりなの。その子のこと考えてたところだったから」

「恶心《ウシン》！」

「何？」

「キモっていったの中国語で。だからはじめて会ったときも驚いてたのか。噛みついたり、親友に似てるっていったり、おばさんマジ何なの。でも、その人に似てたから私が選ばれたわけじゃないから」

「わかってる。だから本当にタチの悪い偶然だと思って腹が立ったの。ひとり？　王依林一等書記官と一緒かと思った」

「あいつ好きじゃないから。ひとりのほうが動きやすいし」

「それは私も同じ」

イリーナは右手にグリップ付きのハンディーカッターを握っている。

「地味な武器。殺傷能力が高い武器を使わせてもらえないのは日本だから？　それともまだ試用期間中だから？」

「烦死了《チャオスーラ》、阿姨《アーイー》」

彼女はいった。はっきりとはわからないものの、うざいとかそんな意味なのだろう。

——私確かに口数が多い。

徳山が上手くやっているか不安だからだ。

イリーナが左手にライトを持ったまま一気に距離を詰めてくる。玲は後退しながら工作したホースAをリュックから取り出した。イリーナが右手のハンディーカッターを突き出す。玲はホースAを振るった。が、屋上の床を打ち据えただけで、左に避けたイリーナに左の二の腕を斬られた。さらにカッターが振るわれる。玲は右に跳んで避ける。ふたりが左手に持ったままのライトが互いの動きを追い、暗い屋上に光の残像を描き出す。

玲は再度右に低く跳びながらホースAを振るった。先端が緑のスニーカーを履いたイリーナの左足首を捉え、彼女が重心を崩す。さらに打とうと追うものの、イリーナは側転しつつ逃げる。

そこで下の階からガンガンと鈍い金属音が響いてきた。

午前二時十五分、予定時刻だ。

目標である16―4―7、四階七号室の玄関ドアを徳山が叩き、この音で室内にいる連中の注意を共用廊下側に引きつける。玲はホースAを投げ捨て一気に駆け出した。

イリーナも追ってくる。

が、玲は屋上の縁から跳んだ。

消防車のサイレンも先ほどより近づいている。住人の騒ぐ声も途切れず聞こえてくる。その音に紛れ、玲は落下しつつ五階七号室の手摺を経由し、四階七号室のベランダに飛び込んだ。

と同時に、窓の向こうの閉じたカーテンの奥から鈍い音が漏れてきた。

——やっぱり。

爆音が轟き、ガラス片が横殴りの雨のように玲の体に襲いかかる。室内で一瞬上がった炎が、ガラス片のひとつひとつを照らす。

玲はそれらをスローモーションのように見ながら、再度ベランダの手摺を飛び越えた。

腕や背にガラスが突き刺さったものの、予期していたため深手にはならない。玲は落ちながら三階七号室の手摺を掴み、その三階のベランダに飛び込んだ。

しかし、窓の奥の閉じたカーテン越しにまた光が見えた。慌てて部屋境の隔板《かくばん》を突き破り、隣の三階六号室のベランダに飛び込む。

が――

そこでも爆音が轟いた。

玲は六号室の手摺も飛び越えたが、間に合わない。爆風と爆片が背後から押し寄せ、吹き飛ばされた。発煙筒の煙が霞《かすみ》のように広がる中、玲は宙を舞いながらもがき、必死で落下体勢を取った。誰のものかわからない複数の悲鳴が聞こえる。

身をよじりながら葉を茂らせた高い木の枝に捕まる。枝はすぐに折れてしまったものの、木の下枝《したえだ》を転がるように伝い、深い植え込みに落ちた。背負っていたリュックが若干緩衝材の役割を果たしてくれたようだが、肩や背中が痛い。

『すぐに起きて！　隠れて！』

イヤホンを通じてUm Mundoが叫ぶ。

「わかってる」

玲は吐き捨て、体を起こすと何気ない顔で歩きはじめた。発煙筒の濃い煙に、爆風で十六号棟から十メートルほど飛ばされたことが重なり、玲の落下は住人たちには気づかれていない。ただ、パジャマやジャージ姿の男女が多数部屋の外に出てきており、団地内は騒然としている。

『右手四十メートル先、十二号棟のゴミ置き場に一度身を隠して』

Um Mundoがいった。

「了解」

玲はそう告げ、言葉を続ける。

「罠だった」

『ええ。でも、シスターも気づいていましたよね』

確かに気づいていた。が、屋上にイリーナが待ち構えていた上、あれほどの規模の爆発が続いたのは予想外だ。十六号棟四階の全八室と上下に位置する五階、三階の七号室は秘密警察のテリトリーだと注意していたが、奴らはそれ以外の部屋も自分たちの勢力下にしていた。

『ただ、この騒ぎで秘密警察の構成員たちのスマホによる通信量が一気に増えました。内容を調べ、本当に監禁されている場所を特定します』

「向こうを刺激するために、私に体を張らせたわけね」

『そういうことになります。でも、その点もシスターはお気づきでしたよね。それに、爆破のトラップが三重に仕掛けられていたのは私のせいではありませんよ』

玲は舌打ちした。Um Mundoは遠回しに玲の読みの甘さを指摘している。

『いや、仲間割れはやめましょう。解析を急ぎます』

通信が切れ、十二号棟へと進む。

肩甲骨や肋骨《ろっこつ》にひびが入ったかもしれないが、今はそんなことに構っていられない。十六号棟から離れるにつれ、煙も薄まってきた。玲はリュックを体の前に持ち、警戒する。左腕や肩に触れると、服に刺さった細かなガラス片がパラパラと落ちた。

消防車が到着し、背後の十六号棟周辺はさらに騒がしくなっていた。消防士が「下がってください」と住民に呼びかけている。新たに近づいてくるサイレンの音も聞こえてきた。今度は警察車両のようだ。

足音が聞こえ、見上げると男女のカップルが目指す十二号棟の外階段を下りてくる。どちらも三十歳前後、Tシャツに短パン姿で外の様子を確認するため出てきたようだ。

「あの、だいじょうぶですか」

玲の顔を見て、ふたりは恐る恐る声をかけてきた。

自分の頬に手を当ててみる。ガラスやモルタルの微小な砕片がポロポロと落ちてゆく。顔も傷ついていたようで、指先は血で湿っていた。

「それ爆発で？　救急車呼びます？」

ふたりの日本語の発音におかしな点はない。外見も日本人カップルだ。それでも玲は即座にぁとずさって距離を取り、振り向いた。

が、そこにも三人がいた。パジャマ姿の中年男女に二十歳前後の若い男。団地暮らしの一家を装った外見だが、一気に距離を詰めてくる。背後のカップルを横目で確認すると、同じく玲に迫ってくる。

玲は囲まれる前に工作したホースBをリュックから取り出した。振り下ろし、中年男女が構えたスタンガンを叩き落とす。しかし、連中は退《ひ》かない。ジャージの若い男が突き出した警棒の先端はかわしたが、カップルの男が振るったもう一本の警棒は避け切れず左腕で受け止めた。ほぼ同時に、カップルの女の左腿《もも》をホースBで打ち据える。女が低く呻きながら片膝《ひざ》をついた。その隙に女の横を玲は駆け抜けてゆく。

全員を倒している余裕も体力も今はない。とにかく逃げ、リェンたちの元にたどり着くことを最優先する。

『ゴミ置き場に到着しましたか』

Um Mundoが尋ねる。

玲は黙ったまま。口を閉じていろと返す余裕さえない。

十二号棟の端、角を曲がって身を隠す。しかし、そこでも左肩に鈍痛が走った。すぐに左方を確認する。追い打ちをかけるように右胸に衝撃を感じた。

撃たれた？ 弾丸？

戸惑う玲の顔周辺にふわりと黄色い粉末が広がった。

――あ！

玲は目を閉じ、体を伏せた。すぐ横の十二号棟の外壁に次々と黄色い痕跡《こんせき》が残ってゆく。遠くから狙い撃たれている。ペッパーボールガンだ。玲は伏せたまま這《は》うように走り、またも屋根だけの駐輪場に逃げ込んだ。

空気圧で射出するペッパーボールガンの弾丸には催涙剤が混ぜられており、標的に命中すると砕け、粒子が目や鼻を強く刺激する。催涙スプレーの射程が三メートル前後なのに対し、こちらは五倍以上の十五メートル。今は明らかにそれより遠方から撃たれているので、ライフル形状のものだろうか。

銃撃は止まない。

直撃はしていないものの、並んだ自転車やコンクリートの土台に当たった弾丸が砕け、飛散した催涙剤が玲の鼻腔《びこう》やまぶたの裏側に切るような痛みを走らせる。堪《たま》らず近くに見つけた十二号棟の外階段を駆け上がった。

リュックからペットボトルを出し、中の水を顔にかける。それでも痛みは消えない。しかも、後方から見知らぬ若い三人が追ってくる。玲は階段を上りつつスリングショットを出し、踊り場で振り向きざまにナットの弾丸を撃った。が、目の痛みのせいで照準が定まらない。

五階まで上がり、共用廊下を走ってゆく。

「逃げ道を探して」

玲はUm Mundoにいった。

『左側、共用廊下沿いの駐車場に高い街灯が並んでいます。でも――』

彼が言い終わるのを待たず、玲は共用廊下の低い柵の上に立ち、大きく飛んだ。

街灯のひとつにしがみつき、滑り降りてゆく。

しかし、駐車場に並んだ車の陰から太った男女が飛び出してきた。

Um Mundoが危惧したのはこれか――行動を先読みされ、待ち伏せされた。

太った男が玲の左の二の腕にスタンガンを押しつけ、スイッチを押した。

体が痙攣《けいれん》し、玲は思わず呻き声を漏らした。それでもリュックからホースCを取り出し、男の右頬から鎖骨にかけて打ち据えた。

だが、ホースCを振り上げた隙を狙い、太った女がスプレーを玲の顔に吹きつける。直撃は避けたが、途端に胸が苦しくなった。催涙剤じゃない。防水スプレーだ。

レインコートや傘に吹きつける撥水《はっすい》性、防水性のスプレー剤にはシリコン樹脂やフッ素樹脂が含まれており、玲もブラジル人窃盗団撃退の際、催涙剤防御のために使った。反面、人が吸い込むと肺の内側に貼りつき、呼吸困難や急性肺炎を引き起こすことがある。

息を詰まらせながらも、女が続けて噴射するスプレーと男が突き出すスタンガンを避ける。男の足元をホースCで打ち、さらに女の体を目がけ、ホースCを振るった。女が左肘を畳み、ホースの先端を受け止める。その瞬間、玲はホースCから手を離し、女の懐に入ると腰に乗せ、一気に投げた。ずしりと重い女の体が一回転し、顔面がアスファルトの地面に打ちつけられる。男が右の肩口にスタンガンを押しつけたものの、玲は右手で男の喉仏を摑み、左指で両目を突いた。

急所を狙うのは。厚い脂肪をまとった相手と対峙《たいじ》したときの常道だ。男が絶叫しながら仰《あお》向けに倒れてゆく。

玲は即座にその場を離れた。

『走って』

「もう走ってる」

Um Mundoがいった。

玲は返した。目が痛み、息も詰まる。どこかに逃げ込まなければ。

『右手奥に八号棟が——』

「そこまで持たない」

『では左手に針葉樹が並んでいますよね。その裏手の棟に』

確かに公園脇の針葉樹の裏に建物がある。が、何号棟かわからない。それでもベランダの柵を這い上がり、必死に四階まで上ると、洗濯物が干されたままのベランダに倒れ込んだ。

ここまで上がれば、簡単に外から姿を見つけられることはない。

隅で身を屈《かが》め、囁《ささや》く。

「脱出ルートとリエンたちの居場所を早く」

『探しています。少し待って』

Um Mundoがいった。

「少しってどれくらい？」

玲は鋭い声で詰め寄る。

『少しの間です。だから待って！』

Um Mundoも厳しい声で返し、会話が途切れた。

静かにため息を吐き、両目をペットボトルの水で洗う。すごく染みる。呼吸も苦しく、口を押さえて咳《せ》き込んだあと、痰《たん》と胃液を吐いた。

そこでがたりと音がした。

玲のすぐ横、閉じていた窓が開いてゆく。

ゆっくりと顔を出したのは初老の女性だった。

6

一瞬目が合ったものの、初老の女性はすぐに顔を引っ込めた。窓も閉められた。

当然の反応だ。得体の知れない女が自宅のベランダに忍び込んでいるのだから。しかもここは四階。泥酔してよじ登ってきたとでも思っただろうか。ただ、通報されても、警察官が到着するまで束の間体を休めることができる。

玲は開き直ったように水を口に含み、防水スプレーの苦味をすすいだ。使い捨ての防塵《ぼうじん》マスク、通常の不織布マスクの二種類を買って用意していたものの、暑いのが嫌でつけずにいたのがこの結果だ。目も丁寧に洗い、ハンカチで拭う。

深くため息をついていると、予想より早くまた窓が開いた。

初老の女性が再度顔を出す。

「こんばんは」

じっとこちらを見ている彼女に玲は挨拶《あいさつ》した。

「チャオ・ブオイ・トイ」

向こうもいった。ベトナム語の夜の挨拶だ。

彼女の背後からも別のひとりが顔を出した。中年男性だった。意外にも表情が柔らかい上、大きな体を外から見えぬよう屈めて手招きする。

部屋に入れといっている。罠の可能性もゼロではないが、はじめに見た初老の女性の表情と態度が、玲の警戒心を下げていた。

履いている安全靴を脱ごうとすると、中年男性が「そのまま」と日本語でいった。初老の女性と顔つきが似ているので親子なのだろう。

「カム・オン・バン」

リェンから習ったベトナム語で感謝を伝え、土足のまま警戒しつつ入ってゆく。中年男性は洗面所に案内してくれた。

玲はまだ痛む目を洗い流し、何度もうがいをする。

「落ち着いたら、こちらに」

中年男性は言葉とともにタオルも渡してくれた。

顔を拭《ふ》き、ダイニングに出てゆく。エアコンが効いていて涼しい。そこには先ほどまでいなかった壮年男女も加わっていた。テーブルに着いた玲の前に、初老の女性がお茶を差し出す。

四人ともアジア人だが日本人とは微妙に顔つきが違う。玲はベトナムの方々ですかと訊きかけて止めた。知れば、きっと、この人たちに迷惑をかけてしまう。

「あなたの仲間？」

代わりに小声で囁き、マイクの向こうのUm Mundoに確認する。

『私の仲間の知人たちです』

「また巻き込んだわけ」

『ええ。あなたを助けるために』

卑怯な言い方はやめろといいたかったが、まずは目の前の人々にあらためて礼を伝えることにした。

「助けていただき、ありがとうございます」

玲は頭を下げた。

「とんでもない。我々のほうこそ感謝しています」

壮年の男性がいった。他の三人も同調したようにうなずく。

何への感謝か判然とせず皆の顔を眺めると、壮年の女性が口を開いた。

「あなたはタンとナムの潔白を証明してくれました」

記憶をたぐる。この名前、窃盗の手引きをしたと嫌疑をかけられていた元町工場勤務の技能実習生たちだ。

「ビョンや他のドン・バオもあなたに救われた」

大柄の中年男性が話した。

ドン・バオは同胞という意味だろう。ビョンはブラジル人窃盗団に脅され、協力を強いられていたベトナム人女性のことだ。が、玲に彼女を救ったという意識はない。逆に、協力を依頼したことで彼女の身を危険に晒《さら》すことになってしまった。

――私の行動は本当に皆を救ったのだろうか。

そう感じながらも、今は目の前にいる四人の厚意を甘んじて受け入れることにした。この夜を生き延びるために。

「私たちもあなたやUm Mundoと気持ちは同じ」

初老の女性も口を開いた。

大柄の男性がうなずく。

「私たちにも中国人の友だちがいるし、日本で暮らす彼らのほとんどはいい人たち。でも、秘密警察は嫌いだ。自分たちが中心で、他の人間は自分たちに尽くすためにいると思っている」

壮年男性も続く。

「まさに悪しき中華思想です。秘密警察はこの団地にも君臨しようとしている。自治会から気に入らない人々を追い出し、自分たちの思い通りになる者ばかりを送り込んでいる。秘密警察が一棟すべてを専有するために、三号棟、四号棟、十四号棟、十六号棟、二十二号棟で長年暮らしていた人々にさまざまな圧力をかけ、嫌がらせをし、追い出してしまった」

奴らの拠点作りの基本パターンだ。

「そのくらいにしましょう。時間がありませんから」

壮年女性が皆に告げ、玲を見た。

「まだあちこち痛むでしょうけど、一緒に来てください」

彼女と壮年男性が立ち上がる。

玲は慌てて目の前に置かれたカップの中身を飲み干した。煮出したベトナム式の緑茶、チャーザインだ。適度に冷めていて、喉に残る痛みを洗い流してくれる。

「ごちそうさまでした」

玲の言葉に初老の女性と中年男性が笑顔でうなずく。

彼らに送られ、玲は玄関から腰を屈めて共用廊下に出た。目隠し用のパネルが貼られた手摺から出ないよう、頭を下げたまま進んでゆく。

内階段を一階下り、一室に入った。

ここは十号棟、その三階四号室。壮年の男女はふたり暮らしで、やはり夫婦だった。

「三人いる子供たちは全員独立して、出ていきました」

妻がいった。

「この部屋は私たちの第二故郷、そして終《つい》の住処《すみか》なんです。どうか最期までここで暮らせるようにしてください」

夫もいった。

『白のハッチバックが来るので、三分後にベランダから地上に降りてください』

イヤホンを通じUm Mundoから指示が届いた。

「行き先は?」

『22―6―7、二十二号棟の六階七号室です』

「わかった」

連絡が一旦《いったん》途切れる。

「何か必要なものはある?」

妻が訊いた。

「それ、いただけますか」

玲はキッチンのテーブルに置かれた市販菓子を指さした。パッケージに『TOP COCO』と書かれている。ココナツクラッカーのようだ。

「ええ、どうぞ」
一、二枚もらうつもりが、彼女から一箱全部を渡された。それをリュックに詰め、窓際のカーテンの陰に立つ。二分十秒後、Um Mundoの言葉通り、白のハッチバックが十号棟前の駐車場に入ってきた。玲はベランダに出て、またも手摺を乗り越えた。
二階の手摺を摑んで経由し、そこから一階に着地する。白のハッチバックの運転席に座っている女はすぐに気づき、車内から後部座席に乗るよう手振りで指示した。

駆け寄り、乗り込む。ハッチバックが発進する。

「ハロー」

ハンドルを握る褐色の肌の女性がいった。歳は四十代の半ばほどだろうか。

「Which country are you from?」

何語で話しかけていいかわからず、玲はとりあえず英語で尋ねた。

「スリランカよ。私のこと忘れた？」

――誰だ？　あ!!

移動販売車店主の集まり、キッチンカー・コミッションに参加していた口うるさいあの女性だ。あの会議には墨田区役所職員・宗貞侑も参加していた。

――あのころすでに、彼は私をつぶさに観察、いや、監視していた。

「Um Mundoからの依頼で来てくださったのですね」

「そう。シスターとロンさんに助けてもらって、稼がせてもらったからね。今度は私がシスターを助けに来た」

ロンさん――フェンダースのことだ。

彼女がアクセルを踏み込む。徐行の標識が立っているが、時速四十キロは出ている。

「お住まい、この団地でしたか？」

「違うよ。家は千葉県の松戸《まつど》」

「えっ!?　呼ばれてから来たのでは間に合いませんよね」

「そうね」

「もしもの際に備えて、近くで待機していた――」

「気にしないで。次曲がったら飛び降りてね」

言葉通り彼女はハンドルを切った。車が右に曲がる。

「早く」

彼女に急かされ、玲は慌ててドアを開いた。街灯の光から外れ、前後からも死角になっている。ちょうどいい場所だ。飛び降りながらドアを閉め、受け身の体勢を取る。すぐ横の芝生の上に落ち、しばらく転がった。

ハッチバックが遠ざかり、そのうしろを複数台の車が追ってゆく。秘密警察の連中の車両だろう。奴らは玲が降りたことに気づいていない。これで少し時間が稼げる。あの女性の車は玲を運ぶだけでなく、囮としても機能していた。

ただ、お礼を伝える間もなかった。

どんな経緯で接点を持ったのかはわからないが、彼女もUm Mundoを支持するひとりなのだろう。しかし、キッチンカーの店主であり、善良に暮らしている在留外国人だ。そんな人を、また も彼は厄介な騒ぎに巻き込んだ。

玲は芝生の上に横たわったままスマホを確認した。十九号棟と二十号棟の間の暗く細い道を進めと、Um Mundoから新たな指示が届いている。立ち上がり、リュックからクラッカーの箱を取り出す。潰れて、中身も細かく砕けてしまっていたが、味は変わらない。体力維持のための栄養補給にかじりながら歩き出す。

「おい」

直後、薄暗がりの奥から呼ばれた。徳山だ。

「俺の番号教えてんじゃねえよ」

奴が文句を垂れる。

「あ？　スマホの番号？　誰に？」

「ウンムンドにだよ」

「私は教えていない。彼が勝手に調べたんでしょう」

玲はいった。

「あの野郎、俺に追加の仕事を押しつけてきやがった」

苦虫を噛み潰したような表情を浮かべる。その顔にはそばかすのように火傷《やけど》の痕《あと》が残っている。着ている高級ブランドのTシャツやジャージにも小さな穴が開き、膝が裂けていた。この男なりに危険をかい潜《くぐ》ってここまで来たのだろう。

徳山が鍵の束を差し出した。

「二十二号棟の管理用マスターキーだ。中央管理室から盗《と》ってきた」

「えっ？　いまだにそんなものあるの？」

個人情報とプライバシーの保護が最優先される時代に、管理者が借り主の部屋に入れてしまう鍵を持っていていいのか？

「あるんだよ、こういう公営住宅《とこ》じゃ面倒事も多いからな、孤独死とかよ。こっちが電気室、水道ポンプ室、これが階ごとの玄関ドアを開けるやつ。次はおめえが正面から行け」

奴が鍵を投げる。

玲は受け取ると徳山を見た。

「二十二号棟全体を停電させたい。一緒に来て」

「分電盤をいじれってか？　冗談じゃねえ。電気ガスの大元には、何人か警備役がいるに決まってんだろ。あっちもバカじゃねえ」

「違う。他にもやり方はある」

玲は二十二号棟へと延びる送電線と、その横に立つ大きなスズカケの木を見上げた。

「今ここは建て替え工事が進んでいて、新しく基礎工事が進められている場所もある」

「だから何だ？」

「ショベルカーであの木をなぎ倒してもいいし、クレーン車で直接送電線を叩き切ってもいい。何ならこの周辺の棟に送電しているメインのケーブルを切っても構わない。あんたは工事車両の鍵を調達してきて。運転は私がする」

工事車両の操作はGIGN隊員時代に一通り覚えさせられた。

玲は続ける。

「追加の料金も払う。私じゃなく、Um Mundoが」

Um Mundoもこの会話を聞いているはずだが、否定しない。

だが徳山が首を横に振った。

「ショベルやクレーンはだめだ。キャタピラで動きが遅い。電線切る前に秘密警察の奴らに見つかる。使うなら街路樹剪定《せんてい》用の高所作業車だ」

——さすがヤクザ。

犯罪絡みのことは取り締まる側だった玲より詳しい。

その車両なら確かに途中の緑化管理事務所脇に停まっていた。アームを伸ばし作業用バスケットをぶつければ、電線を切ることができるだろう。

「それでお願い」

玲はいった。

「ふざけんな。俺は事務所から作業車の鍵盗ってくるだけだ。走らすのはおめえだろうが」

徳山は小馬鹿にするように玲を指さした。

アクセルペダルに花壇から盗んだレンガで細工をし、タオルで固定した。これで速度が上がり過ぎることはない。高所作業車がゆっくりと進んでゆく。伸ばしたアームの先のバスケットが電線を引っ掛けた。歩くような速さだが、作業車は止まらない。電線が張り詰め、火花を散らしながら千切れる。

瞬間、周囲が暗転した。

五十メートル四方、窓明かりも街灯もすべて消え、夜の闇と同化する。

その時点で玲はすでに二十二号棟内に入り、外階段を三階まで上っていた。近くで鈍い音が響く。低速で進んでいた作業車が車止めの金属ポールにぶつかり、停車した音だ。

「最後に確認したい。この騒ぎのせいでリェンたちは団地外に連れ出されていない？」

さらに階段を上りながら玲は囁いた。

『まだ団地内です。発煙騒ぎを受けて、東向島署と本所署の警察官が団地を取り巻き、検問のように人の出入りをチェックしていますから』

乾もこの騒ぎに乗じたのか。

「ここまでの事態になっても、警察は二十二号棟に踏み込んで来ないの？」

『可能性は限りなく低いです。深刻な政治問題に発展するのを恐れて、警察は直接手を出してこない。外交が絡む案件ではいつものことです』

「それ、あなたの見解？」

『いえ、客観的事実です』

六階に到達した時点で、共用廊下の非常灯が点灯していた。懐中電灯を手にした三人がオレンジ灯の下に立ち、他の棟や周辺状況を確認している。

ついさっきベトナム人たちから聞いた言葉を反芻《はんすう》する――

〈秘密警察が一棟すべてを専有するために、三号棟、四号棟、十四号棟、十六号棟、二十二号棟で長年暮らしていた人々にさまざまな圧力をかけ、嫌がらせをし、追い出してしまった〉

共用廊下の連中は全員敵だと決めつける。一般住人を巻き込んでしまったら全力で謝罪するしかない。開き直ると、懐中電灯の光を頼りにスリングショットで狙い撃った。ナットの弾丸の直撃を受けた何者かが呻き声を漏らす。ゴムを引き、オレンジ色の光の下、廊下に伏せた姿を追いかける。玲は弾幕を張るようにさらに七発のナットを放つと、リュックから小型のボルトカッターを取り出した。

共用廊下を駆けてゆく。

ふたりはナットで頭や首を撃たれてうずくまっている。木槌《きづち》で打たれたのと同程度の衝撃があり、脳震盪《のうしんとう》を起こしたのだろう。

残りひとりが懐中電灯を捨て、ナイフを取り出した。

突き出された刃先を避けながら、ボルトカッターを振るう。しかし、飛び退《の》かれた。玲は距離を詰めようと前に出る。が、さらに後退され、またも向こうの間合いを取られた。体力の消耗を抑えるため長引かせたくない。しかし、相手は持久戦に持ち込もうとしている。

――その間に援軍が来る？

玲は戦術を切り替え、自ら共用廊下を後退すると、目的の七号室の三つ手前、四号室の玄関ドアをマスターキーで開けた。ナイフの男が慌てて駆けてくる。しかし、追いつかれる前に暗い室内に入り、ドアを閉め、ロックとチェーンをかけた。立ちはだかる相手全員と戦ってなどいられない。

男がドアを叩き、ノブを外から捻《ひね》っている。玄関をスマホのライトで照らすと、女物の靴が二足置かれていた。明らかに生活している気配があるが、住人の姿はない。

一旦安全靴を脱ぎ、「失礼します」と声をかけながら入ってゆく。やはり誰の姿もない。秘密警察の連中が強引に他の場所に身柄を移したのか、それとも立ち込める白煙を見て自ら避難したのか。いずれにしても騒がれず助かった。

ベランダに出て靴を履き、部屋境の隔板を破って七号室まで進む。

七号室の窓のカーテンは開いていた。

室内には非常灯がいくつか置かれ、壁や床をぼんやりと照らしている。２ＤＫの間取りを仕切る襖《ふすま》やスライドドアは取り外され、薄暗いながらも共用廊下に通じる玄関ドアまで見通せた。

リエンと瑛太はそこにいた。しかし、ふたりだけではない。

リビングには部屋のサイズに不似合いなほど大きなソファーが四つ、オーク材のローテーブルを囲んでいる。そのひとつには瑛太を抱いたリエンが座っていた。瑛太は眠っているようだ。隣には、こちらに背を向け座っている大柄な男がひとり。顔を見なくても誰だかわかった。リエンの実兄、ホアン・ダット・クオンだ。

さらにもうひとり、濃紺のスーツを身につけた王依林が座っている。俳優のように整った容姿は相変わらずで、短い頭髪もやはり整髪料を使ってきれいに揃えられていた。

そして彼の隣には、ピンクのＴシャツにバギーパンツ姿のイリーナ趙が立っている。

その全員が玲に気づき、こちらに視線を向けた。大きな背中のクオンも振り返る。そこで奥の玄関ドアが開き、あのナイフ男が入ってきた。王が指示を出し、ナイフ男は窓まで近づくとバツの悪そうな、そして怨むような顔つきでガラス戸を開けた。

「どうぞ」

王が手招きした。

玲は土足のまま入ってゆく。背後でガラス戸が閉まり、鍵がかけられる。

「具合はどう？」

玲はリェンに尋ねた。

「どうにか」

彼女は悲しげな声で返した。

「瑛太は？」

「疲れて寝ているだけ」

眠りの深さに反した苦しげな表情を見ると、騒がぬよう薬物を使われたのかもしれない。ローテーブルの上には、携帯ゲーム機やタブレット、ストローが刺さった紙パックのオレンジジュースが置かれている。部屋の隅にはプラレールやミニラジコンカーなどが入った大きなケースもある。子供を飽きさせない工夫がされているが、反面、日用品や衣類、毛布などは見当たらない。

「一緒に帰ろう。団地を出たらタクシー呼ぶから」

玲はいった。だが、リェンは黙ったまま顔を伏せた。

「リェンはどこにも行かない。瑛太もだ」

兄のクオンがいった。

「監禁はもう終わりです」

玲はクオンに告げる。

「おふたりは拉致などされていません。望んでここにいるんですよ」

王が口を挟む。

「つまらない言い訳。凡庸ですね。それより中国の外交官の方がなぜここに？」

玲は返した。

「何度もお願いしたのに、あなたが会ってくれないからです。玲さんと直接話すには、もうここに来るしかないと思いましてね。立ったままでは落ち着きません。座って話しませんか」

王がリェンの隣、空いているソファーを勧める。

「いえ、このままで結構です。もう私たちが話すことなどないはずですが」

「私の知り合いが経営している貿易会社があるのですが、そこで働きませんか」

「は？」

「単刀直入が過ぎましたか？ 社員にならないかとお誘いしているんですよ。待遇面ももちろん考慮します。あなたにその気がおありなら、中国大使館の職員として迎え入れてもいい。私たちの仲間になりませんか」

「お断りします。飼い犬になれ、と命令されているようにしか聞こえませんが」

玲は呆れて口元が緩みそうになるのを抑えた。

「残念な見解の相違ですね。では、私たちと働きたくないというのなら、死んでくれませんか」

王はそこで言葉を止めた。

思わせぶりな静寂が生まれ、瑛太の寝息だけが聞こえる。

「私を殺すと？」

玲は訊いた。

「いえ、自らの意思で死んでいただきたい。たとえばその窓から飛び降りるとか。あなたの得意なパルクールを使わず、地面に激突してください」

「自殺教唆ですか」

「あくまで今後の選択肢のひとつを述べただけです」

「重ねてお断りします」

玲はイリーナに目を移す。

「王《こいつ》を嫌いといっていたのに」

「だっておばさんが逃げるから」

彼女が返す。

「私はあなたとやり合いたくはない。無駄なことは嫌いだから」

「私も嫌だけど仕事だから。おばさんが飛び降りて死んでくれたら楽なんだけど」

玲はため息をつき、首を小さく横に振った。

もう一度室内を確認する。

非常灯の照らすリェンの横顔はやつれ、蒼《あお》ざめていた。

拉致されて以降、精神的な暴力に晒され続けたのだろう。逃亡や警察に告発などしたら、リェンと周囲の人々がどれだけ残酷な目に遭うか——過去の事例を記録した画像や映像とともにくり返し聞かされた結果、洗脳され、萎縮《いしゆく》し、怯《おび》え、鍵のかかっていないドアから自らの足で外に出てゆくことができなくなった。

王が兄のクオンをここに迎え入れたのも、今後同盟を結ぶJ＆Sへの配慮からではない。裏切りや離反を画策すれば、妹や甥《おい》が蹂躙《じゆうりん》され惨殺される——と無言の圧力をかけるためだ。

クオンは非情な男だが、やはり妹と甥のことを愛している。リェンも同じく兄を嫌悪しつつも、心底憎み切り捨てることはできない。そんな兄妹《きようだい》の心情を逆手に取り、王たちは秘密警察を裏切れば悲劇的な結末になると刷り込んだ。

この状況を打開するには——

「クオンさん」

玲は話しかける。

「やはりあなたはリェンたちがここにいると知った上で、それを隠し、私を陥れ、この王さんに売り渡そうとしたのですね」

クオンがゆっくりと口を開く。

「それがどうした？」

「でも、降りかかった危機は回避されませんよ。あなた自身が一番よく知っているはずです。J&Sは協調共闘の名の下に面倒な役割ばかりを負わされ、消耗させられ、五年以内に使い捨てられる。このままではどの道、あなた方は消滅します」

「我々は友人を使い捨てたりしません」

王が口を挟む。

「日本政府がホアンさんにあらぬ疑いをかけ、逮捕や検挙に動いた際は、即刻彼の亡命申請を受け入れます。日本の悪法から逃れ、安全に出国する退路を用意しているという意味です」

王の落ち着いた口調が、よけいにうそ臭さをかき立てる。

玲は堪《こら》えきれず鼻で笑ってしまった。

「何が可笑《おか》しい？」

クオンが訊く。

「脚を組んだその王さんの姿が、あまりに詐欺師然としていたので」

「詐欺師？　ずいぶんないわれようだな」

仄暗《ほのぐら》い部屋の中で王が苦笑する。

「ただ、ルックスは韓流スターの平均値みたいで悪くないと思います」

イリーナも白けた笑みを浮かべている。

「褒め言葉には聞こえませんが」

王が訊いた。

「確かに褒めてはいないですね。単なる感想です」

玲は軽口を並べながら、打開策を考え続けていた。

だが、やはりひとつしか思い浮かばない——

「クオンさん、リェンと瑛太を連れて逃げてください。あなたが捨て身で護《まも》ってくだされば、ふたりは無事に戻れるはずです。私は残って王さんを殺します」

クオンが玲を凝視した。

彼だけでなく王とイリーナ、ナイフ男、そして顔を伏せていたリェンもこちらに目を向ける。

「殺す、とは？」

王が確認する。

「そのままの意味です」

「先ほどの私の言葉に腹を立てたのですか」

「違います。東京の外国人犯罪集団のコングロマリット化、一元化を推し進めている中心人物であるあなたが消えれば、計画は一時停滞する。少なくとも四、五ヵ月は進行が止まるでしょう。中国の資金力と暴力に屈し、表向き計画に同意した連中も、状況が動かない間に懐疑的になり離反が増えてゆく。計画に反対・反発している組織は、率先して切り崩しに動く」

「それほど上手くいきますか」

「希望的観測が混じるのは許してください。でも、私ひとりに手を焼き、懲罰を与えることができなかった上、あなたが逆に殺されるような事態となれば、求心力が当然疑われます。いずれ代わりの人物が現れるでしょうが、権力の移行は容易でも、権威と信頼の移行は簡単ではない。王さんが一から計画し、創り上げたシステムを別の誰かが引き継ぎ、今後は俺の意見に従えといったところで、誰もついてはいかない」

「何がいいたい？」

クオンが訊いた。その顔には明らかに怒りが浮かんでいる。玲の言動がいたずらに状況を悪化させているだけに思えるのだろう。

「王さんが死んでしまえば、東京の外国人裏社会と裏経済の統合というプラン自体が消滅する可能性が高いということです」

「捕まるぞ。彼らはここの会話も当然記録している。殺意の十分な証拠になる」

「捕まるでしょうね」

「レイ、やめて」

リエンがいった。が、玲は無視して続ける。

「だからクオンさんにお願いがあるんです。私が服役中、軽い認知症を患っている母の経済的な面倒を見ていただけませんか」

「でも、殺せますか」

王が質問した。

「そこなんです、問題は」

玲は独り言のように口にした。

「さっき共用廊下でやり合ったその男性も含めて、ここにいる三人は実戦経験が豊富なのだとわかります。王さんも然《しか》り、スーツの上からでもわかる胸筋は見せるためではなく、使うために鍛えている。Um Mundoのように人任せにせず、ご自身でもずいぶんと危ない橋を渡ってこられたのでしょう」

もちろんUm Mundoへの当て擦《こす》りでもある。

「それは素直に褒め言葉と受け取っておきます」

王が歓迎の微笑を浮かべる。

「では、勝ち目はないか」

クオンがいった。

「死ぬ気で行けば何とかなるのでは」

玲は返した。

「つまり殺し合いか」

クオンはローテーブルに視線を落とした。馬鹿な提案について考えを巡らせている。

『殺し合いも一案ですが、別の方法もある』

黙っていたUm Mundoがイヤホンを通じて囁いた。

『今は人質を逃がすことに集中してください。勝つための素材は揃いました』

——勝つための素材？

Um Mundoの声は外には漏れていない。

なのに、その場にいた全員の目が玲の方向に注がれる。一瞬動揺したが、彼らが見ているのは窓の外だった。玲も振り向く。

徳山だ。ベランダに立っている。ナイフ男が奴に向かって駆けてゆく。だが、徳山はハンマーで素早くガラスを破ると、その裂け目から煙を吹く発煙筒の束を投げ込み、逃げ去った。

薄暗い室内が一気に煙に覆われる。

玲は即座にリェンと瑛太を抱きかかえた。リュックから放電ステッキを出して伸ばし、煙の中で身を低くしながら、ふたりの体を引きずり玄関ドアへと急ぐ。

しかし、イリーナの突いたナイフが玲の脇腹を掠めた。わずかに斬られたが、刺し違えるように突き出した放電ステッキが彼女の腕に触れる。イリーナは体を痙攣させた。電流は20mA。人体には危険な強さだ。一方、クオンは持ち上げたローテーブルを構えて突進し、王とナイフ男の体を壁に押しつけた。

玄関ドアまであと二歩、完全に眠って脱力した瑛太の体が重い。

ドアノブにリェンの手がかかった。しかし、玲はイリーナに足を掴まれた。彼女の手が瑛太の体にも伸びる。

そこで突然玄関ドアが開き、外に立つ人の姿が見えた。

――あの顔。

宗貞侑だ。彼は消火器のホースをこちらに向け噴射した。消火剤のリン酸アンモニウムで玲の下半身とイリーナの上半身が薄紅色《うすべにいろ》に染まり、視界が奪われる。

「急いで」

宗貞が叫ぶ。玲は瑛太をリェンに託す。宗貞がリェンの腕を掴み、共用廊下に引きずり出した。そして玄関ドアはまた閉じた。

――Um Mundoが自ら行動した。

発煙筒の煙と消火剤が絡み合いつつ充満し、吹雪の中にいるように視界が奪われる。王やクオンが揉《も》み合う声は聞こえるが、状況はわからない。

「气死我了《チースーウオラ》！」

ピンクがかった白煙の中からイリーナの声が聞こえる。マジ最低とかそんな意味だろう。

――こっちだって同じ気分だ。

そう感じた直後、玲が盾のように構えたリュックが切り裂かれた。彼女が近くにいる。気配を探ったが、攻撃後すぐに後退し間合いを取ったようだ。

——焦るな。

玲は自分に言い聞かせつつ、放電ステッキを縮めてポケットに押し込んだ。代わってケブラー素材の手袋を急いではめる。向こうは若い。そこを狙い、攻めれば勝機はある。

またもナイフがくり出され、玲の作業服の左肩口が裂けた。服の下の皮膚も切られ、痛みが走る。さらに連続してナイフで突かれ、玲はどうにか避けつつ後退したが壁にぶち当たった。逃げ場を失った体に、すかさずナイフの刃が襲いかかる。

その刃を玲は手袋をつけた両手で握りしめた。

間を空けず、白霧《はくぶ》の奥に頭突きをくり出す。額に鈍痛が走り、命中したのがわかった。しかし、イリーナはのけ反った上半身をすぐに起こし、ナイフを突き押してきた。玲の体がナイフの刃を握ったまま押し込まれる。また背中が壁に当たり、腰に硬いものが触れた。ドアノブ、玄関ではなくトイレか。イリーナの体は細く見えるが、十分に鍛え上げられている。玲は押し返せず、刃渡りの長いナイフの先端が腹に触れた。このままでは力負けする。

玲は身をよじり、強引に体を入れ替えた。ナイフの先端が二センチほど腹に沈み、そのまま横に裂かれたが、イリーナの背後を取った。右手でナイフの刃先を握ったまま、左手でノブを握り、ドアを開けて暗いトイレの中に入った。

イリーナも押し入ろうと、ドアの隙間にナイフを握る右手を突っ込んでくる。そこでトイレのドアを全力で閉めた。玲の歯型が残るイリーナの右拳《こぶし》が挟まれる。彼女に呻く間も与えず、瞬時にドアを開けては閉めをくり返し、指先の骨を粉砕する。イリーナが堪《たま》らず柄を握る手を緩めた。

瞬間、ナイフを奪い、トイレから飛び出ると、すれ違いざま、イリーナの太腿に突き刺した。呻き声を上げる彼女の横をすり抜け、リビングに向かう。

玲は肩で息をしながら放電ステッキを伸ばした。白煙の中で殴り合う王とクオンがおぼろげに見える。が、身長百八十センチを超えるクオンは、百七十センチほどの王に押されていた。バタバタとベランダに向かう足音が響く。ナイフ男だ。奴はベランダの窓を大きく開けた。室内の白煙が一気に外に逃げてゆく。さらにナイフ男は揉み合うクオンの背中を狙った。

奴がクオンを刺すより早く、玲は駆け寄り、放電ステッキでフェンシングの如く突いた。通電した男の体が背伸びをした状態で固まり、玲は男の首に腕を絡めると頸動脈を絞め、失神させた。

しかし、玲から二メートルも離れていない位置で腫《は》れ上がった顔のクオンが絶叫した。イリーナから右の肩口にナイフを突き立てられ出血している。さらにクオンは王から鼻と額に二発の頭突きを入れられ、膝から崩れ落ちた。

イリーナはバギーパンツの右太腿をハンカチのようなもので巻き、止血しながら玲を睨んだ。王も唇を切り鼻血を流している。

「意外かな？」

王が玲にいった。

「ええ。いい意味で」

玲は返した。ここまで武闘派だとは思わなかった。自分の手を汚すことを厭《いと》わない覚悟も、ちょっと尊敬する。

「你说《ニーシュオ》要杀《ヤオシャー》我《ウオ》、我还觉得有《ウオハイジュエダヨウ》点《ディエン》高兴《ガオシン》。可最后死的人是你《クーズイホウスーダレンシーニー》」

王がいった。

横で聞いているイリーナがたまらなく嫌な顔をしている。

「わからない」

玲は首を横に振った。

「殺すといわれ少し嬉《うれ》しかった。だが、最後に死ぬのはおまえだ。そういったんだ」

王が自身の言葉を訳す。

前言撤回――こいつは見た目がダサく性癖も気持ち悪い。

夜はまだ明けず、停電も続いている。床に置かれた非常灯が、ふたりの男が倒れ、少し前とは一変した室内を照らしている。戦わずにここで上手く逃走できたらいいが、それは無理だろう。

しかし、もう体力が続かず、とても長時間は戦えない。

王がポケットからナイフを出し、構えた。イリーナも失神しているクオンの肩から左手でナイフを抜いて構えた。トイレのドアで骨を砕かれた右手ではナイフを上手く操れないのだろう。

ふたりが駆けてくる。玲もステッキをくり出す。

ナイフとステッキが交錯し、玲は右の二の腕を切られた。ステッキの先端も王に触れ、奴の体が震える。続けてイリーナも突く。が、放電せず薄煙が上がった。逆に彼女のナイフは玲の左の二の腕をえぐった。しかし、激痛を感じている余裕はない。

玲は故障したステッキを投げ捨てると一瞬屈み、床に落ちているガラス片を拾った。ケブラー素材の手袋をつけた手で握り、ナイフ代わりにする。

安全靴を履いている玲に対して、王とイリーナは靴下のみ。有利なはずだが、ふたりは難なくガラス片の上を進み、玲に切りかかった。二丁のナイフが絶え間なく振るわれる。どうにか避け続けるが、肩や腕をナイフの刃が掠《かす》めてゆく。

しかし、王とイリーナの背後、静かに立ち上がったクオンが見えた。

玲はイリーナのくり出したナイフを、あえて右肩で受け止めた。刃が肌を破り、その先端が鎖骨に触れた振動が頭まで駆け上がってくる。が、同時に玲はイリーナのナイフを握る左手を摑み、捻り上げナイフを落とさせると、そのまま投げ飛ばした。左肩関節の外れる音とともに、イリーナが割れたガラス片の上に背中から落ちてゆく。

その隙を狙って玲の脇腹を刺そうとした王にクオンが背後から飛びかかる。

王はクオンにベランダまで一気に押し出されたものの、すぐに体勢を入れ替え、クオンの背後から首筋を狙ってナイフを振り上げた。

その手首を玲は摑み、王の手の甲にガラス片を突き刺した。握力が弱まったところを狙い、クオンがナイフを払う。王の手を離れたナイフがベランダの柵を越え、落ちてゆく。

だが玲も背後からイリーナに飛びかかられた。首に彼女の腕が絡みつき一気に絞めてくる。

「ほんとに下品」

絞めながらイリーナは息を荒らげつつ玲の耳元でいった。

すぐ横でもナイフを失った王がもがくクオンの首筋に腕をかけた。

玲の頭への酸素供給が絶たれ、視界が狭まってゆく。それでも玲は腕を伸ばし、イリーナの髪を摑むと、頭を窓ガラスに二度三度と叩きつけた。ガラスが割れ、イリーナの額から血が飛び、一瞬、首を絞める腕の力が緩む。玲は腰を落とし、イリーナの腕から首を抜くと、体を反転させ彼女を投げ払おうとした。

しかし、軽いイリーナの体は宙に浮き、ベランダの柵を越えた。

「あ‼」

玲が慌てて手を伸ばそうとするより早く、イリーナは咄嗟《とっさ》に玲の左肩と髪を摑んだ。玲の体も一気に引きずられ、上半身が半分柵を乗り越える。骨が砕けたはずのイリーナの右手が玲の頭髪にからみつくが、彼女の体重を支え切れず、毛がぶちぶちと抜けてゆく。イリーナは髪から手を離すと玲の左の二の腕を摑み直した。

左肩と二の腕にモスグリーンのネイルが食い込み、彼女の体重がのしかかる。

玲は空を仰ぎ見るような海老《えび》反りの体勢になりながらも、イリーナを引き上げようとした。が、やはり無理だ。しかも、王が玲の腰に摑みかかった。

「一緒に落ちろ。趙はおまえを緩衝材にして生き延びる！」

そう叫び、自分も一緒に落ちそうな勢いで玲の体を持ち上げる。

クオンが王と玲にしがみつき、引き留めようとする。だが、屈強とはいえ右肩を刺された直後の彼に支えられるはずもない。玲の視界の端に高所作業車のアームとバスケットが入った。徳山が使ったのだろう。外階段を上らず、あれを使って四階まで上昇し、そのあと五階ベランダの柵をよじ登って六階のベランダまで侵入したのか。

イリーナは宙空で足をばたつかせながら玲の左肩と二の腕をきつく摑み、さらにネイルを食い込ませる。

「早く堕《お》ちろ！」

王が玲の体を押し上げながらまた叫んだ。

玲は必死で踏み留《とど》まろうとするが、もう持ちそうにない。

——今できるのは、こいつを道連れにすることくらいか。

玲は右手で王の首元を強く摑んだ。

直後、引き留めていたクオンの腕の力が緩み、玲の体はイリーナに引きずられ滑り落ちた。

しかし、王も一緒だ。

玲は仰向けのまま、遠ざかってゆく夜空を見ている。雨がかすかに顔に降りかかる。高所作業車の手摺に指先がかかるかもしれない。ひらめいて腕を伸ばしたが、まったく届かなかった。イリーナの腕はまだ玲の肩と腕に絡みついている。振りほどこうとしても離れない。すぐ近くを巻き込んでやった王の体が落ちてゆく。

――やっぱり今夜死ぬのか。

想像していた中で最も嫌な最期だ。

地面まで約一・七五秒、長いようで一瞬の死までの時間。

だが――

背中に何かが触れた。地面かと思ったが、それはぐにゃりと沈み込んだ。柔らかい。そして体が浮き上がるように跳ねる。送風式落下救助マットだ。

「死ぬのはどんな気分だった？」

王が大声で笑った。こいつにはマットが見えていたのだ。その上で芝居がかった言葉を叫び、玲を動揺させ、脅し、嘲笑《ちょうしょう》しながら落ちていった。楽しみ、馬鹿にするために。

イリーナも笑っている。彼女もマットが見えていて、死の恐怖を演出するのを手伝った。

六階のベランダでクオンが絶叫している。彼も下を覗き見て、王とイリーナに自分が道化にされたことに気づいたのだろう。

弄《もてあそ》ばれた怒りはある。だが、今は死なずにすんだことに感謝しよう。

ただ、生き延びたのが嬉しいことなのかはわからない。

落下の可能性を考慮し、マットを配置させたのは乾だ。

六階七号室での玲たちの会話をUm Mundoを通じて盗み聴きしていたのだろう。玲とイリーナ、王、クオンが暴力的に衝突するのは構わないが、乾は殺し合いまでは望んでいなかった。

ならば、こんなに傷つくまで争う必要はなかったのでは？　やはりそんな疑問が湧き上がる。

いや、これも乾にとっては不可欠な要素だったのだろう。

すべてとはいわないが、八割方が仕組まれた状況の中で、玲は何も知らぬまま望まれたルートを巡った末、今ようやく終点にたどり着いた。

「ご無事ですか」

消防の救急隊員とともに駆け寄ってきたのは、東向島署の尾崎刑事だった。奴は手を貸そうとしたが、玲は振り払い、ひとりで体を起こした。イリーナの姿はもうなかった。救急車で運ばれたようだ。王が含み笑いを浮かべながら救急隊員に支えられ、ストレッチャーに乗った。あいつも病院に向かうのだろう。

夜はまだ続いている。小雨は止んだが、陽の出はまだ遠い。

玲は柔らかなマットの端に束の間座り、制服警官や救急隊員、団地の住人が入り乱れる様子をぼんやりと見ていた。そして、その奥にサントス礼央の姿を見つけると立ち上がった。

「若干予定が変更になった」

玲はいった。

「いいよ。そうなると思ってたし」

すべてが終わったとき、自分が疲れ果てていることだけは想像がついた。だから、適当なビジネスホテルに送ってもらうため、事前にメッセージを送っておいた。

正直、信頼できる人間がこの子しかいなかった。

「待った？」

礼央に訊く。

「いや、そろそろ終わりそうだって乾さんから連絡が来たから」

——あいつ。

玲は救急隊員に支えられながらストレッチャーに横たわった。ポケットの奥から南千住のコインロッカーの鍵を出し、礼央に渡して回収を依頼する。

「わかった。でも、今夜は病院まで付き添うよ」

彼の言葉を聞いたあと、玲は眠るように意識を失った。

7

誰かが左腕に触れているのを感じ、玲は目を開いた。

「お目覚めですか」

女性の看護師が玲の指先に血中酸素濃度計を取りつけている。

腕には点滴針が入れられ、輸液バッグとつながれていた。病室は八畳ほどの広さで個室のようだ。据えつけのデジタル時計を見つけた。九月十一日、十四時。あの騒ぎからまだ九時間ほどしか経過していなかった。

体温や脈拍などを一通り測ったあと、看護師は開いたままの入り口ドアの外に声をかけた。

「どうぞ」

看護師と入れ替わるように乾徳秋参事官が入ってくる。

「お加減はいかがですか」

「普通です」

玲は上半身を起こしながら答えた。

「そのままで結構ですよ」

乾に気遣われたが無視した。

「昨夜から未明にかけて大変お疲れさまでした。早速で申し訳ないのですが、今後、能條さんに安心して日常生活を送っていただくためのご相談を――」

「その前にリェンと瑛太は？」

「お元気です。他の病院にいますが外傷は確認されていません。あくまで検査的な入院です」

体は傷ついていなくても、リェンの心の傷が簡単に癒《い》えるとは思えない。

「それから浦沢組の徳山に伝言をお願いします。警察の犬、クソ野郎と」

「警察の犬、ですか」

「ええ。必ず伝えてください。あのクソ野郎がタイマンだのステゴロだのと息巻いていたのは、私につきまとっても不審に思われないための方便、いや虚言だったのですね。間抜けな私は誘導されているとも知らずに、奴に一緒に来るよう要請してしまった」

「あなたと一対一でやりたがっていたのは本当です。しかし、身延連合の上層部に厳しく止められた。もちろん私も止めました。短気な性格も彼本来のもので演技ではありません」

「警察庁、身延連合、双方に共通して利益となる行動をあの男は常に続けていた」

「それがあの男に今回課せられた役割ですし、結果、能條さんも複数の場面で彼の協力を得ることができた」

「あいつがサンチョ・パンサであることを、私だけが知らなかった」

ドン・キホーテの従者の名だ。

「でも、知っていたら、あなたは間違いなく拒絶していた。彼はヤクザですから。それに、身元が確かで有能な補佐役を私が推薦したとしても、協調や連携を嫌うあなたは、やはり受け入れてくれなかったでしょう」

確かにその通りだが——欺かれて嬉しい人間などいない。

「Um Mundoとはいつからつながっていたのですか」

「彼とは是々非々で協力していただけで、つながっていた認識はありません」

「どんな報酬で彼をその気にさせたのですか」

険のある口調になっていると玲もわかっている。でも、これくらいは許されていいだろう。

「私からは話せません。彼も話しはしないでしょう。もっとも能條さんなら容易に想像がつくはずです」

Um Mundoの仲間、友人が情報収集に関連してこれまで行ってきたすべての違法行為、不正行為を不問に付す——そんなところか。

「乾さんは私やJ&Sコーポレーションをカムフラージュ、囮として使ったのですね。王依林及び秘密警察の注意を私たちに引きつけさせ、その間、Um Mundoと協力して主に王の違法行為、不正行為を調べ、証拠固めをした。あの男の人格的、モラル的に問題のある発言や行動についても、いやらしいほどどつぶさに洗い出して収集した。そしてそれらを、中国大使館や中国政府内の王とは利害が対立するグループに提供した」

一気に話すと右肩や脇腹が痛む。たぶん縫跡や骨折部分だ。しかし、言葉を止められない。

「中国人官僚の中にも当然派閥があり、王が外国人犯罪集団を統括し、支配下に置く件で、数々の成果を出していることを好ましく思わない者たちもいる。王の成功は自分の失墜を意味しますから。あの六階七号室での私と王の会話は、法廷などでは何の意味もなさない。でも、中国国内の動画投稿サイトやSNSに流出させれば世論を煽ることができる。そんな動画や音声は、検閲ですぐ消されると単純な私は思っていました。けれど、王の足を引っぱり、引きずり下ろしたい連中には、彼を追い落とす恰好《かっこう》の武器になる」

糾弾するような上目遣いで乾を見る。

「反論はありません」

彼はいった。

「今、王の身柄はどこに?」

玲はさらに追及するように訊いた。

「国外退去を条件に解放しました。彼はすでに日本を出ています。今は北京《ペキン》へ向かうエアチャイナの機内です」

「あなたの目的は王を日本の法律で裁き、服役させることではなかった。王を政治的敗者にし、彼が担当した外国人犯罪集団のコングロマリット化を瓦解《がかい》させることだった。正義の実現ではなく、あくまで実利だけを求めていたのですね。あなたの真の共闘者は、私などではなく中国政府の中にいた」

乾はベッド脇に立ったまま玲を見下ろしている。

「能條さんもよくお話ししていますよね、自分は誰かを裁くことなど求めていない、依頼されたことを遂行するだけだと。その考えと同じです」

「いつどこで盗み聴きしたんですか」

玲は睨んだが、乾は意に介さない。

「目的達成のためなら、どんな相手とでも手を組む。乾さんはそういう人です。そして私はやはりあなたが大嫌いです」

玲はいった。

「私は能條さんのことが好きでも嫌いでもありません」

本来なら腹を立てるべきなのかもしれない。しかし、束の間考えたあと、少し安心し、こんな言葉が口をついた。

「でしょうね」

彼はうなずき、何事もないように会話を続ける。

「Um Mundoに関して付け加えるなら、彼本人があの団地に現れるとは私も予想していませんでした。能條さんとの一連のやり取りを通じ、彼の中の何かが突き動かされたのだと思います」

そういわれても嬉しさなど感じない。一方で、少しだけ感謝もしている。彼があのとき六階七号室の玄関ドアを開けなければ、リェンと瑛太を無事に逃がすことは不可能だった。

「浦沢組の木下と大城は?」

いちおう訊いてみる。

「乃亜くんに逃亡されないよう財布とスマホも奪っていたため、強盗容疑で逮捕、取り調べを受けています。おそらく実刑となるでしょう。浦沢組もふたりを破門するようです。ただ、礼央くん、乃亜くん、マイラさんの身辺警護は今後も続けます。ホアン・トゥイ・リェンさんと瑛太くん、能條さんのご家族についても同じです」

「リェンの兄のクオンは逮捕されるのですか」

乾は無言でうなずいた。

たぶん母のダン・チャウも逮捕され、J&Sコーポレーションは一気に瓦解に向かう。皮肉にもリェンの望む流れとなったが、J&Sが消滅してもすぐに別のかたちのベトナム人犯罪組織が形成されるだろう。

「徳山は今どこに?」

「さあ? 沖縄にでも行っているのではないでしょうか」

ご褒美のバカンスか。

「組内で偉くなるのでしょうね」

「今回の件で株は上がったでしょう。しかし、それを彼自身が吹聴することはできません」

「少しでも漏らせば、別件逮捕など警察からの制裁が待っている。そういうことですか」

乾は何も返さない。そして白々しく話を逸らした。

「そう、アルベルト・メンデスさんの秘書を務めていたふたりをご存じですよね」

「ええ」

リヴィアとエンゾのことだ。

「理由はわかりませんが、今日午前、タイに向けて出国したそうです」

メンデス排除に失敗し、自分たちが消去される前に逃亡したのだろう。ただ、結果がどうであろうと、ふたりと交わした約束は守らなければ。

「それで能條さんについてなのですが、退院後二週間は我々の用意したホテルで静養していただきたい。以降は、トルコの首都、アンカラで二年ほど暮らしてみませんか」

乾が珍しく思わせぶりな笑みを浮かべた。

8

照り返しのきつい歩道から、白鬚橋近くにあるいつものファミレスに入ってゆく。

玲は思わずほっと一息ついた。エアコンの効いた店内が心地いい。十月に入っても最高気温が二十五度を超える日々が続き、まったく秋を感じない。

土曜日の午後で席の大半が埋まっている。そんな中、ドリンクバー横の人目につきにくいテーブルに、二十九歳の小柄な青年、宗貞侑は座っていた。

「わざわざありがとうございます」

宗貞が立ち上がり、頭を下げた。

タブレットの画面で注文し、ふたりでドリンクバーに向かう。

「体調はいかがですか」

彼がグラスにコーラを注ぎながら話しかけてくる。

玲はコーヒーマシンからカップにカフェラテが注がれる間、もうすっかり復調したこと、警察の用意したホテルで過ごした二週間が退屈だったことなどを説明した。

宗貞は相槌を打ちながら聞いている。物腰が柔らかな好青年、はじめて会ったときと印象は変わらない。しかし、この男はUm Mundoだ。ただ、今日は責めるために来たのではない。事前にDMを何度か交換し、互いにそのことは了承済みだ。

「今後はどうされるんですか？」

席に戻り、宗貞は訊いた。王依林を支持していた勢力から報復を受ける可能性があることは、彼も承知している。

「フェンダースさんから聞いているのでしょう？」

玲は質問を返した。

ロン・フェンダースもUm Mundoの協力者だった。

「実はそうなんです」

宗貞が微笑みつつうなずく。

乾を通じ、トルコのアンカラ行きを打診してきたのはロンだった。インドネシアに本社を置く半導体メーカー『トライアド・インターナショナル』の大株主であり、優秀なシステムエンジニアでもある彼は、新天地としてトルコを選んだ。

アンカラで映像生成AIを核とした、新たな形態の映画製作会社を立ち上げ、そのCEOに就任した。優秀な技術者を世界規模で募っているが、母国を離れて見知らぬ地で働いてもらうには、本人だけでなく家族の安全管理も重要課題となる。ただ、宗教・宗派によっては、警備担当者であっても夫や家族以外の男性が女性に近づくことを厳しく禁じている。その女性専任の警備責任者を玲に任せたいという。

玲は引き受けると決めた。来週にはアンカラでの生活をはじめる。お礼など不要だとロンに話していたくせに、結局彼を頼ることになった。

「あなたはどうするの？」

玲も訊いた。

「Um Mundoの活動は停止します。再開の可能性はない永久凍結です。海外の仲間にもすでに伝えました。仲間の多くも長くは続けられない危険な活動であることは理解していましたし。ただ、ごく一部受け入れていない者もいるので、これから時間をかけて説得しなければ」

宗貞がグラスのコーラを一口飲んで続ける。

「河東くんに臓器売買の事実を伝え、協力を要請したのは、お察しの通り僕です。そう、僕が彼を誘った。しかし、それが最悪の結果を招いてしまった。本来なら、あの時点ですべて終わりにするべきだったんです。でも、彼を引き込んだことに責任を感じ、彼の無念を払うことしか考えなかった」

「でも、もう終わる。とりあえず私も約束を果たせる」

「リヴィアとエンゾとの？」

「ええ」

玲はそう返しつつ、皮肉を込めて彼を見た。

「安心してください。もうあちこち覗き見ることも、聞き耳を立てることも終わりです。それから、十一月いっぱいで区役所を退職します。父とブラジルに行き、しばらく逗留《とうりゅう》するつもりです。父は以前からもう一度あの国の空気を吸いたいといっていましたから。あの人の症状はご存じだと思いますが、今が最後の機会なんです」

宗貞の父は玲の母と同じく若年性認知症を患っている。加えて、宗貞も玲と同じく、日本に残っていては危険がつきまとう。Um Mundoを敵視していた集団は、日本のヤクザ、外国人犯罪組織など複数あり、正体が暴かれれば宗貞と父は報復を受けることになる。

Um Mundoはそれほど致命的な行いを重ねてきた。ブラジル行きは父と彼が生き延びるための逃亡でもあるのだろう。

宗貞が続ける。

「あと一年もすれば父は長時間のフライトどころか、飛行機に乗ることさえ難しくなってしまう。感情の起伏が激しいだけでなく、環境が少しでも変わるとひどく怯えるようになってしまったんです。ただ、ブラジルに行けば何か変わるかもしれない」

「お父様が商社員で、あちらに長く駐在していたことは知っています」

「マイラ・サントスさんから聞いたんですね」

「ええ。他にもご病気で亡くなったお母様の看護で、あなたが十代からヤング・ケアラーとして過ごしていたことを聞きました」

「実ははじめて僕が能條さんの話を聞いたのも、マイラさんからだったんです。僕と同じように若年性認知症の親と暮らしている女性がいて、その人は以前フランス警察の特殊部隊にいたと。印象に残る経歴だったので、すぐ調べました。そしてあなたが在留外国人からシスターと呼ばれていることを知った」

なぜ自分を巻き込んだのか訊きそうになり、玲はカップに手を伸ばした。カフェラテとともに自分の言葉を一度飲み込む。

「あなたのお父様、ブラジルには友だちが多いのでしょうね」

「はい。日本人より気が合うようです。今回の旅も、あちらの旧《ふる》い友人に会うのが一番の目的なんです。日系人が多い高齢者用グループホームもあるので、本人さえよければ、向こうで残りの人生を過ごしてもらおうかと」

「あなたはブラジル生まれ？」

「違います。父は中南米からの食肉輸入を担当していて、アルゼンチンにいたころ僕が生まれ、四歳のときにブラジルのリオデジャネイロに移りました」

宗貞が一度言葉を区切り、玲を見る。

「このまま本題に入ります」

玲はうなずいた。

宗貞侑はなぜUm Mundoとなったのか。それを聞くために今日ここに来た。

「十一歳のころ、リオ郊外にあるサッカースクールに通っていたんです。いろいろな人種、バックグラウンドを持つ子供たちがいて、日本人学校の友人が教えてくれないような悪いことを数多く教えてもらいました。そのスクールの仲間のひとりにニコがいた。木曜日、スクールに向かうバスの中で、隣に座ったニコからお金を貸してくれないかといわれたんです。四十レアル、なければ二十レアルでもそれより少なくてもいいって。僕は二十レアル持っていたのに、ないといって貸さなかった。当時、リオデジャネイロに日本のマンガが買える店があったんです。ポルトガル語版ではなく、日本から送られてきた日本語版の単行本を取り扱っていた。あの木曜日は『NARUTO』31巻が入荷する日で、僕はすごく楽しみにしていた。心待ちにしながら貯めたお金が、あのとき持っていた二十レアルでした。どうしてもあの日読みたかったんです。スクールバスには他の生徒もたくさん乗っていたし、ニコは深刻な顔をしていなかった。必要なら僕以外の他の誰かに借りればいいと思ったんです」

『NARUTO』。Um Mundoのソーシャルメディアのアイコンは少年ジャンプのロゴマークを模したものだった。

——過去を忘れぬための刻印か。

宗貞がグラスのコーラを一口含んだ。

「次の練習があった二日後の土曜、ニコはスクールに来ませんでした。家族とともに殺されていたんです。父親が借金を返せなかったせいで、両親と姉、ニコ、弟はFacção《ファクサオン》——犯罪者集団に見せしめとして殺された。ニコはいつも洗濯された服を着ていたし、サッカースクールの生徒たちは皆裕福だったから、彼の家が金銭的に困っているなんて想像がつかなかった。ニコの死の理由を訊いても、僕の父は話してくれませんでした。でも、スクールの仲間が事実を教えてくれた」

宗貞は顔を上げた。その目は玲を見ているようで、もっと遠くの何かに向けられている。

「ニコの父親の借金の総額はわかりません。でも、今でも考えます。あのとき僕が二十レアル渡していたら、状況は変わっていただろうか？　シスターはどう思いますか？」

「何も変わらない。あなたが百レアル持っていて、それを全部渡したとしても、ニコは土曜日のスクールバスには乗れなかった」

彼がうなずき、言葉を続ける。

「二週間後の土曜日、サッカースクールの仲間たちとニコが殺された家に花を手向けに行ったんです。そうしたらファクサオン——地元のギャングたちが寄ってきて、『俺たちが金を貸していた。あいつの子供の友だちなら返済義務がある』といわれました。銃を見せられ、僕らは所持金を全部取られた」

会話が止まる。

近くのテーブルの子供が泣き出した。幼稚園年長組くらいのあまり可愛くないその子が、母親にたしなめられ、祖母にあやされ泣き止むまで、玲たちの沈黙は続いた。

宗貞が話を再開する。

「ニコが殺され僕はすごく悲しみ、すごく悔やみ、すごく苦しみました。ニコに花を手向けに行って、ファクサオンに金を奪われ、僕はすごく惨めになった。何もかもが許せず、とても腹を立てた。Um Mundoとして行動を起こしたのは、その六つの感情が理由です。もっと理路整然と語ろうと思えば語れるでしょう。でも、それでは一番語るべきものはすっぽりと抜け落ちてしまう。だからありのまま伝えることにしました。支離滅裂で、何の説明にもなっていませんが、これが事実です」

——青臭い。そして馬鹿バカしい。

玲は不快さを隠さぬ顔で宗貞を見据えた。

「私は何があろうとあなたを許しはしない。共感する気も、同情するつもりも一切ない。でも、今の何の説明にもなっていないクソみたいな話を聞いて、あなたの気持ちがほんの少しだけ理解できてしまった。だからすごく気分が悪い」

近くのテーブルでは、あの子供がまた泣き出していた。

9

目を覚まし、首の骨を鳴らす。

すぐに赤い制服の客室乗務員が気づき、笑顔で近づいてきた。

「Would you like something to drink?　We can also bring you a light meal」

炭酸入りのミネラルウォーターを頼んで、足を伸ばす。

ロン・フェンダースの送ってくれたチケットはビジネスで、快適なせいか機内に乗り込んだ直後に寝てしまった。座席正面のモニターで確認すると、出発から三時間が経過していた。

アンカラに送る引越し荷物の梱包《こんぽう》が終わらず、深夜三時過ぎまで作業していたせいで肩や腰が痛い。でも、搭乗時間には間に合った。まあ、元々大した荷物などなかったのだけれど。

大切なものは、今も傍のバッグの中に入っている。

娘のアナの写真、元夫のフレデリクの写真、日本の家族や友人たちの写真。そしてヤニス・ニヤンガが送りつけてきた、夫と娘との離別を命令する手紙。これも銀行の貸金庫から出してきた。

到着までまだ十時間以上ある。映画を見ながら美顔パックでもするか。

パックを出すついでにスマホを確認すると莉奈から動画メッセージが届いていた。

ちゃんと飛行機に乗れたか、イスタンブール経由でアンカラに入るので、トランジットを間違わないように——再生するとそんな内容だった。

十七歳も年下の姪《めい》におせっかいを焼かれることも、しばらくなくなるのか。

急に日本を離れる実感と寂しさが湧いてきた。

まあいい。せめて行きの便の中だけでも旅行気分で楽しもう。客室乗務員が運んできてくれたミネラルウォーターを笑顔で受け取り、一口飲む。

少し肩の凝《こ》りがほぐれてきたところに新たにメールが届いた。

誰だ？

送信者を見る——寂しさも楽しさも一気に霧散した。

元夫のフレデリクからだ。革命記念日とクリスマスだけしかメールを送ることを許されていないのに、突然届いた。全身に緊張が走り、娘のイリスの身を案じながらデータを開く。

「Yannis Nyanga a été tué avant-hier soir《ヤニスニャンガアエテテュエヴァンティエールソワール》」

ニヤンガが一昨日《おととい》殺された。

「Les détails ne sont pas encore clairs, mais cela semble être un fait《レデタイヌソンパザンコールクレール、メスラサンブルエートゥルアンフェ》」

詳細はまだわからないが事実のようだ。

膝が震える。期待と疑念が胸に広がり、入り混じってゆく。これが朗報なのか悲報なのか、まだわからない。フレデリクが誤情報を摑まされたのかもしれないし、まったくの他人が彼を装い送りつけてきたのかもしれない。

ただ——

スマホの画面から不穏な気配が立ち昇ってくる。玲の鼻先に硝煙の匂いが漂い、口に含んだミネラルウォーターが血の味に変わってゆく。

切り捨て、葬ったはずの感覚が、今年の暑い夏のせいで蘇《よみがえ》ってしまった。

新たな危うい道が、目の前に切り開かれてゆくのを感じる。

玲はその先に進まずにはいられなかった。

〈初出〉

本書は、「小説 野性時代」特別編集 二〇二二年冬号、二〇二三年一月号〜五月号、八月号、二〇二四年三月号、四月号、七月号〜九月号、二〇二五年一月号に掲載されたものを大幅に加筆・修正した作品です。

長浦 京（ながうら　きょう）
1967年10月14日生まれ。男性。埼玉県川口市出身。東京都墨田区在住。法政大学経営学部卒業。出版社勤務、音楽ライターなどを経て放送作家に。その後、指定難病にかかり闘病生活に入る。2011年、退院後に初めて書き上げた「赤刃《セキジン》」で、第6回小説現代長編新人賞を受賞しデビュー。17年、デビュー2作目となる『リボルバー・リリー』で第19回大藪春彦賞を受賞。19年、3作目『マーダーズ』で第2回細谷正充賞を受賞。20年、『アンダードッグス』が第164回直木賞候補作となり、大きな話題を集めた。その他の著作に『アキレウスの背中』『プリンシパル』『アンリアル』『１９４７』がある。

シスター・レイ

2025年3月31日　初版発行

著者／長浦《ながうら》 京《きよう》

発行者／山下直久

発行／株式会社KADOKAWA
〒102-8177　東京都千代田区富士見2-13-3
電話　0570-002-301（ナビダイヤル）

印刷所／旭印刷株式会社

製本所／本間製本株式会社

●お問い合わせ
https://www.kadokawa.co.jp/（「お問い合わせ」へお進みください）
※内容によっては、お答えできない場合があります。
※サポートは日本国内のみとさせていただきます。
※Japanese text only

定価はカバーに表示してあります。

ISBN 978-4-04-113480-1　C0093